U0573109

权威·前沿·原创

皮书系列为
"十二五""十三五"国家重点图书出版规划项目

BLUE BOOK

智 库 成 果 出 版 与 传 播 平 台

网络文艺蓝皮书

BLUE BOOK OF NETWORK ARTS

中国网络文艺发展研究报告 （2020~2021）

ANNUAL REPORT ON NETWORK ARTS DEVELOPMENT OF CHINA (2020-2021)

中国文联网络文艺传播中心／研创

社会科学文献出版社

SOCIAL SCIENCES ACADEMIC PRESS（CHINA）

图书在版编目（CIP）数据

中国网络文艺发展研究报告. 2020 - 2021 / 中国文联
网络文艺传播中心研创. -- 北京：社会科学文献出版社，
2021. 11
　（网络文艺蓝皮书）
　ISBN 978 - 7 - 5201 - 8979 - 8

　Ⅰ. ①中…　Ⅱ. ①中…　Ⅲ. ①文艺 - 网络传播 - 研究
报告 - 中国 - 2020 - 2021　Ⅳ. ①I0 - 39

　中国版本图书馆 CIP 数据核字（2021）第 178899 号

网络文艺蓝皮书
中国网络文艺发展研究报告（2020 ~2021）

研　　　创 / 中国文联网络文艺传播中心

出 版 人 / 王利民
责任编辑 / 易　卉
文稿编辑 / 姚　敏　刘　扬　刘俊艳
责任印制 / 王京美

出　　　版 / 社会科学文献出版社
　　　　　　地址：北京市北三环中路甲 29 号院华龙大厦　邮编：100029
　　　　　　网址：www. ssap. com. cn
发　　　行 / 市场营销中心（010）59367081　59367083
印　　　装 / 天津千鹤文化传播有限公司

规　　　格 / 开　本：787mm × 1092mm　1/16
　　　　　　印　张：23.5　字　数：352 千字
版　　　次 / 2021 年 11 月第 1 版　2021 年 11 月第 1 次印刷
书　　　号 / ISBN 978 - 7 - 5201 - 8979 - 8
定　　　价 / 138.00 元

编者的话

　　时至今日，互联网的发展仍然在不断给人们的生产、生活带来巨大、深刻的影响，也给艺术和审美活动带来巨大、深刻的影响。党的十八大以来，以习近平同志为核心的党中央，立足新时代中国特色社会主义建设实践，就文艺事业和网信事业发展，提出了一系列新思想、新观点、新论断，不断推动我国文艺事业和网信事业开创新局面、取得新成就。尤其是近年来，以习近平同志为核心的党中央从信息化发展大势和国际国内大局出发，高度重视互联网、发展互联网、治理互联网，形成内涵丰富、科学系统的习近平关于网络强国论述。这些新思想、新观点、新论断为我国文艺事业和网信事业繁荣发展提供了根本遵循，为网络文艺又好又快发展指明了前进方向。

　　作为我国文艺事业和网信事业的重要组成部分，新兴的网络文艺在技术、媒介、文化、艺术、产业、社会等诸多发展要素和进步力量的矢量合力作用下，进一步呈现实践丰富、活力充沛、成果丰硕的景象和创新发展、影响巨大等特点。一方面，与传统文艺相比，新兴的网络文艺在文艺形态、题材类型、生产方式、审美体验、文艺批评等方面呈现新的艺术特征和审美特性，在创作、传播、接受和再生产等诸多环节体现重塑乃至再造的巨大效能；另一方面，与国外类似文艺实践比较，我国网络文艺起步较晚，但发展迅速，大众性色彩浓厚、开创性动力强劲，在日趋密切、自觉的交流借鉴、融合渗透和创新发展中显示出鲜明的"中国特色"、独特的时代意义与审美价值。

　　理论来源于实践，应用于实践。与如火如荼的实践相呼应，网络文艺的

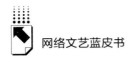

相关研究也在蓬勃发展。尽管国内外研究在对象、范围、问题意识、学理路径、风格特点、学术创新等方面各有侧重，但都充分肯定了互联网的革命性力量，及其强大的整合力和能产性、创新性。这种革命性的力量融汇众多学科和领域，形成当前互联网"取用新材料、研求新问题"的学术潮流。与传统文艺研究相比，国内外研究共享数字文化范式，并深入历史、理论、传播、产业等方面，有力、有效促进了网络文艺实践与理论的繁荣发展。

《中国网络文艺发展研究报告（2020～2021）》（以下简称《报告》）是中国文联网络文艺传播中心主持撰写的第二部"网络文艺蓝皮书"。《报告》在第一部蓝皮书的基础上，进一步立足网络文艺实践，以创作生产为中心，力求把握重点、强化要点、突出创新点，尽可能准确地描述、揭示网络文艺年度发展的总体特征和网络文艺各典型形态的显著特点，并适当增强、拓展理论研究的深度和广度，概括、阐述网络文艺的发展规律和发展趋向。简要说来，《报告》主要包括"总报告""典型形态篇""技术赋能篇""主体责任篇""国际视野篇"五大部分，其中，"总报告"对2020年以来网络文艺在创作生产、社会责任、政策法规与传播、影响、管理等方面的情况进行概述，重点说明其年度发展的突出特征；"典型形态篇"贴近当前网络文艺实践，运用艺术学、美学、传播学等多学科方法，对网络文学等八种典型网络文艺形态在创作、传播等方面的状况和特点进行概括、总结；"技术赋能篇"主要论述新技术发展对网络文艺创作、传播、接受等带来的影响，以及新技术应用对网络文艺新形态、新业态的促进、催化作用；"主体责任篇"主要对新文艺组织、新文艺群体的发展状况及网络文艺在新时代肩负的社会责任等进行概括、阐述；"国际视野篇"集中介绍网络文艺"出海"与海外传播的状况，说明网络文艺在作品传播、版权出售、海外平台发展、商业模式探索等方面的新情况、新特征，就国外相似文艺实践和艺术批评、理论研究等进行概括性的勾勒和阐述。

《报告》的撰写中，特别值得一提的是，作为一种"总体性"研究，网络文艺在当代中国文艺发展的总体格局中，创作生产越来越呈现新锐的朝气和蓬勃的活力。这种新兴事物是一种"立体"的存在，关联着技术、媒介、艺术、产业、文化、社会，以及政策方向、观众需求、市场环境等方方面面，且在多种要素的合力之下快速发展和变化。《报告》重在勾勒、概括、说明网络文艺创作生产的主要方面和突出特点。作为一种对艺术实践的积极"回应"，理论研究大有进一步细化、深化的必要，就像新兴的网络文艺实践在发展进程中一步步走向丰富和完善一样。伴随着创作观念的日益多元、艺术作品的日益丰富、国际视野的日益开阔，以及跨学科研究和其他学科知识介入的日益深化，我们可以"复杂"地打量其存在，并多视角、多层面思考，从中得出一些从网络文艺实践出发的艺术观念和美学观点。《报告》在对网络文艺实践进行概括、总结的基础上，还在网络文艺评论、理论研究等梳理、归纳方面尽量靠近前沿，同时基于中外相似实践的比照，突出艺术理论和美学上的交流互鉴和视域融合。

一个时代有一个时代的文艺。古今中外，文艺无不遵循这样一条规律：因时而兴，乘势而变，随时代而行，与时代同频共振。2021年是中国共产党成立100周年，也是实施"十四五"规划、开启全面建设社会主义现代化国家新征程的第一年。网络文艺的高质量发展，将为其自身拓展更为广阔的成长空间，并将持续推进文艺事业、产业繁荣发展，不断提高国家文化软实力，为社会主义文化强国建设贡献力量。

中国文联网络文艺传播中心

2021年9月

摘　要

在当代中国的社会文化语境中，伴随技术、媒介、产业等的发展，文艺观念、文艺实践和文艺类型、文艺形态等发生深刻变化，艺术和审美活动发生重大变革。作为这种"变化"和"变革"的显著标识和重要产物，网络文艺因"网"而生、向"网"而盛，在反映时代生活、满足人民群众多样化和个性化的审美需求、促进社会主义文化繁荣发展等方面发挥着积极的作用，迄今已成为当代中国文艺的重要组成部分、社会主义文艺发展的生力军。在新时代的社会文化背景中，新的历史方位、文化方位与文艺方位营造了网络文艺创作生产的天时地利人和，塑造了网络文艺的品格，引领着网络文艺的发展方向。

在风生水起的艺术实践中，网络文艺形态多样、特色鲜明、成果显著，呈现传承中多样创新、调整中稳步发展的总基调。择要说来，网络文艺各典型形态在用户规模和使用率方面"数量"庞大、动能强大，是促进发展的有力推手，也是促推我国成为网络文艺大国的活跃性、能动性因素；在艺术创作上，网络文艺题材丰富、类型多样，作品数量众多且稳中有升，现实题材创作表现出色，涌现一批优秀作品，"年轻态"风格特征日益鲜明，同时，相比传统文艺，网络文艺的艺术生产方式进一步发生变革、审美特性进一步彰显，其带动、辐射乃至引领作用进一步增强；在艺术传播方面，大型平台持续发力，进一步加大多方面的创新探索步伐，"网""台"互动成常态，国内传播与海外传播立体传播格局已形成，并取得良好传播效果和发展成果；在产业发展上，各类平台、各级各类传媒文化公司和多样社会资本高度关注并纷纷涉足、布局网络文艺产业，IP改编与全产业链开发日益丰富、

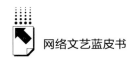

完善，商业模式、赢利模式、管理方式等在探索中完善、在应变中发展，社会效益与经济效益、文艺事业与文艺产业相辅相成、相得益彰；在新技术应用中，伴随大数据、云计算、人工智能、区块链、5G通信等的发展，技术赋能带来互联网时代新文艺形态、业态的创新发展与重塑再造，网络文艺的数字化、网络化、智能化水平进一步提升；在网络文化空间和环境方面，综合治理进一步有力、有效，为网络文艺健康、有序发展提供了良好条件，同时，网络文艺自觉强化社会责任意识，为打造天清气朗的网络空间、培育和弘扬向上向善的网络文化作出积极贡献；在新文艺组织、新文艺群体等方面，随着艺术创造力、社会影响力等的日益增强，各类主体和力量纷纷加入网络文艺发展行列，汇聚成了浩浩汤汤的人才资源、智力资源、艺术资源和创新资源，并自觉增强社会责任担当，开创建设和发展的新局面，有力推动网络文艺创作生产展现新风貌、呈现新气象。

当然，作为新生事物，网络文艺在快速发展进程中还存在一些问题与不足，但总体上看，在时代发展、社会进步的历史潮流中，网络文艺实践丰富、潜质深厚、前景繁盛，具有丰富、深刻的审美现代性意义。特别是，在与传统文艺的历时性比较、国外同类实践的共时性参照中，网络文艺在生产方式、文本形态、审美体验、艺术传播、产业发展等方面逐渐形成鲜明的艺术特征和审美特性。可以预见，在多种要素的共同作用下，通过丰富多样的艺术实践，尤其是通过符合艺术规律、市场规律和传播规律的精品化创作生产，中国网络文艺必将进一步适应时代发展要求，主动顺应媒介发展、技术发展、艺术发展的新变化、新特点、新趋向，在日益密切的相互借鉴、相互渗透、相互影响中实现特色发展、创新发展，在推动互联网由"最大变量"向"最大增量"的转换中发挥艺术和审美活动的独特作用。

关键词： 网络文艺　创作生产　技术赋能　主体责任　国际视野

目 录

I 总报告

II 典型形态篇

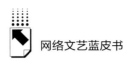

Ⅲ　技术赋能篇

Ⅳ　主体责任篇

Ⅴ　国际视野篇

Ⅵ　附　录

皮书数据库阅读**使用指南**

总 报 告

General Report

B.1

在调整中进步 在创新中发展

——2020年以来中国网络文艺发展综述

彭文祥*

摘 要： 基于以往丰富的实践经验和成就，网络文艺积极适应新形势、新任务、新要求，进一步尊重艺术规律、强化传播规律、适应产业发展规律，充分反映时代发展、社会进步的新景象、新气象，在发展基础、时代精神、使命担当、创新性融合、新技术应用、网络空间治理等方面呈现诸多新特点、新特征、新风貌。总体上看，网络文艺在调整中进步、在创新中发展，艺术与技术相辅相成，事业和产业齐头并进，并以丰富多样的作品有效满足人民群众多样化、个性化的审美需求，充分展现了新生事物的蓬勃朝气和新兴文艺形态的生机活力。其中，创作生产积极反映时代发展和社会变革，题材、类型丰富多样，类型

---

* 彭文祥，中国传媒大学艺术学部副学部长、教授、博士生导师，主要研究领域为艺术学理论、戏剧与影视学、网络文艺与文化等。

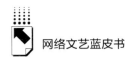

化生产向纵深推进，IP开发多样化、精细化，质量为王意识日益增强，文艺产业保持较快发展势头，新形态、新业态不断涌现，文艺"出海"持续推进，呈现稳步发展、创新发展的总体基调。在丰富的实践和创新发展中，网络文艺呈现诸多新的发展趋向，主要包括精品化生产推动高质量发展，文艺形态加速从"数字化"向"数智化"演进，移动化、视频化、社交化、互动化等日趋明显，传统文艺与网络文艺的创新性融合向纵深推进，在中外交流互鉴中突出特色发展、创新发展，文化艺术身份、地位日益主流化，在文化强国建设中进一步强化责任担当，在优势发挥中大力促进国际传播能力建设。

关键词： 网络文艺　创作生产　发展特征　艺术创新　发展趋向

2020年是"十三五"规划收官之年，2021年是"十四五"规划开局之年，是中国共产党成立100周年。就实际状况和总体风貌来说，不论是在创作、传播和接受，还是在新技术赋能、新媒介应用、文艺产业发展等方面，网络文艺各典型形态均取得了丰富的实绩，尤其是，网络视听文艺的蓬勃发展和整体性崛起极大彰显了网络文艺的影响力，呈现文艺新景象、新气象。随着全面建设社会主义现代化国家新征程的开启，与党和国家事业发展同频共振，作为社会主义文艺事业的重要组成部分，网络文艺在调整中进步、在创新中发展，创作生产积极反映时代发展和社会变革，艺术与技术相辅相成，事业和产业齐头并进，并以丰富多样的作品有效满足人民群众多样化、个性化的审美需求，充分展现了新生事物的蓬勃朝气和新兴文艺形态的生机活力。

一　发展概观

作为与互联网发展、社会进步紧密关联的新兴文艺形态，网络文艺在丰富多样的创作生产中锤炼品质，在与传统文艺的创新性融合中凝聚特性，其地位、价值和影响力日益提升。在以往实践经验和成绩的基础上，面对技术、媒介、平台、产业、政策法规、社会文化等多方面的新变化及多种力量相互作用带来的新影响，2020 年以来的网络文艺进一步理顺关系，释放生产要素潜能，优化创作、传播、接受和再生产机制，推进建设、发展、管理、引导有机统一，呈现稳步发展、扎实推进的新特点、新风貌。

（一）党和国家高度重视，为网络文艺发展夯实了基础、指明了方向

党的十八大以来，以习近平同志为核心的党中央立足新时代中国特色社会主义建设实践，就文艺事业和网信事业发展提出了一系列具有开创意义的新思想、新观点、新论断，不断推动我国文艺事业和网信事业开创新局面、取得新成就。就网络文艺来说，习近平总书记在文艺工作座谈会上的重要讲话、《中共中央关于繁荣发展社会主义文艺的意见》，以及习近平关于网络强国论述等，极大促进了网络文艺的繁荣发展。在新的社会、文化语境中，面对互联网技术、数字新媒介发展带来的深刻变化，网络文艺积极适应形势发展要求，大力推进精品创作与传播，加强与传统文艺创新性融合，加强内容管理、创新管理方式、规范传播秩序，让正能量引导发展。2020 年以来，《中共中央关于制定国民经济和社会发展第十四个五年规划和二〇三五年远景目标的建议》提出要"加强网络文明建设，发展积极健康的网络文化"；[①]《中华人民共和国国民经济和社会发展第十四个五年规划和 2035 年远景目标纲要》在"社会主义文化繁荣发展工程"中将"网络文艺创作传播"列入"文艺精品创作"重大项目。[②] 无疑，党和国家的高度重视，以及一系列新

[①] 《中共中央关于制定国民经济和社会发展第十四个五年规划和二〇三五年远景目标的建议》，《人民日报》2020 年 11 月 4 日，第 1 版。

[②] 《中华人民共和国国民经济和社会发展第十四个五年规划和 2035 年远景目标纲要》，《人民日报》2021 年 3 月 13 日，第 1 版。

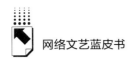

思想、新观点、新论断的正确指导和重大发展举措的有力推动，不仅为网络文艺的快速发展奠定了坚实基础，还为网络文艺的又好又快发展指明了前进方向。

（二）高举中国特色社会主义伟大旗帜，与时代发展、社会进步同声相应、同气相求

作为当代中国社会主义文艺的重要组成部分，网络文艺高举中国特色社会主义伟大旗帜，坚持以习近平新时代中国特色社会主义思想为指导，坚定文化自信，增强文化自觉，践行和弘扬社会主义核心价值观，积极反映中国人的审美追求、体现中华文化精神、传播当代中国价值观念。作为人民群众喜闻乐见的新兴文艺形态，网络文艺坚持以人民为中心，贴近时代、贴近生活，积极把握时代发展、社会进步的脉动，主动反映人民群众的趣味爱好、审美需要和价值追求，真切表现时代生活中人们的社会文化心理、生活体验和思想情感，讲品位、讲格调、讲责任，抵制低俗、庸俗、媚俗，努力为人民群众提供丰富多样的、高质量的文艺精神产品和服务。

（三）聚焦主题主线，勇于担当使命、凝聚奋进力量

近两年来，脱贫攻坚战取得全面胜利、抗击新冠肺炎疫情斗争取得重大战略成果、中国共产党喜迎百年华诞……在诸多重大事件和社会活动中，网络文艺与其他文艺形式一道，积极运用文艺特点、发挥文艺力量，广泛汇聚真善美正能量，充分展现中国共产党领导和社会主义制度的鲜明优势，反映中国人民和中华民族自强不息的精神风貌，有效发挥了凝聚人心、汇聚力量、催人奋进的文艺功能。面对脱贫攻坚、抗击新冠肺炎疫情，网络文学、网络剧、网络电影、网络综艺、网络纪录片、网络音乐、网络动漫、网络游戏、网络演出和文艺性网络直播、短视频等纷纷聚焦关键点，一批作品用心、用情、用功讲述动人故事、抒发家国情怀、展现精神力量，生动展现了团结奋斗、共克时艰、昂扬向上的生活场景，引发了人们强烈的情感共鸣。

在庆祝中国共产党成立 100 周年活动中，网络文艺聚焦"党的盛典、人民的节日"，多形态参与、多形式展现、全年度贯穿，找准选题、讲好故事、推出精品，奏响庆祝建党百年的华彩乐章，并在思想深度、文化厚度、精神高度上实现新突破。凡此种种既体现了网络文艺的使命担当，也体现了新兴网络文艺的优势和力量。

（四）创新性融合向纵深推进，地位和影响力进一步提升

时至今日，网络文艺实践丰富多样，发展锐气势不可挡，不仅以其对时代生活的审美负载、对中国精神的诗意表征而成为社会主义文化建设的重要组成部分，还以其蓬勃的创新活力、巨大的发展前景而跻身当代中国文艺的主流行列：一方面，网络文艺各典型形态进一步繁荣发展，尤其是在创作生产方面，稳量提质效果明显、现实题材整体性崛起、创作队伍和水平优化提升、优秀作品不断涌现；另一方面，在交互影响和作用中，网络文艺与传统文艺的创新性融合向纵深推进，传统文艺主流奖项纷纷向网络文艺开放，特别是在新冠肺炎疫情的影响下，传统文艺纷纷开启"云模式"——云演出、云直播、云展览等多样的"云文艺"实践不仅体现了"互联网＋文艺"的深度发展和创新性融合的蓬勃生机，还进一步彰显、提升了网络文艺的地位、价值和影响力。

（五）新技术、新应用升级换代，内容生产和形态、业态创新发展

随着媒介变革和新技术应用的进一步推进，网络文艺发生诸多新变化。首先，全媒体不断发展，出现了"全程媒体、全息媒体、全员媒体、全效媒体"，舆论生态、媒体格局、传播方式等为之发生深刻变化。[①] 在媒体融合向纵深发展的大潮流中，网络文艺创作生产积极适应构建全媒体传播格局的新形势，迭代、跨界、融合、创新等观念和思维渗透到创作、传播、接受

---

① 习近平：《加快推动媒体融合发展　构建全媒体传播格局》，《求是》2019 年第 6 期，第 2 页。

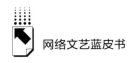
的深层。其次，在大数据、云计算、人工智能、区块链、5G 通信等加速发展的背景下，网络文艺加速与前沿科技深度融合，在新动力驱使下，文艺性短视频、网络直播、互动视频、VR 视频、沉浸体验等新业态发展、新场景应用呈现新景象。再次，集数字化、智能化于一体的"数智化"推动网络文艺创作生产进一步发生深刻变化，不仅带来创作、传播、接受方式和经营管理模式等的深刻变革，还带来数字艺术、虚拟艺术、AI 艺术等的创新发展，在增强网络文艺表现力、传播力、影响力的同时，还进一步拓展了网络文艺的发展空间。

（六）事业与产业相辅相成，社会效益和经济效益相得益彰

经过有力、有效的政策引导、市场调节和行业自律，网络文艺发展中数量与质量、效益追求与人文审美、技术强势与艺术优势等的落差进一步缩小，快速发展中的野蛮生长现象有较大改观。其间，网络文艺创作生产贴近生活、贴近人民、贴近时代，讲品位、讲格调、讲责任，弘扬社会主义核心价值观，积极用正能量引导发展；平台、企业遵纪守法，积极培育和弘扬健康向上的网络文化；广大受众尤其是年轻受众的网络媒介素养和艺术修养、审美品鉴能力进一步提升；科学、合理的评价标准和体系进一步完善；普及与提高、满足与引导协调发展；艺术传播、审美接受进一步规范有序，网络文艺空间日益清朗，呈现事业与产业相辅相成、社会效益和经济效益相得益彰的良好局面。

（七）新文艺组织、新文艺群体活力充沛，为发展注入强劲动力

随着影响力的日益增强，网络文艺各领域随处可见新文艺组织、新文艺群体的活跃身影。民营文化工作室、民营文化经纪机构和网络文艺沙龙、读书会、社群等新文艺组织大量涌现，网络作家、签约作家、独立制片人、独立演员、自由文艺工作者等新文艺群体如雨后春笋般生长。特别是在新文艺群体中，很多从业者是网生代，他们思维活跃、视野开阔，能敏锐捕捉时代生活的丰富信息、反映文艺发展的前沿动态；他们

了解年轻受众的审美趣味和爱好，且接地气、懂市场、有活力；他们创新意识强，善用新技术、新机制，能在创作方式、传播手段、推送平台等方面积极适应、调动多种生产要素的新动能，已成为网络文艺发展的有生力量。

（八）网络治理进一步完善，网络空间日益清朗有序

近两年来，网络法治稳步推进，综合治理成效显著：一是法律体系不断健全，法律层级显著提升，并在平台治理、内容管理、数据安全、未成年人网络保护、版权保护开发和利用等方面体现法律规范和管理成效；二是综合治理体系日益规范化、科学化，相关内容审核通则、平台管理规范、内容审核标准细则等的出台为平台、制作机构提供了具体指导；三是聚焦关键领域、重点问题，强化全流程引导与管理，逐步建立起涵盖事前、事中、事后全流程监督与服务的管理体系；四是坚持网上网下统一标准、统一尺度、统一导向，同时，积极支持、推进新媒体和传统媒体在内容创意、制作生产、节目播出、运营开发等方面加深合作。其中包括国家互联网信息办公室、工业和信息化部、文化和旅游部、国家广播电视总局等部门及行业协会出台的一系列法律法规、规定、通知、意见等。比如，2021年3月1日正式施行的《网络信息内容生态治理规定》旨在营造良好网络生态，保障公民、法人和其他组织的合法权益，维护国家安全和公共利益，是我国网络信息内容生态治理法治领域具有全球首创意义的一项里程碑；[1]2020年2月，中国网络视听节目服务协会联合央视网、芒果TV、腾讯视频、优酷、爱奇艺等制定并实施《网络综艺节目内容审核标准细则》。2020年6月至10月，国家版权局、工业和信息化部、公安部、国家互联网信息办公室等联合开展第16次打击网络侵权盗版"剑网"专项行动；[2] 2021年

---

[1] 国家互联网信息办公室：《网络信息内容生态治理规定》，http：//www.cac.gov.cn/2019 - 12/20/c_ 1578375159509309.htm。

[2] 《国家版权局等关于开展打击网络侵权盗版"剑网2020"专项行动的通知》，http：//www.ncac.gov.cn/chinacopyright/contents/12548/353352.shtml。

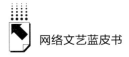

8月30日，为进一步严格管理措施，坚决防止未成年人沉迷网络游戏，切实保护未成年人身心健康，国家新闻出版署发布《关于进一步严格管理　切实防止未成年人沉迷网络游戏的通知》① 等。特别值得一提的是，针对网上"饭圈"突出问题和文娱领域存在的问题，2021年6月，中央网信办重点围绕明星榜单、热门话题、粉丝社群、互动评论等环节，在全国范围内启动并开展为期2个月的"清朗·'饭圈'乱象整治"专项行动，全面清理"饭圈"粉丝互撕谩骂、拉踩引战、挑动对立、侮辱诽谤、造谣攻击、恶意营销等各类有害信息，重点打击诱导未成年人应援集资、高额消费、投票打榜等五类"饭圈"乱象行为；②2021年8月25日，中央网信办发布《关于进一步加强"饭圈"乱象治理的通知》，提出"取消明星艺人榜单、优化调整排行规则、严管明星经纪公司、规范粉丝群体账号、严禁呈现互撕信息、清理违规群组板块、不得诱导粉丝消费、强化节目设置管理、严控未成年人参与、规范应援集资行为"等十大工作措施，进一步加大治理力度，压紧压实网站平台主体责任，切实突破重点难点问题，巩固和扩大专项行动成果，重拳出击解决"饭圈"乱象问题；③2021年9月初，中央宣传部印发《关于开展文娱领域综合治理工作的通知》，针对流量至上、畸形审美、"饭圈"乱象、违法失德等文娱领域突出问题部署综合治理工作，提出将通过一段时间的集中治理和建立长效工作机制，规范市场秩序，遏制行业不良倾向，廓清文娱领域风气。④凡此种种为培育向上向善的网络文化、促进网络文艺健康发展奠定了基础、提供了保障。

---

① 《国家新闻出版署关于进一步严格管理　切实防止未成年人沉迷网络游戏的通知》，http：//www. gov. cn/zhengce/zhengceku/2021－09/01/content_ 5634661. htm。
② 《中央网信办启动"清朗·'饭圈'乱象整治"专项行动》，https：//www. cac. gov. cn/2021－06/08/c_ 1624735580427196. htm。
③ 《关于进一步加强"饭圈"乱象治理的通知》，https：//www. cac. gov. cn/2021－08/26/c_ 1631563902354584. htm。
④ 《中央宣传部印发通知，部署文娱领域综合治理工作》，https：//www. xinhuanet. com/2021－09/02/c_ 1127821939. htm。

二　创作生产状况

习近平总书记指出："优秀文艺作品反映着一个国家、一个民族的文化创造能力和水平"，"衡量一个时代的文艺成就最终要看作品"，所以，"我们必须把创作生产优秀作品作为文艺工作的中心环节"。[①] 2020 年以来，在以往经验和成绩的基础上，围绕"优秀作品"的创作生产，网络文艺继续稳步发展，并在题材类型、类型化生产、IP 开发、精品化生产、产业发展、守正创新、文艺"出海"等方面呈现诸多新特点，展现新兴文艺蓬勃发展的生机与活力。

（一）网民规模进一步增长，"年轻态"引领发展潮流

截至 2020 年 12 月，我国网民规模达 9.89 亿，普及率为 70.4%，手机网民规模达 9.86 亿，手机上网比例为 99.7%；在网络文艺相关应用方面，网络视频（含短视频）、网络文学、网络音乐、网络游戏、网络直播的用户规模/使用率分别达 9.27 亿/93.7%、4.6 亿/46.5%、6.58 亿/66.6%、5.18 亿/52.4%、6.17 亿/62.4%；在网民年龄结构中，10～19 岁网民占比 13.5%，20～29 岁网民占比 17.8%，30～39 岁网民占比 20.5%，40～49 岁网民占比 18.8%。[②]

实践表明，庞大的数量"硬核"给网络文艺创作生产带来了一系列深刻影响，是促进网络文艺发展的有力推手，也是促推我国成为网络文艺大国的重要能动性因素。特别是，基于高达 60% 以上的年轻受众，"年轻态"已成为网络文艺创作生产风格趋向和价值取向的突出特征。它不仅作为一种泛在特性体现在创作、传播、接受的各个环节和层面，还作为一种主导话语逐渐扩大用户范围、促进破壁出圈，乃至作为一种重要

---

① 习近平：《在文艺工作座谈会上的讲话》，《人民日报》2015 年 10 月 15 日，第 2 版。
② 中国互联网络信息中心：第 47 次《中国互联网络发展状况统计报告》，http://www.cac.gov.cn/2021 - 02/03/c_ 1613923423079314.htm。

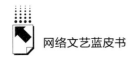

的建构力量促使艺术生产方式转型和发展。比如，越来越多的正能量作品纷纷通过鲜活、生动、多样的艺术形式积极探索向"年轻态"靠拢的新路径，并积极运用移动直播、虚拟现实、3D 动画等技术手段调动年轻受众参与的积极性，让主旋律、正能量获得更大流量和声量。尽管互联网时代的多元化、个性化致使年轻受众青睐的诸"新"（新热点、新趣味、新调性等）难以捕捉，尽管如何创作一部"好"作品和创作"好"一部作品常常是横亘在创作者面前的严峻挑战，但面对庞大的年轻受众群，把握并运用好他们的审美趣味与爱好是网络文艺创作生产重要的审美之维和发展方向。

（二）题材、类型丰富多样，现实题材创作成绩显著

近两年来，网络文艺在题材、类型上多元发展，并在形式、特色、品质、影响力等方面呈现诸多新特点。在网络文学领域，随着年轻作家的不断涌入，其题材、类型有相对稳定的一面，也有发展变化的一面。其中，男频作品以玄幻、仙侠、都市题材为主，悬疑、游戏等小众题材和类型进一步释放影响力，而女频作品以言情、纯爱类小说为主，占比超九成，彰显了鲜明的女性意识及特色；[①] 随着数字阅读生态日益完善、IP 市场的日益成熟，作为核心生产力，资深作家实力雄厚、中生代作家地位稳固、新生代作家迅速崛起，并带来网文质量、影响力、商业价值等的进一步提升。在网络视听文艺方面，2020 年，网络剧上线 230 部，相比 2019 年增长 14%，受国家广播电视总局规范集数长度、反对内容"注水"的影响，网络剧创作继续缩减篇幅，内容更精炼、叙事更紧凑，"短、精、新"特点显著；网络电影上线 659 部，相比 2019 年小幅增长 3%，"稳量提质"成趋势，思想性、艺术性和市场认可度的统一显著增强，票房分账破千万的作品有 60 部，相比 2019 年增长 76%；网络综艺上线 229 档，相比 2019 年增加 8 档，节目

---

① 艾媒咨询：《2020 年中国网络文学作家影响力榜单解读报告》，https：//www.iimedia.cn/c1020/76431.html。

类型以真人秀类、谈话类、互动娱乐类为主，热度保持稳定、品质总体向好，其中，作为基本盘的"综 N 代"节目覆盖了大部分头部节目，而挖掘节目价值的"多版本节目"、"衍生节目"① 成为提升用户黏性的重要内容和方式；网络纪录片上线 259 部，相比 2019 年大幅增长 70%，相比"十三五"初期的一年几十部更显飞速增长，其中，社会现实类、文化艺术类、疫情防控类、脱贫攻坚类占比达 73%，体现了浓厚的现实关怀和鲜明的人文色彩；网络动画上线 396 部，相比 2019 年增长 38%，制作水平进一步提升，以《雾山五行》《大理寺日志》等为代表的"中国风"动画表现出色，收获不俗口碑和出圈热度。② 2021 年以来，总体上看，网络文艺锚定高质量发展，题材、类型进一步丰富多样，并促进了创作、传播、接受的持续活跃。

特别值得一提的是，近两年来，受政策措施引导、成功作品激励、审美趣味变换等因素的综合影响，玄幻、言情、穿越等幻想类创作有所降温，而贴近人们当下生活，接地气、有温度、正能量的现实题材创作进一步繁荣发展。比如，网络文学关注乡村教师、基层警察、农民、牧民等以往少见的人物和群体，用心、用情、用功反映时代生活、表现人们的思想情感。就网络视听文艺来说，在网络剧中，现实题材占比近七成，《我是余欢水》《沉默的真相》等一批贴近生活、观照现实、讴歌时代的作品广受好评；在网络电影中，现实题材蓬勃发展，涌现《春来怒江》《中国飞侠》等一批优秀作品，成为反映时代生活的新生力量；在网络综艺节目中，《戏剧新生活》《这！就是街舞　第三季》《乐队的夏天　第二季》等自觉强化价值引领、突出正能量的传播；在网络纪录片中，社会现实类、文化艺术类是热门题材，《好久不见，武汉》《金银潭实拍 80 天》等疫情防控

---

① "多版本节目"是指在原版节目素材的基础上进行重新编排，增加一些花絮、互动内容而形成的节目（包含在网络首播的电视综艺多版本节目）；"衍生节目"是指围绕主体节目进行二次创作，与主体节目情节设置有相通性的节目（包含在网络首播的电视综艺衍生节目）。

② 国家广播电视总局监管中心编《2020 网络原创节目发展分析报告》，中国广播影视出版社，2021，第 3、71、147、233、353 页。

题材作品、《追光者：脱贫攻坚人物志》《石榴花开　第二季》等脱贫攻坚题材作品有温度、有底蕴、有文化，受到了人们的广泛好评。整体上看，近两年来的网络文艺创作进一步将镜头聚焦现实生活，从中提炼素材、汲取灵感，并以内容丰富、网感鲜明的艺术形象表现人们真切的现代性体验，展现时代生活的生动画卷。在某种意义上，优秀现实题材作品的不断涌现不仅意味着一种艺术品质的提升，还意味着网络文艺的一种良好发展趋向。

（三）类型化生产向纵深推进，形态渗透推进融合发展

经历实践和市场的磨砺与检验，网络文艺在题材、类型进一步细分的同时，其类型化生产进一步强化针对不同圈层、不同人群的面向。其突出表现有两个方面。一是垂直品类的内容深耕成为创作的基本思路。以网络剧为例，2020 年排名前五的内容有效播放量占比 17%，较 2019 年降低 5 个百分点，头部内容的市场占有率 3 年来逐年降低，而中腰部力量却迅速崛起，近 3 年来播放量超亿作品的数量占比稳步提升，至 2020 年已达 144 部，占比近 50%。这表明，圈层爆款逐渐取代全民爆款，分众时代已然来临。二是女性向作品的增多，"她"叙事强势崛起。比如，在网络文学中，《山河盛宴》《半星》《余生有你，甜又暖》《有匪》等均是大女主作品，这些作品透过细腻的"她"叙事来展现女性心理，既体现了鲜明的女性意识，又凸显了言情恋爱题材的高吸引力；在网络剧方面，不少作品深耕女性题材，体现鲜明的"女性＋"特点，比如，《摩天大楼》《白色月光》的女性＋悬疑、《传闻中的陈芊芊》的女性＋甜宠、《怪你过分美丽》的女性＋职场等；在网络综艺中，2020 年女性节目的有效播放量占比达 27%，情感类、观察类、美妆类等"她"综艺丰富多样、特色鲜明，《乘风破浪的姐姐》等作品播放量破亿，引发广泛关注。①

如果说，分众化反映的是类型化生产的纵向特征，那么，各网络文艺

① 云合数据：《2020 网络剧综节目数据观察》，https://zhuanlan.zhihu.com/p/342490724。

类型间的相互渗透则呈现类型化生产的横向特征。随着艺术实践的深广发展和媒体融合的加速推进，网络文艺内部各类型、各形态日益相互渗透，并呈现相互借力、取长补短、跨界融合的新态势和新特点。这种"渗透"的出现是互联网发展中的受众因素、媒介变革中的传播因素、数智赋能中的技术因素、产业发展中的经济因素等相互作用、相互强化的结果。特别是，随着短视频、网络直播突飞猛进式发展，"短视频+""直播+"成为网络文艺融合发展的新模式。比如，短视频+网络音乐，短视频平台在某种程度上成了网络"神曲"的孵化场，歌曲随视频一起发布、分享，并快速传遍大江南北；短视频+动漫，一方面，短视频动画是短视频内容的有机部分，另一方面，短视频平台成为漫画、动画作品宣发、推广的重要渠道，还积极强化优势互补、合作共赢。再比如，直播+综艺，随着直播带货的风行，《奋斗吧！主播》《鹅外惊喜》等节目纷纷涌现，尽管这类节目的有效播放量偏低，但"边看边买"的模式无疑为文艺发展和产业发展拓展了新的空间。

（四）IP开发多样化、精细化，资源优势和价值效益进一步彰显

在网络文艺的发展进程中，作为创作生产的重要内容，IP开发功不可没。随着实践的不断深入，网络文艺的IP开发方式、模式持续变革，并向多样化、精细化发展。择要说来，体现在三个方面。第一，IP开发出现结构性突破。除影视剧IP开发进一步巩固、深化外，短视频、有声书、广播剧、网络动漫、竖屏短剧等轻量级、高产能的IP改编作品拥有越来越大的市场，并使进一步细分和普惠的IP产业链逐渐成形。与此同时，全品类开发模式日益主流化、普及化，其中，每一种细分内容都彼此影响、互为补充，并通过联动效应促进IP价值的发挥和提升。第二，IP开发的类型、源头发生新变化。在类型上，《隐秘的角落》《沉默的真相》等现实题材网络剧的火爆引发了人们对IP价值的重估，并呈现改编的新热点；在源头上，除传统的文学类IP开发，在网络剧中还出现了由电竞IP改编的《穿越火线》和根据日漫改编的《棋魂》等。这体现了IP开发的丰富性，也凸显了

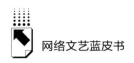

IP 开发的多种可能性。第三，IP 开发的精细化程度日益加深。经历了前些年的非理性热潮，IP 开发在把握原著精髓、改编策略、语言转换、技术应用、制作水准等方面渐趋成熟，特别是，受精品化生产的驱动，原来的"IP + 流量"模式向 IP 内容核心下沉、转移，如根据早期 IP 改编的《龙岭迷窟》《重启之极海听雷》等之所以取得良好效果，与 IP 开发的精细化密不可分。

（五）质量为王意识日益增强，精品化生产打造核心竞争力

在当前新的媒介生态、艺术生态和产业生态中，尽管仍存在渠道为王、技术为王、用户为王等多种说法，但最终起决定作用的还是以优质内容为依托的"质量为王"。而作为其中的核心环节，"精品化"生产则是打造核心竞争力的主导力量。

近两年来，网络文艺各典型形态均涌现一批叫好又叫座的优秀作品。这些作品在思想深度、文化厚度、精神高度上可圈可点，并在很大程度上促进了网络文艺审美特性的形成。比如，在网络视听文艺领域，突出的表现有三个方面。第一，网络剧的"短剧化"。2020 年 2 月，国家广播电视总局发布《关于进一步加强电视剧网络剧创作生产管理有关工作的通知》（简称《通知》）。《通知》明确反对内容"注水"，并以"短、精、新"相号召。受其影响，在 2020 年上线的 230 部作品中，30 集以内的占比 87%，12 集的作品占比 35%，[①]像《隐秘的角落》《我是余欢水》《沉默的真相》等作品确也因内容精干、情节紧凑、叙事明快而取得了口碑、收益的双丰收。第二，网络电影的"优质化"。相比前几年的野蛮生长，网络电影在数量上小幅增长，但质量有大幅提升。这种"优质化"发展得益于近年来电影艺术创作的多样探索与创新，更可视为近年来自觉走"稳量提质"之路得到的回报。第三，网络纪录片"质

---

① 国家广播电视总局监管中心编《2020 网络原创节目发展分析报告》，中国广播影视出版社，2021，第 5 页。

感化"。在快速发展中，一方面，网络纪录片以社会现实类、文化艺术类题材为创作热点，并充分彰显其介入生活、反映现实的能力；另一方面，网络纪录片凭借其写真、写实的特性，贴近生活、贴近现实，并通过有情怀、有温度、有文化的精品化生产，迸发出蓬勃的艺术创作活力，赢得了良好的市场发展前景。此外，在精品化生产的大潮流、大趋势中，其他网络文艺典型形态领域也涌现不少精品力作。比如，男频网文作品《大道朝天》《诡秘之主》《万族之劫》、女频网文作品《山河盛宴》《表小姐》《半星》等荣登 2020 年网络文学作家影响力榜单；在网络动漫方面，《雾山五行》凭借全手绘水墨画的独特风格，被誉为国漫崛起的代表作。

在某种意义上说，"质量为王"意识、"精品化"生产是常说常新的话题。近两年来的网络文艺实践表明，随着用户增长逐渐触及天花板，也随着用户欣赏能力、水平和审美需求的不断提高，加之短视频迅猛发展、优质内容竞争加剧等多种情形的相互激荡，那种跑马圈地、大水漫灌式的粗放生产方式已一去不复返，因此，对生产者和企业来说，唯有牢固树立精品意识和精品思维，才能用优秀作品见证实力、展现竞争力，唯有在内容上精耕细作，才有可能免于被边缘化或被市场淘汰的命运。

（六）文艺产业保持较快发展势头，头部平台和企业带动作用显著

受多种因素的作用和促推，近两年来，网络文艺行业整体上继续保持较快发展势头。其中，会员付费、版权交易、直播带货等商业模式多样并存，长、短视频互渗共融的平台建设深入发展，以内容为核心的创作、传播、接受全产业链布局日益成熟，并在销售收入、赢利模式、运营机制、发展策略、创新探索等方面展现新的特点和风貌。

第一，在网络文学行业，用户付费意愿的提升、创作者创作条件的改善、大型互联网企业的介入和联动、版权保护机制的完善等推动其创作生产焕发新活力。比如，在用户付费方面，阅文集团的用户月均付费从 2019 年

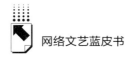

上半年的 22.5 元增至 2020 年上半年的 34.1 元,增长达 51.6%;① 在合作方式上,网文企业与作者之间的关系更灵活,新款合同扩大了作者权益,有利于促进内容创作的优化;在竞争格局上,大型互联网企业的介入和联动进一步加剧了行业竞争,但同时也推动了行业的发展和产业链上下游的协同创新。第二,在网络视听文艺领域,六型平台、企业的发展思路、策略进一步清晰、明确。在网络综艺方面,各大平台以深入垂直用户、提升节目水准为重心,部分节目形成较大社会影响力,2020 年付费会员内容的播放量达 43 亿,同比增长 56%;② 在网络电影方面,受新冠肺炎疫情影响,院线电影转网络播放或通过单片付费形式观看的发行模式和运行方式给多样化网生内容带来新启示,也为行业发展开辟了新路径。特别值得一提的是,在视频领域,作为一个显著特点,长视频和短视频业务相互渗透、融合发展步伐明显加快。其中,长视频平台依托自身特色和优势大力发展短视频业务,而短视频平台则通过"微剧""微综艺"等的试水,涉足综合视频业务。第三,在网络音乐行业,市场已进入存量竞争阶段,其中,用户的付费习惯逐步养成,截至 2020 年 10 月,付费用户超 7000 万,占比为 10.9%;版权收入成为重要收入,各大平台纷纷将大力扶持原创作为构建新内容体系的重点。第四,在网络游戏行业,2020 年实际销售收入达 2786.87 亿元,同比增长 20.71%,其中,移动游戏实际销售收入为 2096.76 亿元,占比为75.24%。③ 在庞大市场的带动下,移动游戏加快创新步伐,经营策略类游戏《万国觉醒》、"开放世界"④ 冒险游戏《原神》等高人气新作不断涌现;多款主机类游戏"出圈",其发展潜力得以进一步挖掘并呈现为新的发展动向。第五,在网络直播方面,截至 2021 年 6 月,

① 中国互联网络信息中心:第 47 次《中国互联网络发展状况统计报告》,http://www.cac.gov.cn/2021-02/03/c_1613923423079314.htm。
② 云合数据:《2020 年网络剧综节目数据观察》,https://zhuanlan.zhihu.com/p/342490724。
③ 中国音像数字出版协会游戏出版工作委员会:《2020 年中国游戏产业报告》,http://www.cgigc.com.cn/gamedata/22132.html。
④ "开放世界"是指游戏关卡设计的一种,其中,玩家可自由地在一个虚拟世界中漫游,还可以自由选择完成游戏任务的时间点和方式。

用户规模达 6.38 亿，与网络文艺相关的游戏直播、真人秀直播、演唱会直播的用户规模分别达 2.64 亿、1.77 亿、1.30 亿。①

实践表明，在网络文艺产业繁荣发展的进程中，头部平台和企业优势突出、带动作用明显，其特色化、差异化发展为产业发展注入了强劲动力。就传统主流媒体来说，随着中共中央办公厅、国务院办公厅印发《关于加快推进媒体深度融合发展的意见》，全媒体时代的媒体融合发展进入新阶段、开创新局面，② 特别是，在打造深度融合的内容生态上，传统媒体和新兴媒体在团队、人才、创意、项目、资金和剧目采购、广告营销联动等方面进一步打破壁垒、平等竞争、共创共享。就大型互联网企业而言，其创新发展进一步引领行业发展。其中，网文企业充分挖掘、发挥自身优势，纷纷加强与视频平台的合作，寻求新的发展机遇、打造新的增长点；在视频领域，各大型平台、企业则在内容布局、品牌标识、赛道竞争、特色打造等诸多方面"八仙过海，各显其能"。比如，在内容播放上，爱奇艺上线独播剧数量最多，优酷和腾讯视频次之，爱奇艺、优酷、腾讯视频是网络电影最大的播出平台，腾讯视频、芒果 TV、爱奇艺、优酷的网络综艺节目最多，网络纪录片、网络动画片的播出平台则以腾讯视频、优酷、哔哩哔哩为主；在内容制作上，主要平台、企业各有侧重，以网络剧为例，爱奇艺重点打造悬疑和都市题材的类型化剧集，腾讯视频以自制 IP 剧为重点，优酷聚焦情感和悬疑两大题材，芒果 TV 则着力打造青春品牌。可以说，这种特色化、差异化发展既丰富了网生内容，也增强了平台的辨识度。

（七）新形态、新业态不断涌现，创新驱动带来新动能、展现新活力

大量实践表明，"创新"是网络文艺的鲜明特性。近两年来，在技术、

---

① 中国互联网络信息中心：第 48 次《中国互联网络发展状况统计报告》，http：//www.cnnic.net.cn/hlwfzyj/hlwxzbg/hlwtjbg/202109/P020210915523670981527.pdf。

② 中共中央办公厅、国务院办公厅：《关于加快推进媒体深度融合发展的意见》，http：//www.gov.cn/zhengce/2020－09/26/content_5547310.htm。

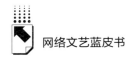
媒介、艺术、政策、用户、市场等诸多因素的综合作用下，网络文艺创作生产坚持创新驱动，在内容、形式、方法、手段等方面呈现新风貌，并促使文艺新形态、新业态不断涌现，充分展现了网络文艺发展的新活力。

就文艺新形态、新业态来说，第一，文艺性短视频蓬勃发展。近年来，短视频突飞猛进式发展，用户数量迅速增长，内容形态丰富多样，流量效应极大凸显。其中，抖音、快手表现突出。同时，广播、电视等传统主流媒体全面挺进短视频，形成了平台"两超多强"、账号百花齐放的格局。截至2020年12月，我国短视频用户规模达8.73亿，使用率为88.3%。[1] 在内容方面，通过对2020年发布的46万条热门短视频进行分析，在点击量、点赞量、评论量达100万以上的短视频中，社会类、时政类最多，占50%，其次是文艺性短视频，包括影视、游戏、综艺、音乐等，占比近30%。[2] 不仅如此，随着短视频的飞速发展，凭借强大的加载、兼容能力，它与多种文艺形态的融合不断深入，传播场景不断扩大。当前，体量庞大的文艺性短视频不仅以其丰富的内容、便捷有效的接受方式而成为广大用户日常娱乐的重要选择，还以其生动直观、新颖易懂的特性而成为文化传播的良好载体。第二，微短剧迅速崛起。在短视频迅猛发展的大潮中，微短剧也迅速崛起。这顺应了用户消费微、短、精"故事"的需求，也反映了用户对大量同质化长视频内容的审美疲劳。相比长视频，微短剧以高密度剧情点为特征，且其投资小、上线快，对广告主具有不小的吸引力。其中，抖音、快手、腾讯微视等是微短剧发展的主要推手。第三，互动视频潜质凸显。[3] 在互联网企业一站式创作平台的积极支持和5G商用技术的促进下，互动视频正成为行业关注焦点。爱奇艺、腾讯视频、哔哩哔哩、优酷等均积极推动，并在互动剧、互动综艺、互动电影、互动游戏等领域实现了多点开花。尽管受制作成

---

① 中国互联网络信息中心：第47次《中国互联网络发展状况统计报告》，http://www.cac.gov.cn/2021 – 02/03/c_ 1613923423079314.htm。

② 石平：《网络视听高质量发展步伐坚实》，https://www.1905.com/m/news/touch/1525055.shtml。

③ "互动视频"指与传统视频相对应的一种视频形式，它将剧情的走向决定权交到观众手中，观众可以通过自主选项，主动参与剧情走向，并由观众来决定角色的发展和结局。

本限制，互动视频的商业模式和技术形态仍处于探索阶段，但凭借其契合互联网精神的特性，以及在审美分享、价值共享中的重要意义，互动视频美学潜质深厚，具有良好的发展前景。第四，云文艺展现新风采。受新冠肺炎疫情影响，网络文艺危中寻机、开辟新路。比如，"云综艺"借助高性能技术联动，利用直播、面对面视频、短视频、Vlog 等形式打破节目录制的时空限制，创新节目生产模式，既丰富了文艺内容，又提高了生产效率；"云上演唱会"强化音乐娱乐新体验、营造网络直播新生态，其中有新的直播产品开发，也有专业歌手、音乐人纷纷参与直播，并在专业表演、舞美设计、AR/VR 和全息投影运用等方面提升内容的品质。

与文艺新形态、新业态的创新发展相呼应，"管理"创新进一步激发、促进了网络文艺创造力的释放。在某种意义上，"管理"创新与"内容"创新同等重要。尤其是，伴随媒介变革的深入发展、艺术生产力和艺术生产关系的持续调整，搭建一个强大、为一线服务、智能化的管理中台是发展之需，实际上也成了大势所趋。① 比如，"技术中台"提升个性化观看服务和多元化媒体服务水平；"内容中台"对作品立项、生产、考核进行统筹管理；"风控中台"建立科学、合理的项目评估考核机制，规避投资风险，实现资源优化配置；"运营中台"建立大运营体系，发挥聚合能力，最大化释放内容价值。近两年来，网络文艺创作生产进一步处理好政策导向、用户需求、市场环境等之间的辩证关系，积极运用新技术、探索新领域、催化新模式，并在创意、创作、传播、商业运营、产业发展等方面持续推进创新，逐步形成了良好的创新生态，在为广大用户带来审美新体验和新服务的同时，也为网络文艺发展开辟了新的广阔空间和道路。

（八）文艺"出海"持续推进，新格局凸显新成效

在发展进程中，网络文艺在成长为一种强大审美力量的同时，还成为当

---

① "中台"一般是指搭建一个灵活快速应对变化的架构，以便快速实现前端提出的需求、避免重复建设、达到提高工作效率的目的。这一术语多应用于大型企业。

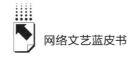

代中国文化艺术"走出去"的重要形式。就性质、特点来说，文艺是世界语言，是"不同国家和民族相互了解和沟通的最好方式"，"最容易相互理解、沟通心灵"。① 随着跨文化交流与传播的日益频繁、深入，鲜活、生动、新颖的网络文艺日益展现其力量和影响。从以往单纯的内容"出海"到当今的多样化"出海"，网络文艺在内容输出、海外版权出售、平台搭建，以及海外原创内容上线、IP内容联动等方面进入新阶段、呈现新格局，不仅积累了新经验、取得了新成效，还促进了网络文艺创作生产国内、国外的相辅相成、相得益彰。

择要说来，在网络文学中，起点国际（Webnovel）英文翻译作品持续增长，总量超1700部；在授权上，阅文集团向日本、韩国、美国、英国、法国等实现数字出版、实体图书出版700余部，IP授权亦呈现良好发展前景；在原创方面，阅文集团积极推广国内作家的培养、激励、运营模式和机制，促进海外读者向作者转化并吸取东方文化经典元素进行创作，其中，起点国际海外作者超10万，作品超16万部。② 在网络视听文艺领域，网络剧《隐秘的角落》入选美国《综艺》杂志公布的15部最佳国际剧集，成为我国首次入选该榜单的作品，日本、韩国等还购买了其播放权；儿童动画剧集《无敌鹿战队》被尼克儿童频道收购，陆续登陆亚洲、北美、欧洲和非洲市场，收视表现优秀。在短视频方面，其海外市场迅速从东亚、东南亚扩展到北美、欧洲，其中，抖音、快手海外版产品还支持将视频分享到YouTube、Facebook、Twitter等国际平台和主要社交软件，使用率迅速攀升，市场表现良好，特别是，像李子柒系列短视频中的优秀作品在传播中华文化方面发挥了积极的作用。此外，各大视频网站还积极采用"内容""平台"双轮驱动策略，进一步完善内容矩阵和产品体系，强化内容影响力和市场话语权，同时，提升平台采集和分析数据的能力，打造完整产业链：一方面，以优质内容为基础，加快海外市场落地、完善对海外市场的结构性渗透；另一方面，

---

① 习近平：《在文艺工作座谈会上的讲话》，《人民日报》2015年10月15日，第2版。
② 阅文集团：《2020网络文学出海发展白皮书》，https://www.sohu.com/a/432428934_182272，2020年12月16日发布。

以联合制作、内容创投、海外版权本土化开发、本土版权海外联合研发等为抓手,积极推进平台落地,带来良好成效。在网络游戏方面,其"出海"由原来的以东南亚地区为主,逐步发力日本、韩国、欧美等成熟市场,积极开拓中东、印度、俄罗斯、巴西等新兴市场,全球用户规模、市场份额、海外影响力不断攀升。比如,米哈游的《原神》一经推出便迅速在日本、美国、韩国等引发热潮,并被苹果官方评选为 iPhone 年度游戏,成为中国手游首次获得该奖项的现象级产品。① 与此同时,随着"出海"的常态化,网络游戏的题材、类型也不断丰富,版权方面的海外代理、收购参股、共同开发等形式多元化。凡此种种共同描绘了网络文艺"出海"版图的新景象、新风貌。

总的说来,随着"出海"成为网络文艺创作生产中不可或缺的重要组成部分,其深刻的美学意义和文化价值进一步彰显。特别是,经过丰富多样的实践积累和创新探索,网络文艺不仅以其创新性和创作实绩扩大了知名度、影响力,还以其反映当代中国现实生活和人们精神风貌的丰富性而彰显了文艺发展的"中国特色"和"中国经验"。

三 发展趋向

在当代中国文艺的总体格局中,网络文艺朝气蓬勃、生机盎然。尽管在形态多样、内容丰富的实践中,网络文艺创作生产还存在一些问题和不足,比如,数量庞大、质量有待提升的矛盾依然醒目,内容同质化、跟风复制现象等仍未破除,艺术与经济、商业的冲突有待进一步缓解,将技术优势转化为艺术优势的能力需进一步增强,大众文化消费、流行娱乐时尚、粉丝文化中的一些乱象和负面情形不同程度地存在,但总体上看,在时代发展、社会进步的历史潮流中,网络文艺实践丰富、潜质深厚、发展前景良好,具有丰

---

① 中国音像数字出版协会游戏出版工作委员会:《2020 年中国游戏产业报告》,http://www.cgigc.com.cn/gamedata/22132.html。

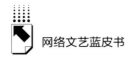

富、深刻的审美现代性意义。据此，我们可以透过由多种叙事话语组合而成的精神地形图，并借助一种创新的力量来审视和理解其审美现代性，来观测那些发展的脉络，以及那些不断更新的动力所标示的趋向。

（一）精品化生产推动高质量发展

在"十四五"发展规划和 2035 年远景目标纲要中，随着发展阶段、发展环境、发展条件等的变化，"推动高质量发展"成为我国新发展阶段的战略选择和时代主题。与党和国家事业发展同步，与文艺事业、网信事业发展一致，网络文艺也要立足新发展阶段、贯彻新发展理念、构建新发展格局，不断推动创作生产高质量发展。实践表明，精品化生产、质量为王是网络文艺发展的内在要求，也是网络文艺创作生产的必然趋向。面对发展的新形势、新任务、新要求，推动网络文艺高质量发展无疑是一项系统工程，而其核心则在于历经实践和时间检验的精品化生产。择要说来，推动网络文艺高质量发展就是要坚持党的全面领导，坚持以人民为中心的创作导向，大力强化质量意识，提升内容品质，积极反映时代发展、弘扬民族精神、展现中国力量；要着力在加强精品内容生产上求突破，生产出更多思想性和艺术性兼备、传播力与影响力俱佳的优秀作品，更好满足人民群众日益提升的审美文化需求；要积极推动"文化和科技融合"，大力发展朝阳产业，积极推进内容、科技、产业、服务等全领域、各环节的创新，促进网络文艺产业繁荣发展；要在营造清朗网络空间上开新局，传递正能量、传播真善美，以优质网络文艺内容建设促进积极健康的网络文化建设，营造美好网络空间生态家园。

（二）文艺形态加速从"数字化"向"数智化"演进

在发展进程中，新技术、新媒介为网络文艺注入了强劲的动力，数字化、网络化为网络文艺插上了腾飞的翅膀。当前，新的技术进步在改变生产机制、激发创新力量、重塑文艺风貌等方面发挥着新的作用，带来了新的意义和价值。特别是，基于大数据、云计算、人工智能、区块链、5G 通信、物联网等一系列新技术的综合应用，有别于"数字文艺"的"数智文艺"呈现诸多新特征。表面上看，"数智化"是"数字化"的升级，"数智文艺"是数智赋能、增值应用的产物和网络文艺的新形态，但实质上，"数字"向"数智"的演进已渗透到文艺创作、传播、接受等的各个环节与层面，蕴含着技术进步、媒介发展、观念变化、艺术创新、产业变革等数字现代性的深层逻辑和强力驱动，并契合了文艺与新技术、新媒介不断创新性融合的内在要求和发展趋向。由此，以数字化、网络化、智能化为先导的"数智文艺"将因其更强大的艺术表现力、传播力、影响力而展现网络文艺发展的新前景。

（三）移动化、视频化、社交化、互动化等趋向日趋明显

伴随新技术、新媒介的快速发展，移动化、视频化、社交化、互动化等相互关联的趋向对网络文艺的创作、传播、接受和再生产带来了一系列深层次、结构性的作用和影响。其一，就"移动化"来说，截至 2020 年 12 月，我国手机网民规模达 9.86 亿，使用手机上网的比例为 99.7%，而使用台式电脑、笔记本电脑、电视、平板电脑上网的比例分别是 32.8%、28.2%、24%、22.9%；在相关应用方面，手机网络游戏、网络音乐、网络文学的用户规模/使用率分别达 5.16 亿/52.4%、6.57 亿/66.6%、4.59 亿/46.5%，且呈逐年上升趋势。① 可以说，"移动"带来的不仅是便捷，更意指生产、接受方式的变化；"移动"影响的不仅是形式，更关乎内容。其二，就"视频化"而言，网络视频、短视频的用户规模/使用率分别达 9.27 亿/93.7%、8.73 亿/88.3%。特别是，在技术、艺术、媒介快速发展的当下，短视频如同轻骑兵，不仅极大促进了日常生活的审美化和审美的日常生活化，甚至还出现了"视频社会化"的趋势。② 据预测，2022 年视频将占所有互联网流

---

① 中国互联网络信息中心：第 47 次《中国互联网络发展状况统计报告》，http：//www. cac. gov. cn/2021 -02/03/c_ 1613923423079314. htm。

② 人民日报中国品牌发展研究院：《中国视频社会化趋势报告》，http：//it. people. com. cn/n1/2020/1126/c1009 -31945945. html。

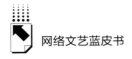

量的82%，对此，有分析指出：视频将成为更重要的互联网入口，更重要的信息传播和舆论引导载体，更重要的宣传思想和意识形态的阵地，因而其主阵地的战略地位和战略力量必将进一步得到提升和增强。① 其三，就"社交化"来说，它契合互联网时代的人们尤其是年轻人爱表达、评论的交往、交流需求，并日益彰显深刻的文化、经济功能。在社交平台方面，微信朋友圈、QQ空间、微博这些主流社交平台长期占据社交市场的大部分流量，不仅通过日益丰富的内容构建完善的流量闭环和服务生态，还积极利用新技术、用户代际变化带来的机会深入开发细分领域社交产品，满足小众群体的个性化需求。在网络文艺的内容和形式方面，"艺术本质上就是一种交往，在网络世界中，主体呈现虚拟化趋势，主体间性是信息革命带来的观念改变"②，换言之，社交化为人们的艺术审美和思想交流、情感沟通提供了场景、搭建了平台。其四，就"互动化"来说，"共鸣关系是主体和世界用各自的方式与对方进行呼应"③，以技术发展为基础的"互动"契合互联网精神，也契合互联网时代艺术生产与消费的美学精神。在当前网络文艺的创作生产中，以互动剧、互动电影、互动综艺等为代表的互动视频集中蕴含、体现了审美分享、价值共享的审美现代性。尽管世界范围内的互动视频仍处于发展的初级阶段，尽管互联网时代人们的审美趣味、爱好和思想观念、价值追求等日益多元化、个性化，但以互动视频为载体而凸显的互动功能和互动美学，是网络文艺发展弥足珍贵的审美之维和潜力巨大的发展倾向。

（四）传统文艺与网络文艺的创新性融合向纵深推进

在网络文艺与传统文艺的关系中，一方面，后者为前者提供了发展基础和丰厚滋养；另一方面，前者又给后者带来日益明显的反向影响乃至引领、示范作用。其突出表现是：伴随"互联网＋文艺"的深入转型和发展，互

① 国家广播电视总局发展研究中心编《中国视听新媒体发展报告（2021）》，中国广播影视出版社，2021，第6页。
② 黄鸣奋：《数码艺术学》，学林出版社，2004，第16页。
③ 〔德〕哈特穆特·罗萨：《新异化的诞生》，郑作彧译，上海人民出版社，2018，第14页。

联网艺术思维日益渗透到创作生产的各个环节和层面，并促进新型艺术生产方式的形成和发展。在艺术活动中，作为艺术生产力和艺术生产关系的有机统一，"艺术生产方式"包括技术、媒介、艺术表现能力、审美关系等诸多要素的交互作用，以及相应审美、创美机制的生成。在发展变化中，新型艺术生产方式之"新"突出体现为创作、传播、接受和技术、平台、产业等一系列要素、关系的重塑，而传统文艺与网络文艺的创新性融合恰是这一"重塑"进程中的关键环节。时至今日，在新型艺术生产方式的促推下，传统文艺与网络文艺观念形态上的差别依然存在，但在实践形态上，两者的分野日益弥合。比如，电视剧与网络剧、电视综艺与网络综艺、院线电影与网络电影、纪录片与网络纪录片等之间的界限模糊就是两者"融合"程度日益增强的明证。这意味着传统文艺与网络文艺的创新性融合正在向纵深推进，也意味着当代中国文艺"新共性"的凝聚、"新美学"的建构正在向更深、更高的层次迈进。

（五）在中外交流互鉴中突出特色发展、创新发展

互联网的快速发展和普及改变了人们的生活方式、思维方式和存在方式，还使"中国语境"和"国际环境"（或"国际视野"）的紧密关联乃至视域融合日益加强，并极大地影响着网络文艺创新发展的进程。择要说来，中外交流互鉴的日益深化凸显三方面的重要趋向和积极意义。一是共时性参照日益增强。在快速发展进程中，网络文艺既加强与传统文艺的历时性比较，还强化与国外类似文艺实践的共时性参照，并在日益频繁、深入的互动中汲取有益营养、借鉴先进经验，同时，也大力强化海外传播、扩大影响力、彰显中国特色。二是对接步伐日益加快。在国外，与"网络文艺"相近的概念有超文本、数字艺术、网络艺术、互联网艺术、新媒介艺术等，其实践具有鲜明的前卫性、先锋性、创新性色彩。而对接步伐的加快不仅有利于深化、拓展我们对"网络文艺"的认知，还有利于促进我国网络文艺实践的创新发展，提升相关领域的国际话语权和文化艺术的国际竞争力。三是主体意识日益强化。与国外相比，我国网络文艺实践起步晚，但发展快，尤

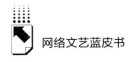
其是近十年来，我国网络文艺不仅以其日益增长的社会影响力而跻身当代中国文艺的主流行列，还以其内容、形式、生产规模、创作实绩、产业发展、发展前景等方面的鲜明特点而日益彰显"中国特色""中国经验"的意义和价值。其中，主体意识的强化不仅体现了文化自信的增强，还有益于进一步促进网络文艺在特色发展、创新发展中迈出新步伐、书写新篇章。

（六）文化艺术身份、地位日益主流化

经过多年的丰富实践和成果积累，网络文艺逐渐从新生走向成熟、从边缘走向中心、从支流走向主流。这印证了它巨大的发展活力与潜力，也见证了其在当代中国文艺中身份、地位的转变和价值、影响力的提升。当然，文化艺术身份、地位的"主流化"是一个动态的过程，特别是，在当前审美话语日趋多元的社会、文化语境中，网络文艺的"主流化"必然是艺术、技术、审美、产业等多种因素矢量合力作用的产物，是其与传统文艺、外国文艺，以及主流文化、大众文化、外来文化等交流、碰撞、磨合、发展的结果。在这种意义上，"主流化"的网络文艺必然要进一步关注现实生活、传承优秀传统文化、表达主流价值、传递时代精神、强化中外文化艺术的交流互鉴，并以其丰富多样的艺术形象表现时代生活中人们生活方式、审美体验、思想观念、价值理想等的深刻嬗变，充分彰显新兴文艺的审美价值和文化功能。

（七）在文化强国建设中进一步强化责任担当

"文艺是时代前进的号角，最能代表一个时代的风貌，最能引领一个时代的风气。"[1] 作为新兴文艺和新生力量，网络文艺的繁荣发展是广大网络文艺工作者开拓进取、创新发展的结果。在新发展阶段，广大网络文艺工作者必将进一步增强社会责任感、历史使命感，坚持马克思主义在意识形态领域的指导地位，坚定文化自信，坚持以社会主义核心价值观引领文化建设，围绕举旗帜、聚民心、育新人、兴文化、展形象的使命任务，促进满足人民

---

① 习近平：《在文艺工作座谈会上的讲话》，《人民日报》2015年10月15日，第2版。

文化需求和增强人民精神力量相统一，积极投身"社会主义文化强国建设"的时代洪流。① 时代要求网络文艺工作者要扎根生活、拥抱时代，从火热的生活和人民的丰富情感中提炼故事和形象，讲好体现时代精神的中国故事，不断提升作品的时代温度、历史厚度、思想价值和美学境界；要厚植传统文化基础，努力推进中华优秀传统文化的创造性转化、创新性发展；要不断推进艺术创新，创作更好更多的文艺精品，积极发挥网络文艺在推动互联网由"最大变量"向"最大增量"转换进程中的独特作用，为推动社会主义文化繁荣发展、建设社会主义文化强国做出新的更大的贡献。

（八）在优势发挥中大力促进国际传播能力建设

在发展进程中，网络文艺因"网"而生、向"网"而盛，以互联网为代表的信息革命给网络文艺带来了巨大的发展动力，也赋予了网络文艺新的使命和任务：一方面，作为社会主义文艺事业和网信事业的重要组成部分，网络文艺内在地蕴涵着新的生产力、代表着新的发展方向，"应该也能够在践行新发展理念上先行一步"；② 另一方面，"讲好中国故事，传播好中国声音，展示真实、立体、全面的中国，是加强我国国际传播能力建设的重要任务"③，作为信息传播与舆论引导的重要载体、思想宣传和意识形态的重要阵地，网络文艺理应"以讲好中国故事为着力点，创新推进国际传播，加强对外文化交流和多层次文明对话"④，着力提升中华文化影响力。在某种意义上，作为一种现代艺术形态和审美话语，网络文艺因其生动、直观的特点而有利于讲好中国故事、传播好中国声音及其背后的思想力量和精神力

---

① 《中共中央关于制定国民经济和社会发展第十四个五年规划和二〇三五年远景目标的建议》，《人民日报》2020 年 11 月 4 日，第 1 版。
② 习近平：《在网络安全和信息化工作座谈会上的讲话》，《人民日报》2016 年 4 月 26 日，第 2 版。
③ 《加强和改进国际传播工作　展示真实立体全面的中国》，《人民日报》2021 年 6 月 2 日，第 1 版。
④ 《中共中央关于制定国民经济和社会发展第十四个五年规划和二〇三五年远景目标的建议》，《人民日报》2020 年 11 月 4 日，第 1 版。

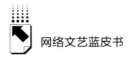

量，凭借其互联网优势和艺术优势而有利于广泛宣介中国主张、中国智慧、中国方案。要言之，随着地位、影响力等的进一步提升和增强，网络文艺理应也必将在我国国际传播能力建设中进一步发挥重要的作用。

习近平总书记指出："古今中外，文艺无不遵循这样一条规律：因时而兴，乘势而变，随时代而行，与时代同频共振。"① 站在"两个一百年"奋斗目标的历史交汇点上，一方面，促进网络文艺繁荣发展要放在中华民族伟大复兴战略全局和世界百年未有之大变局中来领会，要放在落实"十四五"规划、开启全面建设社会主义现代化国家新征程中来思考，要放在社会主义文化强国、网络强国的宏伟蓝图中来把握，要放在促进社会主义文艺繁荣兴盛中来推进；另一方面，在新的媒介生态、艺术生态、产业生态和文化生态中，作为当代中国文化艺术发展的生力军，网络文艺要切实以高质量发展为主题，进一步开拓进取、传承创新，进一步发挥作用、凝聚力量，通过审美转换把新兴文艺的时代伟力转化为全面建设社会主义现代化国家、实现中华民族伟大复兴的强劲动力。

---

① 习近平：《在中国文联十大、中国作协九大开幕式上的讲话》，《人民日报》2016 年 12 月 1 日，第 2 版。

典型形态篇
Typical Forms

B.2
网络文学发展状况

禹建湘*

摘　要：　在挑战与机遇的并存中，网络文学摸索前行、深入发展。在创作方面，类型化进一步发展，现实题材佳作频出；"内容为王"导向下的主流化趋向明显，精品阵容加速网文的"破圈"与跃迁；政府部门监管与引导双措并举，行业生态逐步优化。在传播方面，网文"出海"风生水起，产业链有序重构。在产业发展方面，网文头部企业投资力度加大、合作方式增多，互联网"巨头"以 IP 为"杠杆"撬动泛娱乐文化圈千亿市场；在竞争激烈、增长放缓的新形势下，网络文学产业升级趋势凸显。在发展进程中，一系列现象表明网络文学处于转型升级的关键节点，在阵痛

* 禹建湘，文学博士，中南大学文学与新闻传播学院教授、博士生导师，中南大学中国文化产业品牌研究中心常务副主任、中南大学文化产业研究所所长等，主要研究领域为文化产业、文艺美学、新闻传播等。中南大学文化传播与文化产业学硕士研究生梁馨月、中南大学文化传播与文化产业学博士研究生罗亦陶对本部分报告的撰写工作作出了贡献。

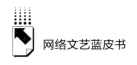
中举各方之力协同创新，吹响了蜕变的集结号，由此绘就了网络文学新的生态图景。

关键词：　网络文学　现实题材　粉丝经济　网文"出海"　主流化

一　网络文学的创作

2020年以来，网络文学创作在主流化趋势下多维联动，网文作品百花齐放，各类型创作发展，现实题材佳作频出。政府部门监管与引导双措并举，网络文学行业发展更规范化、体系化。

（一）网络文学百花齐放，作品类型大发展，现实题材佳作频出

1. 作品类型化发展，热门作品集中分布

据橙瓜数据网统计，2020年全网热门作品集中于都市、言情、玄幻三大类型，其次是历史和仙侠类型，再之后是游戏、二次元与科幻类型。其中，很多老牌大神作者人气依旧如日中天。比如，天蚕土豆的《元尊》长期位于百度风云榜首位，夺得"2020百度风云榜"年度冠军；烽火戏诸侯的《剑来》长期位于纵横、书旗等多个榜单的第一；爱潜水的乌贼的《诡秘之主》连载期间均订突破10万，打破起点均订纪录。此外，辰东、净无痕、火星引力、我本疯狂、善良的蜜蜂、花幽山月、大红大紫、失落叶等大神们在玄幻、仙侠、奇幻、都市、游戏等领域为广大读者持续输出优秀作品，创造了优异成绩。2021年上半年，老牌大神们依然展现不俗的人气，跳舞、爱潜水的乌贼、花幽山月、烽火戏诸侯、善良的蜜蜂、大红大紫、净无痕、我吃西红柿、青鸾峰上、烈焰滔滔等的小说继续保持人气热度，稳居各大榜单前列。此外，一些作品相继完结，引发行业关注，频频登上话题热议榜。2021年1月30日，《元尊》正式完结，引起无数读者和行业人士的讨论。就在《元尊》完结的第二天，近两年最引人关注的新晋超人气大神

老鹰吃小鸡的《万族之劫》也正式完结。辰东的《圣墟》在连载五年之后也于 2 月 11 日宣告完结，因读者呼声太高，辰东于 3 月 19 日重写大结局，两度成为网文圈热门话题。[①]

2. 现实题材"整体性崛起"，佳作频出

如果说现实题材 2019 年迎来"爆发期"，那么，2020～2021 年则迎来了"整体性崛起"。近两年来，以新中国成立 70 周年、脱贫攻坚、抗疫、建党 100 周年等为主题涌现了很多精品。各大网站积极响应国家号召，鼓励作家推出现实题材的作品，形成了国家层面—企业层面—作者层面合力推动现实题材创作的大发展。

2020 年，现实题材佳作不断涌现，比如夜神翼的《特别的归乡者》、陆月樱的《樱花依旧开》、陈酿的《传国功匠》、管平潮的《天下网安：缚苍龙》、林朴的《游戏的年代》、郭羽和刘波的《网络英雄传之黑客诀》，以及王鹏骄的《共和国医者》、沐轶的《逆行者》等作品，皆是行业内有口皆碑的现实题材精品，获得了多项奖项和荣誉。尤其是点众科技在现实题材作品培育方面收获颇丰，《北京背影》《甘霖》《芳杜花正发》《单亲妈妈是超人》等作品多次获得省部级及以上奖励。[②] 2021 年，参与"全国重点文学网站优秀网络文学作品联展"的有《浩荡》《光荣之路》《大国重工》《大国航空》《复兴之路》《春雷 1979》《铁骨铮铮》《写给鼹鼠先生的情书》《特别的归乡者》《朝阳警事》《你好消防员》《极道六十秒》《我的祖国我的生活》《大山里的青春》《传国功匠》《大院风云》《冲吧，丹娘》《血火流觞》《秋江梦忆》《沉默之觉醒》《津门女记者》《关河未冷》等一大批优秀的现实题材作品。

现实题材创作的大爆发和佳作的不断涌现是政府、网站、作家等多方主体共同发力的结果，也与各级各类榜单的助推关系密切。当然，"现实主义

① 橙瓜网文：《2021 年第一季度橙瓜网络文学行业报告，微短剧成 IP 衍生开发新热点》，https：//mp.weixin.qq.com/s/WkE－PNfz56kcUidbwB7Tng。

② 橙瓜网文：《2020 橙瓜网络文学行业报告：行业大变局之下的新机遇》，https：//mp.weixin.qq.com/s/r8uxbTTjBKp6oBUdfUhIFA。

的真实不是表面的、片面的真实，而是本质的、完整的真实。现实主义对真实的现象要知其然还应探索其所以然。"① 因此，现实题材与现实主义文学"精神合榫"还亟待新的突破，因为"书写现实题材，强调'接地气'，目的是要写出鲜活生活的灵魂，而不仅仅是描摹世界的皮相，让现实沦为网络创作的'打卡地'"。②

（二）网文以内容为王，趋向主流化而终究要成为经典

1. 网文内容依旧为王，得作者得天下

在行业快速发展的进程中，"流量为王"大兴一段时间后，最终还是"内容为王"，即好的内容才是网络文学发展的根本。其中，作为内容的生产者，网络作家的重要性不言而喻。2020 年以来，各网文平台争相推出新的合同或福利措施，开启了对作者资源的抢夺。如何留住更多作者，并使作者们创作出更多优质的内容，是各大平台竞争的核心。以培育作者成长、助力作者提升为着力点的各种进阶制度和福利体系则成了各大平台吸引作者的重要策略。比如，书旗小说推出作者扶持计划和"星神计划"；中文在线发布全新福利计划与新人培养体系，加强网文大学培训，帮助作者掌握不断提高创作水平的技巧；阅文集团发布新版合同并成立起点大学，大力扶持青年作家。③

2. 网络文学趋向主流化，经典化是其发展的必然结果

近年来，网络文学呈现明显的"趋主流化"倾向，它"在保持网络文学特征与活力的同时，正日益向主流意识形态、主流文化传统、主流文学审美靠拢"。④ 与此同时，作为一种艺术形态，网络文学以文字的方式来回应时代，是互联网时代的通俗文学；作为一种文化形式，网络文学是存在于互联网文化中的文化现象，是互联网时代人们看待世界的一种新方式。而任何

---

① 石一宁：《现实主义与现实题材创作》，《民族文学》2018 年第 10 期，第 1 页。

② 欧阳友权、曾照智：《也谈网络文学现实题材创作》，《南方文坛》2020 年第 4 期，第 26 页。

③ 橙瓜网文：《2020 橙瓜网络文学行业报告：行业大变局之下的新机遇》，https://mp. weixin. qq. com/s/r8uxbTTjBKp6oBUdfUhIFA。

④ 王志艳：《网络文学"趋主流化"》，《人民日报》（海外版）2019 年 3 月 1 日。

"经典"都与其所处的时代密不可分，作为互联网时代重要的文化艺术现象，网络文学发展必然要走向"经典化"，其鲜明的互联网特色和独特的生产方式、评价机制等恰使其具备了走向经典的潜质和优势。①

（三）治理陈疾、倡立新规，网络文学行业生态逐步优化

1. 多项政策规范网文行业秩序，引领行业健康发展

2020 年以来，网络文学进入自我调节与外部引导互相作用的理性发展阶段。国家新闻出版署、国家网信办等部门将监管对象与范围明确到网络文学内容层面，且监管与引导双措并举，坚持把网络文学的社会效益放在首位，强化高质量发展。比如，2020 年 3 月国家网信办正式施行《网络信息内容生态治理规定》，2020 年 6 月国家新闻出版署印发《关于进一步加强网络文学出版管理的通知》正是有关部门对网络文学实施的更严格的监管，促使行业以更高标准推进未来发展。

对网络文学网站而言，网络文学的精品化、垂直化发展趋势愈发明显，针对不同作品打造网络文学的健康"橄榄球"模型（即顶部与底部均占一定比重，中腰部比重最大的模型）以及整体提升网络文学品质成为发展的重要课题。对网文作者而言，强化社会责任，沉下心来，以工匠精神打磨作品的期待与"催更""月票""推荐数"等市场运作形成了难以调和的矛盾，而如何做到要"口粮"更要质量，不谄媚市场，坚持文学创作的情怀与追求，是摆在所有作者面前的挑战。在政府、网站、作者与读者逐渐形成的高质量发展共识中，网络文学正披荆斩棘，继续前行。

2. 在磨合中，探索网文平台与网文作家的新型关系

2020 年 4 月，以吴文辉为首的阅文高管集体离职。管理层变动带来的焦虑蔓延至作者群体，网文行业积累已久的沉疴旧疾在此时集中爆发。事实上，阅文的一系列举动折射出了网络文学领域的重要议题——网文平台与网文作家的关系。

---

① 刘奎：《网络文学的经典化问题》，《中国当代文学研究》2020 年第 6 期，第 152 页。

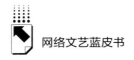

2003 年，起点首创 VIP 付费模式后，网文平台与作家的关系发生了巨大变化。对作家而言，付费模式的开启意味着作品不再只是心情的抒发和志趣的书写，它已成为作家重要的经济来源，写作收入开始为网文作家提供基本的甚至非常优越的生活保障。因此，得到更多的"月票""打赏"和推荐数成为作家们梦寐以求的事情。与此同时，付费模式使网文平台成功脱离了难以赢利的窘境，展现了网络文学巨大的市场潜力，使资本和资源不断涌入网文行业。此后，网文平台与作家的关系从共享文学爱好的战友变成了以经济利益为主的"甲方"与"乙方"的关系。然而，这种关系并不平衡，网文平台面对作家群体占据强势地位，享有绝对的议事权和解释权，网文作家属于弱势一方，只能依照平台的规则行事，两者在不平衡的关系中积累了许多矛盾，此次阅文"合同风波"便是两者矛盾的一次集中体现。

网文平台和网文作家的关系需要加以适度调整，网文平台应以作家为基石，将作家放在首位，优化作家队伍结构，提供针对性的培训，保证底层作家的基本权益，扩大中腰部作家的比例，鼓励大神和白金作家的崛起。同时，网文平台还应考虑到作家的多元需求，针对著作权、IP 改编权、免费阅读的收益等作家最关心的议题进行合理设计，接纳不同声音，并以网络文学的高质量发展为目标，努力形成共赢局面。

3. 网文企业创新版权衍生业务，谋求新破局

IP 的改编和变现是近年来网络文学产业发展中的关键词。2020 年以来，网文企业纷纷加强与影视平台的合作，深入开发网文作品的影视属性，在影视转化特别是 IP 短剧领域进行大胆尝试。比如，字节跳动入股掌阅，2020 年上半年中文在线达成了与爱奇艺、蜻蜓 FM 和字节跳动的合作，四月天小说网在 IP 短剧的打造上属于第一批"吃螃蟹的人"，旗下小说《我不想再陪仙二代渡劫了》在刚刚发表了三万字后，微短剧就已开机，影视剧和动漫改编开发也在同步推进，从而大大缩短了 IP 孵化的时间。另一部大热的网文改编短剧《权宠刁妃》顺应了用户时间碎片化的大趋势。《权宠刁妃》改编自米读 App 的同名小说《权宠刁妃：王爷终于被翻牌了》，是米读与快手 IP 短剧孵化的成果之一，全平台播放量破 4 亿。此外，米读正就 IP 短剧

积极尝试直播带货、剧集内容冠名与深度植入等商业模式。这种"以流量驱动流量"的产品逻辑效果显著，助力知名 IP 进阶为超级 IP。

4. 各界合力打通版权保护"最后一公里"

因盗版成本低、盗版方式简易、侵权主体复杂等原因，网络文学领域仍然面临较为严重的版权问题。令人欣慰的是，版权保护已逐渐取得社会共识，监管层更重视，企业更投入，用户更自觉，各界正合力打通版权保护"最后一公里"。

2020 年 11 月，十三届全国人大常委会通过《全国人民代表大会常务委员会关于修改〈中华人民共和国著作权法〉的决定》，新法完善了作品的定义和类型，引入了针对侵权行为的惩罚性赔偿，还完善了著作权集体管理制度。同月，最高人民法院印发《关于加强著作权和与著作权有关的权利保护的意见》，要求切实加强文学、艺术和科学领域的著作权保护，充分发挥著作权审判对文化建设的规范、引导、促进和保障作用。在 2021 年全国两会上，浙江省网络作协副主席蒋胜男建议由政府监管部门介入，推出相对保障平台和创作者平等权益的制式合同（即格式合同）进行备案确权。此外，2020 年 6 月，阅文集团发布《关于进一步扩大网络文学正版联盟的公告》，展现了一系列打击盗版的成果，并推出五大实质性举措打击盗版；8 月，阅文集团还联合文字版权工委、人民教育出版社及几大搜索引擎，发出"阅时代·文字版权保护在行动"联合倡议。据艾瑞咨询发布的《2020 年中国网络文学版权保护研究报告》，52.8% 的用户观看正版网络小说，33.6% 的用户观看盗版网络小说。① 这意味着读者的版权意识越来越强。

二　网络文学的传播

2020 年以来，网文粉丝热情不减。"网文出海"从作品输出到模式输出，海外市场渐成规模。

---

① 艾瑞咨询：《2020 年中国网络文学版权保护研究报告》，http：//report. iresearch. cn/report_pdf. aspx？id＝3595。

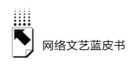

（一）网文市场热度持续，"软肋"有待化解

1. 网文粉丝热情不减，读者关注有变化

根据书旗小说发布的《2020 年度阅读报告》，网络文学读者用户中 90 后读者用户最活跃，活跃占比达到 49%，其次是 80 后用户，活跃占比达到 36%。① 在阅读喜好方面，流行网文题材类型有明显变化。穿越重生、马甲团宠、新奇脑洞、现代甜宠、玄幻科幻、都市异能、游戏竞技等标签的作品受到大多数读者的欢迎，其中，马甲团宠、新奇脑洞作为近年来新兴的题材类型，迅速流行开来，成为最受欢迎的品类黑马。具体到更细分的类型，就读者喜欢的小说特点来说，系统、脑洞、年代、赘婿是当之无愧的年度热词，不仅在各大榜单占据较大份额，还引领了创作潮流，甚至一度破圈，引发全民关注。② 这反映了当下读者的兴趣所在，也体现出与网络文化潮流之间的紧密关联。

2. 粉丝文化市场"软肋"初显，"增值焦虑"有待缓解

中国网络文学发展 20 余年来，原创性生产机制是网络文学最核心的发展动力。但随着我国"人口红利"衰减、免费模式冲击付费增值方式、短视频发展导致流量分化，粉丝文化市场"软肋"显现，网文企业产生商业运营的"增值焦虑"。据数据分析，2019 年以免费阅读经营的连尚与米读分别占网文阅读市场的 8.7%、9.5%，相比之下，"渠道向"平台的收入却连年下降。而抖音、快手、手游，以及爱奇艺、优酷、腾讯视频、微博、哔哩哔哩、人人网等导致的流量分化也给网文行业带来不小的增值阈限。

面对激烈的市场竞争和业态的风云变幻，网络文学有待见招拆招乃至化"危"为"机"，走出"增值焦虑"：一是网络作家和网站平台进一步做好网站精品内容建设，打造精品力作，从源头上保障文学品质，筑牢"读

---

① 书旗小说：《2020 年度阅读报告》，https：//www. bilibili. com/read/cv11001108。
② 橙瓜网文：《大数据告诉你：2020 年受欢迎的小说类型》，https：//mp. weixin. qq. com/s/si0moo4ChBDzEAvkC_ vDFw。

者→粉丝→忠粉→原著粉"的消费链条；二是聚焦粉丝社群文化，助推 IP 联动，通过粉丝的"圈地自萌"放大粉丝文化的"马太效应"；三是借助 AI"开挂"，开启"智能伴读新时代"，比如，阅文集团携手微软 AI 科技，开启活化虚拟角色 IP 的全新探索，实施网文"IP 唤醒计划"。

（二）网文"出海"风生水起，产业链有序重构

1. 从作品传播到模式输出，网文"出海"迈入新阶段

从网络文学作品海外授权出版至今，中国网络文学"出海"已有十余年的历史。经过多年发展，我国原创网络文学"出海"步入 3.0 阶段，呈现三大趋势：一是从"内容"到"模式"——从最早的出版授权到建立阅文的海外门户"起点国际"，规模化对中国网文进行翻译输出，再到开启海外原创，将中国网文的成长和运营模式带到海外，培育更多海外本土优质作品和忠实用户；二是从"区域"到"全球"——从最早的以东南亚、北美为核心"出海"地区，到目前覆盖北美、欧洲、日韩、东南亚、非洲等地区，几乎遍布全球；三是从"输出"到"联动"——从原著内容出版输出、IP 改编成果输出到如今联合全球产业合作伙伴，发挥各自区位和业务优势，共同培育网络文学内容，分发和 IP 衍生开发。

其中，网文"出海"有国内文学网站海外版、海外本土网文翻译网站、海外网文原创平台三种主要形式。出于文化亲缘性上的考虑，国内大型平台的海外传播大多将东南亚国家作为首站。由超级 IP 改编的影视作品《扶摇》《庆余年》《将夜2》和《三生三世》系列，以影视形式直接输出东亚市场，均取得不错的口碑和收益。但总体上来看，中国网络文学海外合作模式还停留在版权输出这种传统模式上，缺乏深入拓展的合作方式。对此，作为行业领头羊的阅文集团开始探索一些新的合作思路。通过与亚洲领先的通信技术企业——新加坡电信集团建立战略合作关系，双方在内容开发、授权、分发、营销推广和数字支付等方面展开深入合作。此外，双方还在原创内容扶持以及作者、译者、编辑培养等方面共同合作。这些尝试标志着网络文学出海深度探索的开始。

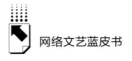
2. 网文"出海"产业链重构，合作方式更多元

在传统网络文学"出海"产业链结构中，内容生产者是国内网络文学作品的作者和国内内容生产平台。由于生产内容的是国内网络文学作品的作者，如果国与国之间存在一定的文化差异或作者不熟知海外读者的文化需求，就会阻碍网络文学"出海"的进程。因此，作品内容生产者的局限性推动了网络文学"出海"产业链的重构。当前，网络文学"出海"产业链逐步实现升级重构，在新型产业链中，内容生产者既包括国内文学原创作者和内容生产平台，更包括海外文学原创作者。网络文学"出海"产业链内容生产者的重构，为网络文学内容供给提供了坚实基础：一方面，国内外网络文学原创作者队伍的壮大在一定程度上保证了网络文学作品内容的优质和丰富，能满足海外读者的更多阅读需求；另一方面，国内外网络文学原创作者的共同发力促进了网络文学作品的本土化和多样化。但其中也存在一个问题，即海外文学作者是直接将作品上传到海外网文阅读平台的，而国内文学作者则是将作品提供给中国网络文学内容平台之后再由内容平台授权到海外网文阅读平台上的，这在一定程度上导致更新速度缓慢。

首先，在新型产业链的重构中，阅读平台包括海外网文阅读平台、粉丝翻译站和海外本土阅读渠道，网络文学阅读平台以海外网文阅读平台为核心，并逐渐拓展内容分发渠道，而海外本土阅读渠道的建立，为网文"出海"提供了更宽广的海外市场传播路径。其次，在新型产业链的重构中，网络文学翻译合作方包括 AI 翻译平台、海外网文翻译组、海外网文编辑和海外网文译者，其中，"AI 翻译"已成为网文出海产业链中的重要一环。"AI 翻译"的运用能有效解决一部分翻译问题，不仅降低成本，还可以提高翻译速度，并在一定程度上提高翻译效率，从而为网文"出海"赋能，使网文"出海"进程更顺利。

总体上来看，尽管网文"出海"中的侵权和维权问题仍然突出、翻译难题依然存在，但发展至今，在合力多样、合作方式多元的促进下，网文"出海"机制更成熟，规模愈加宏大，产业链更完善，有力、有效促进了中国网络文艺乃至中国文化艺术"走出去"。

三 网络文学的产业发展

2020 年以来，网络文学产业发展呈现诸多新气象，尤其是行业几大头部企业的投资与合作、激烈竞争中的产业升级、赢利模式的转型发展、IP 杠杆作用的进一步发挥等引发行业高度关注，并对行业格局、发展生态、创作生产等产生深刻的影响。

（一）网文头部企业投资与合作，引发行业关注

1. 字节跳动连续投资，加速网文生态布局

2020 年 11 月，字节跳动全资子公司北京量子跃动科技有限公司以 11 亿投资掌阅，受让 11.23% 的股份，成为掌阅第三大股东。两者有望在发展阅读业务、扩大作品销售等多个领域进行合作。字节选择拥有 50 万册 IP 库存的掌阅，意在扩充自身平台内的 IP 数量，进一步促进更多的 IP 内容转换，帮助平台获得多渠道的营收增长，构建以 IP 为核心的泛文娱全产业链。

除了对掌阅进行投资，字节跳动还从 2019 年起先后入股吾里文化、秀闻科技、鼎甜文化、塔读文学与九库文学网，且投资持股比例都不低于 10%。同时，字节跳动也在大力发展自有的网文品牌。今日头条小说频道升级为番茄小说，并上线番茄小说 App，依靠今日头条、抖音等强大流量平台，凭借内容分发算法，以及快速增长的广告收益分成，吸引了大量的网文作者，在短短一年时间内迅速成长为免费阅读市场第一。此外，字节跳动还推出了原创网文平台木叶文学网，并与中文在线签订了《框架合作协议》，双方将在音频作品授权、内容共建、主播生态联合打造、数字版权及知名 IP 作品授权等方面开展长期合作。[①]

2. 腾讯、阅文、七猫战略投资中文在线

2021 年 1 月，中文在线公告：公司持股 5% 以上股东北京启迪华创投资

---

① 橙瓜网文：《2020 橙瓜网络文学行业报告：行业大变局之下的新机遇》，https://mp.weixin. qq.com/s/r8uxbTTjBKp6oBUdfUhIFA。

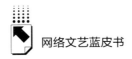
咨询有限公司和建水文睿企业管理有限公司，拟通过协议转让部分股份的方式引进深圳市利通产业投资基金有限公司（腾讯旗下）、上海阅文信息技术有限公司、上海七猫文化传媒有限公司（百度旗下）成为公司的重要股东，各方将进一步深化合作。

通过协议转让，腾讯、阅文、七猫将分别持有中文在线 36364766 股股份，分别占公司总股本的 5%，成为中文在线重要战略投资方。中文在线的文学作品通过授权上阅文的渠道，自有的部分作品优先与阅文进行开发合作，同时，还在新媒体 CPS 推广投放、海外业务等方面积极探索合作。在与七猫的合作方面，七猫及其关联方（包括百度平台）将获得中文在线的作品、可供授权给免费平台的全量作品以及有声版权的传播。①

3. 哔哩哔哩投资掌阅

2021 年 2 月，掌阅科技发布公告：掌阅科技通过非公开发行股票的方式完成 10.6 亿元募资，哔哩哔哩等 20 家投资方以 28 元/股的价格认购了本次非公开发行人民币普通股 37896835 股，其中，哔哩哔哩认购 1785714 股，共投资 5000 万元。②

4. 米读完成1.1亿美元 C 轮融资

2021 年 3 月，趣头条发布的 2020 年第四季度及全年财报披露：米读在第四季度完成了 1.1 亿美元 C 轮融资。这距离 2019 年 10 月米读完成由 CMC 资本领投的 1 亿美元 B 轮融资刚好一年。

从以上头部主流企业的投资与合作中可以看到，行业资源整合进一步加快，且都朝着流量 + 内容的方向而去，其中，除了核心的在线阅读业务，最引人瞩目的是围绕文学作品进行的衍生内容开发。③

---

① 《腾讯、阅文、七猫成为中文在线战略投资方》，证券时报网，https://company. stcn. com/gsdt/202101/t20210126_ 2773532. html，最后访问日期：2021 年 8 月 25 日。
② 《B 站也投资了掌阅科技》，投资界网站，https://pe. pedaily. cn/202102/466904. shtml，最后访问日期：2021 年 8 月 25 日。
③ 橙瓜网文：《2021 年第一季度橙瓜网络文学行业报告，微短剧成 IP 衍生开发新热点》，https://mp. weixin. qq. com/s/WkE－PNfz56kcUidbwB7Tng。

（二）竞争激烈、增长放缓，产业升级趋势凸显

1. 在短视频、手游等的冲击下用户增长逐渐触及"天花板"

在当今的互联网时代，人们通过新媒体获取的信息日益社交化、碎片化。首先，短视频因其符合用户短时分享的习惯、高度社交互动的需求，以及快速传播的特性而迎来飞速发展的契机，并对网文市场产生巨大冲击。其次，智能手机的普及让手游迅速成长为一个视频强势产业。而相比以图像传播为主的短视频和游戏，以文字为主要媒介的网络文学难以与各类视频软件、网络游戏和社交工具相抗衡，处于消费弱势。其突出表现是，短视频、手游等对网络文学粉丝与流量的双重争夺给网络文学行业带来强劲挑战。这给网络文学发展带来了困难，同时，也对网络文学的创新发展和产业升级提出了要求。

2. 免费阅读搅动网文"江湖"，与付费阅读共建网文新生态

免费阅读 App 的兴起，直接导致了阅文集团付费用户流失、整体业绩增速放缓。面对竞争，阅文集团推出了自己的免费阅读 App "飞读小说"。对以付费为主的行业巨头阅文集团来说，这是"无奈之举"，但也是"大势所趋"。当前，网络文学平台几乎都在免费阅读领域发力，并积极探索一种"流量引流 + 免费内容增加留存 + 广告变现"的新型运营模式。其间，所谓"大势所趋"，庶几意味着与付费阅读模式一道，为网络文学产业发展开辟一条新的、具有想象和希望的进路。

3. 网文"赛道"日趋白热，以 IP 为支点撬动泛娱乐生态新布局

随着网文行业对 IP 衍生内容开发的热情与投入愈发高涨，各大企业纷纷加入网文"赛道"，优质 IP 成为群雄逐鹿的焦点，IP 衍生内容成为各大平台巨头发展战略的重要组成部分。以优质 IP 为中心，产业链上下游联动发展的协同效应正在发挥重要作用。

作为行业领头雁，阅文在 IP 开发与生态构建方面经验日益成熟。腾讯影业、新丽传媒、阅文影视在 2020 年 10 月召开发布会：三家企业将优势互补、深度合作，构建新文创生态系统，并表明了加码影视业务、驱动数字内

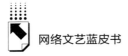

容业务耦合、完善泛娱乐生态布局的决心。爱奇艺则将"云腾计划"作为其泛娱乐系统发展的"助推器",其中,爱奇艺文学提供优质 IP,爱奇艺网络剧和网络电影联合加持,三年已推出 460 部作品。作为网络文学"一超多强"中的重量级选手,阿里巴巴宣称要打造涵盖电影、连续剧、综艺、文学、游戏、音乐、教育、电商的家庭数字娱乐内容生态。百度则在泛娱乐领域展示了一个比较清晰的布局,即以百度视频为核心的 PGC 内容生态构建①。

在 IP 泛娱乐化中最重要的影视、动漫等改编进一步成为各大平台发力衍生内容的重点。比如,电视剧方面的《赘婿》《斗罗大陆》《司藤》《上阳赋》,网剧方面的《恋恋小酒窝》,动漫方面的《斗罗大陆》《凡人修仙传》《斗破苍穹》《吞噬星空》等都有不俗的表现。另一个醒目的关注点是网文改编短剧。这是一种新的 IP 改编模式,受到了各大平台的青睐。比如,书旗的《今夜星辰似你》以爆款的姿态赢得了一个开门红,为书旗接下来更多的短剧开发做了极好的示范;米读与快手就 IP 短剧开发达成战略合作,相继成功推出《权宠刁妃》《我的契约男友》等改编短剧;中文在线则推出了《霸婿崛起》《我不想再陪仙二代渡劫了》《他熠熠生辉》《律政佳人》等微短剧,并成为 2020 年快手短剧最佳 IP 合作方。此外,还有塔读文学结合七部 IP 作品改编的短剧《怂男进阶攻略》,由番茄小说联合抖音、唐人影视、塔读文学出品的微短剧《星动的瞬间》,以及由番茄作者原创小说改编的《这个男主有点冷》等。②随着多平台同时发力,资源投入增加,制作逐步规范,内容质量不断提升,微短剧成为新的热点。在这种意义上,我们庶几可将 2021 年标识为"IP 微短剧元年"。

---

① "PGC(Professional Generated Content)"指专业生产内容,包括视频网站的专业生产内容以及社交平台上的专业生产内容。

② 橙瓜网文:《2021 年第一季度橙瓜网络文学行业报告,微短剧成 IP 衍生开发新热点》,https://mp.weixin.qq.com/s/WkE-PNïz56kcUidbwB7Tng。

四 网络文学的发展趋向

（一）网络文学的发展反思

1. 网络文学面临短视频行业的严峻挑战

在更方便、更生动、更易传播、更能互动的短视频面前，网络文学的优势何在？网络文学将如何留存用户？网络文学未来的发展方向在哪？网络文学与短视频存在结合的可能性，2021 年推出的"微短剧"便是许多网文企业与短视频平台进行合作的典型案例。它促进了网文 IP 的多元开发，也为短视频平台提供了更多的优质资源。在短视频的冲击下，网络文学获得了重新审视自身定位与发展的宝贵机会。既然短视频的精华在于"短"，在于它的刺激与有趣，那么，网络文学是否可以考虑发挥自己的"长"处，把战线拉"长"，通过"精品化"生产留住读者，给予读者不同于短视频的优质文字体验。尽管当前在很多场合时常出现"文字已死"、图片与视频大行其道的论调，但对文字的渴望和阅读的需求在任何时代都一直存在，网络文学不会因为短视频的"大举进攻"便无立足之地。

2. 翻译质量成为网文"出海"的行业痛点

据艾瑞咨询发布的《2020 年中国网络文学出海研究报告》：中国网络文学海外读者增长率颇为可观，相较 2019 年，2020 年新增海外读者数达3193.5 万，增长率超过 73.7%，其中，91% 的海外读者几乎每天都会追看中国网络文学作品，平均阅读时长 117 分钟，有意愿为中国网络文学作品付费的海外用户占比高达 87.1%。① 对我国网络文学的海外传播来说，这无疑是利好消息。但另一方面，现阶段网文"出海"的当务之急是翻译质量的提升。艾瑞咨询报告还显示，有超过六成的海外用户对网络小说的翻译质量

① 艾瑞咨询：《2020 年中国网络文学出海研究报告》，http：//report. iresearch. cn/report _ pdf. aspx？id = 3644。

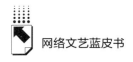

感到不满。网络文学翻译质量不高的原因，一是网文动辄几百万字的超长体量，译者很难在保证数量的同时又保证质量。AI 技术的发展或可提供帮助，探索人机协作翻译路径或能有效提升翻译效率。二是网络文学的文本中存在大量与中国历史文化相关的特色表达，显著的文化差异需要译者兼具东西方文化功底和游刃有余的翻译技能。为此，起点国际专门汇总了 700 多个网文核心词，建立了网络文学作品翻译对照表，进一步优化了翻译过程。

3. 免费阅读的利与弊：读者狂欢和精品回落

网络文学的兴盛始于订阅收费的红利，到如今发展成囊括影视、游戏、动漫及衍生产业的产业生态。移动互联网时代使网络文学的发展模式发生巨大变化，首先便是免费阅读对整个行业的冲击。免费阅读使用户市场集体下沉，同时也带来了前所未有的巨大用户体量，这意味着网络作品的变现模式和延伸服务迎来大变革。作者收入由付费阅读收益为主逐步过渡到版权、广告收益多元化发展。对网络作家和平台而言，免费阅读极大程度上遏制了网络盗版的发展，如同一把利剑斩断了网络盗版的黑色链条，使绝大多数读者流量都能被保留在正版网站里。但另一方面，在免费阅读情形下，相比成熟的付费阅读机制，网络文学作品的 IP 变现和增值需要长时间的厚积薄发，而许多作家无法实现短时间的财富增持，长此以往，网文作家无法通过创作实现财富增长，精品回落的现象也可能随之出现。

（二）网络文学的发展趋向

1. "主流化"趋势凸显，行业日趋"分众化""精细化"

2020 年 10 月，中国社会科学院文学研究所网络文学研究室成立。在某种意义上，这意味着网络文学进入了国家学术机构的视野，网络文学朝着"主流化"方向不断前进。在网络文学的发展过程中，虽然质疑之声从未消失，但网络文学正用一部部优秀作品和一个个优质 IP 证明自己的实力与潜力。

对行业发展来说，文学网站以往的"打法"是综合性模式，即在一个站点提供所有类型的网文作品，让读者根据喜好及编辑的推荐进行自主选择。但受困于用户红利见顶，文学网站不得不另辟蹊径，以便更精准地对接读者。比如，中文在线旗下的四月天小说网主打"古风""女性"，在这两个垂直领域精耕细作；爱奇艺阅读将悬疑题材作为平台重点，开发"迷雾剧场"进行网文作品的影视转化，不仅收获了大热的剧集《隐秘的角落》《沉默的真相》，还凭借"迷雾剧场"的成功进一步激发了作者的创作激情。

2. 网络文学生态需进一步规范

当前的网络文学已告别了野蛮生长，开始发力 IP 精品。当前，从跨屏传播到广告联盟、从数据打通到传播矩阵、从单一获利到多层商业模式、从网文屏幕到 IP 衍生，网络文学创作生产形成一整套生态商业模式和鼓励创作模式。① 在这样的新型生态产业链中，IP 精品无疑成了各环节运转中最重要的部分，也有力、有效推进了网络文学的创新发展。但我国网络文学生态目前仍处于一个较年轻的发展阶段，作者、平台和读者之间"三位一体"的关系如何能够更有效地进入整个生态体系，如何完善网络文学产业链还需要进一步探索。特别是把握好"利润"的"利"和"利民"的"利"是建立健康的网络文学生态的重中之重，所以，只有建立起良好的行业规制，抓准行业风向标才能确保未来的网络文学生态健康有序。

3. IP 分发、"文－艺－娱－产"联动是大势所趋

从 IP 剧改编源来看，网络文学是影视改编的富矿，文学（网文＋出版）IP 占比超八成，其中，网文占比超六成，成为影视内容的第一大"原料基地"。如今，各网文平台在 IP 开发赛道上争先恐后、各出奇招，制定 IP 计划，扶持原创作品，并有机整合资源、精准定位开发，携手影视公司实现 IP 价值最大化，使"一网打尽，跨界全产业"的"文－艺－娱－产"联动成为发展的"新常态"。比如，书旗小说推出"星神计划"并组建专门经济团队全方位运营影视、动漫、游戏的 IP 开发；腾讯音乐娱乐集团与阅文合作联手改编网文 IP，共同开发有声书和访谈节目，形成"书影漫音游"

---

① 朱巍：《网络文学的免费生态是大势所趋》，https：//h5. drcnet. com. cn/docview. aspx？version = culture&docid＝5838934&leafid＝20586&chnid＝5277。

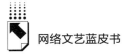

IP 联动。此外，网文 IP 开发还呈现从"多而快"向"好而精"转化的趋势，比如《沉默的真相》《隐秘的角落》《龙岭迷窟》《少年游之一寸相思》等 IP 剧叫好又叫座。

随着网文 IP 的不断发展，如何有效运营 IP 成为业界思考的重中之重。这进一步需要从影视、游戏、动漫、有声读物全维度助攻 IP 价值最大化，形成品牌效应。目前，以网络文学为基础的泛娱乐 IP 开发模式已逐步形成，并向"文－艺－娱－产"联动的新文创生态转化。其中，IP 开发与网文创作相互作用，既使网络文学的 IP 价值得以不断释放和存续，还预示了网络文学创新发展的良好前景。

B.3
网络剧发展状况

李胜利*

摘　要：　2020年以来，网络剧在创作、传播、产业发展等方面持续活跃，价值引领、视听体验、生产规范、场景应用等进一步向上、向好，涌现了一批优秀作品，呈现稳步发展的总基调和创新发展的新特点。在创作方面，作品数量、质量不断协调，题材、类型丰富多样，艺术品质进一步提升，网络剧与电视剧交融、互渗增强；在传播方面，"剧场化"排播成为重要形式，短视频平台入局网络剧传播带来新变化，集均播放量、综合指数榜排名突出反映了网络剧在题材、类型和人们审美趣味、爱好等方面的状况；在产业发展上，网络剧在用户、内容制作、商业模式、平台变现模式等方面呈现新特点。随着实践向深广推进，网络剧创作生产继续在"快车道"上行驶，其中，精品化、特色化生产成为"硬道理"，台网互动、网络优先排播趋势明朗，优质内容、用户付费的重要性进一步凸显，长、短视频平台业务相互渗透、融合发展。这些倾向和趋势预示了网络剧创新发展的诸多可能性。

关键词：　网络剧　题材类型　剧场化　内容为王　融合发展

---

* 李胜利，中国传媒大学戏剧影视学院教授、博士生导师，主要研究领域为戏剧与影视学、电视剧理论与实践等。中国传媒大学戏剧影视学院广播电视艺术学专业2021级博士研究生石天悦对本部分报告的撰写工作作出了贡献。

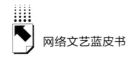
2020 年以来，作为网络视听文艺和网生内容的重要组成部分，网络剧进一步繁荣发展。其中，创作、生产、传播、经营、产业等持续活跃，价值引领、场景应用、视听体验、生产规范等进一步向上、向好，高质量发展步伐坚实，一批优秀作品在思想深度、文化厚度、精神高度上实现新突破，体现出良好的时代自觉和艺术自觉。

一　网络剧的创作

2020 年以来，网络剧创作进一步呈现蓬勃发展的活力和创造力，具体体现为作品数量、质量协调发展，优秀作品频出，精品短剧成为创作风尚，并在创新突破中形成了新的特点。

（一）作品数量、质量协调发展，艺术品质进一步提升

2020 年，新冠肺炎疫情给人们的生产生活带来了极大的影响，但在某种程度上，这一特殊事件反而促进了网络剧的播出与被接受。据国家广播电视总局监管中心统计，2020 年上线网络剧 230 部、4467 集，相比 2019 年分别增长 14%、10%，[①] 且出现了《沉默的真相》《隐秘的角落》《我是余欢水》《爱情公寓　第五季》《琉璃》《穿越火线》《传闻中的陈芊芊》等一批热播作品，不乏既叫座又叫好的优秀作品。从播出曲线来看，2020 年的网络剧市场呈倒"V"字形：上半年在疫情影响下，网络剧播放总量有较大提升，追剧热潮开启；下半年，网络剧播放量逐渐恢复平稳，全年整体呈现一个大幅上升后回落至平均水平的运动曲线。[②]

网络剧"逆势上升"不仅呈现了稳量提质的理性选择与向好成效，还表明网络剧创作走上了追求品质的良性轨道。择要说来，一是质量意识日益

---

① 国家广播电视总局监管中心编《2020 网络原创节目发展分析报告》，中国广播影视出版社，2021，第 3 页。

② 王涵：《2020 年网络剧调研报告：网台分界线真正分解，网络剧地位迈上新台阶》，《电视指南》2020 年第 11 期，第 32 页。

自觉。《我是余欢水》《沉默的真相》等越来越多的作品因其坚实的剧作基础、精良的艺术制作而广受受众好评，其中，"电影质感""烟火气""隐喻高级""细节好评""颗粒感"等成为人们点评时的高频词。二是"短、精、新"特点显著。2020年2月6日，《国家广播电视总局关于进一步加强电视剧网络剧创作生产管理有关工作的通知》（广电发〔2020〕10号）发布、施行。由于反对"注水"、对长度进行规范，网络剧创作内容更精练、叙事更紧凑。在2020年上线的230部作品中，30集以内199部，占比87%。其中，24集的剧集有46部，占比20%；12集的短剧有80部，占比35%，[①] 其中不乏优秀作品，体现了精品短剧创作的新风尚。三是积极推进叙事创新。2020年以来，以往情景喜剧式的叙事风格、线性呈现的段落串联，以及相对模式化的人物设定、故事情节等受到质疑，以单元剧、短剧为代表的叙事创新，强调剧情推进节奏快、情节反转次数多，并积极探索更多的、适合网络媒介的叙事方式，强化网络剧的独特风格和美学呈现。四是相关传统奖项纷纷向网络剧开放。2020年第32届中国电视剧"飞天奖"评奖首次把网络剧纳入评选范围，《长安十二时辰》《破冰行动》等影响较大的网络剧入围。在第26届上海电视节白玉兰奖中，10部"最佳中国电视剧"中《破冰行动》《长安十二时辰》《庆余年》等网络剧入围。这反映网络剧品质有了大幅提升，一些作品的艺术水准进入第一梯队。在第30届中国电视金鹰奖中，33部被提名名单中有《长安十二时辰》《破冰行动》《我是余欢水》等多部网络剧，7部"优秀电视剧（网络剧）"获奖作品中有《长安十二时辰》《破冰行动》。

（二）题材、类型多样，现实主义创作理念凸显

在聚焦尖锐现实性话题，展现真实、鲜活、温暖的现实关怀之余，悬疑、都市情感、都市职场、古装、改编，以及女性、青春等题材、类型的网

---

① 国家广播电视总局监管中心编《2020网络原创节目发展分析报告》，中国广播影视出版社，2021，第20页。

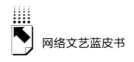
络剧并蒂争艳，并愈发偏向年轻化、垂直细分化，且各类剧集都涌现一批叫好又叫座的优秀作品。

1. 现实题材剧：贴近生活，反映时代

近年来，受政策引导、行业自律、艺术自觉等多方面因素的影响，玄幻、仙侠等幻想类题材明显降温，而现实题材创作表现出色，并内蕴时代精神力量。2020 年，现实题材作品占比达 70%，《我是余欢水》《沉默的真相》《我才不要和你做朋友呢》等作品贴近现实生活、反映时代发展，取得了良好口碑且有一定的热度。比如，作为一部优秀的现实题材短剧，《我是余欢水》将审美视点聚焦于社会底层小人物的艰难境遇与心路历程，以现实主义精神观照时代发展、社会变迁中人们的所思所想，并通过诙谐荒诞的风格呈现，故事情节不断反转，同时，现实、悬疑、传奇等叙事元素的有机结合反映出人们生活处境、思想观念、情感体验等的起伏变化。

2. 悬疑剧：热度增强，链接现实

随着网络剧与电视剧审查标准的统一，网络悬疑剧的数量较前几年有所下降，但不少作品仍有亮眼的表现。比如，随着爱奇艺"迷雾剧场"、优酷"悬疑剧场"的开播，《隐秘的角落》《沉默的真相》等热播作品的出现使 2020 年成为悬疑剧创作的大年。在 2020 年网络剧综合指数前 50 位作品榜中，多部悬疑短剧不仅上榜，而且热度高、评分高，《隐秘的角落》《沉默的真相》直接占据了上述前 50 位榜单中豆瓣评分的前两名。事实上，在整个 2020 年度国产剧的豆瓣评分榜中，悬疑剧《隐秘的角落》《沉默的真相》《叹息桥》也高居第一、三、四名。[1]

值得一提的是，热播悬疑剧大多倾向于关注现实社会中正在发生的热点乃至痛点问题，避免了那种一味追求感官刺激、惊悚离奇视听效果的误区。比如，《三叉戟》《猎狐》等拓展破案视野，关注高科技经济犯罪领域；《那年夏天的秘密》聚焦于校园霸凌；《沉默的真相》《非常目击》《迷雾追踪》等取材于真实事件，聚焦贪污腐败、选秀黑幕、网约车安全等公共议题，有

---

[1]　豆瓣官网，https：//movie.douban.com，2021 年 1 月 1 日。

着现实的穿透力。此外，《摩天大楼》《白色月光》《刺》等作品在悬疑之外还涉及了火热的女性话题，形成了新兴的"她悬疑"力量。

当然，尽管悬疑剧的热播带动了一众平台对这一领域的重视与投入，但其中的一些问题也引起了人们的关注和反思，悬疑剧的创作需进一步把控好尺度，避免作品整体风格失于暗黑消极，只有这样才能稳步、健康地走向未来。

3.都市情感剧："女性"当道，甜宠突出

在网络剧创作领域，女性题材备受关注和好评，持续大热，"她内容"成为行业热点话题。比如，《不完美的她》《白色月光》《传闻中的陈芊芊》《半是蜜糖半是伤》《我，喜欢你》等作品进入了2020年度网络剧综合指数前50位排行榜。女性题材"当道"的经济、文化基础是"她经济"与"她潜力"，或者说网络剧创作领域中的"她题材"繁荣是经济、文化领域时代热点的投射和延伸。据调查，女性更易产生分享、评论、评分等行为，还易产生周边行为，比如，38%的女性会搜索后面的剧情信息，27.9%的女性会搜索剧中出现的周边信息（配乐、原著小说、同款化妆品服装等）。[①] 但相比之下，2020年以来，此类创作呈现一些新特点。其突出表现是，那些以"甜宠"为主要特点的爱情剧逐渐增强与现实的关联度，并努力追求叙事形式的新变以吸引观众。以"甜"与"虐"为突出特点的爱情剧多伴随着梦幻色彩与轻松幽默的氛围，但其悬浮于生活的"造梦"在带来短期愉悦的同时，也容易引发审美疲劳。因此，部分爱情剧不再满足于解压"神器"的定位，而日益向现实靠拢，并着力拓展思想内涵的深度与人文关怀的广度。比如，《不完美的她》探讨了原生家庭中的亲子关系问题；《白色月光》杂糅了一定的刑侦推理元素；《99分女朋友》纠偏看"脸"时尚，诠释了心灵美胜过徒有其表的外表美；《下一站是幸福》很好地展现了当代大龄女性以独立为主的多元婚恋观，肯定了勇于活出真实自我的积极人生观，有助

[①] 中国网络视听节目服务协会：《2021中国网络视听发展研究报告》，https：//www.sohu.com/a/470607018_ 121123762，2021年6月。

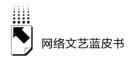

于破除简单的姐弟恋迷思；《以家人之名》更借非血亲的三兄妹传递出胜似亲人的亲情力量，共同组成并丰富了少年成长的艺术镜像；《刺》则将校园暴力的受害者和施暴者在职场中进行角色置换以追求反转与悬念等。

值得一提的是，女性题材的持续大热在网络剧和电视剧领域掀起了互动效应。比如，2020 年，随着电视剧《三十而已》的火爆，《亲爱的自己》等一批带有女性标签的作品也都备受关注。此类创作刻画女性群像，多维度展现当代女性在婚姻情感、职场境遇、原生家庭等不同方面遭遇的不同困境，引发了广泛的社会共鸣。但一个值得注意的情形是，这些作品大多豆瓣评分不高，其中，有叫座与叫好之间的不尽一致，有观众审美水平逐渐提升的原因，也折射出人们对剧中"伪"女性独立之创作弊病的真正评价。

4. 都市职场剧：青春作伴，"燃""泪"并存

在以亲情、友情、爱情为主要表现对象的都市情感剧之外，以职场事业为主要表现对象的都市职场剧也有较好表现，出现了一批热门作品。总体来看，这些作品通过叙事创新，展现出"燃"与"泪"并存的职场青春与复杂现实。

《我才不要和你做朋友呢》用穿越的方式反思青春过往；《二十不惑》中升学求职的迷茫、《我凭本事单身》中追梦的自信与无畏同体育竞技这样天然具有正能量的题材相结合，点燃了青春剧热血励志的精神传达；《冰糖炖雪梨》《穿铠甲的少女》弘扬了永不言弃、积极向上的体育精神，但也暴露了"爱情至上"、名不副实的老毛病；《穿越火线》《棋魂》则专注于电子竞技、围棋对弈，以新鲜的题材，跳出爱情的局限，体现了灵魂上的"燃"。另一方面，在 2020 年以来的都市职场剧中，青春成长不再只发生在当下的职场，一些温暖怀旧风格的写实青春剧将"家"的概念也大面积纳入叙事之中。比如，《我才不要和你做朋友呢》《亲爱的麻洋街》《如此可爱的我们》等作品将叙事时间回拨到 21 世纪初甚至更早的时期，在其地域方言、民风民俗等的细节展现中流露出浓郁的烟火气，并在温情奠定的喜剧底色和怀旧风格之中带给观众平实又妙趣横生的沉浸式体验。

当然，一些都市职场剧中也因存在假行业特色而发生美学偏离的情形。

比如,《完美关系》《小风暴之时间的玫瑰》《越过山丘》分别涉及公关、猎头、民营汽车行业,但作品尚未很好地深耕现实,叙事核心仍落在虚幻的爱情纠葛上;《怪你过分美丽》除了女性标签亮眼,其聚光点在于表现经纪人的职业,揭秘娱乐圈产生的猎奇性。

5. 古装剧:类型杂糅,深挖潜能

作为网络剧的一种传统类型,近年来,古装剧创作受政策、产业发展、行业自律等影响而日趋理性,同时也与时俱进、深挖潜能,呈现新的风貌和生命力。《中国电视剧风向标报告 2020》显示,2020 年网络剧播放量前 30 位的作品中有 16 部是古装剧,① 其中,《三生三世枕上书》《锦绣南歌》《琉璃》《将夜 2》等名列其中且排名靠前。在 2020 年度网络剧综合指数前 50 位排行榜中,《三生三世枕上书》《月上重火》《琉璃》《三千鸦杀》《传闻中的陈芊芊》等 19 部作品榜上有名。

在构成上,玄幻类、言情类等大热的古装剧依然占比较大,但"爆款"古装剧的风评并不理想,甚至普遍存在量与质不相匹配的情形。相反,一些小成本、缺乏流量加持的作品却脱颖而出,比如,《少年游之一寸相思》《侠探简不知》的豆瓣评分均超过了 8 分。究其原因,一是得益于作品专注于故事打磨与精良制作;二是得益于在保留传统古韵的基础上,与武侠、夺宝、悬疑、甜宠等多种叙事元素混搭、多种类型杂糅,不断拓宽形态边界,提升审美效果。

在题材上,"女性"的价值在各类古装剧中得到了强调,并突破了"大女主""玛丽苏"等饱受诟病的藩篱。比如,《琉璃》《女世子》《有翡》等作品均采用"女强男弱"的人物关系,一反传统文化中女性角色的限制而成为男主角的"拯救者"。同时,在人物塑造中,作品在展现女主角个人能力与魅力的同时,还摆脱了理想、单薄"傻白甜"形象的标签,特别是《有翡》,作品在核心人物设定上打破了以男性为主导的武侠经典,书写了

---

① 《"爆款"不走寻常路,2021 年古装剧回暖》,http://k.sina.com.cn/article_ 1198531673_ 4770245901900pnjo.html。

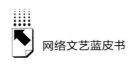

一部少见的女侠成长史。

此外，优秀历史剧依然呈现稀缺状态。《大秦赋》可谓一枝独秀，反响尚可；有小说基础的《清平乐》《燕云台》等偏向戏说，但似在努力突破谈情说爱的窠臼，在历史之真与价值之善中间寻求交集，体现出一种清新的审美特征。

6. 改编剧：文化破壁，经验可贵

改编与翻拍一直是影视剧创作的重要方式，网络剧也不例外。从狭义上说，从一种叙事形式（比如，小说）转换为另一种叙事形式（比如，网络剧）叫"改编"，而在同一种叙事形式内进行转换则叫"翻拍"。但在广义上，由于当今的翻拍都要在原作基础上作大量改动，因此，翻拍也就与改编有了更大的交集，或可归入"大改编"范畴。

从故事来源上看，2020年以来，改编剧本与原创剧本呈现"五五开"的情形，且改编剧的质量可圈可点，口碑日益提高。比如，改编自日本漫画《光之棋》（又译《棋灵王》《棋魂》）的真人网络剧《棋魂》尤为突出，具有典型意义。截至2021年6月17日，其豆瓣评分高达9.3。这部改编之作成功打通了两道文化壁垒：一是从二次元动漫到三次元真人网络剧，成功实现了由亚文化向主流文化的跨越；二是从日本文化到中国文化，较好地实现了由外国文化向中国文化的转换。这为日后国外电视剧、网络剧作品以及动画漫画作品向中国网络剧作品的改编提供了成功范例。

除此之外，2020年以来改编/翻拍剧表现不错的还有翻拍自日剧《母亲》的《不完美的她》、改编自韩国元秀莲漫画作品《浪漫满屋》的《仲夏满天心》、改编自网络小说《龙岭迷窟》的《鬼吹灯之龙岭迷窟》等。这既凸显了改编/翻拍剧的市场影响和文化交流，又在跨媒介叙事（Transmedia Storytelling）方面积累了可贵的经验。

（三）审美特性交融、互渗，网络剧与电视剧的界限柔化

时至今日，随着艺术实践向深广发展，网络文艺与相应传统文艺越来越呈现交融、互渗的倾向。尤其是随着网络文艺创作生产的"视觉化"日益明显，加之审美表意实践的"大众性"特点突出，网络视听文艺领域的交

融、互渗情形尤为突出，其中，基于体量、产业、影响力等方面的原因，网络剧与电视剧之间的交融、互渗又可视为典型的表征。

从当前的实际情形来看，不管是普通观众，还是业界各方，往往都难以准确区分网络剧与电视剧。第一，从播出平台及"首播"上看，一方面，网络首播剧的影响力已可与电视首播剧媲美，比如，2020年，网络首播电视剧有80部，较2019年的73部数量继续增加，而且，还首次出现了卫视黄金档热播剧的先"网"后"台"，共有11部电视剧在视频平台领先央视和卫视黄金档播放速度；另一方面，如今的电视剧几乎都会在网络上同步或异步播出，比如，获第27届上海电视节白玉兰奖最佳中国电视剧奖的《山海情》就是一部在卫视和视频网站同步播出的剧集。基于这种情形，在关于"网络剧"的界定上，目前业界各方使用的"网络剧"的含义主要有两种：一是从传播渠道角度来界定，即以互联网作为传播渠道的连续剧、系列剧；二是从管理方式角度来界定，即由制作机构作"重点网络剧"立项备案，规划信息由广播电视主管部门审核通过，成片经广播电视主管部门内容把关，并按要求报送相关信息的剧情类连续剧、系列剧作品，以及由制作机构或网民个人制作，主要在网络视听节目服务机构播出，并由播出平台对节目内容履行审核责任的剧情类连续剧、系列剧作品。第二，随着网络剧与电视剧审查标准的渐趋一致，以及网络剧的质量越来越高，网络剧与电视剧的区别越来越小，以至于相应传统奖项纷纷向网络剧开放：2019年底，第26届上海电视节"白玉兰奖"发布征集公告时，首次规定网络剧可以参与奖项评选；2020年，第32届中国电视剧"飞天奖"评奖通知指出，在全国性重点视频网站首播的网络剧可纳入评选范围；2020年，第30届中国电视金鹰奖的评选通知中直接包括了"规定时限内上线播出的作品"，等于向网络剧敞开了大门。在这种意义上，不论对网络剧还是对电视剧的未来发展来说，2020年都是一个重要的节点。

进一步来说，一方面，网络剧与电视剧之间的界限柔化带来了区分的困惑，并使人们越来越频繁地使用"剧集"一词来化解其间的含混，或表述它们的共性；另一方面，在具体实践中，网络剧与电视剧在主体观众、题材

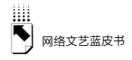

类型、作品特征、叙事特点、生产方式等方面确也存在较明显的区别，由此而论，"困惑""含混"的背后预示着新帷幕的开启，或者说，通过"依据症候阅读"或对深层结构的分析和理解，我们可以将"交融""互渗"看作新媒介生态、新艺术生态中缔结新"共名"的开始，乃至新审美特性生成、发展的前奏。当然，更重要的是，在行进汇流的过程中，网络文艺的新实践带来了新美学，而在网络文艺与相应传统文艺（网络剧与电视剧、网络电影与院线电影、网络综艺与电视综艺、网络纪录片与电视纪录片等）的二元张力中，这种"新美学"无疑将给网络文艺的创作生产带来深刻、深远的影响。

综上所述，2020年以来的网络剧创作进一步繁荣，作品数量、质量的关系协调发展，优秀作品频出。当然，除了以上三个方面的主要特点，还有其他一些突出特征。比如，改编剧本与原创剧本齐头并进；部分IP系列剧集内容亮点突出；互动剧逐步增多，沉浸体验感显著；出品机构数量多，平台参与出品达六成；平台和头部影视公司发挥稳定，涉足网络剧出品的公司日益增多；主创人员专业度进一步提升，导演年轻化趋势明显；视频平台人才扶持计划促进创作生产水平进一步提升等。总体上看，以上特点是网络剧创作繁荣发展的显著标志，也反映了整个网络剧行业蓬勃发展的活力和创造力。

二　网络剧的传播

（一）"剧场化"排播成为剧集播出的重要形式

历史地看，"剧场化"排播运营并非新模式，之前的电视台就常对不同的剧集采取剧场化方式排播。但相比电视台的时段剧场，网络平台在精细化运营方面下足了功夫。其中，在集数、类型等标准的划分和设置上，各大平台依据自身特点"因地制宜"，同时也呈现差异化的运营思路。比如，芒果TV的"季风剧场"大多是12集以内的短剧，但题材、类型各异；爱奇艺的"迷雾剧场""恋恋剧场"兼顾集数与类型两大因素；优酷则强化类型划分，如"悬疑剧场""宠爱剧场""合家欢剧场"等。

实践表明，"剧场化"排播在留住老用户、吸引新用户，打造品牌、增强平台辨识度以及吸引创作、刺激短剧供应、创新付费模式、便于招商等方面具有多样的积极意义。

据调查，56.0%的受访者认为，剧场化排播有助于平台方打造内容品牌，增强用户黏性；23.8%认为，剧场化排播能更好地满足用户需求；16.2%认为，剧场化排播有助于更大限度地发挥优质作品的价值。① 正因如此，作为剧集播出的重要编排形式，2020年以来，"剧场化"日益常态化乃至向2.0版迈进。比如，爱奇艺全新升级"迷雾剧场""爱青春剧场"，优酷推出"悬疑剧场""宠爱剧场"，并在剧集体量、上新节奏等方面体现出整体性、品牌化运营的显著特点。

（二）短视频平台入局网络剧传播

就网络剧主要的传播渠道来说，爱奇艺、腾讯视频、优酷、芒果TV四强鼎立的传播格局依然明显，但2020年以来，网络剧的传播平台加入了新的有生力量：抖音、哔哩哔哩等短视频平台开始涉足包括网络剧在内的、用户使用时长占比优势突出的长视频业务。这加剧了行业内的竞争，但同时也使网络剧的传播呈现新的气象。

从"长视频"的大范围来看，2020年1月24日，欢喜传媒与字节跳动在视频相关领域达成合作，2020年2月12日（大年初一）原定于院线上映的春节档影片《囧妈》同时在欢喜首映并在字节跳动旗下今日头条、抖音、西瓜视频等平台开启免费首播，为历史首次。随后，通过《囧妈》播映有所斩获的字节跳动还在抖音等平台开设了免费影视专区，推出了《喜剧场》主题节目，汇集四个国内喜剧界最强厂牌，通过直播＋点播、长视频＋短视频的形式在旗下平台播出。

当然，就"新气象"来说，在网络剧市场上，爱奇艺、腾讯视频、优

---

① 中国网络视听节目服务协会：《2021 中国网络视听发展研究报告》，https：//www. sohu. com/a/470607018_ 121123762，2021 年 6 月。

酷、芒果 TV 等长视频行业翘楚与抖音、快手等短视频新贵之间存在着相辅相成的关系，但也呈现激烈的竞争关系。相较以往，前者可为后者提供短视频切条，后者可为前者提供长视频软广告。然而，当短视频新贵们纷纷进军长视频行业时，无论是偶尔出击借以壮大自己声势，还是处心积虑双线发展、自成体系，其竞争必然激烈——显而易见的是，迄今为止，长视频业务由于巨大的内容成本仍处于行业亏损状态。对此，爱奇艺对今日头条购买院线电影的回应就可以说明其中的复杂性：出于拓展新用户等营销目的，这种模式有可取之处，但免费给用户播放，依靠广告获取收入，这不是一种可持续的、健康的商业模式。①

（三）集均播放量排名情况

作为反映发展的一个重要指标，网络剧的总播放量和集均播放量可从一个方面反映其在题材、类型以及人们审美趣味、爱好和播出平台等方面的接受及效果状况。2020 年，网络剧集均播放量排名前 15 的作品有《爱情公寓5》《三生三世枕上书》《锦衣之下》《鬼吹灯之龙岭迷窟》《我是余欢水》《重生》等（如表1）。②

表1　2020 年网络剧集均播放量排名前 15 名作品

单位：亿

排名	剧名	平台	集数	总播放量	集均
1	爱情公寓 5	爱奇艺	36	65.10	1.808
2	三生三世枕上书	腾讯视频	56	82.40	1.471
3	锦衣之下	爱奇艺、芒果 TV	55	80.67	1.467
4	鬼吹灯之龙岭迷窟	腾讯视频	18	24.70	1.372
5	我是余欢水	爱奇艺、腾讯视频、优酷	12	15.78	1.315
6	重生	优酷	28	34.60	1.236

---

① 《爱奇艺龚宇谈囧妈网络免费播映：是不健康不可能持续长久的模式》，金融界网站，https：//www.163.com/dy/article/F6G4BIS40519QIKK.html。
② 数据来源：豆瓣网－豆瓣收视率研究中心，https：//www.douban.com/group/topic/207094149/，2021 年 1 月 1 日。

排名	剧名	平台	集数	总播放量	集均
7	重启之极海听雷	爱奇艺、优酷	32	39.39	1.231
8	琉璃	优酷、芒果 TV	59	69.70	1.181
9	隐秘的角落	爱奇艺	12	13.08	1.090
10	传闻中的陈芊芊	腾讯视频	24	24.00	1.000
11	唐人街探案	爱奇艺	12	11.06	0.922
12	白色月光	优酷	12	10.80	0.900
13	我，喜欢你	腾讯视频	24	21.20	0.883
14	无心法师3	爱奇艺、腾讯视频、优酷	28	24.24	0.866
15	奈何 BOSS 要娶我 2	腾讯视频、搜狐视频	16	13.10	0.819

（四）综合指数榜情况

2020 年底，网络剧综合指数榜排名前 45 的作品有《鬼吹灯之龙岭迷窟》《爱情公寓5》《琉璃》《穿越火线》《三生三世枕上书》《不完美的她》《隐秘的角落》等（如表2）。①

约半年之后，截至 2021 年 6 月 17 日，上述 45 部作品的豆瓣评分与 IMDB（"互联网电影资料库"，Internet Movie Database）评分情况发生了变化（如表 3，按 2021 - 06 - 17 豆瓣评分数据排序）。②

表 2　2020 年网络剧综合指数榜前 45 名作品

序号	剧名	播映指数	类型	豆瓣评分	历史最高热度	累计播放量（亿次）
1	重启之极海听雷1	81.7	剧情/悬疑	7.4	83.41	/
2	鬼吹灯之龙岭迷窟	79.2	悬疑/剧情	8	74.84	24.5
3	爱情公寓5	79.1	喜剧/都市	7.0	87.81	/

---

① 王涵：《2020 年网络剧调研报告：网台分界线真正分解，网络剧地位迈上新台阶》，《电视指南》2020 年第 11 期，第 34～35 页。引者注：数据来源于艺恩数据、豆瓣、猫眼等，2020 年 1 月 1 日～2020 年 12 月 1 日。

② 豆瓣官网，https：//www.movie.douban.com。

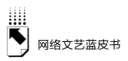

续表

序号	剧名	播映指数	类型	豆瓣评分	历史最高热度	累计播放量（亿次）
4	琉璃	78.9	古装/奇幻	7.7	77.85	34.7
5	穿越火线	78.8	都市/剧情	8.1	73.96	18.0
6	三生三世枕上书	77.9	古装/奇幻	7.8	81.47	82.1
7	不完美的她	75.7	剧情	6	76.51	7.4
8	隐秘的角落	74.0	悬疑/剧情	8.9	82.89	/
9	重启之极海听雷2	73.8	剧情/悬疑	7.4	81.18	/
10	无心法师3	73.8	古装/奇幻	6.4	83.65	10.8
11	我是余欢水	73.8	都市/剧情	7.4	79.09	5.5
12	重生	73.2	悬疑/剧情	6.5	78.10	/
13	月上重火	72.7	古装/爱情	5.8	79.67	9.8
14	怪你过分美丽	72.6	都市/爱情	8.0	73.22	/
15	传闻中的陈芊芊	72.6	古装/爱情	7.5	85.57	23.8
16	半是蜜糖半是伤	72.5	爱情/都市	7.4	74.45	/
17	三千鸦杀	72.0	古装/爱情	5.7	77.37	15.0
18	沉默的真相	70.9	悬疑/剧情	9.2	74.56	/
19	天醒之路	69.8	古装/奇幻	5.7	71.09	10.0
20	我，喜欢你	69.6	爱情/都市	6.9	77.56	20.9
21	唐人街探案	69.3	悬疑/剧情	7.2	77.95	/
22	锦绣南歌	68.5	古装/爱情	5.7	73.68	33.8
23	将夜2	68.5	古装/奇幻	5.3	82.07	23.4
24	棋魂	68.3	奇幻/剧情	8.5	70.55	/
25	在劫难逃	68.1	悬疑/剧情	6.1	75.69	/
26	暮白首	67.8	古装/爱情	6.7	73.75	/
27	你是我的命中注定	66.8	爱情/都市	5.3	71.32	23.2
28	民国奇探	66.7	悬疑/剧情	7.2	69.02	/
29	蓬莱间	66.7	奇幻/爱情	6.6	74.12	9.7
30	使徒行者3	66.3	悬疑/剧情	6.6	71.53	7.1
31	且听凤鸣	65.9	古装/爱情	6.3	74.1	11.0
32	全世界最好的你	65.6	爱情/都市	6.6	77.67	/

序号	剧名	播映指数	类型	豆瓣评分	历史最高热度	累计播放量（亿次）
33	从结婚开始恋爱	65.3	爱情/都市	6.3	66.4	12.8
34	白色月光	65.3	悬疑/都市	6.6	71.35	/
35	亲爱的麻洋街	65.1	爱情/都市	6.5	64.87	/
36	热血同行	65.0	剧情	7.2	76.54	/
37	韫色过浓	64.4	爱情/都市	5.4	63.31	9.4
38	大唐女法医	64.0	悬疑/古装	4.3	75.81	5.8
39	两世欢	63.9	古装/爱情	5.3	77.05	/
40	北灵少年志之大主宰	63.7	古装/奇幻	6.4	82.7	/
41	古董局中局之鉴墨寻瓷	63.2	悬疑/剧情	7.2	72.22	4.9
42	十日游戏	63.1	悬疑/剧情	7.3	67.13	/
43	我才不要和你做朋友呢	62.7	爱情/奇幻	8.2	63.65	5.7
44	长相守	62.7	古装/爱情	4.6	69.87	8.9
45	漂亮书生	62.5	古装/爱情	5.2	75.14	/

表3　2020 年网络剧综合指数榜前 20 名作品之豆瓣评分与 IMDB 评分

序号	剧名	豆瓣评分 2020 - 12 - 01	豆瓣评分 2021 - 06 - 17	IMDB 评分 2021 - 06 - 17
1	沉默的真相	9.2	9.1	8.2
2	隐秘的角落	8.9	8.9	8.2
3	棋魂	8.5	8.7	8.6
4	我才不要和你做朋友呢	8.2	8.2	7.9
5	鬼吹灯之龙岭迷窟	8.0	8.2	7.2
6	穿越火线	8.1	8.0	9.0
7	怪你过分美丽	8.0	7.9	8.0
8	琉璃	7.7	7.5	8.9
9	传闻中的陈芊芊	7.5	7.4	7.9
10	我是余欢水	7.4	7.4	7.1
11	十日游戏	7.3	7.2	6.8
12	唐人街探案	7.2	7.2	6.5
13	古董局中局之鉴墨寻瓷	7.2	7.2	/

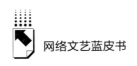
续表

序号	剧名	豆瓣评分 2020－12－01	豆瓣评分 2021－06－17	IMDB 评分 2021－06－17
14	重启之极海听雷 1	7.4	7.1	/
15	半是蜜糖半是伤	7.4	7.1	8.2
16	民国奇探	7.2	7.1	8.3
17	热血同行	7.2	7.1	/
18	重启之极海听雷 2	7.4	7	/
19	爱情公寓 5	7.0	6.9	/
20	使徒行者 3	6.6	6.9	/

从表 3 可以看出，从 2020 年 12 月到 2021 年 6 月，虽然一众作品的豆瓣评分升少（3 个）、降多（15 个）、持平（7 个），但一般情况下变动幅度较小（±0.3），只有一个例外：《三生三世枕上书》从 7.8 降至 6.7。相比之下，《棋魂》《鬼吹灯之龙岭迷窟》《使徒行者 3》不降反升，确与作品的水平成正相关。

此外，通过以上数据对比我们可以看到，IMDB 与豆瓣评分的不同之处明显。由于能看懂或听懂中文网络剧的外国人有限，IMDB 上的评分来源于国外"本土化"成分较高，因而对比意义有限，但从一个侧面反映了国产网络剧已越来越多地开始在国际网络平台上展示其意义和价值。比如，2020 年热播的悬疑网络剧《隐秘的角落》被日本引进并于 2021 年年初播出，日本的宣传方案还将原著作者紫金陈称为"中国的东野圭吾"。[1] 事实上，近年来，随着越来越多的优秀国产网络剧在海外播出，网络剧的海外效果和影响力也在逐年增强、提升。

三　网络剧的产业发展

经过多年的发展，网络剧产业规模持续扩大，内容制作探索创新、优化

---

[1] 《又一部国产剧走出国门　悬疑网络剧〈隐秘的角落〉被日本引进定档》，https://new.qq.com/rain/a/20201104A0CWHW00。

发展，在商业模式上形成了会员、版权、直播带货、广告、IP生态开发等多元化格局，体现出稳步发展、日趋成熟的特点。择要说来，有如下几个方面。

第一，在用户方面，包括网络剧在内的网络视频的网民规模、使用率进一步扩大、提升。截至2020年12月，网络视频（含短视频）网民规模高达9.27亿，占网民整体的93.7%。其中值得一提的是，在网民结构上，由于村通光纤比例跃升、5G应用、网民娱乐需求持续向线上转移等原因，城乡网民的"数字鸿沟"进一步缩小；在网民增长主体中，未成年人和50岁以上的"银发"网民成为行业发展的新增长点。无疑，网民规模、使用率的庞大"数量"为网络剧产业的发展奠定了坚实基础。此外值得一提的是，在众多类型的网生内容中，"剧集"是收看时长最长的节目类型，且在点播端的收看时长远高于直播端（如表4）。①

表4 不同类型内容在直播端、点播端的收看时长占比

单位：%

类型	剧集		新闻		综艺		纪录片		电影	
	直播	点播	直播	点播	直播	点播	直播	点播	直播	点播
时长	39.5	70	25.5	0	22.5	7.4	4.7	0.5	2.5	5.4

第二，在内容制作上，各大网络视频平台均将优质内容作为核心竞争力，并由此展开多方面的积极探索。一是以精品化引导网络短剧创作生产，使精品短剧成为产业发展的市场亮点。二是各大平台进一步推进"剧场化"，着力提升精品内容自制能力，努力升级剧场运营模式，积极推进剧场类型化、精品化、规模化，并采用集中编排的方法，既满足用户的多样化、个性化需求，又通过强化类型及定位，打造剧场品牌标识，开展差异化竞争。三是各大平台积极布局竖屏剧、互动剧等创新形态剧集，并逐渐向全年

---

① 中国网络视听节目服务协会：《2021中国网络视听发展研究报告》，https：//www.sohu. com/a/470607018_ 121123762，2021年6月。

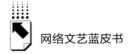

龄段用户扩展。四是围绕提质增收，视频平台联制、联播等趋势明显，其突出表现是自制项目转为参与制作或联制，部分独播项目转为联播。比如，《我好喜欢你》《天醒之路》由优酷独播转为优酷、芒果 TV 联播，芒果 TV 自制剧《三千鸦杀》也由独播变成与优酷双网联播。

第三，在商业模式上，随着优质内容成为核心竞争力，也随着网络剧品质和影响力不断提升，一方面，"精品化"理念进一步得到了网络剧行业的认同和落实；另一方面，依托优质精品内容，网络视频平台的商业模式逐渐形成了会员、版权、直播带货、广告、IP 生态开发等多元化格局。其中，基于优质内容，以下新发展呈现了网络剧产业发展的新风貌。

一是付费会员数量和营收进一步增长。2019 年 6 月和 11 月，爱奇艺、腾讯视频分别宣布付费会员数量过亿。目前，四大平台会员数量和营收均有不同程度的增长。同时，鉴于会员服务营收占比超过在线广告服务营收，各大型视频平台日益重视会员服务营收的重要性，进而使平台间的竞争"已由表层的内容竞赛，转变为更深层次的营收、会员、模式创新等维度比拼。"[1] 比如，主、辅赛道并重的爱奇艺推出了"星钻 VIP 会员"模式。

二是加强跨领域合作，促进付费会员数量增长。以优质内容为核心，各大视频平台围绕用户需求进一步扩大服务边界，与生活服务、技术等领域领先的公司（比如携程、京东、华为等）合作，通过账号互通、运营协同、内容共享等措施，扩展会员权益，激发用户付费意愿，跨领域获取付费用户资源。

三是针对普遍存在的较大营收压力，在优质内容的支撑下，各大视频网站上调会员价格。2020 年 11 月，爱奇艺将会员连续包月价格由 15 元/月调整至 19 元/月，上涨 27%，这是国内视频平台首次对会员价格进行调整。[2] 目前，各大视频网站均在优质内容吸引忠实用户的前提下，将上调会员价格

① 王涵：《2020 年网络剧调研报告：网台分界线真正分解，网络剧地位迈上新台阶》，《电视指南》2020 年第 11 期，第 37 页。

② 中国互联网络信息中心：第 47 次《中国互联网络发展状况统计报告》，https：//www.cac.gov.cn/2021－02/03/c_1613923423079314.htm。

作为增加平台收益的途径之一。

四是，在平台变现模式上，出现了通过付费用户的观看行为进行分账收益的变现新模式，"分账剧"日益增多。从用户视角看，"版权剧""自制剧""分账剧"难以区分，但从视频平台的维度看，三者的区别还是明确、清晰的，而且，在目前网剧市场上大投资、大制作的头部作品和低成本、定向用户的付费分账剧双线并行。其中，"分账剧"变现模式使平台方和片方成为利益共同体，分账费用取决于会员观看的总时长，其分账多少大致和给平台带来的付费会员和广告收益正相关。与版权剧、自制剧相比，分账剧没有高额的版权采购费用和前期投入，其"经济实惠"可以说是平台网剧获利渠道中成本最低的一个，而且，平台几乎不用担负任何风险，因为平台可以将风险转嫁于片方，是盈是亏完全由市场决定，片方是否回本完全依靠其影片质量本身。据调查，45.5%的受访者认为，分账模式更适合于低成本、小制作的网络剧；42.7%认为，分账剧将会推动剧集制作机构竞争格局发生变化；42.3%认为，分账模式将在未来1~2年成为网络剧的主要商业模式；34.0%认为，分账剧将为新人创作者提供更多机会。[①] 实践表明，正因为"分账剧"模式具有以上特点，2020年"分账剧"占比达六成，而且，随着分账作品创作水准的提升，分账票房也逐步攀升，突破1000万的作品越来越多,[②] 以至分账剧成为"终局"也渐成行业共识。

四　网络剧的发展趋向

（一）网络剧继续在"快车道"上行驶

受多种因素影响，2020年之前，影视剧行业已有"寒冬"之说，新冠

---

① 中国网络视听节目服务协会：《2021中国网络视听发展研究报告》，https：//www.sohu.com/a/470607018_ 121123762，2021年6月。

② 国家广播电视总局监管中心编《2020网络原创节目发展分析报告》，中国广播影视出版社，2021，第17页。

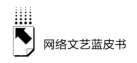

肺炎疫情的出现又对其带来了不小的负面影响。就网络剧发展来说，2020
年度相关研究的问卷调查显示："对于后续走势，323 位受访者中有 133 位
（占比 41.2%）较为乐观，预期'寒冬'将很快过去，行业发展正迎来新
一轮繁盛；另有 167 位受访者（占比 51.7%）的观点相对谨慎，认为受制
于众多综合问题的深层影响，行业在短期内很难'破局'。这种对未来市场
走势预期的明显分化，反映了我们当前所处阶段的'拐点'属性。"①

诚然，与传统电视剧相比，网络剧也受到了多种因素的冲击和困扰，但
总体上看，其上线数量不降反升，扭转了自 2015 年之后上线数量逐渐下降
的趋势，重新回升至历史高位，且热点作品频出，优秀作品广泛传播，重要
奖项时有斩获，体现出欣欣向荣的趋势。就此而论，在网络剧的发展进程
中，关键问题不是"拐点"问题，而是切实围绕质量提升，推进创新发展
的问题。

（二）精品化、特色化生产成为"硬道理"

经过多年的丰富实践，各大视频平台越来越认识到网络剧的文化产业属
性，也越来越认识到精品化、特色化在产业发展中的重要性。显然，没有文
化，就谈不上产业，或者说，产业发展与作品质量成正比。优秀的文化产品
无论是在社会效益还是经济效益上都能以一当十乃至以一当百，而那些缺乏
艺术力量、文化分量的娱乐消费品或者文化易碎品即使赢得一时的关注，终
是为人忘却。实际上，2020 年以来网络剧的成功实践在某种程度上都在诠
释"质量为王"的硬道理，或都为网络剧创作生产的精品化、特色化添加
了生动的注脚。

比如，围绕稳量提质，从选材立意、故事讲述和传播、接受等各个环
节、方面重新审视并优化网络剧的创作生产要素及其之间的关系，既提升作
品的质量，又解决数量与质量不相匹配的矛盾；围绕"品牌打造"，各大平

---

① 中新网：《2020 年中国电视剧产量继续大幅下跌》，https：//baijiahao. baidu. com/s？id =
1686782091579436565&wfr = spider&for = pc，2020 年 12 月 23 日。

台推进"剧场化",提升精品生产能力,在满足用户多样化、个性化需求的同时,又通过强化类型及定位,开展差异化竞争。再比如,针对互联网时代审美接受、发展环境、现实条件等具体情况,大力推进精品短剧生产,从政策措施的层面审视,国家广播电视总局明确提倡"不超过40集,鼓励30集以内的剧集创作",这与观众欣赏时间碎片化、短视频平台影响越来越大且持续分流、影视资金容量有限且流速加快等现实情形存在方向一致的呼应关系,进而使短小精悍、引人入胜的短剧集受到制播方与用户的共同选择;从2020年以来热播剧集的实际效果看,若非质量上乘,动辄六七十集的长剧集越来越难获得市场青睐,而与之形成鲜明对比的是,短剧集尤其是季播化的短剧集越来越成为市场新宠,"2020年播出的30集及以内剧集中网络剧占比95%,同比增长4个百分点。可以毫不夸张地说,2020年可称为'短剧元年'"①。

(三)台网互动、网络优先排播趋势明朗

曾几何时,一些优秀的电视剧均优先谋求在央视播出,后来随着形势的变化,在央视之外,一线卫视成为商业大剧的首选。然而,经过多年的磨合,随着网络剧与电视剧的界限柔化,越来越多的剧集把网、台通吃作为创作、传播的追求,乃至把在各大视频平台网络上排播作为首选。即便是那些优先在电视台播出的电视剧,也几乎会选择在视频平台同步播出。这表明了网络剧创作生产水准的逐步提高,也说明了网络首播剧的影响力已可与电视首播剧相媲美,进而形成网络优先排播的新格局。

(四)优质内容、用户付费的重要性进一步凸显

与电视台免费收视不同,网络剧多年来一直在积极探索多元化的商业模式。其中,随着网络剧产业的进一步发展,鉴于会员服务营收占比超过在线广告服务营收的事实,各大视频平台不约而同地调整发展规划,并聚焦优质

---

① 张智华、宿英伦:《2020年中国网络剧盘点》,《现代视听》2020年第1期,第43页。

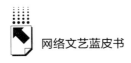

内容、用户付费两个关键点，实施新的发展策略，积极探索新的经营模式，为用户提供差异化的内容，比如，大力发展付费会员尤其是星钻 VIP 会员等。当然，随着付费会员的增速逐渐放缓，如何进一步平衡、优化平台商业收入和用户体验，是网络剧产业发展需要直面的新问题和新挑战。

（五）长、短视频平台业务相互渗透、融合发展

随着短视频的迅猛发展，长、短视频平台业务发生新变化、呈现新格局。一方面，各大长视频平台通过多种方式鼓励产出优质短视频内容，提升短视频内容占比，以吸引用户和流量，增加用户黏性。比如，爱奇艺推出短视频内容社区"随刻"，利用其丰富的 IP 内容优势，全面赋能创作者；腾讯视频则依托微信庞大的用户基础和社交优势，布局短视频业务。另一方面，短视频平台纷纷涉足长视频业务，并以"微剧""微综艺"来试水，再逐步进入长视频业务领域。比如，抖音开放 15 分钟的视频拍摄权限，快手上线专业团队制作长视频节目，并通过这些举措和方式，既提高用户留存时间，又促进优质内容生产。不必赘述，长、短视频平台业务的相互渗透、融合发展在呈现新风貌、新格局的同时，也必然给网络剧创作生产带来诸多方面的影响，并蕴含着多种发展变化的可能性。

B.4
网络综艺发展状况

郑向荣　王昊旸*

摘　要： 在丰富多样的网生内容中，网络综艺以其娱乐性强、轻松活泼等特性而成为颇受人们尤其是青年人欢迎的网生内容品类之一。2020年以来，在创作上，"稳量增质"促进节目质量有较大提升，头部效应凸显带动"精品化"生产，内容升级激发新动能，平台竞合强化了差异化、特色化发展。随着节目质量、艺术格调、文化内涵等方面的稳步提升，有效的传播与接受扩大了网络综艺的影响力，促进了社会效益、经济效益的提升。在产业发展上，基于以往的实践，网络综艺在"内容矩阵"搭建、全方位营销、商业模式创新、文化产业联动等方面呈现新的特征。在发展趋向上，源于丰富实践的创新动力驱使网络综艺进一步开创新局面，其中，规范化促进优质化，节目形态、样态更丰富，艺术创新构建发展新生态，盘活存量、做强增量促进产业发展。作为网络文艺的重要组成部分，进入发展新阶段的网络综艺呈现新的发展风貌。

关键词： 网络综艺　稳量提质　平台竞合　内容矩阵　规范化

---

* 郑向荣，中国传媒大学戏剧影视学院教授、硕士生导师，主要研究领域为戏剧与影视学、网络综艺等；王昊旸，山西大同大学新闻学院教师，主要研究领域为戏剧与影视学、网络视听节目等。

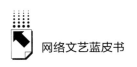
一 网络综艺的创作

2020 年以来，网络综艺创作生产进一步繁荣发展，数量趋于稳定，题材、类型丰富多元，创作生产精品意识进一步增强，积极摆脱"有意思没意义"的创作惯性，内容品质进一步提升，市场投资规模进一步扩大，网络综艺正能量引导创作，呈现创新发展的新特点、新景象。

（一）稳量增质：题材、类型丰富多元，节目质量有较大提升

据国家广播电视总局监管中心统计：2020 年全年上线网络综艺 229 档（不包含多版本节目和衍生节目），相比 2019 年增加 8 档，其中，"综 N 代"节目 60 档，占比 26%，相比 2019 年增加 8 档。[①] 可见，"综 N 代"覆盖了大部分头部节目并构成了节目基本盘且更注重挖掘多版本和衍生节目的价值、提升用户黏性，虽然节目增速放缓，但节目质量有较大提升。

在题材方面，音乐类仍是网络综艺的主要内容，达 24 档；其次是美食类节目，有 12 档；体育电竞类、潮流文化类、家庭关系观察类等题材的节目数量也较多。一个显著的变化是以电商直播为题材的节目数量快速增多，出现了优酷《奋斗吧！主播》、腾讯视频《鹅外惊喜》、芒果 TV《希望的田野》、抖音《颤抖吧！达人推荐官》等综艺创作。

在类型方面，数量最多的是真人秀，达 74 档，占比 32%，其次是谈话讨论类节目 44 档，占比 19%。选秀节目数量较 2019 年有所下降，仅有 5 档节目上线，但都成为 2020 年度大热的节目，芒果 TV 的《乘风破浪的姐姐》等。

在口碑方面，2020 年度豆瓣评分前十名的网络综艺节目是《忘不了的餐厅》《说唱新世代》《明星大侦探之名侦探学院 第三季》《魔熙先

---

① 国家广播电视总局监管中心编《2020 网络原创节目发展分析报告》，中国广播影视出版社，2021，第 147 页。

生　第三季》《师父！我要跳舞了》《明星大侦探之名侦探学院　第四季》《瑜你台上见》《Super R1SE·周年季》《少年 ON FIRE》。此外，产生较大热度的综艺节目还有《乘风破浪的姐姐》《这！就是街舞》《哈哈哈哈哈——很高兴遇见你　》《密室大逃脱　第二季》《乐队的夏天　第二季》《戏剧新生活》等。据国家广播电视总局《关于公布 2020 年度优秀网络视听作品推选活动评审结果的通知》，2020 年度，《"最美的夜"bilibili 晚会》《忘不了餐厅　第二季》《邻家诗话　第二季》《冲呀，蓝朋友》四档节目入选"优秀网络综艺节目"。①

（二）头部效应凸显：超级网综引人瞩目，"精品化"成为共识

自网络平台 2013 年发力自制综艺节目以来，经过多年的资本大战，网络综艺行业经历了一系列的洗牌。近两年来，网络综艺市场回归理性，节目数量增长较之前放缓，各大视频平台着力转向头部综艺品牌建设。以 2019 年为标志，超级网综成为网络综艺重要的布局板块。2020 年以来，超级网综迅速发展，尤其是 2020 年，虽受新冠肺炎疫情影响，网络综艺整体上线节目数量几乎与 2019 年持平，但在品质和影响上，"疫情反而激发和加速了内容创新的效率和成果，诞生了一批新爆款项目，成就了'网综大年'的独特现象"。② 比如，爱奇艺的《乐队的夏天　第二季》、优酷的《这！就是街舞　第三季》、芒果 TV 的《乘风破浪的姐姐》、哔哩哔哩的《说唱新世代》《"最美的夜"bilibili 晚会》等。这些超级网综不仅极具热度，有效树立了视频平台在受众心中的品牌形象，还带动了网络视频平台优质资源的进一步投入，同时也见证了市场对节目内容、口碑、价值等的检验，以及节目制作走"精品化"之路的良好前景。

从节目内容来看，"综 N 代"仍然是各大视频平台发力的方面。经过几

---

① 国家广播电视总局办公厅：《关于公布 2020 年度优秀网络视听作品推选活动评审结果的通知》，http://www.nrta.gov.cn/art/2021/5/26/art_113_56601.html。

② 封亚南：《2020 年网络综艺调研报告：转换与创新，2020 年网综迎来另类复兴》，《电视指南》2020 年第 11 期，第 26 页。

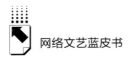

年的实践，各大视频平台筛选出一批经过市场考验且具有较大影响力的网络综艺品牌。这些节目在原有节目形态基础上进一步拓展，进行节目内容的迭代。比如，优酷围绕《这！就是……》系列这一品牌，精心选取具有文化圈层壁垒且关注度较高的题材进行节目策划。《这！就是街舞》就是运用街舞元素进行策划设计，在第一季、第二季获得好评的基础上，第三季节目又进行深度发掘，有国际选手加入了比赛，使节目的观赏性、艺术性上了一个新台阶。

从受众接受来看，相较前几年，受众对节目质量、节目的观赏性有较高的要求，审美品位也有了很大提升。节目质量达不到受众的期待，节目关注度就会降低。这就为各大视频平台加强自身品牌建设、加强超级网综的布局提供了现实依据。同时，视频平台也切实进一步加强了精品化的设计，对嘉宾、包装、环节等元素进行细心打磨。比如，爱奇艺在 2021 年初推出《戏剧新生活》，节目以戏剧为策划元素，以八位戏剧人排演新创戏剧为形式，在十期节目中演出十场戏并自己卖票，自负盈亏。传播接受过程中，观众看到了舞台戏剧排演过程中的绝大部分环节，令本是一个网络受众较少的艺术品类，靠制作的优良、内容的丰富等赢得了良好口碑和较大关注度。

（三）内容升级：形式创新展现新面貌，化危为机激发新动能

1. 题材、类型呈现新发展

2020 年以来，网络综艺制作在音乐、脱口秀、情感、人文、美食、教育、健康等大众常态化题材、类型方面与往年相比没有太多变化，但在保证基本盘的前提下，各大视频平台在激烈的竞争中依托各自经验和优势推出了一批新概念综艺。比如，爱奇艺的治愈系都市饮食观察节目《未知的餐桌》、冲浪生活体验清凉综艺《夏日冲浪店》；腾讯视频的真人角色扮演游戏《我＋》、音乐团体竞演节目《炙热的我们》；优酷的实验情景真人秀节目《亲爱的上线了》、动物观察真实剧情秀《汪喵物语》、直播恋爱真人秀《请和我奔现吧》。特别值得一提的是，随着《乘风破浪的姐姐》迅速出圈，聚焦女性受众群体的"她综艺"成为大热品类，并如雨后春笋般涌现，

"她"内容迅速成为行业热点话题。比如，优酷的女生清谈脱口秀《屋顶上的女孩》、时尚改造类综艺《闺蜜好美》，芒果 TV 的女性主题深度访谈节目《定义》、女性情绪疗愈节目《她有情绪又怎样》等。实践表明，在观看女性题材网络综艺时，女性观众更易产生分享、评论和评分等行为，因此，"她综艺"在备受关注和好评的同时，极大凸显了"她"潜力和"她"力量。

2. "综艺 +"开辟发展新路径

从 2017 年爱奇艺引爆网络综艺市场以来，网络综艺就一直在寻求拥有丰富"网感"的内容。这些"内容"往往既拥有一定的圈层受众，又具有破圈的可能性。"综艺 +"即这一大背景下的产物。同时，作为一种显著特征和发展趋向，"综艺 +"在某种程度上呈现出文化圈层碰撞的类型杂糅也展现出节目创新发展的新路径（如表 1）。

表 1　2020 年以来"综艺 +"节目一览

序号	类型	代表性节目
1	综艺 + 宠物	哔哩哔哩《百分之二的爱》《小主安康——宠物医院　第二季》《奈娃家族的上学日记　第一季/第二季》、优酷《汪喵物语》、腾讯视频《知春路 49 号宠物店》
2	综艺 + 体育	爱奇艺《夏日冲浪店》、优酷《这！就是灌篮　第三季》、芒果 TV《哎呀好身材　第二季》、腾讯视频《第三届超新星运动会》
3	综艺 + ACG	爱奇艺《跨次元新星》
4	综艺 + 传统文化	爱奇艺《登场了！敦煌》
5	综艺 + 职场	爱奇艺《冲吧转型人》、芒果 TV《初入职场的我们》
6	综艺 + 潮流文化	爱奇艺《潮流合伙人　第二季》、腾讯视频《当燃是少年　第二季》、优酷《720 潮流主理人》
7	综艺 + 声音	哔哩哔哩《我是特优声》
8	综艺 + 电商	优酷《奋斗吧！主播》、腾讯视频《鹅外惊喜》、芒果 TV《希望的田野》、抖音《颤抖吧！达人推荐官》

3. 制作方式出现新变化

随着移动通信技术快速发展，5G 技术在各个领域应用，网络视听领域

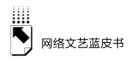

也随着技术迭代有了内容上的创新。特别是面对新冠肺炎疫情，内容生产也出现了相应的变化。择要说来，一是"云录制"成为新方式。2020年以来，受疫情影响，一段时期内社会活动大多按下暂停键，网络综艺节目制作也受到很大冲击，传统的节目录制无法开展。在这样的背景下，加之5G技术的普及和应用，"云录制"成为众多节目录制的新选择。比如，优酷的《好好运动》、腾讯的《鹅宅好时光》、爱奇艺的《宅家点歌台》《宅家运动会》等。此外，视频网站的重点综艺项目，像优酷的《这！就是街舞 第三季》还试水了"云海选"模式。在全国人民宅家抗疫的时间中，这些节目为人们提供了丰富的精神文化产品。二是直播带货综艺化。受疫情影响，"宅家"抗疫和快速便捷的网络化购物条件使人们的购物行为发生了新变化。电商直播因时而变、顺势而为，直播带货快速发展。但鉴于单一的直播带货已不能完全满足受众的需求，综艺化成为直播带货的新增长点，同时也成就网络综艺发展的一大新趋势，特别是电商直播带货类真人秀成为热点题材，比如，优酷的《奋斗吧！主播》、腾讯视频的《鹅外惊喜》、芒果TV的《希望的田野》、抖音的《颤抖吧！达人推荐官》、淘宝的《向美好出发》《谢谢您na》等。

（四）平台竞合：差异化、特色化发展各显其能，强强联手开创新格局

2020年以来，在节目内容上，网络综艺制作的题材、类型百花齐放，同时，各大网络综艺节目之间相互竞争、相互合作，并在竞合中创新发展，其突出的表现有两个方面。

1. 各大视频网站在差异化、特色化发展中各显其能

纵观头部视频网站之间的竞赛，其特色和优势日益鲜明。其中，爱奇艺在音乐类、潮流类、生活类综艺上布局"三足鼎立"，比如，《乐队的夏天第二季》《潮流合伙人》《夏日冲浪店》《未知的餐桌》等，且密切关注年轻人的生活方式和态度表达；腾讯视频继续主打"综N代"项目，并强化喜剧、情感内容的优势和特色定位，优酷深耕"综N代"王牌节目和人文品牌，如

《这！就是街舞 第三季》《这！就是灌篮 第三季》《火星情报局 第五季》
《茶馆营业中》等；芒果 TV 除主打推理解密、情感观察两大标签化内容外，
还积极尝试多样态内容创作，比如，《乘风破浪的姐姐》的品牌效益继续发
力，《说唱听我的》《亲爱的请放松》等。此外，以往爱奇艺、腾讯视频、优
酷、芒果 TV 四者之间相对稳定的竞争格局被打破，哔哩哔哩的《说唱新世
代》《造浪》《欢天喜地好哥们》《百分之二的爱》《宠物医院 第二季》《我
是特优声》、西瓜视频的《中国好声音 2020》《上线吧！华彩少年》、抖音试
水的新项目《魔熙先生 第三季》等也积极入局综艺内容赛道。

2. 自制综艺节目开启跨平台联合制作模式

实践表明，超级网综往往投入大、成本高，加之传统的播出方式已难以满
足超级网综的播出需求，于是，2020 年以来，自制综艺开启了联合制作、联合
播出的模式，并共同承担项目资源招商等层面的压力。比如，腾讯视频和爱奇
艺 2020 年底推出的公路电影式开放型真人秀《哈哈哈哈哈——很高兴遇见你》
就是首档由两个大型网络视频平台联合制播的网络综艺节目。此外，该节目还
分销至东方卫视，以"双网一台"模式播出。可以说，这一联合制播的模式为
超级网综的发展提供了较为可行的策略、经验，也探索了一条新的发展道路。

二 网络综艺的传播

2020 年以来，网络综艺的传播形式日趋新颖、作品内容日渐多样、"出
海"传播日益勃兴。网络综艺在受到广泛关注的同时也扩大了自身的影响
力，在强化经济效益的同时也促进了社会效益的提升。

1. 网络综艺的传播形式日趋新颖

2020 年新冠疫情的突袭而至，令网络综艺制作、传播等环节发生了变
化。为适应这一新形势，网络综艺在制作上逐渐采取"云综艺""云制作"
的方式，同时，与"泛"网络文艺结合。比如微综艺的诞生，体现出短视
频行业向网综领域的逐渐渗透，抖音、快手纷纷加速入局，使得微综艺传播
更符合当下碎片化接受的观看消费模式；此外，网络综艺也开始与直播带货

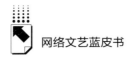

进行联动,通过"网综＋电商"的结合,丰富了疫情期间宅家民众的娱乐生活,同时也将各地的特色产品推广到更广阔的市场之中。除了以上视频形式的网络综艺之外,音频综艺也开展初步探索,其沉浸感的音频效果和互动模式,拓展了网络综艺的传播形式,进一步满足了人们业余休闲时间娱乐的需要。

2. 网络综艺的传播内容日渐多样

2020年以来,一批叫好又叫座的网络综艺节目涌现出来,其涉及的领域日益多元。比如,豆瓣评分排名靠前的《忘不了的餐厅 第二季》(9.5分)、《说唱新世代分》(9.3)、《明星大侦探之名侦探学院 第三季》(9.3分)、《魔熙先生 第三季》(9.2分)、《师傅!我要跳舞了》(9.2分)、《明星大侦探之名侦探学院 第四季》(9.0分)、《瑜你台上见》(8.8分)、《Super R1SE·周年季》(8.8分)、《少年 ON FIRE》(8.8分)便显示出传播内容的丰富多样。此外,热度较高的节目还有《乘风破浪的姐姐》《这!就是街舞 第三季》《哈哈哈哈哈——很高兴遇见你》《密室大逃脱 第二季》《乐队的夏天 第二季》《戏剧新生活》,等等,① 这些网综节目涉及音乐、舞蹈、戏剧等多种艺术类型。特别值得一提的是,传统文化类网络综艺也有不俗的表现,比如,爱奇艺推出了敦煌文化题材的《登场了!敦煌》,依托中华优秀传统文化艺术进行策划创新,既在弘扬传统文化方面取得了良好口碑,又在破壁出圈中取得了可观收益和更大的社会影响力。

3. 网络综艺的海外传播日益勃兴

2020年以来,网络综艺海外传播方兴未艾,多款网综在海外取得良好传播效果,其中最为突出的是《乘风破浪的姐姐》。这部综艺作品不仅在国内反响强烈,在新加坡、日本、韩国也获得良好口碑、圈粉无数。② 这是因为节目聚焦社会热点,反映出当代中国女性自立、自强、自信的鲜明特点,

---

① 数据来源:豆瓣官网,https：//movie. douban. com。
② 《〈乘风破浪的姐姐〉成团"无价之姐",各行业女性榜样诠释女性力量》,http：//news. cyol. com/app/2020－09/07/content_ 18767742. htm。

不仅符合青少年及女性群体的审美期待和精神追求，也向亚洲及世界人民展示了中国女性在新时代的全新形象。

三　网络综艺的产业发展

作为网络视听产业的重要组成部分，网络综艺产业涵盖内容制作、分享、广告赞助、营销分发等多个环节，连接内容创作者、内容运营方、品牌赞助方、视频平台方、用户等多元主体，在以往良好发展的基础上，2020年以来，网络综艺在节目制作、内容整合、全产业链营销等方面的产业化进程加快，并呈现出一些新的显著特征。

（一）围绕综艺 IP 搭建"内容矩阵"

在各大网络平台加速推出自己的超级 IP 综艺品牌时，往往会依据自身的超级网综品牌进行更深层次的内容开发和平台影响力拓展。具体说来，有以下几个突出表现。

1. 开发众多的衍生综艺节目

受新冠肺炎疫情影响，尤其是 2020 年以来，衍生节目近乎批量化生产，比如，优酷的《这！就是街舞　第三季》有《师父！我要跳舞了》《一起火锅吧》《街舞开课啦》。这些节目不仅对品牌传播起到了良好的促进作用，同时，由于这些衍生节目往往是会员专享，因而对平台的整个内容产业链建设也具有积极的意义。

2. 强化以平台为核心的内容创作生态环境营造

在这方面，哔哩哔哩具有代表性。哔哩哔哩拥有众多的内容生产 UP主，既形成了不同内容圈层，还不断地进行内容输血，同时，也造就了一大批优秀内容创作者和原创精品内容生态。在自制的跨年晚会中，依晚会需求，哔哩哔哩可从音乐区、国风区等各个领域的众多 UP 主中挑选优秀者进行表演、贡献自己的才艺。这些 UP 主本身自带流量，登上受众更广的跨年晚会后又为自己的 UGC 内容进行了一次破圈导流。

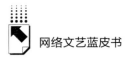

3. 赞助商定制特别内容

经过改版，腾讯视频、企鹅影视等的《脱口秀大会》在 2020 年迎来了新的关注度，跨圈传播效果明显，节目影响力又一次升级，与此同时，节目赞助也摆脱了以往的口播、广告定制等形式而有了新的发展。《脱口秀大会 第一季》的赞助商是京东，在 2020 年《脱口秀大会 第三季》结束后，京东在"双十一"购物狂欢夜定制了《京东脱口秀大会》，节目围绕"双十一""京东""购物"等关键词进行创作，在嘉宾诙谐的脱口秀表演中，节目既轻松地推广了京东的"双十一"活动，又在为品牌方赋能的同时增强了节目 IP 的持续性。

（二）直播带货丰富商业变现模式

综艺节目的变现方式以前往往是通过单一的节目广告赞助来进行变现的。在产业快速发展的进程中，变现方式发生了很大变化。2020 年以来，"直播带货"模式日趋火热，而网络综艺节目制作也呈现出诸多新变化和新发展。第一，直播带货为网络综艺节目输出真人秀题材。其中，直播带货成为网络综艺节目的题材，或者说，节目核心为直播带货。比如，芒果 TV 的《希望的田野》就是由嘉宾前往贫困地区，教授当地群众通过直播带货的方式进行脱贫；优酷的《奋斗吧！主播》定位为明星跨界当带货主播进行竞赛的真人秀，明星们通过学习带货技巧，在直播实操等方面进行比拼。第二，带货主播入驻综艺节目成为嘉宾。带货主播明星化已成为内容市场上的热点，比如，李佳琦、薇娅等主播的热度与传统意义上的明星不相上下，其号召力也十分可观。其中，哔哩哔哩推出的《奈娃家族的上学日记》就是李佳琦带领他的宠物狗进行学习的一档萌宠网络综艺节目，在哔哩哔哩推出后反响热烈，豆瓣评分达 9.0 分。第三，通过直播为赞助商产品带货。比如，在《乘风破浪的姐姐 第二季》播出过程中，节目组在抖音开设"芒果 TV 好物直播间"定期在抖音直播，节目中的姐姐分期来到直播间带货，而节目赞助商产品是整个直播带货的重点。

（三）网络综艺助推其他文化产业联动发展

作为文化产业发展的有机组成部分，网络综艺产业不仅有其自身发展的需要，同时，依托其资源和优势，它还可以成为新产业发展、新渠道变现的有力、有效载体和纽带，进而在一定程度上推动文化产业进行更大的圈层拓展。

2020年以来，网络综艺节目常常通过其自身热度的辐射而为线下演出、文化消费等领域持续赋能、输送热度。比如，《吐槽大会　第五季》等脱口秀类节目的热度带动了线下脱口秀演出市场的热度，也使脱口秀俱乐部在全国遍地开花。其中，作为《脱口秀大会》制作方之一的笑果文化公司在上海推出全新的城市喜剧新空间——"笑果工厂"。该场所打破了以往脱口秀演出场地的陈规和局限，它集酒吧、剧场、文创产品售卖等于一体，积极、有效地拓展了年轻受众的文化消费空间，并进一步展现了落地产业型综艺的发展潜力与前景。再比如，《乐队的夏天　第二季》在爱奇艺播出后热度持续高涨，形成了年轻人追随乐队演出的方式。热门线下乐队的 livehouse 演出、音乐节等甚至出现了一票难求的现象，同时，多地趁着节目带来的乐队热潮纷纷举办音乐节，这一现象极大地促成了文化消费的一大奇观。同样，芒果 TV 播出的推理综艺也为线下"剧本杀"行业带来了巨大热度，[①] 以至于线下实体"剧本杀"店四处开花，其中，作为"剧本杀"的重要受众，年轻群体的喜好在催热相关节目的同时也推动了相关文化产业的发展。

四　网络综艺的发展趋向

2020年以来，社会重大事件、文化热点、产业热点等多种因素都影响着网络综艺创作生产的发展，网络综艺在价值导向、节目内容、艺术创作、产业发展等方面总体上呈现向稳、向上、向好的发展态势。择要说来，有如下四个方面。

---

① "剧本杀"是指玩家到实景场馆，体验推理性质的游戏，其游戏规则是：玩家先选择人物，阅读人物对应剧本，搜集线索后找出游戏里隐藏的真凶。

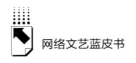

（一）规范化促进优质化，引领内容生产向善向美

总体上看，当前的网络综艺实践格调积极健康，节目品质进一步提升，在备受观众尤其是年轻人喜爱的同时，其审美作用、社会影响等也日益增强，但在应对诸多复杂新情况、新形势的快速发展中，网络综艺创作生产仍存在一些杂音异符。这进一步凸显了价值引导的重要性和节目内容向善向美的可贵性。

1. 内容审核标准细则促进节目制作规范化发展

2020 年 2 月，在国家广播电视总局网络视听节目管理司指导下，中国网络视听节目服务协会联合央视网、芒果 TV、腾讯视频、优酷、爱奇艺、搜狐、哔哩哔哩、西瓜视频、快手、秒拍等视听节目网站制定并实施《网络综艺节目内容审核标准细则》（以下简称《细则》）。①《细则》的制定建立在国家相关法律法规和《网络信息内容生态治理规定》《互联网视听节目服务管理规定》《网络视听节目内容审核通则》等基础之上，旨在提升网络综艺节目内容质量，遏制错误、虚假、有害内容传播蔓延，建设良好网络生态，营造清朗网络空间。《细则》围绕才艺表演、访谈脱口秀、真人秀、少儿亲子、文艺晚会等网络综艺节目类型，从主创人员选用、出镜人员言行举止到造型舞美布设、文字语言使用、节目制作包装等不同维度，提出了 94 条具有较强实操性的标准。《细则》的出台是网络视听行业落实中央精神，为广大网民提供优质节目的重要举措，也是视听行业履行社会责任、践行新发展理念的具体体现；《细则》的实施将对提升网络综艺节目内容质量，满足人民美好精神文化生活新期待，抵制个别综艺节目泛娱乐化、低俗媚俗等问题起到重要作用。

2. "综艺限薪令"作用明显，星、素结合成为节目制作的新导向

2020 年 11 月 5 日，国家广播电视总局《关于推动新时代广播电视播出

---

① 中国网络视听节目服务协会：《网络综艺节目内容审核标准细则》，http：//www. xinhuanet. com/video/2020 - 02/21/c_ 1210484489. htm。

机构做强做优的意见》（以下简称《意见》）提出，要坚决防止追星炒星、过度娱乐化、高价片酬、唯收听收视率等不良倾向。[①] 这一《意见》进一步明确了综艺节目制作中明星片酬的占比，强调了要防止综艺节目娱乐化倾向，要加强综艺节目的文化属性。受其影响，网络综艺内容品质、节目质量显著提升，并涌现出一批优秀节目。比如，《忘不了餐厅　第二季》《冲呀，蓝朋友》《"2020 最美的夜"bilibili 晚会》《邻家诗话　第二季》等，它们都是 2020 年度国家广播电视总局评选的优秀网络综艺节目，其显著特点是注重文化属性与娱乐属性的结合，在节目嘉宾选择上以星、素结合为主，为网络综艺节目制作和发展提供了良好范本。

3. 选秀节目、"粉丝"经济、"饭圈"文化引发的问题从另一个侧面彰显"正能量""社会责任"的重要性

近年来，偶像养成类选秀节目在网络视频平台快速发展并引发较大反响，这类节目的特征是以偶像成团出道为目的，粉丝群体以年轻人为主。其中，节目中选手的位次排序很大程度与选手粉丝的投票相关，因此，节目的"打投"模式往往造成年轻粉丝群体的不理智行为。比如，2021 年 5 月，《青春有你　第三季》节目进行过程中，为给自己支持的偶像投票，粉丝发生成箱倒奶等恶劣行为。2021 年 7 月至 8 月，部分明星艺人偷税逃税、失德失范问题出现，大量粉丝在社交媒体、公共平台发表不理智追星言论。这些事件引起相关政府部门、行业协会关注，纷纷出台监管措施、自律规范，对"粉丝"经济、"饭圈"文化等开展治理。以上典型案例为人们敲响了警钟，促使人们全方位深入思考"正能量"的丰富内涵和深刻意义，进而更关注树立正确"三观"的重要性。

（二）创作、传播格局新变化推动节目形态、样态更丰富

网络综艺节目制作中呈现的新变化，既凸显了"内容升级"的重要性，

---

① 国家广播电视总局：《关于推动新时代广播电视播出机构做强做优的意见》，http：//www.nrta. gov. cn/art/2020/11/5/art_ 113_ 53696. html。

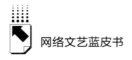
又具体地标识了创新的力量所预示的发展脉络和方向。

1. 平台发力：创作格局、传播格局发生新变化

在丰富多样的实践和激烈的行业竞争中，视频平台逐渐形成了以爱奇艺、腾讯视频、优酷、芒果 TV 为主的格局，但近两年来，相对稳定的竞争格局开始出现裂缝。尽管这四家依然占据头部视频网站的位置，但激烈竞争中的平衡点发生了位移：一方面，2020 年，腾讯视频、芒果 TV、爱奇艺、优酷四家网站上线独播的网络综艺节目达 214 档，占全年上线网络综艺节目的 95%；[1] 另一方面，哔哩哔哩、西瓜视频、咪咕视频、抖音、快手等均携带一些优秀节目入局综艺赛道，比如，哔哩哔哩的《"2020 最美的夜"bilibili 晚会》《说唱新世代》、西瓜视频的《2021 有一说一》、咪咕视频的《好身材厨房》、抖音的《Hi！泉听我的》、快手的《周游记》等。尽管这些"运动员"及其制作的综艺节目尚未形成结构性的、有效的破局力量，但不可否认，凭借充沛的活力和创造力，他们正在推动创作格局、传播格局发生新变化，并促进网络综艺创作生产的创新发展。

2. 内容开发：传统节目优势进一步发挥，新的开发领域和"蓝海"显山露水

就主流形态而言，"综 N 代"节目构成了网络综艺的基本盘，丰富多样的多版本节目和衍生节目深挖节目价值、提升用户黏性，但在互联网迅猛发展的大背景下，和各行各业的发展一样，网络综艺创作也在积极寻找"蓝海"。比如，针对用户多样化、个性化的审美需求，深耕垂直内容并追求小众文化破圈，或者说，实施由小及大的策略是网络综艺行之有效的发展之道。实践表明，深耕垂直内容可以更直接地抵达相关受众群体，同时，在制播分离的情形下，专业化制作已成常态，因而，基于时代生活的内容分众化、垂直化，不仅有益于全方位、多层次的专业化生产，还有益于提高生产效率、取得最佳效益，进而成为网络综艺发展的一大方向。

---

① 国家广播电视总局监管中心编《2020 网络原创节目发展分析报告》，中国广播影视出版社，2021，第 168 页。

3. 内容体量：超级网综频出，长、短节目争奇斗艳

网络综艺依据其平台属性，时长发生了巨大变化。其中，超级网综的时长越来越长，2~4小时已成为常态。但另一方面，在技术升级、媒介环境变革等因素的作用和影响下，时长15分钟左右的"微综艺"成为抖音、快手等短视频平台的新"玩法"，并逐渐成为网络综艺内容生产的新增长点。比如，抖音的纪实类真人秀《很高兴遇见你》、快手的《周游记》等在平台上获得了一定的关注度。这意味着网络综艺创作的灵活性更强、内容形态更丰富、表现方式更多样。

（三）破解发展误区，构建发展新生态

在日益激烈的行业竞争中，网络综艺创作生产的主轴不在于数量而在于质量、不在于局部的个别爆款而在于不断破解发展误区、构建发展新生态。择要说来，有四个方面。

1. 破解节目形式的同质化、单一化，强化多方位、深层次创新

在快速发展的进程中，网络综艺向来因其吻合互联网特质的年轻化、个性化、时尚化等特点而广受人们的喜爱。但在丰富多样的实践中，节目形式的同质化、单一化及其带来的审美疲劳也越来越引起人们的诟病和审美疏离。因此，对网络综艺发展来说，区别于简单的模仿或浅层次的创新，核心创意层面的深度创新并全方位打造优质内容具有越来越重要的意义。

2. 促进类型杂糅和多领域交叉、互动

当前，一些网络综艺的模式依旧是电视综艺的翻版，尽管内容上有创新，但思维上没有质的变化，特别是没有将互联网的便捷性、交互性等渗透到节目之中。因此，利用好互联网并借助互联网特性而创新发展是网络综艺创作生产拓展新路径和新空间的必然趋向。

3. 适应媒体融合大势，促进跨屏内容生产

在当前新的媒介生态和艺术生态中，媒介融合已成必然，相应地，网络综艺发展也必将融合不同的媒介、平台，推进内容的全方位呈现。可以说，跨屏内容生产代表着一种新趋向，意味着要突破各种屏幕、平台之间的边

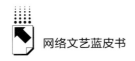
界，营造全新的内容生产环境，打造新的内容链、产业链和价值链。

4. 顺应"移动化""微型化"发展趋势，创新生活体验的审美"表达"

2020年以来，随着智能、移动设备的普及，"移动化"已成新常态，与此同时，"微型化"的短视频因其小而精悍、节奏轻快、网感和社交属性强、话题度高等特点而具有一定的热度。与之相应地，微综艺、竖屏节目等新形态也展现了新风貌、呈现新力量。可以说，在当前技术、艺术、媒介、经济等的合力作用下，随着智能手机的普及、5G技术的应用，加之题材的垂直细分、受众尤其是年轻受众视频审美和观看体验升级的新需求，顺应"移动化""微型化"、创新审美"表达"是网络综艺创新发展不可或缺的题中应有之义。

（四）直面新挑战，盘活存量、做强增量

2020年以来，受新冠肺炎疫情的影响，加之技术进步、媒介变革、观念变化、行业自律等多种因素深层次、综合性的作用，网络综艺产业既面临严峻的挑战，也面临化危为机、乘势而上、促进发展的多种路径和广阔空间。择要说来，有如下三个方面。

1. "综N代"IP化开发价值适度增长

2020年以来，"综N代"节目表现亮眼并持续获利。在第一季取得成功后变为IP并开发"第N季"有利于留住特定的观众群体并将节目价值最大化，同时，对平台来说，系列化开发对降低投资风险、培育节目品牌、提升节目的变现能力有重要意义。这表明，"综N代"IP化开发价值依然强劲。但另一方面，由于数量不断增多、市场竞争激烈、观众审美能力和需求变化等原因，"综N代"IP化开发还须在模式、结构、内容等方面增加新创意，以免创新乏力带来审美疲劳使节目难以承受受众、市场的考验。

2. 进一步优化、完善产业链，强化变现渠道多样化发展

伴随着内容制作、广告植入、艺人收入、节目播出等的进一步规范，网络综艺产业上、中、下游产业链和变现渠道呈现新动态。其中，上游部分由以往单一的制作机构转为了广告商、广告代理公司、艺人经纪公司等多方、

多领域参与；中游部分播出平台由原来的国内视频网站、电视台逐渐向国际视频平台进行分销，且强化更多网络综艺模式的国际认可；而在下游部分，会员建设、节目付费等前向付费，以及广告收入、艺人经纪、线下演出、版权分销、节目模式售卖等后向付费都使变现渠道具有了多样化发展的可能和空间。

3. 盘活存量、做强增量，依托优质内容强化附加值

受新冠肺炎疫情影响，直播带货走入居家大众的消费新视野，并刷新了线上购物消费的新业绩，也给网络综艺发展带来了新的思考和驱动性力量。事实上，尽管直播带货与综艺是两个不同的赛道，但两者的深度结合不仅肯定了"带货综艺"，还预示着电商渠道和带货逻辑将持续创新升级的现实性，以及不限于"带货综艺"这一特定形式的多元化商业变现的可能性，因为某种意义上，视频化的新电商模式是传统广电转型发力的新方向。①依托 IP 节目进行衍生与拓展，丰富内容变现的渠道和方式。依托 IP 节目做品牌延展或与线下落地、培训、比赛等进行联动发力不仅有利于进一步增强节目的影响力，还有利于经济效益的增长。随着节目冠名这一常规招商方式日渐式微，依托优质内容并强化其"附加值"的落地产业型综艺越来越引人关注，因为它可以夯实节目的底盘并以其产生经济效益反哺、支撑节目的持久创新和发展。在这种意义上，落地产业型综艺之所以成为行业热捧的类型之一，重要原因就是它拥有良好的艺术和产业发展的双重前景。

总体而言，2020 年以来，网络综艺热度持续、品质向好，涌现了一批优秀节目，"潮流担当"的形象深入人心。但同时，如何破解、超越"消费性""娱乐化"等的创作思维惯性与惰性，更聚焦正能量传播，推出更多融审美性与娱乐性、思想性与艺术性、社会效益与经济效益于一体的优秀节目，广大网络综艺从业者任重道远。

① 封亚南：《2020 年网络综艺调研报告：转换与创新，2020 年网综迎来另类复兴》，《电视指南》2020 年第 11 期，第 34 页。

B.5
网络电影发展状况

刘　辉*

摘　要： 在"稳量提质"的大环境中，网络电影在创作、传播、产业
　　　　　发展等方面进一步快速发展。在创作上，作品数量小幅增
　　　　　长，"稳量提质"成效显著；类型集中化程度高，各大平台
　　　　　差异化创作特色鲜明；立足生活、反映时代，现实题材创作
　　　　　蓬勃发展；政策引导转型，规范化促进高质量发展。在传播
　　　　　方面，播出形态呈现新异动，正片有效播放量大幅提升，网
　　　　　络电影成为用户付费意愿中的主要类型；网络院线初现，破
　　　　　千万影片数；分账票房创新高。在产业发展上，头部平台竞
　　　　　争加剧，制片成本大幅提升；IP内容开发与运营特色鲜明、
　　　　　成效显著；产业链各环节互动运作。就发展趋向来说，"稳
　　　　　量提质"成为网络电影发展的主基调，"精品化"生产成为
　　　　　关键；长、短视频领域的竞合加剧，秉持自身特性、实现创
　　　　　新发展；传统优势进一步发挥，新生力量前景广阔；网络电
　　　　　影和院线电影加速融合，辩证的交互关系中预示着凝聚新共
　　　　　识、沉淀新特性的发展趋向。

关键词： 网络电影　稳量提质　付费用户　IP运营　融合发展

---

* 刘辉，深圳大学传播学院教授、博士生导师，主要研究领域为娱乐媒介、创意文化产业、艺
术与技术、港台电影和电视等。

2014 年 3 月，在爱奇艺主办的"网络大电影成就梦想"高峰论坛上，"网络大电影"的概念首次出现。时隔五年半之后，在 2019 年 10 月举办的"首届中国网络电影周"上，中国电影家协会网络电影工作委员会联合爱奇艺、腾讯视频、优酷三大网络视听平台向全行业发布联合倡议，将"网络大电影"更名为"网络电影"。就命名而言，从"网络大电影"到"网络电影"，表面上看只是减了一个字，实际上却蕴含着丰富的历史信息和深层的审美期待。简要说来，诚如"倡议书"中所说，① 面对蓬勃发展的实践，诸如艺术创作规律、投资体量、制作规格、题材类型、制作团队、精品化、专业化、艺术水准、审核标准、产业市场等逐步成为网络电影创作生产的关键词，并日益凸显其背后关联的一系列意义和价值。基于这样的历史、美学背景，加之诸多新因素的作用和影响，2020 年以来，网络电影进一步快速发展，创作、传播、经营等持续活跃，呈现出新的特点。

一　网络电影的创作

2020 年以来，技术、媒介、艺术的深入发展，社会、文化的持续变迁，新冠肺炎疫情的突然而至，"十三五"规划与"十四五"规划的历史交接，重大活动的集中呈现……这些因素形成了特定时期特殊的审美文化语境。行进在"快车道"上的网络电影在调整中发展、在探索中创新，尤其是在经历了野蛮生长、资本退潮、整改整顿力度加大、市场净化洗牌等一系列变化后，一如其"更名"所蕴含的审美期待和深刻意义，网络电影创作锚定高质量发展，价值引领进一步增强、生产机制进一步完善、审美体验进一步提升，生产能力、水平取得突破，为人们带来了一批叫好又叫座的优秀作品。

（一）作品数量小幅增长，"稳量提质"成效显著

从数量、规模上看，在"稳量提质"的大趋势中，网络电影总体稳中

---

① 成宇宁：《从"网大"到"网络电影"，改名传递哪些信号？》，https：//www.sohu.com/a/349373902_100252997。

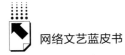

向好，思想性、艺术性、市场认可度等进一步增强。新冠肺炎疫情给电影行业发展带来了巨大冲击，但给包括网络电影在内的网络长、短视频发展带来了巨大契机。据统计，2020 年，全网上线网络电影 659 部，总时长约 51335 分钟，相比 2019 年的 638 部、49238 分钟分别增长 3%、4%。其中，全年上线龙标网络电影①132 部，分账超过 1000 万元的网络电影共计 60 部，较 2019 年同比增长 76%，票房分账记录被再度刷新。② 总体上看，近年来的"稳量提质"带来可喜效果，一批优秀作品受到人们广泛好评。对此，第一、二届"中国网络电影周"上的推优作品、导演、编剧等情况可作一佐证（如表 1、表 2）。③

表 1　2019 年首届"中国网络电影周"推优作品、导演

序号	项　目	名　单
1	优质网络电影	《大地震》《毛驴上树》《灵魂摆渡·黄泉》《哀乐女子天团》《那年 1987》《最后的日出》《水怪》《大汉十三将之血战疏勒城》和《罪途》系列、《特种兵归来》系列
2	新锐青年导演	刘博文　董伟　侯杰　任文　林珍钊

表 2　2020 年第二届"中国网络电影周"推优作品、导演、编剧

序号	项目	名　单
1	年度影响力影片	《奇门遁甲》《双鱼陨石》《法医宋慈》《大蛇 2》《奇袭·地道战》《倩女幽魂之人间情》《鬼吹灯之湘西密藏》
2	年度影响力导演	胡国瀚（《法医宋慈》），项秋良、项河生（《奇门遁甲》），张哲（《辛弃疾 1162》），林珍钊（《大蛇 2》），张涛《民间奇异志》），崔炎龙（《伏虎武松》），霍穗强（《武动乾坤:涅槃神石》）

① "龙标网络电影"是指获得《电影片公映许可证》，在制作、发行、传播环节有网络视听服务机构深度参与，并在互联网独播或首播，被业界、网民认同的网络电影。
② 国家广播电视总局监管中心编《2020 网络原创节目发展分析报告》，中国广播影视出版社，2021，第 71~74 页。
③ 百度百科：中国网络电影周，https://baike.baidu.com/item/中国网络电影周。

序号	项目	名单
3	年度影响力编剧	张忠华(《树上有个好地方》),吴孟璋(《我的喜马拉雅》),季雯、高炜(《老大不小》),柳青(《北京女子图鉴之助理女王》),张健(《雪豹之虎军魂》),童睿、王岩川(《别叫我酒神》),周易(《猎谎者》)

(二)类型集中化程度高,各大平台差异化创作特色鲜明

"类型"(Genre)是影视制作的标准化生产方式,也是一种市场积淀。作为由相同题材或技巧而形成的影片范畴、种类或形式,类型片(Genre film)的制作成规"来自(电影)工业和观众之间的一种张力和不断进行的协调,而(电影)工业在满足观众对日常生活经验的仪式化浓缩的同时,力求使生产过程经济化"。① "导演之所以被类型所吸引,是因为它们自动地综合了大量信息,使他们可以自由地探索更多个人所关心的事物。"② 在网络电影快速发展的进程中,充分采用了类型化的制片策略,并根据市场的规模逐渐扩大类型梯队。总体上看,近年来的网络电影创作在类型上继续呈现出集中的特点,其中,动作、奇幻、爱情、喜剧、悬疑、武侠等占比最大,2020年高达91%(如图1)。③ 此外,相比悬疑、喜剧、武侠、玄幻等在摄影棚拍摄、成本较低的类型,战争、警匪等新类型需要更大的场面、更多的人员和经费,它们的出现是网络电影升维的表现,又意味着网络电影行业发展的创新突破。比如,《狙击手》《灭狼行动》《扫黑英雄》《浴血无名川》等。

在制作、出品方面,和20世纪30年代的好莱坞五大公司相似,爱奇

---

① 〔美〕托马斯·沙兹:《旧好莱坞/新好莱坞:仪式、艺术与工业》,周传基、周欢译,中国广播电视出版社,1992,第13页。

② 〔美〕路易斯·贾内梯:《认识电影》,胡尧之译,中国电影出版社,1997,第224页。

③ 2018~2019年数据来自爱奇艺《2019年网络电影行业报告》,见"爱奇艺网络电影"公众号;2020年数据来自智研咨询《2020年中国网络电影产业概况及网络电影创作发展新趋势分析》,https://www.chyxx.com/industry/202102/932744.html。

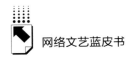

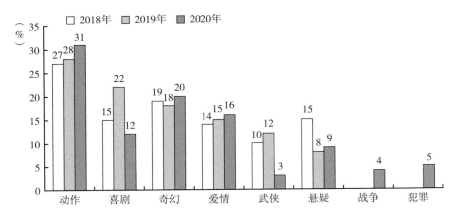

图1　近年来网络电影创作主要类型及占比

艺、优酷、腾讯视频三大平台一方面共同构成类型集群，另一方面又形成了各具特色的类型侧重。其中，爱奇艺侧重奇幻、悬疑、武侠，优酷侧重悬疑、冒险、爱情，腾讯视频则侧重动作、喜剧、悬疑。不同的类型侧重吸引了不同的付费会员，进而形成了平台之间的差异化竞争。当然，最重要的是，这种差异化、特色化发展推出了一批口碑和经济效益双赢的作品，比如，爱奇艺的《茅山大师》《老爹特烦恼》《射雕英雄传之降龙十八掌》，优酷的《重启之蛇骨头佛蜕》《摸金爵之卧龙诡阵》《蟑潮》《巨蜥》，腾讯视频的《特种兵归来4替身疑云》《绝对忠诚之国家利益》《让我过过瘾》《九叔归来》《摸金玦之守护人》《罗布泊之九龙天棺》等。

当然，在类型化生产机制（包括惯例化机制、观众中心化机制、故事冲突与社会冲突的同构化机制、创新发展机制）的促推下，[①] 一方面，动作、奇幻、爱情、喜剧、悬疑、武侠、战争、犯罪等成为网络电影创作的主导类型；另一方面，在丰富多样的实践中，悬疑、刑侦、冒险、惊悚、动作、情感、武侠、科幻、青春等多元类型杂糅现象突出，古风爱

---

① 〔美〕托马斯·沙兹：《好莱坞类型电影：公式、电影制作与片厂制度》，李亚梅译，台湾远流出版事业股份有限公司，1999，第14页。

情、穿越、电竞、运动、军事、体育等受众细分的小众题材亚类型丰富多样。这从多个方面反映了网络电影创作的活跃场景和受人关注的发展前景。

（三）立足生活、反映时代，现实题材创作蓬勃发展

受政策措施引导、成功作品激励、审美趣味变换等因素的影响，现实题材网络电影创作形势喜人，实现了新突破。相比之下，前些年风行的玄幻、仙侠、宫斗、穿越等幻想类创作有所降温，而接地气、有温度、正能量的艺术创作繁荣发展，像《树上有个好地方》《中国飞侠》《老大不小》《春来怒江》《我来自北京之铁锅炖大鹅》《我来自北京之过年好》《我来自北京之扶兄弟一把》等一批"为时代画像、为时代立传、为时代明德"的优秀作品集中出现，成为聚焦新时代主题、反映新时代生活的重要力量。

网络电影凭借其新兴文艺形态的优势，积极宣传典型人物和典型事迹，强化价值导向、传播正能量，赢得了人们和社会的尊重。其中，面对新冠肺炎疫情大考，网络电影宣传政策、抚慰人心；面对脱贫攻坚，网络电影鼓舞精神、激发斗志；面对重大活动，网络电影聚焦历史、展现辉煌。同时，对网络平台和制作公司来说，现实题材网络电影的创作也是其提升品牌价值、增强社会责任感、增强艺术性、减少市场风险的有效选择。比如，2019年下半年，围绕"新中国成立70周年"这一主题、主线，一批聚焦小人物、反映大时代、传播正能量的网络电影令人耳目一新，涌现出根据唐山大地震改编的《大地震》、反映传统文化艺人生活状态的《我的爷爷叫建国》、表现扶贫书记高尚人格的《毛驴上树》、体现消防战士英雄形象的《火海营救》、反映家庭伦理生活的《花儿照相馆》等优秀作品（如表3）。

表3 2019年下半年现实题材网络电影代表性作品

序号	作品名称	上线时间
1	《陈翔六点半之重楼别》	2019.07.11

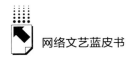
续表

序号	作品名称	上线时间
2	《大地震》	2019.09.05
3	《缉毒风暴》	2019.09.18
4	《毛驴上树》	2019.09.19
5	《我的爷爷叫建国》	2019.09.26
6	《士兵的荣耀》	2019.10.01
7	《花儿照相馆》	2019.10.27
8	《我在春天等你》	2019.10.30
9	《D 战》	2019.11.08
10	《火海营救》	2019.11.09
11	《社区当家人》	2019.12.02
12	《毒战生死线》	2019.12.11
13	《北京女子图鉴之助力女王》	2019.12.19
14	《陈叔今年 70 岁》	2019.12.27
15	《中华兵王之警戒时刻》	2019.12.27
16	《四平风云》	2019.12.28

2020 年 4 月，国家广播电视总局开展"网络视听节目精品创作传播工程"评选，并于 9 月（上半年）、12 月（下半年）分别评选出 10 部、15 部作品进行资金扶持（如表4），① 其中，受到扶持的网络电影最多，两轮评选各 7 部。在某种意义上，相比传统院线电影的多种评奖机制来说，这一"工程"的实施对于提升网络电影的艺术性和社会价值具有积极的推动作用。比如，聚焦外卖群体的《中国飞侠》分账票房突破千万。对此，有研究者评价指出："现实主义、主旋律网络电影受到观众青睐，一批可看性强、反映时代精神的主旋律佳作如《中国飞侠》《狙击手》《奇袭·地道战》等让人刮目相看；'中国式大片'的创作、运作模式和经验引入网络影

① 国家广播电视总局办公厅：《关于公布 2020 年下半年网络视听节目精品创作传播工程评选结果的通知》，https：//www.nrta.gov.cn/art/2020/9/10/art_ 113_ 52894.html；《关于公布 2020 年上半年网络视听节目精品创作传播工程评选结果的通知》，https：//www.nrta.gov.cn/art/2020/12/10/art_ 113_ 54119.html。

视领域，投资体量不断增大，制作上全面升级；网络电影类型越来越丰富多样，充满活力与生机。"①

表4　入选"网络视听节目精品创作传播工程"网络电影名单

序号	作品名称	申报机构	时间
1	《中国飞侠》	北京奇树有鱼文化传媒有限公司	
2	《我是警察之扫黑英雄》	北京爱奇艺科技有限公司	
3	《飞夺泸定桥》	潍坊新片场传媒有限责任公司	
4	《血骆驼》	青海大唐文化产业集团有限公司	2020年上半年
5	《绝对忠诚之国家利益》	深圳市腾讯计算机系统有限公司	
6	《重启2020》	优酷信息技术（北京）有限公司	
7	《红军故事》	北京春秋四海影业投资有限公司	
8	《浴血无名川》	北京海空雄鹰影业有限公司	
9	《特级英雄黄继光》	北京淘梦网络科技有限责任公司	
10	《我们的新生活》	上海枫海影业有限公司	
11	《我来自北京之玛尼堆的秋天》	北京长信影视传媒有限公司	2020年下半年
12	《铿锵警花》	北京爱奇艺科技有限公司	
13	《围头新娘》	福建省西窗文化传播有限公司	
14	《奔向延安》	陕西文化产业（影视）投资有限公司	

2021年，爱奇艺、优酷、腾讯视频等平台逐渐把握住现实题材创作的脉搏，推出一批口碑和票房双赢的作品。比如，在爱奇艺的年度规划里，2021年的邀约创作内容选题有"中国共产党成立100周年""西藏和平解放70周年""九一八事变90周年""辛亥革命爆发110周年""红军长征胜利85周年""中国加入世贸组织20周年"等。② 在作品方面，2021年1月的票房冠军是公安英模系列电影《扫黑英雄》；《绝对忠诚之国家利益》成为2021年全网首部票房过千万的网络电影；作为北京市广播电视局"中国榜样"系列的抗美援朝题材的《浴血无名川》产生大片效应，制作水准不亚

---

① 杨哲：《2020年网络视听发展报告》，《中国广播影视》2020年第12期，第61页。

② 《2019年网络电影行业报告》，见"爱奇艺网络电影"微信公众号。

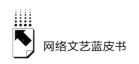

于院线大片，票房超过 2000 万。① 此外，《排爆手》《生死阻击》《雪豹之暗战天机》《突击》等一系列主旋律大制作影片相继涌现。可见，现实题材、主旋律作品已成为主流平台网生内容的重要组成部分。

（四）政策引导转型，规范化促进高质量发展

2018 年 4 月 16 日，国家新闻出版广电总局的电影管理职责划入中央宣传部，中央宣传部对外加挂国家电影局牌子，而与院线电影不同的是，网络电影仍归国家广播电视总局网络视听节目管理司负责管理。近年来，相关部门出台的一系列政策、通知、意见和措施对引导、促进网络电影创作生产起到重要作用。从作品数量上看，2017 年全网上线网络电影 2200 部，2018 年上线 1526 部，2019 年上线 638 部，2020 年上线 659 部，其间呈现过山车式的下滑曲线。透过这一曲线，我们可以看到，数量减少的背后有市场的优胜劣汰，更有政策引导带来的行业变化。比如，2019 年 8 月，国家广播电视总局发布《关于推动广播电视和网络视听产业高质量发展的意见》，对整个网络视听行业的规范、引导进一步加强。此外，国家广播电视总局建立优秀网络视听节目创作研评机制，进一步提升网络视听节目内容品质，加强精品网络视听作品创作传播。② 此外，面对新冠肺炎疫情的冲击，2020 年，国家电影局、财政部、税务局等还积极发布利好政策，与电影行业共克时艰，有力推动了网络电影的发展。比如，国家电影局发布《积极协调出台政策措施　推动电影行业纾困发展》，国家电影局、中国科学技术协会出台《关于促进科幻电影发展的若干意见》，财政部、税务局推出《关于电影等行业税费支持政策的公告》等。

可见，所谓"行业变化"，最重要的是围绕优质内容的系统运作和高质量发展，以及对立意好、质量高、反响佳的作品的推崇。这对网络电影创作生产来说尤其具有针对性和现实意义：一方面，仙侠、玄幻、宫斗、穿越、

---

① 数据来源：优酷网络院线、爱奇艺网络电影、腾讯视频网络院线上的每月票房纪录。
② 国家广播电视总局网络视听节目管理司：《总局建立优秀网络视听节目创作研评机制》，https：//www.nrta.gov.cn/art/2019/11/13/art_114_48709.html。

甜宠等题材将减少，借犯罪、惊悚、魔幻、悬疑等题材打尺度"擦边球"操作势必收敛，或者说，内容驳杂、粗制滥造的野蛮生长不再被放任自流；另一方面，网络电影更加聚焦思想性、艺术性的提升和艺术功能、审美价值的增强，强化正向内容创作规划和优质 IP 储备，突出抓住重大节点、重大主题、重大题材，关注现实、关注人民、关注生活，融入公益、融入优秀文化、融入正向价值观。应该说，从 2020 年网络电影的创作实际来看，一系列政策和措施的出台落地，有力、有效地促进了网络电影创作生产的转型和规范化、高质量发展。

综上所述，2020 年以来网络电影创作总体向好，"稳量提质"特征鲜明、成效显著。此外，除了以上四个方面的主要特点，还有其他一些突出特征。比如，IP 改编剧本数量持续上升，头部出品机构阵营趋于稳定，制作机构形成"头部效应"，官方机构积极参与出品及制作，单部网络电影出品公司继续增多，腰部公司网络电影作品数量减少，宣发机构相对集中，导演、演员年轻化趋势明显，演出阵容日益"豪华"，"剧影"联动之后又现"综影"联动等。总体上看，以上这些特点反映了网络电影创作的年度特点，也折射出整个网络电影行业在走向成熟的道路上行稳致远的丰富信息。

二　网络电影的传播

近年来，在当代中国视觉文化盛行的审美文化语境和丰富多样的网络文艺实践中，网络视听文艺因其传播、接受等方面的大众化而日益凸显其在审美、娱乐上的优先性和主导性。在用户方面，据统计，包括网络电影在内的网络视频的网民规模、使用率进一步扩大、提升。截至 2020 年 12 月，网络视频（含短视频）网民规模高达 9.27 亿，占网民整体的 93.7%。[1] 2020 年以来，在不断探索、发展的进程中，网络电影的传播呈现一些新动态。

---

[1] 中国互联网络信息中心：第 47 次《中国互联网络发展状况统计报告》，http：//www.cac. gov.cn/2021－02/03/c_1613923423079314.htm。

（一）爱奇艺、腾讯视频、优酷"三足鼎立"，播出形态呈现新异动

在网络电影领域，经过多年的发展，爱奇艺、腾讯视频、优酷等大型平台已形成突出的头部优势。在2020年上线的网络电影中，爱奇艺、腾讯视频、优酷三家发行的数量占93%，形成了稳固的"三足鼎立"格局。在播出形态上，独播网络电影641部，占比97%，其中，爱奇艺独播297部，占比46%；优酷独播173部，占比27%；腾讯视频独播127部，占比20%；其他平台独播19部，占比3%。这种趋于稳定的出品和播放格局是多年市场竞争、优胜劣汰的结果，对行业发展具有多方面的深刻影响。

当然，随着实践的发展，新事物、新情况也不断呈现。比如，哔哩哔哩、抖音、快手等短视频平台的迅猛发展、强势崛起和"视频角力场"的力量消长、布局变化，必然会引发新的竞争与合作关系以及格局、态势的新变化。与此同时，在激烈的竞争中，部分平台之间还形成了利益同盟关系。具体说来，对部分投资规模大、制作精良的作品来说，"拼播"或"联播"是互利共赢的模式。比如，《奇门遁甲》于2020年3月19日首次在爱奇艺、腾讯视频双平台拼播放映，《龙虎山张天师》于2020年6月5日首次在爱奇艺、优酷、腾讯视频三大平台联合播出，《陈翔六点半之民间高手》于2020年12月30日首次在爱奇艺、优酷双平台采用PVOD模式点播①；2020年全年，拼播的网络电影已达21部，正片有效播放量3.7亿次，累计正片有效播放量市场占有率提升至4.8%。② 在"独播"独步天下的情境中，拼播、联合独播撬动了旧有的格局，呈现出新的异动，但更重要的是，其意义触及网络电影与传统院线电影的深层关系，折射出大制作、头

---

① "PVOD模式（Premium video-on-demand）"意为高端付费点播，是指让观众能以接近院线上映的时间，观看到最新的院线长片电影视频内容，其针对的是投资较大、制作精良、水准高的作品，且能较快在线付费点播。国内将纯网发行、先网后院、院网同步的国产影片，以及院线窗口期少于1个月或同步流媒体上线的海外院线电影，称为PVOD模式发行影片。
② 中国电影家协会网络电影工作委员会：《2020年中国网络电影行业年度报告》，https：// finance. sina. com. cn/tech/2021 - 02 - 10/doc - ikftpnny6078248. shtml。

部内容在新、旧两条轨道上的互渗、融合趋势，以及网络电影寻求亿级票房的期待和雄心。

（二）正片有效播放量大幅提升

近年来，网络电影的播放表现出色，正片有效播放量①稳步提升。其中，2020 年，正片有效播放量达 81.2 亿次，同比增长 69.2%；部均播放量为 1036 万次，同比增长 69.3%（如表 5）。尤其是随着作品质量提高、行业结构升级，头部作品的正片有效播放量爆发式增长，有效播放量 5000 万次以上的作品数同比增长 172.7%（如表 6），《奇门遁甲》《倩女幽魂之人间情》《鬼吹灯之龙岭迷窟》等正片有效播放量破亿。②

表 5　2018～2020 年网络电影正片有效播放量

序号	年份	部均有效播放量（万次）	正片有效播放量（亿次）
1	2018	255	38.9
2	2019	612	48.0
3	2020	1036	81.2

表 6　2018～2020 年头部正片有效播放量

单位：部

序号	年份	1000 万次以下	1000 万～5000 万次	5000 万～1 亿次	1 亿次以上
1	2018	1448	87	1	1
2	2019	635	138	10	1
3	2020	540	214	26	4

（三）网络电影成用户付费意愿的主要类型

2020 年以来，新冠肺炎疫情给网络电影创作生产带来了巨大的冲击，但

---

① "正片有效播放量"是指综合有效点击与受众观看时长，最大限度去除异常点击量，并排除花絮、预告片、特辑等干扰，真实反映影视剧市场表现及受欢迎程度的数据。

② 中国网络视听节目服务协会：《2021 中国网络视听发展研究报告》，https://www.sohu.com/a/470607018_ 121123762。

也带来了新的机会。就付费观看来说，据调查，"七成以上受访者有过线上付费观影经历"，"六成以上的受访者认为线上付费是可以接受的"。这说明，"线上观影模式有较高接受度，院线电影、网络电影对于电影观众而言，逐渐成为一个完整的生态圈"。① 其中，就付费意愿来说，相比电视台热播剧、电视台热门综艺、院线热映电影、网络动画片、网络自制剧、网络自制综艺、网络纪录片、体育比赛等，网络电影占比达 44.7%，居第一位（如图 2）。②

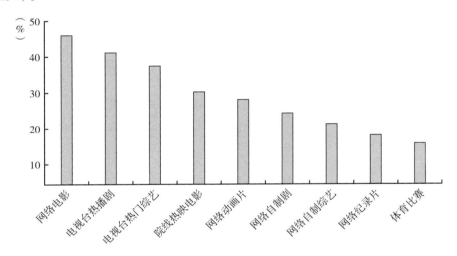

图 2　视频内容用户付费意愿情况

（四）网络院线初现，PVOD 模式应用逐渐推广

受新冠肺炎疫情影响，2020 年春节档紧急下线，预售票房第二的院线电影《囧妈》被字节跳动以 6.3 亿元的价格买断，引起影院行业的一系列批评。但这次标志性事件让观众普遍认同了在线观看电影的模式。无独有

---

① 中国电影家协会、猫眼研究院：《观众观影意愿调研报告》，《中国广播影视》2020 年第 5 期，第 74 页。
② 中国网络视听节目服务协会：《2021 中国网络视听发展研究报告》，https：//www. sohu. com/a/470607018_ 121123762。

偶，从同时期国外网络电影产业的发展趋势来看，Netflix、Disney +、HBO Max、Amazon Prime、Hulu 等逐步减少传统放映的"窗口期"① 分级环节，甚至，美国的华纳兄弟电影公司于 2020 年 12 月 3 日宣布取消传统的"影院—电视—网络—DVD"窗口期，其 2021 年的 17 部院线电影都会在网站 HBO Max 同步上映，同样引起了影院行业的强烈批评。②

实际上，在发行环节，网络电影和院线电影的关系不是对立的，它们最大的区别在于播放终端是"网络"还是"影院"。而随着网络院线的出现，院、网格局或将重构：一方面，网络日益成为重要的发行渠道，更多中小体量的影片会采取网络首发的发行模式，同时，院线电影转向网络播映窗口期缩短；另一方面，新冠肺炎疫情加速了全球范围内的电影发行方式革新，我国的各大视频平台也纷纷采用"PVOD 模式"提升影片发行效率，而原有的分账商业模式与 PVOD 模式兼容后，网络电影赛道被再次拓宽。比如，在 2020 年上线的 132 部"龙标网络电影"中，《囧妈》《肥龙过江》《大赢家》等属于院转网作品，2021 年春节档是有史以来院线票房最高的一年，其中，《少林寺之得宝传奇》和《发财日记》两部院线电影选择网络播出，并在三大平台以 PVOD 模式拼播。

爱奇艺、优酷、腾讯视频等主导网络电影发展的大型平台纷纷修改分账规则，从前期项目评估服务到全方位营销支持，推动长尾效应，吸引更精良的电影在网络平台放映，还通过接收院线电影业中原有的中低端制作机构和队伍，并利用互联网技术赋能（如 VR、AI、互动视频等），进而形成与院线电影不同的竞争路径。与此同时，他们又加速吸纳院线电影，并通过定位于 S 级别影片的 PVOD 点播模式促进院线大片缩短窗口期（如爱奇艺专门

---

① "窗口期"是指按步骤将一部电影的播出分时间段授权，进而赢得最大收益的操作模式。比如，将窗口期划分为院线、家庭娱乐、电子下载、视频点播、网络播放、付费电视、公共电视、DVD 等多个段落，且时间长度梯次展开。"窗口期"与不同阶段的收入紧密相连。好莱坞电影公司是"窗口期"运作模式的典型代表。

② 《华纳兄弟：明年所有影片将在影院和 HBO Max 同步上映》，《参考消息》2020 年 12 月 4 日。

打造的全新品牌"超级影院")。其中,有别于传统的"龙标网络电影"或简单的院转网,网络电影与院线电影的加速融合预示着千万级、亿元级分账票房的网络电影数量的增长,乃至堪与院线大片竞争票房的网络电影的出现,同时也折射出网络电影制作成本和市场规模的进一步扩大以及网络电影与院线电影的趋同化发展。

(五)破千万网络影片数、分账票房创新高

2020 年以来,网络电影发展进入精耕细作阶段,其中,2019 年分账票房破千万的作品有 34 部,2020 年则是 60 部,增长 76%,爱奇艺、腾讯拼播的《奇门遁甲》票房超 5600 万,再次打破票房天花板。而 2021 年上半年,爱奇艺、优酷、腾讯视频三大平台的千万级票房网络电影已达 33 部(如表 7),① 从中可见,超越 2020 年的 60 部应该问题不大,这显示了网络电影质量、水准、影响力呈现不断提升的态势。

表 7　2021 年上半年票房超过或近千万的网络电影及票房情况

单位:万元

平台	序号	作品名称	类型	累计分账票房
爱奇艺 (截至 2021 - 06 - 24)	1	《浴血无名川》	战争	2731.33
	2	《白蛇:情劫》	爱情	2538.23
	3	《扫黑英雄》	动作	2030.01
	4	《老爹特烦恼》	喜剧	1799.45
	5	《刑警本色》	悬疑	1098.19
	6	《无间风暴》	动作	1019.65
	7	《射雕英雄传之降龙十八掌》	武侠	1002.93
	8	《茅山大师》	奇幻	986.66
	9	《鬼吹灯之黄皮子坟》	悬疑	982.47
	10	《武松战狮子楼》	动作	940.3

---

① 数据来源:猫眼专业版。另,基于发展预期考虑,统计数据涵盖了分账票房 900 万元以上的网络电影。

续表

	序号	作品名称	类型	累计分账票房
优酷 （截至 2021 - 05 - 01）	1	《狄仁杰之飞头罗刹》	剧情	3219.78
	2	《重启之蛇骨头佛蜕》	悬疑	2817.04
	3	《夺命狙击2》	剧情	1395.43
	4	《南少林之怒目金刚》	剧情	1376.03
	5	《变异巨蟒》	动作	1322.44
	6	《兴风作浪3》	喜剧	1253.73
	7	《蟑潮》	剧情	1069.75
	8	《巨蜥》	剧情	1037.89
	9	《摸金爵之卧龙诡阵》	悬疑	1030.21
	10	《极品芝麻官》	喜剧	983.85
腾讯视频 （截至 2021 - 06 - 24）	1	《兴安岭猎人传说》	恐怖	4322.3
	2	《让我过过瘾》	喜剧	1904.6
	3	《反击》	战争	1767.8
	4	《九叔归来2》	喜剧	1633.6
	5	《摸金玦之守护人》	冒险	1482.6
	6	《长安伏妖》	古装	1428.9
	7	《特种兵归来4 替身疑云》	动作	1345.4
	8	《绝对忠诚之国家利益》	动作	1283.9
	9	《一眉先生》	喜剧	1252.6
	10	《罗布泊之九龙天棺》	冒险	1171.7
	11	《撼龙天棺》	冒险	1103.6
	12	《黄皮子坟》	悬疑	977.4
	13	《大梦聊斋》	爱情	929.6

三　网络电影的产业发展

2020 年以来，受新冠肺炎疫情影响，传统院线电影行业面临巨大冲击和挑战，但随着受众审美、娱乐需求持续向线上转移，以及用户规模、使用率进一步扩大、增长，特别是在政策利好、平台扶持的环境和条件下，网络电影产业进一步快速发展，并成为我国电影产业的重要组成部分。其中，大型平台、企业竞争与合作的思路、策略进一步清晰、理性，拼播发行、网络

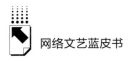

首播、优质作品单片付费、分账规则革新、PVOD 模式走向主流等商业模式进一步升级，以优质内容为基础和核心的创作、传播、接受等全产业链日益成熟，网络电影产业进入发展的新阶段。

（一）头部平台竞争加剧，创新举措推动服务升级

如上文所述，在网络电影的快速发展中，爱奇艺、腾讯视频、优酷等头部平台扮演着重要的角色。虽然近两年来三家上线的网络电影数量明显减少，但其市场占有率却进一步集中、扩大。与此同时，为应对形势发展和愈发激烈的竞争需要，头部平台纷纷出台一系列优化、激励、创新举措，驱动内容生产。择要说来，在服务上，通过透明票房数据、缩短结算周期、完善线上系统等措施实现服务升级；在分账规则上，依据实际，进一步调整、优化，实现分账规则升级（如表 8）；在技术革新上，发挥超高速率、极低时延、广域链接、高移动性等特点，推动网络电影制片、发行、放映等环节变革，提升观影体验；在产品服务方面，通过"线上项目评估"系统（爱奇艺）、"观影情绪模拟"产品（优酷）、"专辑用户画像"（腾讯视频）等功能，平台从前期创作到影片制作、平台分发、运营分析等全流程介入，推动项目孵化运营更高效、更便捷。此外，各大平台还提供全链路金融支持，提升项目开发效率，比如，爱奇艺建立金融机构与内容制作方的连接，解决合作方的资金供给需求，并且，针对票房有一定预期保障的影片，票房宝推出超前结算服务，上线前预支 30% ~ 50% 的制作成本；在回款方面，缩短网络电影合作方的结算周期，实现月结，最快可提升至周结，优质影片超前结算。①

（二）制片成本大幅提升，助推优质化、精品化生产

在"稳量提质"的大趋势中，近两年来，网络电影制作成本大幅提升

---

① 中国电影家协会网络电影工作委员会：《2020 年中国网络电影行业年度报告》，https：// finance. sina. com. cn/tech/2021 – 02 – 10/doc – ikftpnny6078248. shtml。

表8　爱奇艺、腾讯视频、优酷三大平台分账规则升级

序号	平台	主要内容	升级内容
1	爱奇艺	按内容、广告两方面;分成S、A＋、A、B等级,S级可以点播分成;分账周期:S级点播期不少于2周,A＋、A级6个月,B级3个月。	新增S、A＋级别,S级内容可应用单点付费模式;提高A＋级单价,降低B级单价,取消C－E等级,淘汰尾部项目。
2	腾讯视频	按内容分成(有效观影人次:连续观影超5分钟);S＋、S、A、B、C等级,单价最高4元;分账周期:独家6个月,非独家3个月。	提高分账单价,增加营销资源配置,激励优质内容。
3	优酷	按内容分成(会员有效观影时长);S、A＋、A、B、C等级,单价最高6元;分账周期:90天。	新增A＋级别,增加各级别推广资源,取消固定时长参数,激励优质内容。

（如图3）。[①] 其中，相比之下，制作成本300万以下的网络电影，2017年占比94%，2018年占比81%，2019年占比51%，2020年占比40%，成逐年递减态势；而制作成本300万以上的网络电影，2017年占比6%，2018年占比20%，2019年占比48%，2020年占比60%，成逐年上升态势。尤其是2020年，制作成本600万以上的网络电影数量占比达34%。在某种程度上，这意味着网络电影制作已告别了"低成本"时代，而与之紧密相关的是作品质量水准的提升，换言之，"高成本""高质量"成为网络电影产业发展的必然趋势。由此可见，作为网络文艺的一种重要表现形态，网络电影在发展、成熟的道路上进入了新阶段，这也为网络电影产业发展奠定了坚实的基础。

（三）IP内容开发与运营特色鲜明、成效显著

作为互联网内容产业链的其中一环，IP内容开发与运营是网络电影区别于传统电影的一个鲜明特色。尤其是它和网络文学有着明确的跨媒介融合

[①] 中国电影家协会网络电影工作委员会：《2020年中国网络电影行业年度报告》，https：// finance. sina. com. cn/tech/2021 － 02 － 10/doc － ikftpnny6078248. shtml。

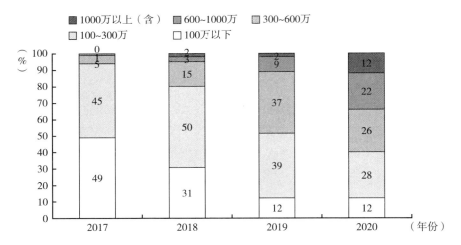

图 3　2017～2020 年网络电影制片成本变化趋势

关系。在实际运作中，一方面，网络文学自身具有突出的类型特色，有较为稳定的欣赏模式和数量庞大的读者群体；另一方面，通过 IP 化的方式，网络电影可以规避剧本阶段的选题风险，也延长了后期的产品开发链，具有继续向动漫、游戏、短剧开发的潜力。

2019 年之前，网络电影多是开发传统经典 IP，比如，西游记、狄仁杰、黄飞鸿、济公等。从 2019 年开始，对于网络文学 IP 的开发逐渐成形。其中，由于新的申报系统由制片方主导，平台则推出免费的 IP 资源作为前期合作内容，开创新的合作方式。比如，爱奇艺发起"云腾计划"，公开若干免费网文 IP，以竞标方式选择立项；腾讯视频发起精品网络电影项目；优酷的"HAO 计划"则吸引各方对网文 IP 进行投资和制作。当然，网络文学不是唯一的 IP 开发渠道，其他网络文艺形式都具有发展为 IP 的潜力，比如，爱奇艺推广的《陈翔六点半》系列 IP 网络电影来自短视频，也取得了可观票房。

在 2020 年网络电影票房前 20 名的影片中，IP 电影有 13 部，其中，《鬼吹灯》系列有 3 部。另外，以往那种"蹭 IP"或传统经典 IP 开发的情况依然存在，像《狄仁杰之飞头罗刹》《霍家拳之铁臂娇娃》等均来自经典影视剧。2021年上半年，网生IP仍是重要的网生内容开发与运营方式，《白蛇：情劫》《狄仁杰之迷雾神都》《摸金玦之守护人》《射雕英雄传之降龙十八掌》等IP网络电影都引人注目。而在三大平台微信的公众号上，IP合作仍是一种主要的合作和营销方式。在某种意义上，类型和IP是网络电影的票房灵药。这两种模式都来自传统电影业，但互联网平台新的资源整合模式赋予了网络电影新的发展空间。近年来，网络电影不断加强这两条道路上的发展，并在大数据、云计算、AI、VR、互动式视频等的技术赋能下呈现新的亮点。

（四）产业链各环节互动运作，营造良好产业发展生态

作为一个系统性产业，网络电影产业发展涉及诸多环节和方面，而这些"环节"和"方面"的相互联系与紧密互动促进网络电影产业进入良性发展的轨道。据统计，2020年，659部网络电影涉及出品机构1773家、制作机构649家、宣发机构227家。① 其中，在专业化制作方面，慈文集团、华策影视、中央电视台电影频道、东方飞云、光线影业、金盾影视中心、万达影视、完美世界影视等传统电影公司、制作团队纷纷入局，新片场、奇树有鱼、淘梦影业、映美传媒、兔子洞、项氏兄弟等头部网生公司与爱奇艺、腾讯视频、优酷三大平台形成稳定的供销关系，与此同时，随着网络电影影响力和地位的提升，著名导演、演员也纷纷加入网络电影制作的行列。

在营销方面，随着创作结构、发行等的优化升级，网络电影的营销也进入了发展的新阶段。其显著特点有四：一是多数上新作品积极开展自主营销，且营销成本加大；二是基于大数据算法，实现营销精准推广；三是借助站内流量体系，以及影、剧、综的协同作用，长视频平台通过精细化运营，营销效率良好，同时，通过短视频主话题播放与正片有效播放的关联，短视频营销成为站外营销的重要方式；四是平台发挥资源加持作用，比如，爱奇

---

① 国家广播电视总局监管中心编《2020网络原创节目发展分析报告》，中国广播影视出版社，2021，第71页。

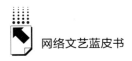
艺对优质S级影片进行联合营销并全周期推广，腾讯视频发动院线级营销资源为重点力推项目提供流程支持和站外引流，优酷整合阿里生态资源为优质作品提供宣发资源等。实践表明，以优质内容为基础的精准营销成为网络电影票房增长的重要一极。

　　总的来说，在"稳量提质"精品化生产的路线下，网络电影产业发展不仅盘活了大量创作有生力量，提高了运作的效率，还进一步充分调动、释放了国内影视基地的能量，推动了一批特效公司的发展，带动了以豆瓣、猫眼等大数据或打分机构的业务，进而形成了平台、制片公司、影视基地、特效公司、大数据公司等整个产业链诸多环节、方面的有机衔接、良性发展的产业生态。

四　网络电影的发展趋向

　　2020年以来，在经历了爆发式的数量增长乃至"野蛮生长"之后，网络电影创作生产进入"稳量提质"的平稳发展期。尽管目前仍存在整体性作品质量有待进一步提升、类型需进一步多样化、现实题材创作需进一步强化、管理机制需进一步理顺、行业自律需进一步加强等情形，但随着一系列变革的发生和创新探索的推进，尤其是随着制作水准逐步提升、优秀作品不断增多、商业模式日益多样化、新技术赋能、与传统电影的融合步伐加快、产业发展进一步推进等，这些因素的综合作用既促进了网络电影创作生产进入发展的新阶段，也凸显了一些新的发展重点和趋向。

（一）"稳量提质"是主基调，"精品化"生产成关键

　　在当前新的媒介生态、艺术生态和产业生态中，相比网络文艺别的典型形态，网络电影一方面具有深厚的发展潜力，已成为我国电影产业的重要组成部分；另一方面，这种"潜力"又亟待发掘价值、发挥作用，尤其是网生代用户群体审美、娱乐习惯的改变和付费用户数量的增多，为网络电影的进一步发展、壮大提供了足够的空间和多样发展的可能性选择，而其间的关

键则是"精品化"生产。

实践表明，"精品化"生产是网络电影发展的内在要求，也是网络电影发展的必然趋向。相比前几年的"野蛮生长"，近两年来，网络电影在数量上有小幅增长，但质量却大幅提升，出现了一批叫好又叫座的作品。尤其是针对年轻一代多元化、个性化的观影需求，这些作品在重新诠释"网感""审美体验"等丰富内涵的同时，还在很大程度上促进了网络电影独特审美特性的形成。可以说，这种"精品化"发展得益于近年来电影艺术创作的多样化创新探索，但更可视为网络电影自觉走"稳量提质"之路释放的红利。具体来说，所谓"精品化"发展，首先意味着网络电影生产的"专业化"，即在当今的互联网时代，网络电影的艺术叙事和视听语言需强化一种亲近、契合网生代观众"网感"体验的表达方式和思维方式；其次是"优质化"，即着意于制作水平，尤其是在头部作品的生产中摆脱初期网络电影的粗糙与低端，而向院线电影的平均水平接近、看齐；最后是"类型化"，在当前网络电影生产的总体格局中，动作、奇幻、爱情、喜剧、悬疑、武侠等类型占比最大，尽管过多的"集中"不利于百花齐放，但如上文所述，"类型化"生产有其特有的经济性、有效性、能产性，诚如安德烈·巴赞在分析好莱坞类型电影时所说，美国电影那最值得钦佩的不仅是这个或那个电影制作者的才能，而更是"那个系统的天才，它那始终充满活力的传统的丰富多彩，以及当它遇到新因素时的那种能产性"。[①] 因此，就发展中的网络电影而言，如果说"专业化"是基础、"优质化"是目标，那么，"类型化"则是建立在"专业化"之上、实现"优质化"目标的行之有效的生产方式。

（二）长、短视频领域的竞合加剧，秉持自身特性、实现创新发展

在当前丰富多样、摇曳多姿的网生视频内容中，网络电影的定位、形态既清晰又模糊。比如，相对于文艺性短视频，它是长视频；相对于网络剧

[①] 转引自郝建《影视类型学》，北京大学出版社，2002，第28页。

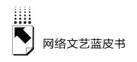

集，它又是短视频；相对于其他一些时长相似的叙事作品（微电影、短剧集、网络纪录片、互动视频等）来说，网络电影有时与它们又没有泾渭分明的界限。就发展而言，网络电影当前总体上呈现两种交互存在的处境：一是与长、短视频的竞合发展；二是立足自身特性的创新化发展。

简要来说，作为网络文艺的典型形态，网络电影与网络剧、网络综艺、网络纪录片、网络动漫等一样，一方面，它们各自有相对的艺术、审美特殊性或"个性"；另一方面，同为网络文艺（或网络视听文艺）的重要组成部分，它们又在媒介特性、艺术生产方式、叙事方法、传播形态、用户特征、产业发展等方面存在诸多交集或"共性"，从某种意义上说，日益频繁、普遍的"跨媒介叙事"（Transmedia Storytelling）即这种"共性"的显著表征。因此，长视频领域的竞争与合作是不言自明、显而易见的，而秉持"电影艺术"的审美特性、发挥自身优势，并在竞争与合作的交织点、表现方式、策略、方法、途径等方面积极应对，恰是网络电影创新发展的重点。

当然，除了长视频领域的竞争与合作，网络电影与短视频的竞争与合作也凸显为新的一极。近年来，短视频迅猛发展，① 尽管其内容良莠不齐、包罗万象，但仍对包括网络电影在内的网生视频内容带来了一系列的深刻影响。据统计，截至 2020 年 12 月，我国网络视频用户规模达 9.27 亿，使用率为 93.7%，其中，短视频用户规模达 8.73 亿，使用率最高，达 88.3%。② 2020 年，在抢占用户注意力方面，短视频领先优势明显，人均单日使用时长超两小时；在吸引新网民触网方面，短视频是第二大因素，拉新能力强大；在市场规模方面，泛网络视听领域达 6009.1 亿元，而短视频占比最大，达 2051.3 亿元。③ 从中可见，在用户规模、使用率、观看时间、拉新能力、

---

① 目前，短视频领域呈现"两强格局稳定，二三梯队洗牌"的格局。其中，"两强"是指抖音短视频、快手，"第二梯队"包括西瓜视频、快手极速版、微视、抖音极速版、抖音火山版等，"第三梯队"包括好看视频、爱奇艺随刻、刷宝、优酷视频等。

② 中国互联网络信息中心：第 47 次《中国互联网络发展状况统计报告》，http：//www. cac. gov. cn/2021 -02/03/c_ 1613923423079314. htm。

③ 中国网络视听节目服务协会：《2021 中国网络视听发展研究报告》，https：//www. sohu. com/a/470607018_ 121123762。

市场规模等方面，短视频具有明显的竞争优势。表面上看，这些优势更多地体现于"外在"的方面，但在社会主义市场经济条件下，下游的消费端状况无疑会给上游的生产制作端带来巨大影响，并波及乃至制约"内在"的艺术和审美本体层面。鉴于这种"优势"和"影响"，在竞争与合作的关系格局中，一方面，短视频平台纷纷涉足长视频业务，并通过调整用户的视频最长拍摄发布时长、加强与专业团队的合作等方式推出长视频节目，比如，抖音开放 15 分钟的视频拍摄发布权限，快手在社会题材纪录片、网络电影等方面上线专业团队制作的长视频节目。另一方面，就长视频平台来说，它们通过多种方法、手段鼓励优质短视频内容生产，着力吸引用户和流量、增加用户黏性，比如，腾讯视频在微信内加入视频号，积极发挥其庞大微信用户的社交优势。当然，在竞争与合作的总体格局、态势中，具体网络电影发展来说，作为富有吸引力的主要长视频形式和爱奇艺、腾讯视频、优酷平台重点打造的内容板块，它有其特殊的制作模式、叙事规程和传播路径，换言之，它与短视频相关领域的竞争与合作体现在消费方式、娱乐时间等方面，但更体现在发挥电影艺术优势的内容生产上。而短视频将会进一步着重在微短剧、微综艺、微电影、微纪录片等方面发力，并更注意发展其媒介功能方面的特性，并成为其他领域的"基础应用"。

（三）传统优势进一步发挥，新生力量前景广阔

当前，网络视听文艺内容丰富多样。各大视频平台一方面针对用户细分时代用户喜好多样化、个性化的特点，进一步细分内容产品类型，并对其进行专业化生产和运营；另一方面，依据自身特性并以网络电影、网络剧、网络综艺、网络动漫等核心品类为基础，不断开拓新兴品类市场，促进创新发展。

就网络电影发展来说，"传统优势"与"新生力量"的并驾齐驱体现了其创作生产的生机、活力，又呈现出了发展的新气象、新趋向。在发展进程中，网络电影不断吸取传统电影在艺术叙事、视听语言、影像表意等方面的丰厚滋养，同时又积极适应、发挥互联网时代艺术生产的要求和潜能，比

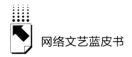
如，聚焦品质提升，以 IP 为中心，通过资源整合和优势发挥，强化与小说、剧集、综艺、动漫、漫画等多种娱乐内容的联动，实现与文学、音乐、游戏、电商、服务等多领域的协同发展和多方价值的互利共赢。同时，近两年来，网络电影的创新发展呈现诸多新现象，比如，现实题材创作在数量、质量上取得较大突破，更多网络电影采用拼播发行模式，优质网络电影 IP 尝试单片付费，分账规则革新，PVOD 模式运用，以优质内容为基础的营销升级促进网络电影票房增长等。特别值得一提的是，在艺术形式的创新发展方面，近年来，包括互动电影（Interactive Movie）在内的互动视频探索步伐加快，逐步成为行业关注的热点之一。

时至今日，尽管互动视频（包括互动电影、互动剧、互动综艺、互动游戏、互动短视频等）发展迅速，但不少观众对之仍较陌生。近年来，作为全新形式的实践，国内外互动视频内容生产出现了不少影响较大的作品，并有效呈现了互动视频的意义和价值。比如，在国外，有美国奈飞公司（Netflix）推出的互动动画片《穿靴子的猫：童书历险记》（2017 年）、互动剧《黑镜：潘达斯奈基》（2018 年），法国 Quantic Dream 工作室制作的人工智能题材互动电影游戏《底特律·变人》（2018 年）等。在国内，腾讯视频 2019 年以来陆续上线了《古董局中局之佛头起源》《拳拳四重奏》《龙岭迷窟之最后的搬山道人》《因迈思乐园》等互动作品，截至 2020 年 3 月，腾讯视频共上线互动剧、互动综艺、互动电影等不同题材、类型的作品 28 部。其他平台，还有爱奇艺的互动剧《他的微笑》（2019 年）、互动剧《只好背叛地球了》（2020 年），优酷的互动剧《大唐女法医》（2019 年）、《娜娜的一天》（2020 年），芒果 TV 的互动剧《明星大侦探之头号嫌疑人　第一季》（2019 年）、《明星大侦探互动衍生 2 之目标人物》（2020 年）、真人解谜探索互动游戏《记忆重构：碎片》（2019 年）等。① 其中，尽管以互动剧居多，但互动视频之间有时没有清晰的界限，比

---

① 国家广播电视总局科技司：《5G 高新视频——互动视频技术白皮书（2020）》，http：//www. nrta. gov. cn/art/2020/8/25/art_ 113_ 52661. html。

如，2019 年由 New One Studio 开发、发行的《隐形守护者》，作为由真人表演的互动游戏，其类别可以在网络游戏和网络电影之间游移。这从一个侧面反映了处于探索阶段的互动技术对多种艺术形式的互动视频的影响和促进，同时也反映了随着多家平台开发力度、支持力度的日益增强和 5G 技术应用的日益普及，更多的优秀互动内容将走向大众视野。当然，对网络电影发展来说最重要的是作为"新生力量"的互动电影具有鲜明的先锋性和前卫性，其核心在于观众可在观看之中进行参与、影响剧情走向的互动选择。在某种意义上，这是电影艺术继黑白无声进阶到彩色有声之后，赋权观众的又一重大变革，尽管在艺术叙事上如何实现叙述者自上而下的"叙事意义"、规划与用户自下而上的输入之间的"无缝对接"① 需要高超的构思和技巧，同时也是一个极具诱惑力的挑战，但互动电影的潜力巨大、发展前景光明。

（四）网络电影和院线电影加速融合

在操作的意义上，国家广播电视总局监管中心将"网络电影"界定为"由节目制作机构制作，按照'重点网络电影'立项备案，影片规划信息由广播电视主管部门审核通过，成片经广播电视主管部门内容把关通过并获得'上线备案许可编号'，且最终首先在视频网站等网络视听节目服务机构播出的具备与电影类似结构与容量的视听作品"。鉴于此，那些获得"电影片公映许可证"的作品被称为"龙标网络电影"，尽管它们在制作、发行、传播环节有网络视听服务机构深度参与并在互联网独播或首播，也被业界、网民认同为"网络电影"，但遵循业界惯例，"龙标网络电影"被排除在"网络电影"范围之外。② 中国电影家协会网络电影工作委员会在其《2020 年中国网络电影行业年度报告》中将"网络电影"界定为"时长超过 60 分钟以上，制作水准精良，具备完整电影的结构与容量，且符合国家相关政策法

---

① 〔美〕玛丽－劳尔·瑞安：《故事的变身》，张新军译，译林出版社，2014，第 94～95 页。
② 国家广播电视总局监管中心编《2020 网络原创节目发展分析报告》，中国广播影视出版社，2021，第 2 页。

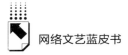

规，以互联网为首发平台的电影"。在数据统计上，与国家广播电视总局监管中心的做法类似，那些"以点播付费模式上线或纯版权采购模式上线的电影内容"，比如，《囧妈》《肥龙过江》《大赢家》《冷血狂宴》等被排除在"网络电影"范围之外。①

诚然，面对快速发展的网络电影及其不断呈现的新面貌、新特点，人们对它的认识有一个循序渐进的过程，或者说，人们可以从不同的角度和层面来揭示其内涵和特征。然而，在学理上，一些"外在"形式的描述和限定往往难以揭示和界定其"内在"的本质规定性。事实上，从当前的现实情形看，首先，在许多观众那里，不少网络电影和院线电影难以区分，且他们也不太在意形式上的区分，而在意作品本身是否可以带来审美的满足；其次，在实践方面，网络电影和院线电影在叙事方法、传播渠道、商业模式、产业规则等方面的交集或共享范围越来越广。这庶几表明，网络电影和院线电影呈现出加速融合的趋势，尤其是随着网络电影制作水准、成熟程度的进一步提升，它们两者的辨识度越来越低、融合度越来越高。进一步来说，在当今的互联网时代，面对活力四射的艺术实践，面对丰富多样的艺术作品，网络电影和院线电影的加速融合是一种典型表征，其间蕴含着新兴网络文艺与传统文艺之间深刻的交互关系，也预示着它们在数字文化范式中凝聚新共识、沉淀新特性、展现新形态的辩证发展趋向。

---

① 中国电影家协会网络电影工作委员会：《2020 年中国网络电影行业年度报告》，https：// finance. sina. com. cn/tech/2021 – 02 – 10/doc – ikftpnny6078248. shtml。

B.6
网络纪录片发展状况

张明超*

摘　要：　2020年以来，网络纪录片突飞猛进式发展，数量激增、质量稳步提高。总体上看，以写真、写实为主要特征的网络纪录片展现了蓬勃的生机、活力和良好的发展前景。在创作方面，网络纪录片题材、类型丰富多样，一大批优秀作品以多样的表现手法、生动的视听语言反映生活、记录时代；在艺术传播上，独立化、主流化态势明显，观众趣味与主流引导齐头并进，大批作品进入国际主流媒体视野；在产业发展上，大型视频网站成为网络纪录片制作、传播的主要平台，创作生产的合作方式多样。在技术、媒介、艺术、政策、市场、用户等多种因素的综合作用下，网络纪录片创作生产呈现新的发展趋向：一是作品生产以高质量发展为主题；二是审美以年轻化引领风格、价值趋向；三是品牌提升促进平台价值实现，推动产业发展。

关键词：　网络纪录片　主旋律纪录片　人文纪录片　纪录片"出海"

　　网络纪录片①一般是指由制作机构或网民个人制作，以真人、真事、真

---

　*　张明超，山西师范大学传媒学院讲师，中国传媒大学博士研究生，主要研究领域为纪录片、文化研究、传媒艺术等。
　①　本报告所论的"网络纪录片"是指按照网络原创节目（网络纪录片类别）完成管理部门规定备案的作品。在网站播出时带有电视台台标或先台后网播出的纪录片（可称为"网播电视纪录片"）、取得《电影片公映许可证》并通过互联网传播的纪录片（可称为"网播纪录电影"），均不纳入"网络纪录片"的范围。

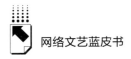
物、真景等为表达对象，以活动影像记录资料为素材，并通过主题性策划和多种表现手法呈现，在网络平台播出或先网后台播出的、具有作品属性和审美功能的视听节目。从发生、发展的维度看，2012 年，《舌尖上的中国》由电视媒体首播，但网络传播使其产生了更大的影响、得到了更多观众的认可和青睐，以至于当前美食类纪录片成为一种广受国内外受众欢迎和喜爱的、独具特色的类型；2016 年，《我在故宫修文物》"生在央视，走红于哔哩哔哩"，不仅延续了传统文化热，也带动了文博热，让传统文化、文物欣赏、古代风韵等成为青年人追捧的对象和审美时尚……这些优秀作品及其引发的巨大反响展现了网络传播的力量。在发展进程中，随着各种题材、类型的纪录片更热情地拥抱网络，随着网络新媒体由原来的电视纪录片、纪录电影"二次传播"的次级平台而"华丽转身"，尤其是随着各大网络视频平台、制作机构等认真对待并积极布局、开展网络纪录片的生产与传播，版权购买、大型视频平台自制（或联合出品）、用户自制作品上传等多样态的网络纪录片生产、传播的新格局逐渐成形，"网络"成长为一种更独立、日趋主流的制作与播出平台。①

2020 年以来，网络纪录片飞速发展，数量激增，质量稳步提高。总体上看，以写真、写实为主要特征的网络纪录片展现出蓬勃的创作生产活力和良好的发展前景，在记录人们的生产生活、表现人们的思想感情、反映时代的发展与进步、扩大中华文化的国际传播影响力等方面发挥着积极的、重要的作用。

一 网络纪录片的创作

2020 年以来，网络纪录片数量快速增长、题材类型丰富多样，一大批优秀作品以多种表现手法、生动的视听语言真情记录时代、真诚讴歌生活，

---

① 张同道：《全球化时代的中国纪录片之路》，中国广播影视出版社，2021，第 199～200 页。

凸显人文关怀，奉献优质内容。其中，2020 年共上线网络纪录片 259 部，相比 2019 年的 150 部增长 73%，相比"十三五"初期的一年几十部更是飞速增长。在题材方面，社会现实类、文化艺术类、疫情防控类、脱贫攻坚类等占比最大，分别为 29%、21%、17%、5%，其中，新冠肺炎疫情防控题材作品 44 部、脱贫攻坚题材作品 14 部。① 在内容质量上，传统文化艺术类作品表意深度提升，引发观众对传统文化及其现实意义的深入思考，体现了浓厚的人文色彩；现实题材创作成为热门且表现亮眼，作品贴近生活、反映时代，透露真切的现实关怀。在播出平台方面，腾讯视频、优酷、哔哩哔哩等主力军作用凸显：腾讯视频节目数量多，其美食类纪录片已形成品牌；优酷在人文性泛纪实领域持续深耕，彰显人文关怀；哔哩哔哩多部社会现实类节目契合年轻受众审美爱好，成为"爆款"。

1. 美食类纪录片

自 2012 年《舌尖上的中国》播出以来，美食纪录片是近十年人们最喜爱的纪录片类型之一。比如，腾讯视频出品、陈晓卿团队制作的《风味人间》《风味原产地》系列，哔哩哔哩推出的《人生一串 第二季》，云集将来、腾讯视频和探索频道联合出品的《水果传 第二季》等，都成为网络纪录片的顶流 IP②，引领了网络纪录片系列化创作。此外，《奇食记》《沸腾吧火锅》《早餐中国》等作品也在讲述美食的同时，呈现人生真实而精彩的故事，展现生活百态与人生感悟。

2. 人文历史类纪录片

2016 年首播的《我在故宫修文物》带火了文博类纪实节目，随后各类人文历史纪录片也不断涌现。2020 年以来，腾讯视频的《此画怎讲》《敦煌：生而传奇》《新鲜博物馆之进击的大秦》等以新奇的表现手段，刷新人们对历史文化的认知；哔哩哔哩和北京小河文化传媒有限公司联合出品的

---

① 国家广播电视总局监管中心编《2020 网络原创节目发展分析报告》，中国广播影视出版社，2021，第 233 页。

② IP 原本是英文 Intellectual Property 的缩写，直译为"知识产权"。其含义已经有所引申，可以理解为所有成名文创（文学、影视、动漫、游戏等）作品的统称。

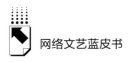

《但是，还有书籍》，自然流畅、清新感人，点燃了人们对于书籍的热爱，为人们提供了一份在"快"时代里的"慢"阅读的指南。此外，《大唐帝陵》《历史传奇》等人文历史类作品也引起了人们的广泛关注。

3. 疫情防控类纪录片

2020年，突如其来的新冠肺炎疫情，给经济社会发展按下了暂停键，影响着每一个人的生活，不仅考验着一个社会的防治能力，也考验着社会的组织力、凝聚力。在网络纪录片创作中，优酷推出的《第一线》、《中国面孔》（与梨视频联合出品）、腾讯视频推出的《正月里的坚持》、南京和之梦文化传播有限公司出品的《好久不见，武汉》、湖北广播电视台和哔哩哔哩联合出品的《金银潭实拍80天》，以及央视新闻、哔哩哔哩与FIGURE联合出品的《在武汉》等，在传播防疫知识、介绍疫情情况、稳定社会情绪等方面发挥了重要作用，展现面对突发公共卫生事件时的责任与担当、作用和影响。

4. 脱贫攻坚类纪录片

2020年是全面打赢脱贫攻坚战的收官之年，一批记录中国脱贫攻坚故事的纪录片应运而生。比如，人民日报全媒体平台首发的《中国扶贫在路上》、芒果TV的《石榴花开 第二季》、优酷的《追光者：脱贫攻坚人物志》、爱奇艺的《劳生不悔》等作品，记录了脱贫攻坚这一伟大壮举的珍贵影像，还展示了脱贫攻坚所具有的世界性意义。

5. 社会现实类纪录片

网络是展现社会现实的重要窗口，从某种程度上来说，网络呈现的社会现实更为庞杂多元，也更为切近真实。2020年以来，社会现实题材聚焦世情冷暖，展现社会百态，并通过讲述小人物的故事折射大时代的风云变幻，体现社会进步的向上向善。比如，哔哩哔哩推出的《守护解放西 第二季》，通过真人秀的形式，多方位、深度展现现代都市核心商圈城市警察的日常工作，在普及、推广法律常识的基础上，对促进警民和谐起到了积极作用。再比如，二更与快手联合推出的《新留守青年》、优酷出品的《他乡的童年》、哔哩哔哩出品的《小小少年》等，展现了不同境遇下的中国青少年的成长经历，为当下中国留存成长"相册"，也为观看者带来了心灵的慰藉。

6. 自然地理科学探索类纪录片

在视频媒介蓬勃发展的社会文化语境中，纪录片成为获取知识、了解社会、探索世界的最好手段之一。比如，哔哩哔哩出品的《未至之境》（与美国国家地理联合出品）、《我们的国家公园》、《众神之地》、《决胜荒野之华夏秘境》（与 Discovery 联合出品）、《智慧中国 第三季》等作品让青年观众以轻松愉快、充满刺激的方式领略自然地理的神奇，感受科学探索的魅力。

7. "泛"纪录片

从某种程度上讲，绝大部分 UGC[①] 内容（比如，快手、抖音、微博、哔哩哔哩等平台网友自制上传的视频）都具有"纪实性"，这些内容篇幅简短、贴近生活、传播广泛，是我们理应关注的对象。由于其表现形态不符合传统节目的基本规范，而未被纳入纪录片（节目）的讨论范畴，但其中有些内容已具备纪录片的基本要素，对此，我们不妨称其为"泛"纪录片作品，并积极关注其文化、经济等功能。比如，李子柒的系列短视频就具有代表性。这些作品往往以展现美食制作、乡村生活、日常趣事、生活感悟或专业知识为主要内容，有的较为粗糙，但也有不少精致唯美的影像，尤其是那些蕴含中华优秀传统文化的丰富、优美内容，引发海内外受众的交口称赞。

总体上看，2020 年以来，网络纪录片创作呈现大丰收的可喜景观，题材、内容兼顾观众趣味与主流引导，现实题材创作成为主流，内容质量继续提升，创作生产和作品内涵越来越有温度、有文化、有质感。特别值得一提的是，相比之下，通过丰富多样的创作实践，网络纪录片现已可比肩传统的电视纪录片、纪录电影，其中，凡是电视纪录片、纪录电影能够表现的内容，网络纪录片同样可以表现，且借助用户思维、平台优势等，网络纪录片更贴近观众尤其是年轻用户的需求。在某种意义上，这也是 2020 年以来深受年轻人关注并成为热门话题的作品比比皆是的重要原因之一。其次，众多主旋律、正能量网络纪录片（如社会现实类、人文历史类、疫情防控类、

---

① UGC（User Generated Content），也就是用户生成内容，即用户原创内容。

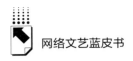

脱贫攻坚类等），不仅凭借其数量，更以其质量极大改变了网络纪录片的边缘地位，逐渐进入主流视野。进一步来说，那些优秀的作品展现摇曳多姿的世界和人类生活，给人以知识、审美和生命的感悟，以至于在一定程度上改变了网生内容、网络文艺娱乐、时尚、消费等特点突出的画风。

二 网络纪录片的传播

（一）网络平台聚集年轻群体，独立化、主流化态势明显

就当前实际来说，网络视频平台聚集了年轻受众群体，网络纪录片的受众也是如此。腾讯视频的数据显示，目前其纪录片观众70%是18~29岁的年轻人；在爱奇艺平台纪录片观看人群中，19~30岁的用户占比超50%，18岁以下的用户占比达14%；哔哩哔哩申请上市的招股书显示，其用户中有81.7%出生于1990~2009年。[①] 不言而喻，这会对网络纪录片的创作生产带来多方面的深刻影响。

就制作、传播来说，网络视频平台已摆脱了作为电视纪录片、纪录电影"二次传播"次级平台的从属地位，通过自制、联合出品（包括与国内、国外各种制作机构合作）、购买版权等方式，网络视频平台制作和播出更符合年轻观众趣味、爱好的作品。不仅如此，网络纪录片还反向输入电视平台，比如，《大地情书》（电视播出时更名为《黑土地和她的朋友们》）2020年3月于优酷播出后，豆瓣评分达8.9分，收获粉丝近200万；2020年9月，在央视科教频道播出后，作品同样引起了社会各界的热烈反响。此外，特别值得一提的是，网络纪录片的这种制作、传播状况对电视纪录片、纪录电影的形态、创作等带来一定的促进作用和影响。在某种意义上说，像《我在故宫修文物》《武汉：我的战"疫"日记》等作品，其形态、风格等均受到了网络纪录片的影响。

---

① 彭侃、李杨：《网络纪录片崛起的背后》，新华社客户端官方账号，https：//baijiahao.baidu.com/s？id＝1655596159935369125&wfr＝spider&for＝pc，2020年1月13日。

（二）爆款作品频现，观众趣味与主流引导齐头并进

近两年来，中国的爆款纪录片大多是网络纪录片，比如，美食类纪录片这一种广受人们喜爱的类型。2019 年，全网纪录片点击量前十作品中有五部是美食类网络纪录片（《早餐中国 第一季》《早餐中国 第二季》《宵夜江湖》《水果传 第二季》《风味原产地·潮汕》）。① 2020 年，纪录片融合传播指数前 15 名中有三部是美食类网络纪录片（《风味人间 第二季》《早餐中国 第三季》《风味原产地·甘肃》）。② 此外，人文历史类、自然地理科学探索类纪录片也广受欢迎，像《但是，还有书籍》《此画怎讲》《未至之境》《七个世界，一个星球》等都是爆款作品。

除以上广受观众尤其是年轻观众喜爱的作品外，主旋律、正能量作品也表现突出，频频引发收视热潮。比如，《守护解放西 第二季》既有丰富、独特的网感，又寓教于乐、富含宣教价值；面对突如其来的新冠肺炎疫情，网络纪录片反应迅速，像《中国医生》《英雄之城》《好久不见，武汉》等进入 2020 年纪录片融合传播指数前 15 名的作品在为大众传播防疫知识、介绍疫情防控情况方面发挥了积极的作用。

（三）进入国际主流媒体，作品"出海"效果显著

近年来，网络纪录片在快速发展的同时，还在"出海"方面以国际影视交易通行的方式打入国际主流媒体，数量增幅较大，呈现可喜局面。比如，Discovery 与芒果 TV 联合出品的《功夫学徒》于 2019 年 9 月在 Discovery 亚太电视网播出，呈现中国高科技行业的现状；在国内流行的美食纪录片《风味原产地》系列连续三年被网飞收购，并翻译成 20 多种语言在全球 190 多个国家和地区传播，不仅创造了中国纪录片海外交易新高，还

---

① 张同道、胡智锋：《中国纪录片发展研究报告（2020）》，中国广播影视出版社，2020，第 56 页。
② 美兰德中国电视媒体传播与监测数据，转引自《中国纪录片发展研究报告（2021）》发布会，https：//www.bilibili.com/video/BV1gQ4y1f7Mt？from＝search&seid＝16152445941006485627。

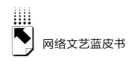
极大激励、带动了网络纪录片的"出海"。2020 年以来，在"视听中国"播映工程等政策、措施的推动下，越来越多的网络纪录片积极"走出去"。据统计，2020 年上线的网络纪录片有 22 部作品通过境外电视台、国际影展、海外网络媒体等多渠道实现海外传播，相较 2019 年的 7 部有超过两倍的增幅。其中，疫情防控、自然地理等题材表现尤为亮眼。[①] 网络纪录片的国际传播有助于纪录片自身的水平提升，有助于纪录片的商业盈利，还有助于中国文化的国际传播、提升中华文化的影响力。

三　网络纪录片的产业发展

近年来，网络纪录片成为中国纪录片行业增长的主要力量。据统计，2019 年上线网络纪录片 150 部，网络纪录片生产总量（时长）同比增长约 31%，在各类纪录片生产主体中增长最快（电视纪录片仅增长 2.5%）；总投入约 13 亿元，占行业总投入的 25.8%，虽不及电视纪录片 46% 的占比，但同比增长 18.2%，其增长速度是各类生产主体中最快的。2020 年上线网络纪录片 259 部，相比 2019 年大幅增长 73%。[②] 由此可见，伴随产能的进一步提高，网络纪录片逐渐成为纪录片创作生产的中坚力量。

从产业发展的维度审视，随着生产实践的日益丰富多样，大型网络视频平台不仅成为主流的传播平台，还成为主流的生产平台。相较传统电视纪录片、纪录电影的运行模式，网络平台采用独立原创、联合制作等方式进行内容生产，其市场化运作机制顺畅、制播分离程度高、商业模式多元、与其他机构的合作方式灵活多样，因而在纪录片产业发展中担当着越来越重要的角色、发挥着积极的作用。

---

① 国家广播电视总局监管中心编《2020 网络原创节目发展分析报告》，中国广播影视出版社，2021，第 293 页。

② 张同道、胡智锋：《中国纪录片发展研究报告（2020）》，中国广播影视出版社，2020，第 87~93 页。

（一）各大平台创作生产情况

腾讯视频、哔哩哔哩、爱奇艺、优酷、芒果 TV 等大型视频网站成为近两年来网络纪录片制作、传播的主要平台，众多热门爆款纪录片基本都是这些大平台推出的。近年来，网络平台的纪录片产能持续增强，达到前所未有的新高度。2020 年上线的 259 部网络纪录片中，腾讯视频独播 44 部，占比 17%；爱奇艺独播 39 部，占比 15%；哔哩哔哩独播 33 部，占比 13%；优酷独播 30 部，占比 12%；芒果 TV 独播 12 部，占比 5%；其他平台独播 11 部，占比 4%。[①] 从生产投入体量看，这些网络视频平台大多超过了一线卫视，接近央视纪录频道、上海纪实人文频道。

1. 腾讯视频

在品牌塑造方面，腾讯视频主打美食类纪录片。在 2019 年全网纪录片点击量最高的前十部作品中，《早餐中国第一季/第二季》《宵夜江湖》《水果传 第二季》《风味原产地·潮汕》五部纪录片均出自腾讯视频；[②] 在 2020 年纪录片融合传播指数前 15 名中，腾讯视频有三部作品在列（《风味人间 第二季》《早餐中国 第三季》《风味原产地·甘肃》）。此外，腾讯视频在独播作品总量及增量、由网到台反向输出作品总量、海外社交媒体官方账号关注和订阅量等多维数量指标方面，均领跑其他平台。[③]

2. 爱奇艺

爱奇艺的网络纪录片制作整体发展平稳、均衡。在 2020 年独播的 39 部作品中，《中国医生》《中国医生战疫版》获得较高口碑，并列豆瓣全年评分（9.3 分）最高的网络纪录片。此外，在节目上载方式中，账号上传（46

---

① 张同道、胡智锋：《中国纪录片发展研究报告（2020）》，中国广播影视出版社，2020，第 93 页。

② 张同道、胡智锋：《中国纪录片发展研究报告（2020）》，中国广播影视出版社，2020，第 56 页。

③ 美兰德中国电视媒体传播与监测数据，转引自《中国纪录片发展研究报告（2021）》发布会，https://www.bilibili.com/video/BV1gQ4y1f7Mt? from = search&seid = 16152445941006485627。

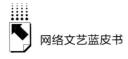

部作品）活力十足，与该平台不断优化分账模式，鼓励优质创作者及激发市场力量关系紧密。

3. 哔哩哔哩

作为年轻群体的视频社区，哔哩哔哩一如既往走年轻化道路，《人生一串 第二季》《守护解放西》《小小少年》《但是，还有书籍》等影响力最大的几部作品均是如此。这些作品的内容几乎都以年轻受众，特别是 00 后群体的日常生活、学习、工作等为关注点，作品风格符合大众对该平台轻松活泼、富于创意等调性的普遍认知。

4. 优酷

相比之下，优酷推出的网络纪录片更凸显社会责任与人文情怀，更凸显"小人物、大情怀、正能量"的创作导向。比如，2020 年，共计 21 部的疫情防控类作品数量为各平台之最；在优秀国产纪录片及创作人才推优活动中，该平台 2019 年、2020 年连续两年获"优秀播出机构类"表彰，且是目前唯一获此殊荣的网络视频平台。

5. 芒果 TV

围绕"脱贫攻坚""乡村振兴"等重大主题，芒果 TV 接连推出多部主旨上积极弘扬主旋律、表达上追求年轻化语态的优质作品，有力践行了守正创新的创作要求。6 部纯自制的作品占 2020 年该平台上线作品总量的 20%，趋于闭环的制播一体模式让这些作品风格鲜明。其讲求纵深的全程参与在其他平台中绝无仅有。①

此外，新华通讯社、人民日报等传统主流媒体也在网络公共平台上开设视频频道，制作、播出了《英雄之城》《中国扶贫在路上》等优秀纪录片作品，体现了互联网时代主流媒体"主力军"的责任担当和"主战场"的价值导向；一条、二更、西瓜视频等则以微短纪录片创作、传播为主，并以"轻骑兵"的状态生产、传播贴近时代生活的热点内容。

---

① 易柯明、吴美阳、杨代：《中国视频业的"芒果 TV 模式"》，http://www.mgtv.com/gba/c/20180604/1135235936.html。

（二）创作生产的多方合作

当前，网络上传播的纪录片既有平台购买的版权内容，也有网民上传的纪实作品，还有网站自制和联合制作出品的纪录片。近年来，网络纪录片生产的多方合作日渐增多，制播分离、联合制作的优势也日渐凸显。事实上，众多爆款网络纪录片大多是采用联合制作、出品的方式呈现在观众面前，因为这种方式既有利于发挥各个平台的主体优势，又有利于规避商业风险。

1. 与民营制作公司的合作

2020 年以来，这种方式日益形成"矩阵"。比如，包括《风味人间》《风味原产地》《风味实验室》等在内的"风味系列"，都是稻来传媒与企鹅影视联合制作，其中，稻来传媒的主要力量是以制作美食纪录片著称的陈晓卿团队；一度火爆的《守护解放西》则是由哔哩哔哩和中广天择传媒股份有限公司联合出品。民营制作公司制作能力强、专业化程度高，在有限制作成本的情况下能保证创作的质量，而视频平台熟知用户习惯、推广能力强，可以更好地进行投放，因此，两者的合作既可以提升作品的品质，又有助于商业利益的最大化。

2. 与传统电视媒体的合作

2020 年 10 月，《早餐中国》播出第三季，作为腾讯视频和福建海峡卫视联合出品的知名作品，较好体现了此一模式的运作特点。其中，传统电视媒体有创作上积累的实力，也有自己的播出渠道，可以和网络播出形成合力，在提高影响力、扩大传播范围等方面具有不可比拟的优势。当然，还有一个重要考量因素是：美食类纪录片因其独具特色的题材优势和广大的观众喜好面，因而能够得到较多的品牌赞助。比如，《早餐中国 第二季》就获得了麦当劳、豆本豆、银鹭等品牌赞助，是网络纪录片营销的成功案例之一。

3. 与境外知名机构的合作

这种方式主要体现在自然地理科学探索类纪录片的制作、传播中。比如，《未至之境》由哔哩哔哩与美国国家地理联合出品，《决胜荒野之华夏

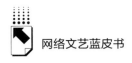
秘境》由哗哩哗哩与 Discovery 联合出品,《七个世界,一个星球》更是汇集了企鹅影视、BBC 美国台、德国电视二台、法国电视台、央视纪录频道等多家制作机构。值得一提的是,长久以来,自然地理科学探索类纪录片一直是中国纪录片创作生产的弱项、短板,至今仍未出现质的变化,但国内广大受众群体对此却有巨大需求,而美国国家地理、Discovery、BBC 等机构则在此类纪录片制作生产中具有丰富的经验和明显的专业优势。因此,强强联合、优势互补,既可以让观众收获优质的观看体验,还可以提升中国纪录片创作生产的质量和水平,并有益于中国纪录片的"出海"和中华文化的"走出去"。

四 网络纪录片的发展趋向

2020 年以来,网络纪录片的数量、质量"比翼齐飞",相比"十三五"初期一年几十部的作品产能来说,这是一种非常可喜的现象和局面。这种"现象""局面"是技术、媒介、艺术、政策、市场、用户等多元因素综合作用的结果。就其未来发展而言,在丰富多样的实践中,网络纪录片创作生产积累了丰富经验、取得了丰硕成绩,但也存在一些问题和不足。可以说,这两方面情形的共存及其矛盾性的辩证关系庶几在多个方面影响新发展阶段网络纪录片创作生产的进一步走向和路径。

(一)作品生产:以高质量发展为主题,构建"创新"发展新格局

从丰富多样的实践中可以看出,网络纪录片具有较强的创新性,不少作品看起来新颖别致、趣味十足,但具有根本性、结构性突破的创新作品还相对较少。这意味着,以高质量发展为主题的"创新"是快速发展进程中网络纪录片创作生产的主轴。

择要说来,就题材类型而言,近两年来,网络纪录片续集持续增多,相似题材作品也开始"近亲繁殖"。其中,尊重观众喜好、趣味无可厚非,同时,利用好、开发好 IP 也是网络纪录片吸引眼球、流量的重要方式,但这

也带来了某些题材的单一化、同质化。比如，美食类网络纪录片过多甚至泛滥。虽然在这一题材内部进行探索可以生产不少优秀作品，但从更开阔的视野看，从美食到奇食、从早餐到夜宵、从烤串到水果……不免让人觉得乏味。实际上，中国人的现实生活、文化传承、内心感悟等不只是寄托于"饮食"，这意味着，网络纪录片创作生产还可以从更多的题材、更广的领域来进行探索创新。

其次，在叙事方式上，不少纪录片虽然对细节进行了一定的创新和改进，但多数作品依旧没有摆脱常见的、综合专题式的叙事模式和藩篱，其内容的意义和价值往往是通过解说直接传输给观众。这表明，网络纪录片创作生产在整体的叙事方式和叙事艺术上有进一步改善的必要和提升的空间。当然，可喜的是，像《历史那些事　第二季》《古墓派　互动季：地下惊情》等作品已作出了积极的探索、尝试。这需要我们以更宽容的态度来对待这些看似颠覆式的作品，因为未来的发展方向很有可能就蕴含在这些作品之中。再比如，回归"直接电影"（Direct Cinema）式的纪录片创作，在某种程度上也是一种"创新"，像《第一线》《小小少年》等作品就以其新鲜的质感让人眼前一亮，也引人深思。

最后，网络纪录片创作生产的创新发展还须充分关注技术和媒介的进步。在某种程度上，如果说，4G技术带来了短视频的火爆、显性互动的彰显，那么，5G技术的普遍应用会带来怎样的变化和结果？当前，长视频和短视频交相呼应、高清晰度视频的迅速传播、强互动性技术的广泛应用等，都是无须大胆设想就可预见的。还有，虚拟现实技术和增强现实技术等的进一步发展、可穿戴设备的进一步普及等，网络纪录片创作生产与多种新兴科技的有机结合会对其真实性、艺术性、审美性等带来哪些深刻、深远的影响？对此，我们期待更多有创意、创新和审美呈现的作品来加以说明和验证。

（二）审美转换：年轻化引领风格、价值趋向，多样化探索铸就新的艺术特性

相较传统的电视纪录片、纪录电影，网络纪录片在艺术上没有过重的包

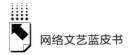

祑，可以进行大胆的尝试与创新。经过多年的丰富实践尤其是近两年来的快速发展，在技术、媒介、艺术、政策、市场、用户等多元因素的矢量合力作用下，网络纪录片创作生产一方面不断吸收、借鉴传统电视纪录片、纪录电影的经验；另一方面又聚焦吸引力，在贴近用户特别是年轻用户审美趣味和需求的过程中，强化年轻化、多样化创作生产，沉淀、凝聚自身鲜明、独特的艺术风格和审美特性。

1. 年轻化：凸显审美分享、价值共享的风格倾向和价值取向

与电视、电影媒体相比较，网络视频平台聚集了更多的年轻受众群体，换言之，年轻人是网络纪录片收视的主力军。这无疑直接影响着网络纪录片的创作生产和整体的风格样态。具体说来，相较传统电视纪录片、纪录电影的严肃认真、一本正经，网络纪录片无论是在内容选择上，还是形式表达上，都呈现更为活泼、青春、靓丽、时尚等"年轻化"色彩和倾向。

就内容选择而言，美食类、文化艺术类等题材作品之所以长盛不衰、备受年轻受众喜爱，重要原因之一在于，美食、文化艺术能给年轻人在快节奏、繁忙的工作、学习之余带来轻松、愉悦和心灵慰藉；《我们的浪潮》《新留守青年》等社会现实类纪录片之所以掀起收视热潮、引发强烈共鸣，是因为这些作品像一面镜子，反映了时代生活的情绪起落、表现了现代性体验的丰富多样、照见了当代青年的真实自我；自然地理、科学探索类内容之所以受到年轻观众的青睐并拥有不少年轻铁粉，是因为这类作品带给人们新奇的知识和想象的体验。就形式表达来说，网络纪录片所特有的"网感"以春风化雨、轻松幽默的方式来进行内容呈现。比如，《但是，还有书籍》看似严肃、抽象、深奥，但其实每一集都以书为媒，从新鲜、有趣的视角，力图在阅读多样化、碎片化的当下，记录这个时代形形色色的爱书之人，捕捉和书有关的那些精彩故事，为人们提供一份在快时代里的阅读指南。而在审美表达上，作品整体风格清新、流畅，段落过渡时的漫画不仅很好地衔接内容、展现人物，而且幽默、可亲，可立刻拉近与观众的距离。再比如《守护解放西》，在内容上，作品于亲切中有离奇，乃至让人感觉啼笑皆非、妙趣横生；在表达上，作品融合了花字、悬念、金句、搞笑等众多真人秀综

艺娱乐元素，使人在不知不觉中观察城市警察的日常工作、品味人间烟火的故事、感受新时代基层民警的精神风貌。

就艺术特色和审美特性的凝聚和显现来说，网络纪录片的内容选择和形式表达在"年轻化"的凝结中有一个鲜明的连接点——互动性。这在电视纪录片、纪录电影中是鲜有所见的。择要说来，其一，弹幕不仅是一种新型评论方式，而且影响着创作，其互动性体现在作品呼唤观众参与其中，甚至还留有"气口"或"契口"（在不影响整体叙事的前提下），等待观众来发弹幕；其二，互动纪录片，像《古墓派　互动季：地下惊情》等作品不仅让纪录片"可看"，还让纪录片"可玩"，它打破了以往单向传播的藩篱，受到年轻观众的喜爱。当然，年轻化并不代表娱乐化、浅表化，互动化也不意味着故作姿态、故弄玄虚。实际上，不管是年轻化还是互动化，就其本质追求来说，审美分享和价值共享是"公约数"。在这种意义上，年轻化、互动化与纪录片的真实性、深刻性、文化性等存在深层次的耦合关系，换言之，在审美分享与价值共享的结构性框架中，网络纪录片创作生产的风格、特性、趋向等多元汇流、殊途而同归。

2. 多样化：纪实形态的模式化得以突破，多样探索铸就新的审美特性

相较传统电视纪录片、纪录电影相对"模式化"的纪实形态，网络纪录片的表现形态得以充分展开，并在多种形态的并存、交织、互动、突破中探索新的发展路径、形成新的审美特性。

当前，综合专题式仍是网络纪录片创作生产的常规形态。其典型表征是以"画面＋解说"的结构方式进行制作，间以动画、采访、搬演等手段的运用。相比之下，尽管网络纪录片的"画面"更精致、流畅、饱满，"解说"更新颖、接地气、有人情味（如《人生一串　第二季》等），但综合专题式的结构和思维仍普遍存在。当然，作为传统的表现形态，综合专题式的结构模式并非一无是处，实际上，在长期的发展进程中，它积累了多样的、富有成效的表意经验，广大受众由此也形成了成熟的收视习惯。只是，在新的媒介生态、艺术生态和产业生态中，此一模式的"不合时宜"往往更多地在于其因"陈旧""老化"而容易引起观众的审美疲劳。因此，在传承与

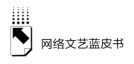

创新、传统与现代的矛盾交织和激烈冲突中，模式突破是网络纪录片创作生产发展的必然。

在近两年丰富多样的实践中，我们可以清晰地看到，网络纪录片创作生产在积极的探索中呈现新的局面。择要说来，一是直接电影式纪录形态的"回归"。我们知道，直接电影式纪录片强调直接、逼真地呈现原始事件，在拍摄和后期加工中尽可能减少人为干预，是国际上公认的最"真实"的创作模式。这样的模式在电视纪录片中较少出现，但很多受关注的网络纪录片却采用这种形态。比如，《小小少年》将少年的成长与现实的社会状况紧密结合，让人更觉真实可信；作为较早反映防疫、抗疫的纪录片作品，《第一线》采用边拍边播的方式，以强烈的真实感，鲜活、生动地呈现疫情中的真人、真事，给人以满满的正能量。二是真人秀式纪录片是将真人秀的表现形式与纪录片的真实内容相结合，带给观众新颖、轻松、愉悦的审美观感。比如，《守护解放西》采用无人为干预的"现场追述"模式，并通过多线叙事、营造悬念，使观众在"真人秀"般的轻松娱乐中追踪事件的发生、发展，感受人与事的变化。随着实践的发展，此一方式逐渐受到了更多的关注和运用，类似的作品还有《宠物医院》《小主安康－宠物医院2》《小主安康－宠物医院3》等。三是作为纪录片最新的表现形态和网络纪录片独有的表现形态，互动式纪录片在创作生产中让"观看者"变成"参与者"，并让参与者在沉浸体验中收获"玩"的乐趣。尽管此一形态仍处于发展的初级阶段，但可以预见，互动式纪录片的数据库思维、非线性叙事思维、超链接思维等思维模式对网络纪录片乃至所有纪实形态节目的创作模式、审美效果、艺术特性等带来深刻的影响。四是随着短视频发展呈现波涛汹涌之势，其"短、平、快"的表现形态在冲击、挑战传统纪录片"长""慢"特点的同时，还逐渐形成新的艺术特色。短视频式网络纪录片推进了视听表达的大众化，吻合技术、媒介、艺术和产业发展的审美接受需要和时代潮流，尤其是，就优秀作品所蕴含的意义来说，短视频式网络纪录片的价值不在于其形式上的"短、平、快"，而在于其内容"新、精、深"，在于它生活化、艺术化的氛围营造和时代生活中人们情绪、情感、精神、力量等的审美表达与呈现。唯其如此，此一形态日益在传统的电视纪录片、纪录电影创作领域释放出辐射、带动的功效，比如，央视纪录频道"微9"栏目推出的《武汉：我的战"疫"日记》即是以视频日记的形式，从主观视角讲述武汉抗疫中普通人的动人故事。

当然，从多样探索铸就新审美特性的维度看，模式突破是一个常说常新的话题。换言之，相对传统的电视纪录片、纪录电影，网络纪录片创作生产存在模式突破的必要，就是对当前热门、主流的网络纪录片题材类型来说，模式突破与探索创新亦是其发展的题内之义。比如，在近十年的火爆和蓬勃发展中，美食类纪录片业已形成了"美食+故事+动人解读"的经典模式。其中，一方面，在趋时、赢利等力量的驱动下，创作生产在不断寻找新的"美食"——从中国的美食到世界的风味、从综合表现各类美食到表现特定的美食（如水果、烤串、早餐、夜宵、火锅等），甚至从"养在深闺人未识"的美食到普通人难以接受的食品，同时，创作生产还在不断寻求视觉观感的突破（如采用显微镜摄影，表现食品在制作过程中的细微变化）、强化解说更接地气、更具市井气息、更有人情味等。然而，在另一方面，创新的焦虑不断催逼创作者思考下一步该"怎么办"、矛盾的心态和压力生成出一连串的"敢问路在何方"。再比如，作为中国纪录片的强项，人文历史类题材创作依凭历史悠久、文化底蕴的深厚，不仅内容丰富多样，而且产量也高、质量上乘，但模式化的表达方式也遇到了多方面的问题。在多样化的探索创新中，此类创作积累了一些新经验，但同时也带来了一些新疑惑。比如，在《历史那些事 第二季》中，作品出现了模仿穿越剧的历史小剧场、嘻哈风格的MV、加了日语的字幕等，这些视听体验和极具"拼贴感"的风格让人耳目一新乃至震惊，既引来"寓教于乐""妙趣横生"的赞誉，但也有"喧宾夺主""恶搞历史"的批评。在这种意义上，庶几可以说，传承与创新、传统与现代的关系始终是一种动态的矛盾关系，而网络纪录片的创新发展和审美特性的形成恰是这些矛盾关系不断磨合发展、不断释放张力与活力的结果和产物。

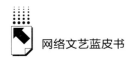

（三）品牌提升：促进平台价值实现，推动产业发展

网络纪录片给视频平台带来了什么？从实践成效来看，可能对平台品牌影响力的提升要大于其实际的经济收益。当前，网络纪录片的营收主要靠广告和会员付费，除平台直接买断的纪录片（此类方式较少）外，其广告收入和会员付费还需和制作方分账。相比以往，近年来，尽管"投得越多，赔得越多"的情形有不少改观，但"赢利"依然是网络纪录片产业发展有待破解的方程式和难题，换言之，其商业发展的路径、赢利的模式等依然不清晰。况且，即使有所赢利，但相比网络综艺、网络剧、网络动漫等其他网络文艺典型形态或娱乐性较强的网生内容，其整体营收仍远远不及，其营收方式、变现渠道等仍比较单一且缺乏活力。

但优秀网络纪录片对平台品牌价值的提升却有良好的作用力和影响力。在某种意义上，纪录片往往代表着一种文化的认知、态度和水平，具有丰富的文化价值，而与之紧密相关的是，作品品质的提高、平台品牌影响力的增强恰恰指向产业发展的核心部位并成为形成良性循环的关键环节。显而易见，根据受众、用户的审美需求而推出优秀的纪录片作品，并通过优质的服务，视频平台既可以满足人们多样的文化艺术需求，又可以不断凝聚受众群体，还可以提升自身的品牌影响力，进而开辟产业发展的新渠道、新空间。不仅如此，就当前的现实情形来说，众多主旋律、正能量网络纪录片的创作生产，不仅以其良好的社会效益而成为不断扩大受众范围、提升平台的文化品格和文化吸引力的重要方式，而且还通过"引流"成为促进经济效益提升的重要路径。由此可见，从促进平台价值实现，推动产业发展的维度来审视，优秀网络纪录片的创作生产恰是社会责任担当、文化艺术传承、商业利益增长、口碑与市场双丰收的关键。

B.7
网络音乐发展状况

朱星辰*

摘　要：　2020年以来，网络音乐行业进一步繁荣发展。在创作方面，法律法规促进网络音乐版权生态持续改善，乐迷助力小众音乐破圈，多样内容联动打造互动新爆款，"可视化"呈现新景象。在传播上，网络音乐的社会担当进一步强化，网络综艺为网络音乐传播注入新动能，新型音乐频道崛起促进审美方式多样发展，音乐社区呈现发展新气象。在产业发展方面，用户内容付费习惯已形成，平台主力军作用显著，产业格局调整加剧，线上音乐演出常态化，全球化布局初见规模。就发展趋向来说，各大平台进一步强化"原创"扶持，"音乐+短视频"推动网络音乐创新发展，物联网或成为网络音乐发展的新赛道，新法律的实施落地必能开创音乐版权保护的新局面，更好促进网络音乐行业的快速发展。

关键词：　网络音乐　音乐剧场化　音乐版权　原创音乐

自2015年国家版权局发布"最严版权令"（《关于责令网络音乐服务商停止未经授权传播音乐作品的通知》）以来，网络音乐行业正版化生态和发

---

* 朱星辰，中国传媒大学音乐与录音艺术学院教授、博士生导师，主要研究领域为广播电视文艺、音乐学等。

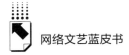

展环境日益改善。近年来，随着更多法律法规和政府部门引导、监管政策的出台，以及市场作用的有效发挥、行业自律的进一步增强，网络音乐的规范化、创新化发展为广大网络音乐人带来了更具活力的创作空间、为企业发展提供了更多的经济支持，有力、有效促进了网络音乐行业的进一步快速发展。其中，网络音乐的内容创作和表现形式愈加丰富，呈现多元化发展的显著特点。同时，在新技术的加持下，网络音乐的传播、接受、产业发展等方面呈现诸多新特点，使网络音乐成为人们网上精神文化生活不可或缺的重要组成部分。

一 网络音乐的创作

2020年以来，网络音乐创作依然活跃，作品质量持续提升，商业模式日趋完善，存量竞争日益激烈，总体上呈现持续快速发展的特点。择要说来，有如下几个方面的显著表现。

（一）法律法规促进版权生态持续改善

2020年11月11日，十三届全国人大常委会表决通过了新修正的《中华人民共和国著作权法》（以下简称《著作权法》），并于2021年6月1日正式施行。① 新《著作权法》完善了作品的定义及类型，使包含网络音乐、短视频等在内的新类型"视听作品"可以得到有力的法律保护。同时，新《著作权法》还引入侵权惩罚性赔偿制度，为后续著作权侵权赔偿案件提供了法律依据；明确"技术措施"定义，鼓励用技术措施进行版权保护。2020年11月16日，最高人民法院印发《关于加强著作权和与著作权有关的权利保护的意见》（以下简称《意见》），《意见》通过提升知识产权审判质效，切实加强文学、艺术和科学领域的著作权保护，充分发挥著作权审判对文化建设

---

① 中国人大网：《中华人民共和国著作权法》，http://www.npc.gov.cn/npc/c30834/202011/848e73f58d4e4c5b82f69d25d46048c6.shtml，2020年11月19日。

的规范、引导、促进和保障作用。① 其中,《意见》明确指出要高度重视互联网、大数据、人工智能等新兴技术发展的新需求,依据著作权法把握好作品界定标准,妥善处理新类型案件,促进新兴业态规范发展。此外,在思想认识上,2021 年 5 月 24 日,在由国家版权交易中心联盟主办的 2021 版权管理与运营高峰论坛上,与会者围绕版权与内容创作生态等议题进行了深入探讨,进一步澄清误区、明确共识,合力推进网络音乐版权生态建设。可以说,这些法律、意见等的出台和思想共识的达成为长期以来盗版、侵权现象频发、多发的网络音乐行业带来新的清新之风、提供了新的助力,为深受其害的网络音乐创作与发展提供了坚实的保障。

与此同时,各大音乐平台持续推进数字版权内容的深化发展,对更垂直细分的分众版权领域进行布局。比如,2021 年 3 月 22 日,快手召开"春声——2021 快手音乐版权生态大会",提出适用于短视频和直播场景的音乐版权结算标准;网易云音乐与《声临其境 第三季》等头部综艺的制作方和吉卜力动漫工作室等主体达成音乐版权合作;QQ 音乐对经典动漫音乐(《银魂》《火影忍者》《名侦探柯南》等)、影视原声唱片(OST ②)(《山海情》等)相关领域进行版权布局。这些举措着意于版权,也在一系列因素的联动中有力促进了网络音乐创作的健康发展。

在规范网络音乐版权的相关政策措施中,为防止垄断、减少资本无序扩张,2021 年,国家市场监督管理总局依法对腾讯控股有限公司作出责令解除网络音乐独家版权等处罚。③ 腾讯公司随后做出相应整改。这一监管措施的实施有利于培育新的市场进入者,并为现存企业创造更公平的竞争环境,

---

① 最高人民法院:《最高人民法院关于加强著作权和与著作权有关的权利保护的意见》, http://www. court. gov. cn/fabu - xiangqing - 272221. html, 2020 年 11 月 16 日。

② "OST(Original Sound Track)"是影视原声带、影视原声碟、影视原声(音乐)大碟、原声大碟等的缩写,是将一部电影或一部电视剧的主题曲(或片头、片尾曲)和主要的插曲或配乐收录在一起,制作成一张完整的唱片,然后由唱片公司制成 CD、DAT、DCC 等发行。

③ 《市场监管总局依法对腾讯控股有限公司作出责令解除网络音乐独家版权等处罚》, http://www. xinhuanet. com/2021 - 07/24/c_ 1127689721. htm。

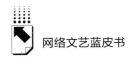

保障消费者选择权，最终惠及广大消费者，促进网络音乐产业规范创新健康发展。[①]

（二）乐迷助力发展，促进小众音乐破圈

在网络音乐的快速发展中，青年用户向来是其接受、使用的主体，同时，他们对网络音乐创作具有推波助澜的作用。在爆款综艺和Z世代[②]崛起的影响下，小众音乐走向大众舞台，使得大众对于摇滚、说唱等不同音乐流派的认知度和受众基础得到加强。2020年，《乐队的夏天　第二季》《我们的乐队》等乐队综艺节目热闹非凡，尤其是《乐队的夏天　第二季》引发较大反响。《乐队的夏天　第二季》风格更多元，既有水木年华、重塑雕像的权利等老牌乐队，也有五条人、福禄寿、超级斩等风格化乐队。同时，节目组还更注重节目效果的营造，其中，不拘一格的五条人乐队凭借自身独特的舞台风格为受众所认知，频繁登上热搜且不断被网友投票捞回舞台，最终以第二名的成绩进入2020年《乐队的夏天　第二季》的排行榜中，其原创歌曲《阿珍爱上了阿强》、翻唱的歌曲《last dance》等也随着其戏剧性的爆火而得到广泛传播。此外，豆瓣2020年度音乐榜单专辑第一名为万能青年旅店的《冀西南林路行》，并获得"硬地围炉夜·2019～2020网易云音乐原创盛典"年度专辑奖，堪称小众独立音乐圈2020年的年度亮点；梦然的作品《少年》凭借追梦向前、初心不改、永不妥协的精神内核，引发Z世代群体的集体共鸣，昂扬向上的歌词和旋律通过音视频平台的广泛传播而火遍大江南北。

（三）多样内容联动，打造互动新爆款

面对视频平台的入局与冲击，网络音乐平台积极寻求突破口，并联合游戏、综艺、影视剧等线上、线下形式，积极拓展网络音乐在相关领域的运

[①] 《市场监管总局依法对腾讯控股有限公司作出责令解除网络音乐独家版权等处罚》，http://www.xinhuanet.com/2021-07/24/c_1127689721.htm。

[②] Z世代是一个网络流行语，特指1995～2009年出生的一代人。参见敖成兵《Z世代消费理念的多元特质》，《中国青年研究》2021年第6期，第100～106页。

用，同时也扩大自身影响力。比如，酷狗音乐与网络游戏《剑网3》达成合作协议，推出《华夏风物集》等国创企划系列专辑，专辑主要以动画角色曲＋剧情曲的形式呈现。再比如，QQ音乐联动爆款综艺《乐队的夏天　第二季》等，将综艺的热度以音乐形态进行放大传播，其中，毛不易、五条人乐队等通过音乐综艺扩大了自身影响力，得到了观众的认可与好评；QQ音乐联动2021年热播电视剧《小舍得》，通过剧中、剧外一系列的创新联动，用《陪着你长大》等音乐烘托剧情、升华角色情感。

（四）新技术赋能创新，"可视化"呈现新景象

随着5G、区块链等新兴技术的加速发展，网络音乐平台加快技术创新、加速与前沿科技融合、拓宽应用场景，为网络音乐发展注入了新动力。比如，在5G应用和发展上，2020年5月，咪咕音乐在珠穆朗玛峰举办全球最高海拔的"5G＋VR"全景演艺直播，实现了联动虚拟偶像、异地连线同屏等技术应用。2020年9月，为满足数字音乐市场创新发展的需求，中国音像与数字出版协会发布了国内首个5G数字音乐行业标准《基于5G数字音乐超高清音质技术要求》。在区块链应用方面，腾讯音乐的"中央信息库＋平台信息库"双重体系，可以有效进行数字音乐版权评估，还可以实现流程化采购、管理、分发版权资源，既有利于音乐版权的争议解决，还促进了音乐内容生产。

同时，随着5G等新技术的运用，技术赋能下的音乐"可视化"成为一种新潮流。特别是在新冠肺炎疫情的影响下，原本隶属于线下音乐的业务，如演唱会、Live House、K歌等活动因为疫情的原因而迅速转移到线上。与此同时，各大音视频平台也纷纷布局相关领域。比如，QQ音乐和网易云音乐在其音乐软件中加入音视频直播频道；QQ音乐携手TME Live直播陈奕迅线上音乐演唱会；《堡垒之夜》游戏开发商Epic携手美国著名歌手Travis Scott在游戏中举办"Astronomical"虚拟演唱会；等等。此外，还有腾讯音乐、华纳音乐等联合投资"wave"公司试图将艺术家数字化，以达到在虚拟世界中和受众交互直播的目的；网易云音乐结合自身的社区评论优势，通过AR技术，开展线上虚拟留言墙活动等。可以说，在新技术的加持下，网络空间赋予了音

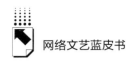

乐创作更多的可能性和想象空间，一个现实、虚拟深度融合的时空集合正在丰富着当代人的日常娱乐生活，也正在把网络音乐推向一个更高的发展阶段。

二　网络音乐的传播

第 47 次《中国互联网络发展状况统计报告》显示，截至 2020 年 12 月，我国网络音乐用户规模达 6.58 亿，占网民整体的 66.6%；手机网络音乐用户规模达 6.57 亿，占网民整体的 66.6%，均呈增长态势。[①] 在音乐版权得到有效保护的情况下，巨大的用户需求催生了网络音乐的快速发展。同时，音乐内容生产、音乐宣发、音乐传播等的新变化、新进步也更好地使网络音乐发挥其特有的艺术功能，满足广大听众多样化、个性化的审美、娱乐需求。

（一）强化社会担当，展现"音乐"力量

面对新冠肺炎疫情对人们生产生活带来的巨大冲击，和其他文艺行业一样，网络音乐也及时、积极地发挥音乐艺术在情感表达与共鸣上的优势，以及互联网便捷、覆盖面广的传播优势，广泛汇聚真善美、正能量，充分展现团结奋斗、共克时艰的动人场景和催人奋进、昂扬向上的精神风貌，为抗疫、防疫斗争胜利贡献智慧和力量。其中，不少抗疫、防疫题材作品贴近现实、贴近生活，为疫情期间全社会的精神振奋、人心温暖、焦虑纾解、心理调适发挥了重要作用。特别值得一提的是，由微博、网易云音乐、大麦网、虾米音乐、腾讯音乐娱乐集团（TME）等五大平台共同发起的"相信未来"线上义演，堪称中国音乐史上最大规模的线上义演。义演以"对抗焦虑，回归日常"为主基调，节目形式不拘一格，流行、摇滚、民谣、古典等音乐形态多元呈现，直播内容向全网视频播放平台全面开放、同步播出。从 2020 年 5 月 4 日第一场到 2020 年 5 月 10 日第四场，前三场线上义演，参演

---

① 中国互联网络信息中心：第 47 次《中国互联网络发展状况统计报告》，http://www.cac. gov.cn/2021－02/03/c_ 1613923423079314. htm。

嘉宾名单各有 32 组，至"相信未来"第四场——"未来有约"专场，73组艺人相继亮相，他们用独特的嗓音、各种各样的乐器、动人心弦的歌词把疫情期间的所遇所见、所想所感唱给人们听，他们用爱传递温暖、用歌声点燃希望，让人们在无情的疫情中，感受、体会到直面疫情、相信未来的欣慰和力量。除音乐表演外，义演过程中还加入了大量医护人员和普通人在一线奋勇抗击新冠肺炎疫情的感人素材，展现了中国人民抗击疫情的坚强决心和坚定意志。在网友互动弹幕中，积极向上的正能量言论充满屏幕。"相信未来"线上义演累计在线观看达到 4.4 亿人次，微博话题"相信未来义演"阅读量近 50 亿人次，其效果和影响既很好地发挥了音乐凝聚人心、凝聚力量的作用，又打开了线上演出和网络音乐发展的无限可能。

（二）网络综艺强化音乐垂直类开发，为网络音乐传播注入新动能

随着主流视频平台纷纷加码音乐综艺赛道，网络音乐的创作和传播方式进一步发生变化，特别是，作为垂直类开发的重要形态，音乐类网络综艺在视频元素的烘托、帮助下，为网络音乐传播注入新动能。如《这就是街舞》《经典咏流传》等不同类型的爆款音乐综艺不仅为网络音乐插上了翅膀、引发了热潮，还使摇滚、说唱、中国风等不同特色、风格的音乐随着线上音乐综艺的增多而日渐普及。比如，张艺兴的《莲》获得 2020 年全球中文音乐榜上榜周冠军，并登顶 QQ 音乐数字专辑畅销榜周榜、酷狗音乐专辑畅销榜周榜、酷我音乐数字专辑畅销榜周榜。不仅如此，鉴于网络综艺和网络音乐近乎天然的亲缘、联动关系，其他类型的网络综艺也为网络音乐的传播提供了助力。比如，热播综艺《乘风破浪的姐姐》主题曲《无价之姐》成为2020 年开年神曲，在现象级网红的光环加持和短视频平台的推波助澜下，该歌曲迅速席卷各大社交平台。

（三）新型音乐频道崛起，促进审美方式多样发展

在网络音乐的快速发展进程中，新型音乐频道的崛起为用户提供了新的音乐场景，同时，也在很大程度上改变了用户传统的音乐消费模式。其中，

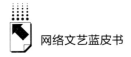

视频、直播、K 歌等多元审美、娱乐方式具有直观性、互动性等显著特点和优势，因而，也易于获得用户的青睐。比如，可视化音乐的快速发展对网络流媒体平台的内容生产和传播产生了重大影响，同时，也为其提供了新的发展机遇。在这样的背景下，各大网络音乐平台纷纷进行新业务的拓展。比如，网易云音乐通过设立直播频道、K 歌频道、播客频道等拓展其功能、提升其优势；腾讯音乐娱乐集团（TME）在其旗下的 QQ 音乐、酷狗音乐、酷我音乐中加入直播、K 歌频道等。与此同时，网络音乐评奖机制也依托各大网络平台的功能拓展而得到了快速发展。实践表明，尽管过多的网络音乐平台为用户增加了学习成本，但新形式、新功能的丰富和增强为网络音乐平台提供了更多的流量入口，缓解了互联网视频平台造成的冲击，也为网络音乐多元发展增添了助力、拓展了发展空间。

（四）音乐社区传播效果良好，呈现发展新气象

2020 年，随着 QQ 音乐推出全新 10.0 版本"扑通社区"，"音乐社区"再度成为热门概念，并与酷狗音乐旗下的"5sing"、网易云音乐旗下的"云村"等社区一起，成为网络音乐平台深度绑定用户、发掘用户喜好、提供优质服务、优化商业变现的重要方式之一。

近年来，网易云音乐形成的音乐社区为其发展和竞争力的提升创造、积累了不少优势条件。比如，网易云音乐的年度音乐总结和 2021 年大火的网易云颜色测试，使得网易云音乐在青年人群体中有更广泛的接受度。据QuestMobile 于 2021 年 1 月发布的《2020 "Z 世代"洞察报告》，Z 世代用户在移动音乐 App 的渗透率上，网易云音乐排名第一。[1] 事实上，网易云诞生之初就定位于"音乐 + 社区"，其中，差异化的发展策略、优质的音乐评论、入驻音乐艺人和明星在评论区的打卡互动，以及硬地音乐排行榜等专属于原创音乐人的作品品评聚集地等设置和特点，使得网易云音乐社区实现了

---

① QuestMobile 研究院：《2020 "Z 世代"洞察报告》，https://www.questmobile.com.cn/research/report – new/140。

创作者、平台方和受众之间及时有效的沟通与互动，进而为网易云音乐的快速发展提供了助力。可以说，随着网易云音乐等网络音乐头部平台社区生态的逐步完善、功能的逐步拓展，音乐社区本身的特色将会愈加明显，同时，也将成为平台文化特色的重要表征。

三　网络音乐的产业发展

2020 年以来，作为网生音频内容和产业发展的主力军，网络音乐产业在积极应对新变化和不断的创新探索中呈现良好发展态势，并在用户付费、平台主力军作用发挥、音频和视频企业联合、线上音乐演出常态化、海外市场布局、版权维护与规范化发展等方面呈现一些新特点。

（一）用户内容付费习惯已形成，平台在线业务、其他业务营收持续增长

得益于前些年网络音乐产业发展奠定的基础，2020 年以来，广大用户对网络音乐付费模式的接受程度日益增强，付费用户数量持续增长，与之相应，随着用户订阅业务的增长和网络音乐版权环境的改善，作为核心业务的在线音乐服务营收呈现稳定发展态势；而相比核心业务，以直播为代表的社交娱乐服务等其他业务上呈现强劲的增长能力。当然，在用户付费习惯已形成、在线业务和其他业务营收双双提升的大格局中，网络音乐领域还呈现一些新变化，其突出表现是平台竞争已进入"存量"竞争的阶段。据统计，截至 2020 年 10 月，网络音乐付费用户超过 7000 万，占整体网络音乐用户的 10.9%，较 2019 年底的 10.7% 增长 0.2 个百分点；但另一方面，网络音乐新用户增长减缓，2020 年网络音乐用户增速为 3.6%，较 2019 年的 10.3% 有明显回落。① 由此，随着用户规模

---

① 中国互联网络信息中心：第 47 次《中国互联网络发展状况统计报告》，http://www.cac. gov.cn/2021 - 02/03/c_ 1613923423079314. htm。

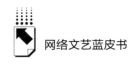
逐步稳定、行业发展由增量红利时代转入存量红利时代，网络音乐平台的发展重心进一步向深耕用户、提高用户黏性等方面转移：一是继续加快由免费模式向付费模式转变的步伐；二是积极通过拓展社交娱乐、演艺娱乐等方式，提高内容的多元化程度，进一步培养用户良好付费习惯、增强用户黏性。

（二）平台主力军作用显著，创新探索带动产业发展

在网络音乐的产业发展中，大型平台的主力军作用日益显著，在推动作品质量持续提升的同时，其多元化商业模式也日趋完善。具体说来，有四个方面的主要表现。

一是推进业务模式多元化发展。在发展进程中，大型平台逐渐从"音乐作品分销商"向"音乐内容提供商"① 转型，并推动行业营收稳定增长。比如，随着流媒体直播成为平台发力的重点，腾讯、网易旗下的平台纷纷上线歌手直播板块，并使之成为营收增长的重要力量。就当前实际来说，以付费会员为基础，直播打赏、数字专辑、作品授权、付费电台、音乐周边、线下演出等业务的协同发展推动网络音乐产业走上了一条多元化发展的广阔道路。

二是持续探索新应用、新功能、新服务。比如，针对个性化、社交化产品开发，腾讯音乐的"Moo音乐"，以视觉化的交互特点和具有小众风格的歌单推荐机制，为用户提供新体验；网易云音乐的"因乐交友"，以音乐为载体和纽带探索其在社交领域的发展前景。与此同时，对中小型音乐厂商来说，他们则通过不断的产品迭代，建构自身产品的竞争优势。

三是以科技为基础积极拓宽应用场景。面对5G时代用户多元化、沉浸式的音乐体验需求，大型平台积极拓展音乐消费场景，运用新技术加强定向分发、场景推荐、智能交互、定制服务等，并在长音频、音乐直播、线上演出等融合领域积极探索。比如，腾讯音乐推出的 TME live 在演出标准、作

---

① "音乐作品分销商"是指单纯将网络音乐版权采购之后售卖给用户的网络音乐平台，商业模式单一；"音乐内容提供商"是指包含音乐售卖、直播打赏、作品授权、音乐周边、线下演出等多种商业模式的网络音乐平台。

品宣发、增值服务、价值内涵等方面的实践取得了良好效果，对其业务、品牌、流量等的提升发挥了积极作用。不仅如此，它还通过"一站式"的音乐娱乐平台，为用户提供多元化的音乐社交娱乐产品，打造"发现、听、唱、看、演出、社交"在内的全场景音乐体验，让用户可以在多场景间无缝切换并享受多元的音乐服务。可以说，这种以音乐为核心的综合商业模式不仅有效实现了差异化的发展，还从多角度有效刺激了不同层面的用户付费意愿，促进了网络音乐产业的发展。

四是发掘音乐产业发展的更多可能性。比如，2021 年 1 月，TME 以 27 亿元的价格收购懒人听书 100% 股权；4 月，TME 合并旗下酷我畅听和懒人听书，发布全新长音频品牌——懒人畅听，打造丰富的长音频内容生态圈。此外，QQ 音乐积极布局硬件生态领域。比如，在汽车生态方面，通过与特斯拉、蔚来等汽车厂商联合推出车载音乐服务方案，为车载音乐带来革新体验；在智能硬件方面，QQ 音乐与小米、小天才手表、华米等知名品牌合作，通过智能设备构建智能物联网生态。

（三）互联网音、视频企业联合，产业格局调整加剧

在互联网经济蓬勃发展和平台、企业及网生内容交织渗透发展的大背景下，互联网音、视频企业联合带来诸多新变化，既加剧了网络音乐产业格局的调整，又给网络音乐产业发展注入了新活力。特别是，在"音乐 + 短视频"平台合作方面，网易云音乐与抖音宣布达成战略合作，致力于"音乐 + 短视频"内容生态建设，双方将在音乐人扶持、音乐宣发、音乐版权、音乐 IP 等多领域开展合作；腾讯音乐和快手也达成了战略合作，推出"音乐燎原计划""12 号唱片计划"等，为网络音乐宣发、音乐人成长助力，还有腾讯音乐的 3500 万首正版歌曲被收录进快手 BGM（Background music）音乐库。网易云音乐与抖音、腾讯音乐与快手之间的合作为网络音乐产业发展拓展了新空间、带来了新可能，在某种程度上，意味着网络音乐产业的竞争与发展进入了一个新阶段。其中，网络音乐头部平台具有积淀的内容和版权优势且积极发展直播、K 歌和短视频相关业务，但没有抖音、快手等短视

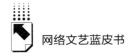
频平台的算法、推广机制等优势，于是，强强联合有利于双方在内容、宣发等方面的优势互补。实际上，这种"优势互补"带来了显著成效。比如，2021年2月，网易音乐人一支榴莲发布的原创歌曲《海底》，通过网易云音乐和抖音的"热歌改造计划"得到迅速传播；凤凰传奇改编翻唱的《海底》在抖音平台广泛传播，迅速成为抖音歌曲演唱视频热榜第一，上线网易云音乐后更是飙升至新歌榜、飙升榜、热歌榜第一。

（四）线上音乐演出常态化，为产业发展拓展新空间

受新冠肺炎疫情影响，2020年第一季度，国内约有2万场演出被取消或延期。[①] 在这种情形下，线下音乐市场和产业人员纷纷转向线上业务，加速推动了线上音乐演出的崛起。据统计，2020年上半年我国在线音乐演出观看的用户规模突破8000万，[②] 巨大的用户群体为线上音乐演出提供了广阔空间，也为广义的网络音乐产业发展提供了新的机遇和新的增长点。从典型事件和意义的角度看，2020年的5月4日至10日，被誉为中国音乐史上最大规模线上义演的"相信未来"不仅带来了满满的正能量，还极大凸显了线上音乐演出和网络音乐的巨大号召力、影响力。此外，QQ音乐携手TME live举办了陈奕迅在线慈善音乐会，约700万人在线观看，随后又联手五月天举办"突然好想见到你"线上演唱会，累计观众达到了3500万人。网易云音乐推出"硬地live"在线直播品牌，邀请"STOLEN秘密行动"乐队和"福禄寿Floruit Show"唱作组合举办了两场硬地LIVE音乐直播演出，观看人数突破65万。随着线上演出逐渐常态化，各大平台争相将其作为产业的新增长点并积极推出相关业务。比如，腾讯音乐的TME live、网易云音乐的"点亮现场行动"、爱奇艺的"爱奇艺娱乐LIVE计划"、大麦和优酷的"平行麦现场"、抖音的"DOU Live"等。

---

① 腾讯音乐由你榜：《2020年由你音乐榜Q1季度华语数字音乐行业报告》，https://mp.weixin.qq.com/s/G8Bgw10DEH6l0ZhG18kjcg，2020年5月6日。

② 艾媒大文娱行业研究中心：《2020年中国在线音乐演出市场专题研究报告》，https://www.iimedia.cn/c400/73574.html，2020年8月16日。

（五）全球化布局初见规模，海外市场成效明显

近年来，伴随国内音乐产业市场的持续向好，大型网络音乐平台携带其产业发展经验、凭借其产业发展优势在"走出去"的道路上迈出了坚实的步伐。其中，对外投资力度进一步加大，全球化布局已形成一定规模，海外市场成效可圈可点。比如，在欧洲和北美市场，腾讯投资了 Spotify、Smule 等海外网络音乐企业，其中，Spotify 是全球最大的网络音乐平台；在亚洲市场，字节跳动在印度、印度尼西亚上线了音乐应用 Resso，并与腾讯投资的印度音乐平台 Gaana 展开竞争；在非洲市场，网易云音乐参与投资的非洲音乐平台 Boomplay 通过手机预装渠道在非洲用户中快速渗透，并打开了非洲网络音乐市场的大门。[①] 可以说，国内大型网络音乐平台的"走出去"，不仅拓宽了行业营收增长渠道、提升了网络音乐的发展水平，还在促进国内外音乐文化交流与传播、提升中华文化的影响力等方面发挥了积极、有效的作用。

四　网络音乐的发展趋向

（一）强化"原创"扶持，打造新的内容竞争力

目前，平台高价竞购独家音乐版权的行为逐渐减少，而合作共享版权的行业氛围已形成。在此背景下，尽管各大音乐平台的版权垄断优势减弱、平台之间的版权互授和共享成为大势所趋，但竞争的程度、格局、态势一如既往。为此，网络音乐平台除加快争取固有版权资源外，还不断推出各类原创计划，其中，扶持原创内容、增量版权成为发展重点。比如，网易云音乐的"云梯计划（2020）"、腾讯音乐的"亿元激励计划 3.0"等。其中，在对音乐人的扶持上，从线上专属主页、原创榜单、歌曲推荐，到线下 Live 巡演、

[①] 中国互联网络信息中心：第 45 次《中国互联网络发展状况统计报告》，http://www.cac. gov. cn/2020－04/27/c_ 1589535470378587. htm。

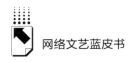

专辑制作，全方位、多维度服务原创音乐人，其投入也从百万元、千万元到亿元级。在对原创音乐作者的激励上，各大平台陆续推出新的激励机制，通过广告分成、短视频现金激励、数字专辑售卖等方式，鼓励精品内容创作。数据显示，截至 2020 年 10 月，网易云音乐的音乐人人数突破 20 万，原创音乐人作品年播放量 2730 亿次，中国原创音乐取得重大发展，逐渐与主流商业音乐并驾齐驱。[①]《腾讯音乐人 2020 年度报告》显示，2020 年全平台原创歌曲数超过 110 万，总入驻音乐人数超过 18.5 万，女性、新生代原创歌手显著增加。[②]

在平台的实践发展中，音乐人的争夺至关重要，优质音乐人的入驻成为平台绑定用户、吸引流量、拉动消费和增量版权的重要方式之一，同时，厚植原创音乐资源有利于完善音乐创作生态，打造差异化竞争优势。对音乐人来说，各大平台扶持计划的推出为音乐人提供了更多的资金和服务支持，不同平台的不同音乐风格侧重也为众多原创音乐人发展不同类型的音乐提供了更广阔的空间，而独立音乐在更依附于在线音乐平台的同时，也为音乐平台创造了独特优势。此外，值得一提的是，随着大型视频平台纷纷入局网络音乐赛道，网络音乐行业的竞争进一步加剧。比如，哔哩哔哩推出的"音乐 UP 主培养计划"、字节跳动推出的"抖音音乐人亿元补贴计划"、快手短视频推出的"快手音乐人计划"等。这凸显了"原创"内容的重要性，也为网络音乐创作的繁荣发展带来了有利的影响。由此观之，在发展进程中，进一步强化"原创"扶持、打造新的内容竞争力是平台发展和网络音乐发展的重要发力点。

（二）短视频平台纷纷入局，推动网络音乐创新发展

2020 年以来，"音乐 + 短视频"的发展模式使网络音乐得到更广泛、有

---

① 网易娱乐：《中国音乐人生存现状报告（2020）》，https://www.163.com/ent/article/FQO9VTVP00038FO9.html，2020 年 11 月 6 日。

② 腾讯科技：《腾讯音乐人 2020 年度报告》，https://tech.qq.com/a/20210112/004299.htm，2021 年 1 月 12 日。

效的传播，也进一步促进了网络音乐内容生产、制作模式、产业等的创新发展。有别于传统的网络音乐平台，抖音、快手等短视频平台在传播理念上以音乐为载体，通过用户自行拍摄短视频加以匹配，对音乐进行可视化创作、社交化传播。诚然，短视频平台入局给网络音乐带来了挑战，但也在创新中对网络音乐的广泛传播起到了极大的推进作用。其显著特征有以下三个方面。一是洗脑神曲的病毒式传播。短视频平台的配乐大都具有极强的节奏性、重复性，易于人们记住旋律，也易于音乐的广泛传播。比如，在抖音发布的《2020年度抖音数据报告》中，最受大众欢迎、使用量最高的五首歌是《少年》《我和你》《旧梦一场》《世界那么大还是遇见你》《微微》。①这些歌曲的歌词通俗易懂，旋律节奏性、重复性强，使得大众容易接受并口口相传。二是短视频＋音乐的可视化传播。音乐的高潮片段配以不同形式的视频画面给用户带来极大的视听觉冲击，也促使人们纷纷拿起设备配合音乐片段拍摄视频，而这些视频放到短视频平台后继而掀起新一轮的接受和再度创作。在高识别率音乐和多样视频内容的双重作用下，音乐传播效果成几何级上升。三是基于算法和社交的扩散式传播。平台基于算法的精准推送和网友推荐等社区功能的发挥，加之平台将传播权利部分下移，使得传播主体范围扩大，进而促进网络音乐的二次传播取得更好的效果。

事实表明，短视频平台的音乐传播效果令人瞩目。在国内，梦然的《少年》不仅在网络空间中引起巨大轰动，还在主流文化中引起不小反响，比如，在清华大学110周年校庆晚会上，上海校友会艺术团献演了《同一首歌》＋《少年》合唱；2021年全国两会期间，人民日报新媒体推出建党百年主题MV《少年》，让人们感受中国共产党带领全国各族人民筚路蓝缕、艰苦奋斗、创造辉煌的峥嵘岁月。在国外，费玉清的《一剪梅》因短视频翻唱而广泛传播，在线上音乐平台Spotify多国音乐排行榜名列第一，在TikTok的话题浏览量高达7000多万人次。

---

① 广告营销圈：《2020抖音数据报告》（完整版），https://www.sohu.com/a/442893269_441449，2021年6月26日。

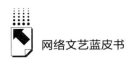

（三）物联网或成为网络音乐发展的新赛道

对网络音乐平台来说，随着万物互联概念的提出，摆脱电脑、手机等入口局限，通过智能音箱、可穿戴设备、车载音乐等多场景的流量入口，将为网络音乐发展带来新的增长点。洛图科技《中国智能音箱零售市场月度追踪》报告显示：2020 年中国智能音箱市场销量为 3785 万台，同比增长 3%；市场销售额为 83.7 亿元，同比增长 14%。① 物联网的快速发展使得智能音箱产品日渐成为新时代智能家庭生活的必需品，音乐设备的智能化与网络音乐的紧密结合为网络音乐的多场景使用提供了广阔的发展空间。此外，随着国内新能源产业政策的不断落地，智能车载终端也加快了发展的步伐。曾经以广播为主的车载音频娱乐变得更多元，为网络音乐新的场景应用拓展提供了更多想象空间。在特斯拉、比亚迪等智能电动汽车上，QQ 音乐、酷狗音乐、喜马拉雅、抖音等音视频软件已预装到汽车系统之中。可以预见，随着 5G、物联网等新技术普遍应用和快速发展，网络音乐将拥有更广泛的应用场景、挖掘更多的互动形式。

（四）新的法律实施落地，促进音乐版权保护进一步加强

版权维护是网络音乐行业多年来存在的老问题，它对网络音乐产业发展具有巨大的作用和影响。2020 年 11 月 11 日，十三届全国人大常委会表决通过了新修正的《中华人民共和国著作权法》，并于 2021 年 6 月 1 日正式施行。在此背景下，网络音乐领域的版权维护进入了新的阶段。从典型事件和意义的角度看，作为一个典型案例，2021 年 2 月 1 日，中国音像著作权集体管理协会（以下简称"音集协"）发布公告，要求快手平台停止侵权并删除一万部（第一批）涉嫌侵权视频。音集协表示：其委托"12426 版权监测中心"对快手平台上未经许可使用音集协管理的录音制品的行为进行监测，

---

① RUNTO 洛图科技：《2020 年中国智能音箱市场总结与展望》，http://mp.ofweek.com/smarthome/a056714730117，2021 年 1 月 27 日。

经调查发现快手短视频平台涉嫌侵权复制录音制品作为背景音乐的视频数量达 1.55 亿个，随后音集协要求北京快手科技有限公司逐步删除其涉嫌侵权视频，并停止侵权行为，进行歌曲版权自查。2021 年 6 月 2 日，音集协还主办了"新法环境下著作权集体管理问题研究与未来展望论坛"，在论坛上，中国唱片、太合音乐、看见音乐、中子街声、摩登天空等 400 家音集协会员单位联合发布《保护录音制作者广播和表演获酬权联合倡议书》，倡议广大录音制作者、著作权集体管理组织团结协作，共同推动建立实现广播和表演获酬权的有效机制，打击各类侵权行为，维护录音制作者的合法权益。此外，2021 年 6 月，音乐人吴向飞在微博上宣称中国台湾环球版权公司多年向腾讯 QQ 音乐、网易云音乐等平台提供其创作的音乐作品赢利，却未曾给予其本人任何版权使用费。仅两天时间，吴向飞维权微博阅读量已超过1300 万。这些事件和人们的态度反映了版权归属、版权交易不透明等问题依然存在，也体现了音乐版权保护亟待进一步加强。对此，除了新修正的《中华人民共和国著作权法》，区块链等新技术的出现或可为版权保护提供新的方案。我们相信，在相关法律、法规和政策的支持下，加之区块链等技术的赋能，音乐版权保护必能开创新局面，既为音乐人权益提供更多保障，又更好促进网络音乐行业的快速发展。

B.8
网络动漫发展状况

盘 剑 赵倪聪*

摘 要： 相较以往，作为网络文艺的有机构成和当代动漫的重要品类，网络动漫不论是在创作、传播上，还是在产业发展上都有明显长进：作品数量稳步增长，类型创作"广泛而集中"，"国漫"创作向前推进，"中国动画"特色鲜明，艺术质量进一步提高，泛二次元用户数量创历史新高，用户反响良好，海内外影响扩大，产业产值增长。更难能可贵的是，在重建"中国动画学派"或打造"新中国动画学派"方面向前推进了一步。当然，其中也存在一些发展中的问题，如在多种因素形成的大环境影响下作品类型过于集中、题材和风格比较单一、网络动漫的审美特性尚未充分显现、动漫制作投融资缩水等。但立足现实实践，着眼未来发展，作为充满活力和创造力的文艺形态，网络动漫创作生产中"动画"与"漫画"的关系越来越密切，并在与影视动画、纸质漫画日益深入的互渗、交融中逐步成为主流样式，而"新中国动画学派"也将通过网络动画走向世界，展现其深厚的潜能和多样的发展可能性。

关键词： 网络动漫 国漫 引流模式 二次元 新中国动漫学派

---

* 盘剑，浙江大学影视与动漫游戏研究中心主任、教授、博士生导师，主要研究领域为影视、动漫、文化产业研究等；赵倪聪，浙江大学人文学院中国现当代文学专业 2020 级博士研究生。

网络动画存在两种情形：一是将原来的电视动画、动画电影转换到互联网上播放；二是指专为网络播放并可台、网联播的动画作品。本报告涉及的网络动画主要是第二大类。另据国家广播电视总局监管中心编写的《2020网络原创节目发展分析报告》，其关于"网络动画片"①的界定、对象范围与本报告基本一致。

一　网络动漫的创作

（一）作品数量稳步增长

2020年，新冠肺炎疫情给真人实拍的影视行业带来了巨大影响：剧组纷纷停工，项目被迫取消，上半年电影院线放映按下暂停键。但网络动画却逆势而上，作品数量不减反增。据《2020网络原创节目发展分析报告》，2020年上线网络动画片396部，相比2019年的288部增加了108部，增长38%。其中，普通网络动画片178部（原创动画片97部，占比54%；改编动画片81部，占比46%；3D动画片48部，占比27%；2D动画片127部，占比71%；定格动画片3部，占比2%），相比2019年增长158%，创作生产动力十足。②此外，加上一些长期连载、2020年仍在更新的跨年度作品（《斗罗大陆》《镇魂街　第二季》《开心锤锤》等），2020年的国产网络动画的实际总数

---

① "网络动画片"是指由制作机构作为"重点网络动画片"立项备案，规划信息由广播电视主管部门审核通过，成片经广播电视主管部门内容把关通过并按要求报送相关信息，以及由制作机构或网民个人制作，首先在视频网站上线播出，并由播出平台对节目内容履行审核责任，对虚拟场景、角色等进行艺术加工和技术处理的剧情类作品。参见国家广播电视总局监管中心编《2020网络原创节目发展分析报告》，中国广播影视出版社，2021，第4页。另，该报告按照节目制作方式，遵循行业惯例，将网络动画片分为普通网络动画片、动态漫画（在漫画的基础上进行艺术加工，加入动作、声音等视听元素，在视觉效果上呈现简单动态效果和镜头运动的作品）两类，并将普通网络动画片作为主体研究对象。此外，该报告将取得《国产电视动画片发行许可证》、在互联网上传播的电视动画片排除在外。

② 国家广播电视总局监管中心编《2020网络原创节目发展分析报告》，中国广播影视出版社，2021，第353页。

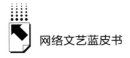

达到了484部。① 在播出平台方面，网络动画片以腾讯视频、哔哩哔哩为主，其中，腾讯视频数量多、整体影响大，哔哩哔哩则涌现多部品质上佳的作品。

与网络动画相比，网络漫画2020年的新增数量没有超过2019年（见图1）。②

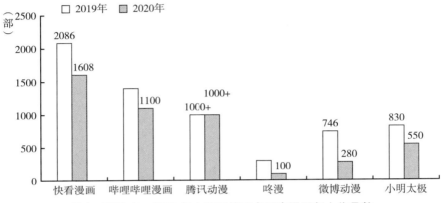

图1 2019年、2020年主要网络平台国产漫画新上作品数

说明：哔哩哔哩漫画、咚漫2019年数据缺失。

从图1可见，2020年主要网络平台新上漫画作品超过4638部，而2019年在哔哩哔哩漫画和咚漫缺少相关数据的情况下仍有超过4662部。尽管没有实现年度增长，但接近5000部的总体量也已相当可观。其中，以快看漫画、哔哩哔哩漫画、腾讯动漫为龙头，"三足鼎立"格局已基本形成。

（二）类型创作"广泛而集中"

类型创作体现了影视、动漫的发展规律，也是网络动漫重要的创作模式。在作品数量稳步增长的同时，2020年国产网络动画的类型创作呈现"广泛而集中"的显著特点（见表1）。③

---

① 根据腾讯视频国漫频道、哔哩哔哩国产动画索引、爱奇艺动漫频道、优酷动漫频道四大平台所列举出的官方数据统计。
② 参见骨朵国漫《2020年动画和漫画内容数据报告》。
③ 根据腾讯视频、爱奇艺等各大网站动漫平台/频道的分类及播放等相关数据统计。

表1　2020年度国产网络类型动画创作与播放数据

序号	类型	部数（部）	总播放量 （亿次）	基于全网播放 总量的占比（％）
1	爱情类动画	194	82.67184	12.758
2	喜剧类动画	109	140.56416	21.692
3	玄幻类动画	85	362.14776	55.887
4	冒险类动画	36	12.58416	1.942
5	教育类动画	14	0.191	0.200
6	科幻类动画	13	23.69736	3.657
7	奇幻类动画	9	0.73224	0.113
8	科普类动画	6	17.58672	2.714
9	历史类动画	5	0.17496	0.027
10	悬疑类动画	3	0.8748	0.135
11	竞技类动画	3	4.0176	0.62
12	都市类动画	2	1.30896	0.202
13	军事类动画	2	0.18792	0.029
14	其他类动画	3	0.21384	0.033

从表1可见，所谓"广泛"，指的是品类繁多，且这些类型涉及众多领域；"集中"则是指虽然种类繁多，但创作量比较大的类型却只有少数几个，其中，"爱情类动画""喜剧类动画""玄幻类动画"三大类作品数量共计388部，占年度全部类型作品的80.17％，而且在基于全网播放总量的占比中更是达到了90.337％。这意味着，尽管类型品种繁多，但整个网络动画主要是由上述三大类型所支撑，其他类型大多观众点播量少、全网播放总量占比更小。

具体就"幻想"大类来说，从表1可见，玄幻类动画数量最多，为85部；科幻类、奇幻类动画分别只有13部、9部。在国际上，不论真人影视还是动画，科幻片都是深受欢迎的类型片，其创作量、接受度（包括票房、收视率和网络点播量）也都是最大、最高的类型之一，比如，目前全球电影票房纪录的创造和保持者就是科幻片《阿凡达》。而在我国，情况却非如此。一直以来，传统的影视创作中科幻片创作本就不多，能够被认定为真正意义上的科幻片的就更少——正因为如此，《流浪地球》才会被人们称为"中国第一部科幻电影"，而其上映的2019年也被叫作"中国科幻电影元

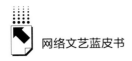

年"——此时中国电影诞生已一百多年了！中国电影素有"文学传统"，却少有"科技传统"，因此，在很长的时期里电影技术一直是一个难以突破的瓶颈。近十多年来，随着数字技术的发展，这种情形才有所改观。在影视创作生产中，动画是科技含量最高的片种之一。原本完全可以在科幻动画的创作中率先"与国际接轨"，但事实却不如人意。其中主要不是技术无法实现，而是缺乏科学思想及由此形成的科幻思维，因此，不仅创作的科幻片少，仅有的一些"科幻片"也是观众接受度低。由此而论，2020年以来，网络动画创作基本上延续了传统影视动画的状态，"科幻类动画"数量上远不及"玄幻类动画"。

"科幻"与"玄幻"虽只一字之差，却有本质不同。"科幻"以现代科学为支撑，而"玄幻"则依托中国古老的神话、传说及相关传统文化，包括东方神秘的宇宙观、世界观等。相比之下，如果说，中国影视、动画的"科幻类型"创作比较薄弱，那么，"玄幻类型"创作则一直很强。尤其是近十年来，数字技术和3D特效的运用虽然还没有催生出比《流浪地球》更优秀的科幻电影，却创造了一批质量高、影响大，乃至具有里程碑意义的玄幻动画片，比如《西游记之大圣归来》《哪吒之魔童降世》《白蛇：缘起》等，使神话题材、玄幻类型俨然成为当下中国民族动画的主流类型，并给国产动画打下了鲜明的美学烙印。或许，正是在这样的背景下，2020年以来，"玄幻类动画"有着突出的表现。从表1可见，"玄幻类动画"作品虽然数量名列第三，但其"总播放量"和"基于全网播放总量的占比"却远远超过创作数量排在第一、第二的"爱情类动画"和"喜剧类动画"，甚至其"总播放量"还超过两者的总和，而其"基于全网播放总量的占比"则占全部类型动画的一半以上。无疑，对艺术发展来说，创作量固然重要，但在某种意义上，播放量及其占比更具重要意义。因为播放量的数据体现了该类动画作品的质量水准和受欢迎程度，以及创作的成熟程度。

此外，表1的数据还呈现一些有意思的现象。比如，"教育类动画"，在传统的电视动画中原本是数量最多、占比最高的类型之一，但到了网络动画中，这一类型却大大减少，本年度统计到的只有14部，且总播放量和基于全网播放总量的占比都不理想。这从一个方面说明，网络动画毕竟主要是面向成人的，它正在改变由传统电视动画和动画电影所确立的"低幼定位"和"教化模式"。

（三）"国漫"创作向前推进，"中国动画"特色鲜明

2020 年以来，网络动漫表现出更大的技术和内容张力，定位从低幼人群到覆盖成人，表现形态从单一的 2D 发展为 2D、3D 和定格等多种形式；内容类型从幻想、游戏逐步拓展至爱情、喜剧、历史、美食等多种题材。总体上看，国产动漫创作水平、市场支持度进一步提升，呈现良好的发展态势，"中国风"成为亮丽主题、国风作品频繁"破圈"。就此而论，2020年，由六道无鱼动画工作室制作、出品的《雾山五行》虽然只上载了 3 集，却引起了极大关注，且呈现典型意义和价值。

1. 以水墨动画的形式、风格将"国漫"创作向前推进

"水墨动画"原本是"美术片"独创的中国民族动画片种，也是著名的"中国动画学派"文化精神、艺术风格、美学特征等的集中表现。大致自 2004 年始，随着动漫产业的兴起，"美术片"和"中国动画学派"因多种原因而逐渐式微，但 2012 年后，中国动画界以动漫产业转型升级为契机开始"寻根"，并提出了"国漫"的概念，陆续出现了《西游记之大圣归来》《大鱼海棠》《白蛇：缘起》《哪吒之魔童降世》等代表性作品。所谓"国漫"，"漫"指的是具有漫画元素和特征、与漫画关系密切的动画，这是以日、美动画为代表的当代动画的主流样式；而"国"则意味着传承、具有中华民族文化的艺术精神和形式。因此，"国漫"可以理解为在全球化语境和数字化条件下，运用现代技术、传承民族文化、具有中国风格、符合国际潮流的当代动画样式——这可能正是需要被重建的"中国动画学派"或"新动画中国学派"。也正是从这一角度，我们可以看到，取材于《山海经》的《雾山五行》像上述"国漫"作品那样，其内容源自中国古代历史、神话、传说等传统文化，但在表现形式和艺术风格上，又不是仅仅借用一些"美术片"的元素或表现手段，而是直接、完整地采用了"水墨动画"的艺术范式，进而将"国漫"的当代民族动画创作往前推进了一步。

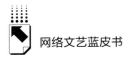

具体来说，作品一方面采取工笔画法细致入微地描绘人物和场景，并使国画写意、工笔两种风格水乳交融；另一方面又将水墨的意蕴美发挥得淋漓尽致，在大量的静态山水中，采用泼墨手法，虚实结合、重意轻形，其色彩使用上还跳脱一般山水画的素雅，大胆浓烈又清新自然，具有极强的视觉冲击力。不仅如此，作品还通过借鉴美、日、韩的动画技术和表现技法，弥补了以往水墨动画存在的不足，进而实现了基于传承的艺术创新和发展。择要说来，一是构图从平面式向透视式转变。原来的"水墨动画"为了还原"水墨画"的空间关系而有意将空间平面化，比如，《三个和尚》中下山打水的叙事便是在平面式的旋转运动下完成的，并不强调"近大远小"的透视概念。而在《雾山五行》中，"嗔兽"与"火行"在天空打斗的桥段则巧妙地运用了焦点透视，并通过"近大远小"所造成的距离感和人物大小的连续切换强调人物间的碰撞与位置交错，从而为观众带来了强烈的视觉冲击感。二是将国画与漫画结合，通过夸张、变形、扭曲，以符号化的方式表现人物的运动。比如，《雾山五行》中"嗔兽"在城墙上疾跑的一段，在大远景中是无法看到"嗔兽"具体身影的，作品便通过绘出由奔跑所带出的烟尘移动让观众看到"嗔兽"的跑动。还有，人物打动中的拉伸、变形等夸张手法都是运动中受力的符号化表现。这些充分展现了漫画特点并为美、日、韩动画常用的手法，加强了动画、人物的表现力，也更契合泛二次元受众的当代审美。三是"黑白闪"手法的运用。"黑白闪"是近年来国外十分流行的动画表现手法，比如，美国拳头公司为英雄联盟全球总决赛制作的 CG（Computer Graphics，计算机图形学）、日本的《一拳超人》《我的英雄学院》等作品均有运用。《雾山五行》也借用了这一表现手法，比如，第一集片尾"火行"握住小妖的喉咙的片段——在正常的全彩画面推进中，突然夹入几帧黑白稿（或是明暗对比、色彩对比反差较大的动画稿），过滤掉不必要的色彩，将线条、黑白稿还原为漫画的速度线，为动画的运动增强了画面表现力，也有效弥补了原来水墨动画运动感不强、动态细节难以表现的不足。此外，作品还运用"黑白闪"的手法直接压缩叙事时空，在极短时间内通过"暗示"完成整套打斗流程，以高强度的画面运动带动作品的叙事节奏，并在瞬间拉高受众的观影情绪。

2. 强化原创，在 IP 时代开拓自由创造空间

在 IP 时代，更多的动画创作选择改编，因为改编可以借助原著 IP 的成熟文本及其影响力而有更大的成功概率。在某种意义上，正因为如此才有"ACGN"① 亚文化形态的生成——这种亚文化形态实际上可看作是动画、漫画、游戏、小说相互跨界的 IP 改编联盟。然而，由于是改编，其创新便受到一定限制，尽管像《西游记之大圣归来》《哪吒之魔童降世》等可以通过影迷式的"改写"来拓展创新空间，却整体上仍在原著的框架之内。

相比之下，《雾山五行》没有选择改编，它只是以《山海经》的志怪传说作为题材，其故事、情节、结构均为原创。这样的选择可能会增加作品传播、接受的难度，因为对观众来说，它是完全陌生的，也就难以在众多大家熟悉且喜爱的 IP 中脱颖而出。然而，面对更高的创作要求，《雾山五行》知难而进，并获得了成功。据各大网站统计，《雾山五行》最高评分 9.9，人气热度超越了同期的《凡人修仙传》《元龙》等小说 IP 改编动画和《大理寺日志》等漫画 IP 改编动画，成为 2020 年最为热门的原创动画。究其原因，一方面是它在形式、风格上对水墨动画艺术的传承和发展；另一方面则是其在内容上没有 IP 原著的束缚，具有完全的创新空间和自由。显然，自由创造需要承担风险，但更需要新的观念和强大的实力作为坚实基础。

3. "Chanime"为海外网友广泛认可

上海美术电影制片厂出品的以水墨动画、剪纸片、折纸片为主要片种的"美术片"曾在国际上被誉为动画的"中国学派"，而今天的《雾山五行》则在海外网站上被外国网民称作"Chanime"（中国动画）。在欧美最大、最权威的动画评论网站 MyAnimeList 上有一篇对《雾山五行》的评论，其中写道："这不是日本动画，而是中国动画，可以叫 Chanime。该片可能会使人感觉有《阿凡达》的氛围，但是只有神级的动画制作才能和《阿凡达》这样的最好作品相比。"②

进一步来说，就"Chanime"这一专用名称而言，这是一个与过去的

---

① ACGN 为英文 Animation（动画）、Comic（漫画）、Game（游戏）、Novel（小说）的合并缩写，是从 ACG 扩展而来的新词语。
② 参见 https://myanimelist.net/anime/37936/Wu_Shan_Wu_Xing。

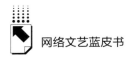
"中国动画学派"含义相近、意义相当的概念。那么，它是否意味着"中国动画学派"的涅槃重生？或者，自2015年开始出现的"国漫"由电影、电视延伸到互联网之后，《雾山五行》成为体现"新中国动画学派"的里程碑式作品？事实表明，这一既具有传统"中国学派"动画基因又融合了现代观念、流行文化、国际语汇、科技元素等的"Chanime"或"新中国动画学派"作品不仅受到了国内广大观众的一致好评，还受到了欧美观众的高度评价，也为非常挑剔的日本同行所认可："《雾山五行》在多方面表现出让人惊讶的水准。这部作品的艺术表现十分炫彩，几乎所有的场景都会让你着迷，角色的运动比我们想象的还要多。这尽管是一部网络动画片，但整个视觉效果甚至超越了动画电影，这是真正的杰作。"①

二　网络动漫的传播

（一）泛二次元用户数量创历史新高，女性受众激增推动创作内容、市场定位转型

随着光纤和移动通信网络的进一步覆盖与升级，全国网民规模从2019年的8.54亿户增长至2020年的9.89亿户。② 这样的增长为网络动漫市场带来1.35亿的潜在用户，直接推动我国泛二次元用户数量在2020年突破了4亿大关。这一波泛二次元用户数量的增加，不仅整体上推动了我国网络动漫总产值的增长，还改变了泛二次元用户的性别比例，进而导致了网络动漫内容生产、产业发展的相应转型。

就男、女用户比例来说，女性用户或女性市场的扩大使得各大网络动漫平台增强对女性向动漫的关注度，并在题材选择、类型定位、审美倾向、叙事内容、平台交互等方面作出相应的调整。在快看漫画2020年度收藏数破

① 参见 https://myanimelist. net/anime/37936/Wu_ Shan_ Wu_ Xing。
② 中国互联网络信息中心：第47次《中国互联网络发展状况统计报告》，http://www.cac. gov. cn/2021 - 02/03/c_ 1613923423079314. htm。

百万的 28 部作品中，27 部是女性向作品，其中，《笙笙予你》更是以 248 万收藏数的成绩仅次于《再度与你》。值得一提的是，在快看漫画收藏数破百万的作品中，新作数量高达 14 部，由此可见，其漫画内容与泛二次元受众心理有较高的契合度。① 其他平台情况也类似，比如，在腾讯动漫收藏数前 30 名作品中，女性向作品有 14 部；② 微博动漫人气热度前 16 部作品清一色都是女性向漫画。③ 女性用户的激增使得受众人群、受众需求更清晰、明朗，创作导向更明确。不仅如此，女性用户的激增还进一步推动各大动漫网络平台不断改善自身功能，推进网络动漫市场发展。比如，快看漫画社区中的分功能设定更有效、准确地满足用户的社交需求；腾讯动漫则集中于 IP 漫画衍生品的销售等。

（二）站稳国内市场、开拓海外市场，网络动漫传播全面推进、反响良好

近年来，随着国产网络动画质量不断提升，其影响力也不断增长，不少优秀作品不仅在国内关注度高，登陆海外网络平台也获得较高人气。

2020 年度哔哩哔哩超 500 万追番人次的动画作品有 14 部，其中，国产网络动画有 4 部，④ 是历年来哔哩哔哩追番人数破 500 万作品中数量最多的一年。⑤

除了在国内市场已可与国外优秀作品"竞技"并能赢得观众喜爱之外，2020 年以来，国产网络动画也不乏在境外获得高度关注与好评之作。如爱奇艺与尼克国际儿童频道（Nickelodeon）联合制作的少儿网络动画《无敌鹿战队》，于 2020 年 8 月在亚洲的尼克国际儿童频道播放，覆盖中国香港、中国台湾、新加坡、马来西亚、泰国、印度尼西亚等

---

① 骨朵国漫：《2020 年动画和漫画内容数据报告》。
② 骨朵国漫：《2020 年动画和漫画内容数据报告》。
③ 参见微博漫画官网，人气热度榜，http://manhua.weibo.com/wbcomic/comic/cate/0。
④ 骨朵国漫：《2020 年动画和漫画内容数据报告》。
⑤ 2010～2014 年追番人数破 500 万动画作品为 1 部，2015 年、2017 年、2018 年各为 1 部，2019 年为 2 部。

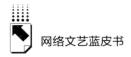

地，后于 10 月陆续登陆英国、澳大利亚、新西兰、日本、韩国等。《无敌鹿战队》受到境外儿童的热烈追捧，收视率在菲律宾、澳大利亚等地登顶，超过《小猪佩奇》等热门动画作品。它在英国的首次亮相，收视率也是排名第一，广播时段的平均收听率超过了同期广播平均收听率的148%。

另据日本、欧美各大动漫评论网站的相关数据，国产网络动漫在全球网络动漫市场中占有一席之地。比如，欧美较为权威的动漫评价网站MyAnimeList 所列出的 2020 年的平均分排行榜前 24 部中，国产网络动画作品有 11 部，其中包括《全职高手　第二季》（第 5 名）、《雾山五行》（第 6名）、《万圣街》（第 7 名）、《万圣街　第二季》（第 8 名）、《仙王的日常生活》（第 15 名）、《全职法师　第四季》（第 20 名）、《英雄再临》（第 24名）等。[1]

三　网络动漫的产业发展

在新冠肺炎疫情影响和流量红利减弱的大背景下，网络动漫产业依然稳步发展，其原因除了互联网具有不受防疫限制的特点外，还得益于行业以下两个方面的自我调整和积极作为。

（一）创建独特、有效的引流模式

以哔哩哔哩、腾讯视频、爱奇艺、优酷为主的网络动画平台和以快看漫画、腾讯动漫、哔哩哔哩漫画、微博漫画为代表的网络漫画平台都逐步建立起了各自适用而有效的引流模式。比如，快看漫画的"自主创作"模式强调用户与创作者之间的互动和用户自发的创作，其中，用户可以自主为喜爱的漫画进行配音等；腾讯动漫的"原创 IP ＋"模式则将《一人之下》《狐妖小红娘》等有名的漫画 IP 改编成动画和手机游戏，并以此获得了较高的

---

[1]　参见 https://myanimelist.net/topanime.php？type＝ona。

网络关注度与认可度，其中，《狐妖小红娘》的 IP 甚至打破次元壁入驻杭州临安河桥古镇和柳溪江地区，打造了国内首个国漫主题旅游景区。

（二）积极探索适应产业发展的新模式

在此方面，哔哩哔哩具有代表性。全年财报显示，2020 年哔哩哔哩非游戏业务（直播增值服务、广告、电子商务等）全年营收 71 亿元，同比增幅超过 100%，且超过了原为哔哩哔哩主要收入来源的手机游戏业务营收的 48 亿元。[①] 随着 2018 年哔哩哔哩改变产业模式，增值服务收入逐渐成为哔哩哔哩的主要来源。这种转型的成功有赖于其早期购买正版日本动漫所吸引的用户及其付费观看。据统计，2020 年第二季度，哔哩哔哩月均付费用户高达 1290 万，大会员数量高达 1050 万，到第四季度，大会员数量提升到了 1790 万。[②] 由此我们可以大致估算，哔哩哔哩每年大会员的收入便可达到 5.9 亿~10.5 亿元。进一步说来，就网络动漫产业发展来说，优质内容是决定产业发展的核心驱动，而用户的有效引流则是各大动漫网络平台争夺的重要资源。

当然，尽管网络动漫产业近年来总体发展稳健，但也存在资本寒冬下动画产业的营收压力，并可能因此而使发展受挫。2018 年下半年以来，中美贸易战引发了资本寒冬，而 2020 年以来的新冠肺炎疫情又雪上加霜，导致包括动漫在内的各产业投融资急速缩水。据统计，2019 年与 2020 年动漫产业的投融资金额仅有 27.06 亿~29.3 亿元，远低于 2017 年的 73.9 亿元。[③]这种"缩水"已对网络动画制作乃至整个动漫产业带来了严重的负面影响。以有妖气原创漫画梦工厂的《镇魂街》系列为例，作为继《十万个冷笑话》《雏蜂》之后的新 IP，《镇魂街》曾长期占据热门榜第一名的位置，

---

① 参见 https://www.sohu.com/a/200488579_172437。

② 参见《Bilibili Inc. Announces 2020 Fourth Quarter and Fiscal Year Financial Results》，https://ir.bilibili.com/static-files/09f30d5d-5de5-4338-b767-921ce1a07a47。

③ 参见艾媒数据中心的动漫投资金额，https://data.iimedia.cn/page-category.jsp?nodeid=29430881。

其动画版（《镇魂街　第一季》）的改编非常成功，在哔哩哔哩获得高达9.2分的评分。但受融资困难、资金不足影响，其后续制作困难重重。历经三年勉强推出的《镇魂街　第二季》也仅播出五集便停止更新，更重要的是，因经费不够导致质量下降而引来断崖式的差评（哔哩哔哩评分4.2）。再比如，曾出品了《狐妖小红娘》等知名网络动画的上海绘界文化传播有限公司，由于资金问题，其网络动漫创作项目相比原来每年8～10部呈锐减态势。

四　网络动漫的发展趋向

（一）网络动漫的发展问题

就当前的现实情形而言，网络动漫发展存在如下几个方面的主要问题。

1. 类型过于集中，题材、风格比较单一

从上述表1中可以看到，虽然目前整个国产网络动画类型众多，但真正具有一定创作规模和产业效应的有"爱情""喜剧""玄幻"三类。其中，又以"玄幻"一支独大，其基于全网播放总量的占比竟达55.887%。这就使得整个网络动画仿佛只有这一类作品，或大多是题材、风格相似的作品。无论是从艺术发展，还是产业发展的维度看，这都不是好的创作和产业生态，也与"百花争艳"的网络动漫繁荣兴旺景象相去甚远。

2. 网络动漫的审美特性尚未充分显现

从学理上看，任何依托特定媒介诞生和发展的艺术样式都要从其媒介获得自身独特的存在形态和本质特征。正如电视动画有"电视"的特点、动画电影有"电影"的特点一样，网络动画也应有其固有的"互联网"特点和审美特性。然而，从目前大多数的国产网络动画作品中人们还看不到鲜明的互联网特点和审美特性。不少作品虽然是按网、台联播的模式制作，甚至专为网络而作，但更像是"另一种"电视动画或动画电影。网络漫画的情况也大致相似。实际上，从纸质媒介到互联网媒介的转换绝不只是从印刷文化形态向数字文化形态的转变，而应该还有一系列与互联网特点相关的艺术属性、美学特征、审美功能、交互方式等的改变，但现在这些改变还不多、不明显。总体上看，由于互联网的特点还没有形成或充分表现出来，网络动漫目前仍处于"互联网＋"的阶段，或只是把互联网作为动漫创作生产的传播新媒介，还没有进入"互联网化"阶段，或把互联网作为重要的创作生产手段和载体，进而创建一种真正的网络文艺形态。在某种意义上，这恰是网络动漫发展成熟的显著标志。

3. 投融资困难给创作生产带来消极连锁反应和负面影响

如前所述，近年来多种原因导致资本市场陷入困顿，投融资大幅缩水，进而使得网络动漫创作生产在数量、质量、产业规模等方面陷入困难境地。一般来说，生产企业会有多种资金渠道，且动漫制作需要较长周期，因此，资本寒冬目前尚未在总体上对网络动漫产业造成明显的冲击，在某种意义上，这也是网络动漫总产值保持一定幅度增长的重要原因之一。然而，如果情况一直得不到改善的话，网络动漫行业的资金短缺很快就会出现，并势必进一步对作品质量、产业规模乃至整个产业发展带来消极的连锁反应和负面影响。

（二）网络动漫的发展趋势

立足现实实践，着眼未来发展，在创作、传播、接受和产业发展等多种因素的综合作用下，网络动漫有如下几个方面的主要发展趋势。

1. 动画与漫画的关系越来越密切

在美国和日本，动画和漫画一开始就是紧密关联的。比如，美国把动画称作"卡通"——"Cartoon"一词的本义就既指动画也指漫画，而且，两者不仅是相关的，还是紧密结合的，所以，美国的"卡通片"充满了漫画元素和表现手法，甚至具有漫画的幽默、讽刺及娱乐精神。在日本，动画常常以漫画改编为主要创作方式和产业经营模式，而且也把动画电影称作"漫画映画"，其隐含的动画观与"卡通"几乎一致。相比之下，我国曾以"美术片"取代"卡通"，从而有意无意地割裂了动画与漫画的关系。或许

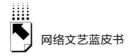
正因为如此，在当今的"动漫时代"，尽管我们有了"动画＋漫画"的产业构成，却少有"以漫画为动画加持"的意识，在传统的电视、电影动画领域也一直没有形成"从漫画到动画"的改编创作模式。但随着网络动漫的快速发展，这种情形逐渐有了改观，且已有一批优秀网络动画作品改编自漫画（包括网络漫画），比如《一人之下》《镇魂街》《斗罗大陆》《狐妖小红娘》《中国惊奇先生》等。可以预见，在未来发展中，这种情形会成为一种趋势，一种吻合国际惯例、融入时代潮流的"动、漫结合"的发展趋势。

2. 在与影视动画、纸质漫画的互渗、交融中，网络动漫成为主流样式

就网络漫画来说，从传统的纸质、印刷形式向数字、网络形态转变已没有悬念也不会有什么异议，因为互联网时代的数字、网络技术优势明显。但影视动画尤其是动画电影的重要地位却不容易撼动：一方面，动画电影有众多经典，即使在今天，动画电影也仍然代表着动画艺术的最高水准，并不断创造着票房神话；另一方面，作为新生、新兴的网络文艺形态，网络动画仍处于发展的初级阶段，其作品参差不齐乃至鱼龙混杂。然而，网络已成为当代人的一种日常生活环境，它使得一切网络艺术包括动漫的审美、娱乐成为人们日常生活中必不可少的一部分，并受到广大用户尤其是年轻用户的欢迎和喜爱。就此而论，在发展趋向上，随着网络动漫实践的日益丰富和创新发展，尤其是随着其艺术质量、水平的不断提升，以及《雾山五行》《大理寺日志》之类优秀作品的不断涌现，网络动漫成为主流样式终会是大势所趋。

3. "新中国动画学派"呼之欲出，并通过网络动画走向世界

历史地看，从2015年开始，既有对原"中国动画学派"的文化传承，又依托数字技术并借鉴了美、日动画表达方式的"新中国动画学派"作品陆续出现，比如《西游记之大圣归来》《大鱼海棠》《白蛇：缘起》《哪吒之魔童降世》等，但这些作品还存在两个"弱点"。一是其题材、内容和艺术形式、风格等还有待创新突破，尤其是，"如何创造性地传承过去的'中国学派'，如何对其独有的水墨动画、剪纸动画、折纸动画进行改造、创新、再运用——毕竟这是'最中国化'或'最民族化'的动画体裁、样式

或创作手法"①。二是这些作品虽然深受国内观众欢迎，但在国外却反响平平，而"新中国动画学派"崛起的一个重要指标和显著标识恰是必不可少的国际影响力。由此而论，今天的网络动画特别值得关注，不仅是因为有了《雾山五行》及其创造的"新水墨动画"，也不仅是因为《雾山五行》《刺客伍六七》《全职高手》《万圣街》《斗罗大陆》等一批优秀国产网络动画作品进入了欧美权威动漫评论网站排行榜，而是因为在这些表象的背后蕴含着一种崛起的创新力量，一种由多种要素矢量合力作用驱动的发展趋向——正是这种"力量"和"趋向"标识着优秀的网络动画作品将携带鲜明的"新中国动画学派"风格和成熟的网络文艺特性而走向世界。

---

① 盘剑：《中国动漫产业和动画艺术的发展趋势与流变》，《人民论坛》2021年第1期，第36页。

B.9
网络游戏发展状况

刘梦霏*

摘　要：　2020年以来，网络游戏发展态势良好。在创作上，网络游戏注重题材选择，行业门槛逐步提高，移动游戏高人气新作频出。在传播方面，玩家年龄、性别结构变化带来新影响，生产和传播进一步规范化，游戏"出海"表现亮眼。在产业发展上，从研发制作的维度看，国内厂商自主研发的游戏仍是游戏产业的主力军；从产业结构来看，移动游戏的产值仍然相当可观；从国际比较的维度看，我国游戏产业已成为全球游戏市场中不可或缺的重要一极。就发展趋向来说，"云游戏"概念逐步落地，融媒介形态凸显，作为创作工具与元宇宙入口的游戏和游戏平台释放新潜能；网络游戏的"互动性""社交性""社会历史性"等审美特性进一步彰显。

关键词：　网络游戏　游戏类型　游戏"出海"　自研游戏

在蓬勃发展的进程中，"网络游戏"一词的所指较复杂，它可指狭义上的"有联网功能的游戏"，也可泛指所有电子、数字游戏。本报告所说的

---

* 刘梦霏，北京师范大学艺术与传媒学院数字媒体系讲师、博士，主要研究领域为游戏史、数字游戏化设计等。北京师范大学艺术与传媒学院数字媒体系2019级研究生刘佳月、康聪聪对本部分报告的撰写工作作出了贡献。

"网络游戏"主要是指狭义的网络游戏，包括电脑、移动、主机端的联网游戏。2020年以来，作为别具活力的网络文艺形态，网络游戏总体发展态势良好，并在创作、接受、传播、产业发展等方面展现新的特点、呈现新的局面。

一　网络游戏的创作

2020年以来，网络游戏行业继续保持较快发展势头。其中，与版号政策的行业调控相协调，开发商们努力推进游戏内容的精品化、细分化。特别是受新冠肺炎疫情影响，特殊的环境、条件限制了线下活动的开展，人们也更倾向于通过网络进行文化和娱乐活动，而游戏恰因其特性而为玩家提供了一个释放情绪的空间、一个便宜接入的社交空间、一个学习教育的知识空间。由此，移动游戏、电脑端游戏、主机游戏等的下载量、同时在线量、用户流量和游戏内消费等均创新高，网络游戏产业在营收、企业数量等方面也迎来较快增长，并使网络游戏创作在深度、广度、多元化等方面呈现新气象，取得显著进步。

（一）注重题材选择，传播正能量

2020年以来，突出社会效益、文化价值是网络游戏创作发展的一个鲜明特点。为响应主管部门推进"精品游戏"发展的策略，并发挥游戏作为文化产品的功能，网络游戏创作在题材选择上更重视对传统文化、现实热点等的审美表达和呈现。这与近年来大多数游戏企业积极布局、促进功能游戏发展相关，也与强化社会责任、讲好"中国故事"、传播正能量紧密相连。实际上，在创作、传播、接受的过程中，通过游戏的形式，创新中国的游戏表达来推动文化传承与文化创新、传递正确的价值观，取得了良好的社会效益和经济效益。择要说来，有如下四个方面。

1. 汲取传统文化滋养，重拾文化记忆

作为一种文化产品，深度开发本土符号的中国游戏颇具文化教育作用，在传播中塑造受众的集体民族意识。比如，《绘真·妙笔千山》《画境长恨歌》《匠木》等游戏，恰到好处地融合了中国民族文化元素与富有吸引力的游戏机制，赢得了用户的一致好评。再比如，以《王者荣耀》为中心的衍生文化科普类视频栏目《王者历史课》，通过嘉宾主持对有原型的游戏人物的介绍，观众可以加深对历史人物或神话形象的理解，也有益于通过游戏的传播优势构建正向价值的文化引导。

2. 寓教于乐，推出多款抗疫公益游戏

面对严峻的新冠肺炎疫情，游戏行业积极响应国家号召，以"游"抗疫，体现良好的责任意识和社会担当。据中国音数协游戏工委统计，截至2020年，游戏企业推出抗疫公益游戏40余款，利用游戏的多元交互特性传播防疫知识等，为防疫抗疫作出了积极的贡献。其中，具有代表性的有如下一些游戏（见表1）①。

表1 防疫抗疫代表性游戏简介

序号	项目名称	所属公司	内容概述
1	全民战疫，有你必胜！	人民日报	知识问答类 H5 小游戏。
2	打破谣言，关于新型冠状病毒，你知道多少？	人民日报	知识问答类 H5 小游戏。
3	人民战"疫"总动员	波克城市、人民网－人民好医生	知识问答类小游戏，用寓教于乐的方式普及防疫知识。累计曝光超过 3 亿次，纠正防疫知识错误超 900 万次，有效帮助公众缓解紧张心理和学习科学防疫知识。
4	抗疫大作战	4399	玩家需要操作并躲避病毒小球，收集口罩、防护服、酒精等提升自身的血量，尽可能长时间存活。其中穿插着许多日常生活中的抗疫知识内容。
5	逆行者	ACE 游戏社	通过各类小游戏交互体验，以表现一线逆行者不易为核心的交互式动画类游戏。通过多视角插叙，推动玩家体验各个角色的经历，从而完成故事讲述。

① 中国音像与数字出版协会游戏工委：《2020 年中国游戏产业报告》，https://www.chinaxwcb.com/info/568247。

续表

序号	项目名称	所属公司	内容概述
6	病原体大作战	字节跳动	核心机制与"切水果"相同。游戏的对抗双方为不断下落到人体当中的病毒和防御病毒的人,其中加入了体温概念,初始正常体温37摄氏度,当有病毒逃脱杀毒落入人体后,人的体温会逐步上升,当体温超过38摄氏度的危险温度后,游戏失败,结束阶段会针对病毒防疫进行科普。
7	一起来战疫	腾讯云、新华社	知识问答类小游戏,这款游戏提供了两种玩法,一种是在线匹配实战的答题比拼模式,另一种是单人闯关,答题结束后针对错题会有系统的解释与回顾,更利于防疫知识的学习。
8	消灭新冠病菌	谜游互娱	解谜类防疫科普小游戏,场景化的设置,让答题的体验回到了真实生活,玩家对科学防疫会有更具象化的认知。
9	宝宝新冠预防	宝宝巴士	综合性的儿童防疫科普小游戏,游戏中有问答、解谜和交互玩法,全程搭配了低幼用户喜欢的可爱配音,加以普通话字幕提示,更有利于父母对孩子进行防疫教育。
10	请戴好口罩	中国传媒大学	知识问答类小游戏,实际答题中玩家首先要判断人物戴口罩姿势的正确与否,如果错误需要动手帮助人物戴好口罩,才可继续游戏。
11	防护小能手	中国传媒大学	问答式记忆翻牌小游戏,初始关卡中玩家需要从2~3个答案中选出正确答案,后续关卡会有6~9个备选答案,题目很多为多选题,聚焦日常生活的防疫,更符合实际,能达到更有效的科普效果。
12	2020新冠肺炎防治统一考试(全国卷)	人民日报、读特	知识问答类小游戏,游戏过程中玩家会体验到真正答卷子的感觉,最终会有错误回顾和解析,游戏会根据玩家的成绩进行点评和纠正。

3. 聚焦脱贫攻坚,发挥积极作用

2020年是决胜全面小康、决战脱贫攻坚之年。作为文化产业的有机组成部分,网络游戏在带来直观经济效益的同时,也凭借它的文化属性、科技属性在脱贫攻坚、乡村振兴中发挥积极作用。玩游戏与乡村振兴、精准扶贫开始产生关联,在创新手段的帮助下,爱心公益有了更为丰富与直观的表

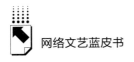

达。其中既包括 2020 年之后上线，也包括更早上线且持续取得良好反响的代表性游戏（见表2）。①

表2　聚焦脱贫攻坚代表性游戏简介

序号	项目名称	上线时间	所属公司	内容概述
1	灯山行动	2018 年 11 月	腾讯－微信小游戏	公益小游戏产品，游戏将没有路灯的山区里孩子遇到的真实困难，变成社交游戏中的危险挑战，让玩家在游戏中体验千里之外山区的黑暗。游戏提供道具"路灯"购买，金额用于真实的山区路灯建设。
2	欢乐农场主	2019 年 7 月	腾讯－微信小游戏	国家"精准扶贫"战略合作定制产品，一款"偷菜"类型的农场经营养成类游戏，其与"筑爱扶贫馆"电商小程序打通，还帮助玩家在游戏的过程中，真切参与到公益扶贫项目中。
3	动物餐厅	2019 年 8 月	腾讯－微信小游戏	玩家可以做营养午餐，获取游戏里的爱心值，这些爱心值将兑换成爱心企业的配捐资金，用于支持世界粮食计划署在中国的贫困学龄前儿童营养改善项目。
4	我是非遗传承人	2019 年 10 月	腾讯－微信小游戏	游戏以深度贫困地区"三区三州"为重点，展现了四川凉山等 10 个第一批"非遗＋扶贫"区域及全国部分国家级贫困县的 50 个非遗项目。玩家将以"非遗传承人"的身份，使用游戏内资源解锁合成非遗项目，了解其历史背景和制作工艺等。
5	脱贫奔小康走村直播看脱贫	2020 年 10 月	腾讯－光子工作室	在游戏中玩家将扮演一名司机，为贫困山村运送物资。一路上需要小心避开各种刁钻古怪的路障，收集沿途的资源，比如，水资源、树苗资源、书本、校服等。当把物资安全送达目的地后，就能收获孩子们送的千纸鹤，老奶奶的合照……扶贫的点滴都被记录在小小的日记本中，等待玩家书写阅读。
6	《逆水寒》游戏扶贫三部曲	2019 年 12 月	网易－雷火工作室	在游戏内推出苗族主题时装，融合粗布质感与蜡染工艺，复刻经典的苗族盛装设计。这套时装的销售收入主要用于救助困难学生、提高教师待遇、帮助当地招聘以及留住优秀的教师人才。此外，还有复刻传统银饰和数字化"西江千户苗寨"游戏地图等。

① 腾讯公益：WeCare 公益计划，https://ssl.gongyi.qq.com/wxact/wecare/index.html。

4. 借助互动特性，释放宣教价值

2021 年是中国共产党成立 100 周年，游戏也积极参与到党的百年华诞的庆祝活动之中，这就造就了党建主题游戏的井喷式发展。从《学习强国》使用签到、排行榜、积分等游戏化机制的设计，到 2020 年推出的文创产品《强国梦》桌游；从可以令观众身临其境体验党史的《VR 党建体验馆》，到展现长征这段红色历史的《VR 长征》，以及曾引发热潮又再度令年轻人对早期党史产生强烈兴趣的《隐形守护者》，这些不断涌现的新游戏都充分发挥互动特性的优势，进一步挖掘、释放游戏所承载的历史、文化价值和寓教于乐功能。

（二）行业门槛逐步提高，打磨高质量产品成发展共识

随着 2018 年底版号发放的恢复，网络游戏市场逐渐回暖。据统计，2019 年 6 月至 2021 年 5 月，共有 2351 款网络游戏过审并获得版号，但相较 2017 年的 9368 款游戏可谓断崖式下降，游戏版号成为稀缺资源。通过分析、梳理，过审的游戏呈现两大特点：一是移动游戏过审数逐年增加，2019 年 6 月至 2021 年 5 月，共计 2226 款移动游戏取得版号，占过审游戏总数的 95%；[1] 二是腾讯游戏、网易游戏等大型厂商获得版号的比重不断提升，网络游戏市场的竞争格局进一步向头部集中。在版号总量控制的情形下，一方面，基于优势用户基础和资金实力，腾讯游戏、网易游戏等大型厂商通过收购、合作等方式不断丰富自己的产品体系，提升其研发和运营能力；另一方面，随着游戏行业门槛逐步提高，在质量取胜意识的驱动下，游戏厂商在研发、分发、运营等全流程开展精品化运作，使打磨高质量游戏产品日益成为网络游戏行业发展的共识。

（三）移动游戏高人气新作频出，制作向精品化、细分化发展

近年来，移动游戏在国内网络游戏市场持续保持占有率和营收的领先地

---

① 国家新闻出版署 – 游戏审批结果，http://www.nppa.gov.cn/nppa/channels/317.shtml。

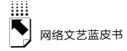
位，在全球用户支出排名中也处于第一梯队，是网络游戏发展的重要力量。因此，在某种程度上，从移动游戏的维度能大致观测网络游戏创作在类型、内容等方面的发展状况。庞大的移动类游戏市场和较高的收益为新模式、新玩法的出现提供了成长空间，多款具有创新性、开拓性的移动类游戏获得了广大用户和市场的青睐，比如，经营策略类游戏《万国觉醒》、开放世界类冒险游戏《原神》等多款不同类型的移动游戏为国内外用户带来了更好的游戏体验和更大的选择空间，也为网络游戏行业的持续推陈出新、健康发展起到了激励作用。其中，《原神》将"开放世界"理念引入移动游戏①，并与二次元文化相结合，在国内外市场均表现出色，发布10天后即在全球苹果应用商店、谷歌应用商店取得了近9000万美元的收入，并于2020年10月获得中美韩市场畅销榜第一、日本畅销榜第二的好成绩。②

新冠肺炎疫情突袭以来，移动游戏的周下载量创历史新高，达12亿次。③ 2020年，在苹果、安卓双端的移动应用商店中，数款较重度的多人竞技手游霸榜。这与竞技手游作为一种社交场域与沟通工具直接相关。而从用户最常玩的一些移动游戏来看，棋牌用户的游戏时长占30.2%，单次游戏时长13.6分钟；MOBA④类游戏仍然位居最受欢迎的游戏类型前列，用户的单次游戏时长在13.8分钟左右，位居第一。⑤

就移动游戏品类发展来说，一方面，游戏厂商越来越关注高质量产品的精细化生产；另一方面，对多类型机制融合的尝试进一步延展了移动游戏品类未来发展的可能，而细分后的精品游戏则更能够满足用户日益增长的差异

---

① "开放世界"指游戏关卡设计的一种，在其中玩家可自由地在一个虚拟世界中漫游，并可自由选择完成游戏任务的时间点和方式。

② 中国互联网络信息中心：第47次《中国互联网络发展状况统计报告》，https://www.cac.gov.cn/ 2021－02/03/c_1613923423079314.htm。

③ App Annie&IDC：《聚焦游戏领域：2020年回顾报告》，https://go.appannie.com/2005IDC Report－CN.html? utm_source = wechat&utm_medium = social&utm_campaign = apac－gcr－ organicsocial－202005－idc－report&utm_content = orgsocial－&sfdcid = 7016F000002hMmS。

④ MOBA（Multiplayer Online Battle Arena），即多人在线战术竞技游戏。

⑤ 艾瑞咨询：《2020年中国移动游戏行业研究报告》，http://report.iresearch.cn/report/202011/ 3679.shtml。

化需求。结合双年的安卓与苹果的年度游戏榜单，我们梳理了如下四种发展
状况良好的品类（见表3）。①

表3　移动游戏品类代表性作品及简介

序号	品类	代表作品	游戏特征
1	多人竞技	《王者荣耀》《和平精英》《香肠派对》《使命召唤手游》《第五人格》《猫和老鼠:欢乐互动》《荒野乱斗》	1. 多人竞技类游戏包含 MOBA 类、"吃鸡"类、不对称竞技类等,主要游戏机制是让不同队伍的玩家进行单局对战。 2. 相比其他移动游戏,该品类多数会通过赛季等机制进行周期性受众数据重置,运营时间更长。部分游戏在 2019 年以前已上线,但在这两年中依旧广受欢迎。
2	二次元	《原神》《明日方舟》《战双·帕弥什》《公主连结! Re: Dive》《幻书启世录》《山海镜花》	1. 二次元游戏是指以"ACG 特质"(Animation Comic Game,动画、漫画、游戏的总称)作为核心手段吸引用户的游戏,游戏机制上多以收集为主,同时融入多种其他类型机制,比如,ARPG(Action Role Playing Game,游戏术语,意为动作角色扮演类游戏中角色的动作和操作相关的动作)、塔防、回合制对战等。 2. 该品类游戏对美术与配音的依赖程度较高,其中,有部分与机制进行融合并作出一定创新,但也有片面追求美术而忽视核心机制、流于表面的同质化产品。
3	放置/挂机	《剑与远征》《阴阳师:妖怪屋》《旅行串串》《老农种树》	1. 放置类游戏的游戏内资源通常与真实时间相挂钩,不需要实际操作即可定期获取收益,继而达成角色强化、道具升级等目标。 2. 该品类游戏在一定游戏时间后,实际可操作内容会逐渐减少;除去放置机制外多数会结合其他机制进行扩充。
4	女性向	《闪耀暖暖》《恋与制作人》《未定事件簿》《时空中的绘旅人》《食物语》《偶像梦幻祭2》《掌门太忙》《晨曦列车》	1. 女性向品类的主题可细分为拟人、换装、宫斗等,追求游戏的美术、配音与剧情表现。 2. 该品类游戏的付费点集中于卡牌、养成、收集、皮肤等内容中,弱联网产品则倾向于通过剧情买断制进行内容付费。

① 主要依据 TapTap 游戏大赏与苹果应用商店本地优秀游戏评选。

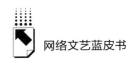
二 网络游戏的传播

（一）用户规模庞大，玩家年龄、性别结构变化带来新影响

多年来，庞大的用户数量为网络游戏发展奠定了坚实基础。据统计，截至 2020 年 12 月，我国网络游戏用户规模达 5.18 亿，占网民整体的 52.49%；手机网络游戏用户规模达 5.16 亿，占手机网民的 52.40%。[①] 其中，值得注意的是，玩家年龄、性别结构呈现新变化，从一个方面反映了网络游戏发展的新动态，并给网络游戏行业发展带来了新影响。

就年龄结构变化来说，随着我国网民中未成年人与老年人陆续成为"触网"的增长主体，网络游戏用户年龄结构日趋多样化。大龄乃至高龄玩家加入游戏群体，与新冠肺炎疫情期间网络游戏提供了社交入口相关，也与我国网民年龄结构的变化相一致，但同时折射出网络游戏向一种更全民、更成熟文化产品形态发展的趋势。

就性别结构变化而言，女性玩家日渐受到游戏产业的重视。谷歌的报告指出，2019 年，中国是全球游戏女性玩家数量最多的国家，占女性玩家总体数量的将近 45%，贡献了 526.8 亿元的收入。2020 年，女性玩家规模增长了 14%，总数突破 3 亿。[②] 因此，腾讯、网易、头条等纷纷加大对女性向游戏市场的投资力度，叠纸游戏（Papergames）等开发商持续深耕女性向游戏市场，都体现了女性游戏市场未来增长的利好空间。

（二）政策法规日益完善，生产、传播进一步规范化

随着网络游戏的快速发展、影响力的日益提升，其文化属性进一步彰显、文化传播的重要性进一步增强。这意味着，游戏创作者要顺应时代发展

---

① 中国互联网络信息中心：第 47 次《中国互联网络发展状况统计报告》，http://www.cac.gov.cn/2021-02/03/c_1613923423079314.htm。

② 谷歌：Google for Games 2021《全球游戏洞察报告》，https://games.withgoogle.com/insightsreport。

需求，将道德价值与文化基因寓于游戏的故事、音乐、美术风格和玩法机制等之中，潜移默化地影响玩家的世界观、人生观和价值观。在一系列相关政策、法规的引导下，网络游戏的生产、传播进一步规范化，有效发挥了网络游戏传播正能量的功能。近两年来，以下重要政策、文件对网络游戏的规范化发展起到了积极的保障和促进作用（见表4）。

表4　近两年来规范性政策法规及主要内容

序号	时间	政策法规	主要内容
1	2019－11－18	国家新闻出版署发布《关于防止未成年人沉迷网络游戏的通知》	1. 实行网络游戏用户账号实名注册制度；2. 严格控制未成年人使用网络游戏的时段、时长；3. 规范向未成年人提供付费服务；4. 切实加强行业监管；5. 探索实施适龄提示制度；6 积极引导家长、学校等社会各界力量履行未成年人监护守护责任，加强对未成年人健康合理使用网络游戏的教导，帮助未成年人树立正确网络游戏消费观念和行为习惯。
2	2020－10－17	《中华人民共和国未成年人保护法》修订	本次修订，对现行未成年人保护法作了大幅修改和完善，新增"网络保护""政府保护"两章，条文由72条增加到132条，修订案于2021年6月1日起实施。

特别值得一提的是，未成年人的网络使用状况，一直是公众关注的重点问题。政府相关部门和企业高度重视网络游戏对未成年人群体的不良影响。2021年，国家新闻出版署下发《关于进一步严格管理 切实防止未成年人沉迷网络游戏的通知》，其中要求，严格限制向未成年人提供网络游戏服务的时间，所有网络游戏企业仅可在周五、周六、周日和法定节假日每日20时至21时向未成年人提供1小时服务，其他时间均不得以任何形式向未成年人提供网络游戏服务。[①]2021年9月8日，中央宣传部、国家新闻出版署有关负责人会同中央网信办、文化和旅游部等部门，对腾讯、网易等重点网络

---

① 《国家新闻出版署下发〈关于进一步严格管理 切实防止未成年人沉迷网络游戏的通知〉》，http：//www. news. cn/culture/20210831/4fbe4cec5a5c46e3b1429548b31452a2/c. html。

游戏企业和游戏账号租售平台、游戏直播平台进行约谈。① 约谈要求各网络游戏企业、游戏账号租售平台、游戏直播平台提高政治站位、强化责任担当，深刻认识严格管理、防止未成年人沉迷网络游戏的重要性和紧迫性，切实保护未成年人身心健康。针对新的监管措施，网络游戏公司也积极开展相关行动，不断改善未成年人群体的游戏环境，并在监管落实、企业运营等方面，切实加强未成年人健康管理，营造良好的游戏氛围和空间。

（三）积极拓展海外市场，游戏"出海"表现亮眼

随着国内游戏市场的日趋饱和，"出海"发展是我国网络游戏厂商的有利选择，其主要表现有两个方面：一是"资本输出"，即大型游戏企业持续向海外游戏开发商投资，并利用、发挥自身运营能力和海外先进研发能力，不断提升企业在全球市场的竞争力；二是"产品输出"，即增强游戏产品的"出海"力度，且在手机游戏、客户端游戏、单机游戏等领域多元拓展。比如，近年来《王者荣耀》、《梦幻西游》等多款游戏在全球月活跃用户数、下载量、用户支出等方面表现亮眼。② 可以说，网络游戏"出海"的可喜局面不仅有利于为网络游戏厂商拓宽收入渠道、增强抵御风险能力，还有利于有效提升我国网络游戏的知名度和影响力。

当然，网络游戏在积极"出海"的同时，"引进来"也具有积极的意义。作为一个庞大的市场，我国国内游戏市场向来对众多海外企业具有巨大的吸引力。同时，随着我国游戏在全球范围的优势愈发凸显，国内外网络游戏企业的合作进一步加强，比如，腾讯与国际知名游戏厂商宝可梦公司（Pokémon Company）共同开发多人在线战术竞技游戏《宝可梦大集结》；网易与动视暴雪（Activision Blizzard）合作开发移动类游戏《暗黑破坏神：不朽》等。可以说，国际知名游戏平台的引入与合作有利于推动我国网络游

---

① 《中央宣传部、国家新闻出版署有关负责人约谈腾讯、网易等游戏企业和平台》，http：//m. news. cn/2021-09/08/c_ 1127841712. htm。

② 中国互联网络信息中心：第 45 次《中国互联网络发展状况统计报告》，http://www. cac. gov. cn/2020－04/27/c_ 1589535470378587. h'm。

戏质量的进一步提升，助力游戏精品化，为我国网络游戏用户获得更好游戏体验、更多游戏选择创造了条件，也为我国网络游戏学习国外先进制作理念并借此打入国际市场搭建了桥梁、提供了机会。

三　网络游戏的产业发展

2020 年以来，我国网络游戏产业继续保持较快发展势头。特别是，受新冠肺炎疫情影响，线下活动受到较大限制，网络游戏却因能较好满足网民的文化和娱乐需要而带动了网络游戏产业营收和企业数量的双增长。据统计，2020 年，我国游戏市场实际销售收入 2786.87 亿元，较 2019 年增加了478.07 亿元，同比增长 20.71%；2021 年第一季度，我国游戏市场实际销售收入 770.35 亿元，环比增长 9%。① 此外，2020 年上半年，我国新增游戏企业超过 2.2 万家，平均每天新增 122 家；② 游戏类应用数量达 92.5 万款，占全部移动应用程序的 25.8%，环比增加 2.6 万款。③ 总体上看，网络游戏产业处于上升态势（见表5）。

表 5　近两年来国内游戏实际销售收入情况

单位：亿元

序号	年份	总产值	自研游戏产值	移动游戏产值	主机游戏产值	电竞市场产值
1	2019	2308.8	2011	1581.1	63.78	947.3
2	2020	2786.87	2556.42	2096.76	118	1365.57
3	2021（Q1th）	770.35	707.31	588.3	/	/

其一，从研发制作的维度看，国内厂商自主研发的游戏仍是游戏产业的主力军，并保持着强大的产业活力。2019 年，自研游戏收入占游戏产业总

① 中国音像与数字出版协会游戏工委：《2020 年中国游戏产业报告》，https://www.chinaxwcb.com/info/568247。

② 新浪科技，https://tech.sinacom.cn/ro20200714doc－iivhvpwx：5276255shml，2020 年 7 月 14 日。

③ 工业和信息化部：《2020 年上半年互联网和相关服务业运行情况》，https://www.cac.gov.cn/2020－07/31/c＿1597760151391787.htm。

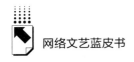

收入的 87.1%；2020 年，自研游戏收入占总额的 91.7%；2021 年第一季度，自研游戏收入占总额的 91.8%，呈现逐步上升的态势，反映了可喜的原创力量。

其二，从产业结构来看，移动游戏的产值仍然相当可观。2019 年，移动游戏产值占整体的 68%，2020 年则升至 75%，由此可见，它已成为最具活力的产业品类和网络游戏产业的支柱力量。相比之下，客户端游戏的产值仅占整体游戏市场的 20%，而网页游戏进一步式微，以 76.08 亿的产值成为网游市场中占比 2.7% 的小品类。在主机禁令解除、XBOX、PS、NS 几大主机相继拥有合法国行版本后，国内主机游戏也取得了新发展，从 2018 年的 52 亿元，到 2019 年的 63.78 亿元，再到 2020 年的 118 亿元，描绘了一个有潜力的增长极。与此同时，电竞市场产值的膨胀令人瞩目，从 2019 年的 947.3 亿元升至 2020 年的 1365.57 亿元，成为网络游戏产业中不可小觑的力量。

其三，从国际比较的维度看，我国游戏产业已成为全球游戏市场中不可或缺的重要一极。据 Newzoo 的报告，亚太地区游戏市场占全球游戏市场近一半产值，而我国在中、日、韩三个亚太地区主要国家中，以活力充沛的游戏公司、深具发展潜力的巨大市场和迅猛的增长率而吸引着世界的目光。据 App Annie 的报告，2019 年全球用户支出排名前十的移动类游戏由中、日、韩、美四国包揽，[①] 标志着我国移动类游戏在全球范围内已处于第一梯队。比如，就国内知名的游戏开发商腾讯游戏（Tencent Games）来说，2019 年，它以 1411 亿元的游戏营收占据中国游戏产业总值的 61%；2020 年，它以 1561 亿元的游戏营收占比 56.07%。不仅如此，2021 年 4 月，腾讯旗下的天美工作室以 100 亿美元的营收问鼎全球游戏开发商第一梯队，尽管与 250 亿美元游戏营收的索尼还有差距，但与 121 亿美元营收的任天堂、116 亿美元营收的微软相比已在伯仲之间。此外，就"出海"状况来说，中国游戏已从量变过渡到了质变。特别是，移动游戏"出海"呈现强劲态势，发行商深刻把握本地化运营并实

---

① App Annie：《2020 年移动市场报告移动市场动向全知晓》，https：//www.appannie.com/cn/insights/state - of - mobile - 2020/。

施精细化营销，让许多国产精品移动游戏牢牢占据了海外移动游戏市场。2019
年，海外用户在国产移动游戏上的付费支出占全球海外移动游戏市场份额的
19%，2020年，仅上半年就以21%的份额保持原有地位并稳步增长，其中，
"吃鸡"、MOBA、城战策略类游戏等是较主流的类型。①

四　网络游戏的发展趋向

2020年以来，网络游戏行业经受住了疫情、用户、市场等的考验，并在
追求精品化的产业政策引导下、在社会各界呼吁正向价值的舆论背景中，进
入了新的发展阶段。总体上看，网络游戏在题材选择、类型发展、创作方式
和手段创新、市场运作与传播等方面呈现新进展，在进一步完善、成熟的道
路上迈出了坚实的步伐。当然，在发展过程中，网络游戏仍存在一些问题和
不足。比如，"老、大、难"的版权问题，特别是游戏玩法的版权问题，如果
处置不当，很有可能影响游戏创作者的积极性；游戏产业结构问题，我国游
戏产业的结构需进一步调整、优化，尤其是，中小开发者需要有更多、更好
的配套政策与基础设施支持；理论与实践的脱节问题，在通过游戏表达正向
社会价值时，"功能游戏不好玩，好玩的游戏没（社会）功能"的矛盾需要认
真解决；游戏研究与产业的共生问题，尤其是，行业中概念的混乱与误用、游
戏标准的不明确等在一定程度上影响乃至制约了网络游戏产业的进一步发展。

综合以上多方面的情形，立足实践，放眼未来，网络游戏在传承、创新
中呈现以下较鲜明的发展特点和趋向。

（一）"云服务"的影响日益增强，"云游戏"概念逐步落地

近年来，云服务对网络游戏行业的影响日益增强，有望重塑游戏的研发
运营和用户体验。具体说来，一是在研发运营上，云服务被广泛应用于游戏

---

① App Annie，Google and AppsFlyer：《2020中国游戏出海驱动力报告》，https://www.appsflyer.com/
cn/resources/globalization_ trends_ of_ China_ gamings/？utm_ source = wechat&utm_ medium =
social&utm_ campaign = report&utm_ term = google&utm_ content = sep9。

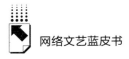

的运算、支付、数据存储、后台管理等环节，这不仅为游戏的开发和运营提供了专用工具，还可以让企业根据玩家需求快速扩展或缩减服务器数量；二是在用户体验上，基于云端平台的游戏不仅无须用户下载，还显著降低了对显卡、CPU 等设备的要求，比如，腾讯推出的云游戏平台 CMatrix 和谷歌推出的云游戏平台 Stadia 已对为用户提供新的云端游戏体验进行了创新探索。与此同时，随着科技的进一步发展和 5G 在我国实现商用，"云游戏"也从概念逐步向落地转变，并通过云端集中运算减少游戏对客户硬件的需求，使更多用户可以享受高质量的游戏体验。

（二）融媒介形态凸显，创新发展呈现新格局

近年来，游戏的融媒介态势日益显著，其突出表现有以下三个方面。

1. 移动游戏向主机平台及 PC 平台的移植

随着《原神》等游戏大火，游戏行业开始出现"多端化"和"反向移植"趋势，呈现轻度游戏与重度游戏边界模糊的特点。这种"模糊"实际上意味着之前的创作观念被打破了。具体说来，一向被认为以"轻度游戏"为主的移动游戏开始向更"重"的主机游戏学习，在保留免费下载、道具付费的情况下，其机制与叙事向受欢迎的主机游戏靠拢，并将游戏体验打造得更深厚。当然，这种新的融合形态表明游戏作为一种文化产品进一步走向成熟，但也为行业带来新的版权挑战。

2. 突破屏幕限制，融合现实与虚拟

近年来，随着国外 LBS 地理定位游戏的爆火，一种新的概念"环境游玩"（Ambient Play）发展了起来。"环境游玩"是指通过网络游戏的游戏规则来指引玩家在真实物理环境中运动，从而完成游戏中的冒险与挑战的游戏行为。在国外，这类游戏以 *Pokemon Go*、*Ingress* 等为代表；在国内，2019 年，腾讯发布的《一起来捉妖》让很多玩家体验到了"环境游玩"的乐趣。"环境游玩"打破了人们关于游戏的刻板印象，有益于促使人们走出家门开展健康运动。当然，可以进行"环境游玩"的还包括新兴的虚拟偶像与虚拟主播。作为一种新兴数字文化形态，虚拟偶像与虚拟主播不仅本身具有丰厚的经济价

值和产业潜力，而且其数字逻辑还对游戏带来深刻影响。比如，《王者荣耀》让玩家票选出五人男团"无限王者团"、网易推出"平安京偶像团"、巨人打造虚拟主播 Menhera 酱、爱奇艺推出虚拟偶像乐队 RiCH BOOM。这都可视为游戏开发商向新兴领域的布局。可以说，这种在现实场景中由游戏人物引领玩家进行的消费或互动，是网络游戏融媒介形态发展值得注意的新形式。

3. 游戏形式与传统文艺形态的结合促进"纸媒游戏"发展

近年来，随着"剧本杀"的流行，可供玩家角色扮演的剧本，以及各种解谜游戏书开始配合种种网络功能，成为一种新形态的游戏。在这种游戏中，玩家可以根据线索，扫描二维码，在线取得答案后推进剧情。比如，以故宫为背景的《迷宫之谜》、以盗墓与考古小说为背景的《无尽藏》，以及一系列面向女性玩家、具有多重结局的恋爱游戏书，凸显了目前纸媒游戏的魅力及其"解谜""恋爱"两个主要品类。这类游戏展现了传统文艺形态通过游戏形式焕发新生的可能性，也展现了网络游戏在发展、成熟进程中与其他媒介交汇、融通的可能性。

（三）作为创作工具与"元宇宙"入口的游戏和游戏平台释放新潜能

近年来，作为创作工具的网络游戏的出现是一个令人关注的新现象。诚然，作为创作工具的游戏，意即让玩家在其中搭建、创作游戏的游戏此前也有过，比如，《我的世界》《小小大星球》等，但这些游戏一般都是玩家创作出关卡，然后提供给其他玩家，且人数一般仅限于单人。

随着罗布乐思（Roblox）等集体验、开发于一体的多人在线 3D 创意社区和开发工具平台的流行，在线的网络游戏创作平台成为年轻人新的社交平台，而"元宇宙"① 概念也应运而生。其新特点是，玩家可以多人同时在

---

① "元宇宙"（Metaverse）是一个与现实平行的虚拟世界，通过技术可以实现全身心沉浸，玩家具有一套统一的数字化身，在不同的虚拟世界之间均可通过这套统一的化身而穿梭活动，"元宇宙"具有统一的经济体系，创造出的商品和数字劳动的成果可以在此交易，且可以和现实中的货币转换。

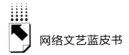
线，既可以搭建出新的游戏关卡，也可以在别人的关卡里共同游玩，同时，还能通过游戏内货币或直播服务赢利。就游戏创作的创新发展来说，作为创作工具的游戏和游戏平台的出现具有积极的意义和作用：一是它将游戏创作的权限从传统的游戏设计师们手中下放到普通玩家手中，令玩家的在线游戏行为不再是单纯的消费，而具有了创造的可能性；二是在这类游戏中，玩家常常会组队来集体创作，因而会融汇多样的艺术元素，且这种集社交、创作、文化展现等于一体的行动，可进一步增强游戏承载、表现与影响社会现实的能力。进一步来说，经济体系的存在，以及与比特币等虚拟货币的勾联，使得"元宇宙"成为一种值得注意的经济现象，并因其艺术、文化、经济等多方面的发展潜能而必然引起游戏行业的密切关注。

（四）网络游戏的审美特性进一步彰显

作为新兴网络文艺的一种重要表现形态，网络游戏具有网络文艺的一般性和审美共性，比如，数字化、网络化、用户至上、平民意识等。但在发展进程中，作为多元、复杂并兼容此前媒介形式的新媒介，它也具有自身的独特性。艾斯本·阿尔萨斯曾对游戏进行三重细分：规则、玩家与世界。[1] 据此，我们可以进一步将其概括为"互动性""社交性""社会历史性"三重特征。

就"互动性"来说，游戏中的规则需要玩家的行动才能推进，玩家因此而对游戏投入强烈的感情，并通过互动而培育出强烈的认同感，乃至愿意为游戏而进行创作。这种特性形成了一种不同于传统文艺作品的、玩家与作者共享的作者权（Authorship）。这种共享的"作者权"尤其在玩家与作者对游戏中人物命运或剧情走向具有不同意见时凸显出来，往往会带来网络空间的论辩，并使得很多玩家围绕游戏的主题进行新的创作。

就"社交性"而言，游戏为玩家带来了共同的体验，而游戏又创造了

---

[1]　Aarseth, Espen, "Playing Research: Methodological Approaches to Game Analysis." *Game Approaches/ Spilveje*, Paper from spilforskning. dk Conference, 2003.

彼此相连的数字社交空间，就仿佛多元宇宙的入口，因而更容易寄托受众的创造与追求。实际上，网络游戏本身就容易培育出活跃的玩家社群，在这样的社群中，许多玩家会基于游戏互动所激发的创作欲而进行衍生作品、文学或游戏的创作，并进而成为有活力的网络文艺的一部分。比如，2020年"元宇宙"概念的流行，与以罗布乐思为代表的一系列具有社交性的游戏创作工具的兴盛有密切的关系。

就"社会历史性"来说，游戏是在特定的社会历史条件下被制造出来的，就像时空胶囊一样，它反映着所在社会的状况。诚如有研究者指出，所有游戏都是一种"深深根植于其所在文化"的产品，是"任何一个现存社会的活生生的镜鉴"。① 中国网络游戏亦然，它记录了中国社会的数字变迁，反映了玩家集体记忆的变化。不仅如此，游戏的"社会历史性"还体现为它与其他文化艺术形式有密切的联动或互动。比如，2021年的《画境长恨歌》等既体现了游戏自身的特点，还借助游戏的形式重新展现了传统文化的主题，以及绘画、诗歌等传统文艺形式曾表达的审美内容，具有丰富的审美内涵。

---

① Kücklich J. "Literary Theory and Digital Games." *Understanding Digital Games*, 2006：106.

技术赋能篇

Technology Empowerment

B.10
新技术发展与数智赋能

赵丽瑾*

摘　要： 人工智能、5G 通信技术、大数据、VR/AR 等新一代技术已成为
网络文艺发展的驱动力，并形成了网络文艺智能化创新的新技
术语境。在"AI + 文娱"战略布局中，智能技术逐步落地，重
塑网络文艺生态、赋能内容创新、提升行业运转效率；平台对
技术的研发、创新与规模化应用，提升平台工业化水平，全面
赋能网络文艺发展。随着5G 技术的商用落地，其大宽带、高速
率、低时延、大容量、广连接等特性推动大视频进一步发展，
开启云游戏发展的新前景，并赋能、推动多种互联网文娱形式
创新发展。从发展趋势看，随着技术、数智对网络文艺全面深
入的赋能，面对技术驱动艺术创新、重构社会生存方式与人类
情感方式，需要坚持"以人为本""技术向善"的原则，以便

* 赵丽瑾，西北师范大学传媒学院教授、硕士生导师、广播电视编导系主任，电影学博士，主
要研究领域为网络文艺、电影理论与批评、明星与粉丝文化等。

更好促进网络文艺创作生产的繁荣发展。

关键词： 技术发展 数智赋能 AI + 文娱 5G + 文娱 以人为本

2019 年 8 月，中华人民共和国科学技术部、中国共产党中央委员会宣传部、中华人民共和国国家互联网信息办公室等六部委联合发布《关于促进文化和科技深度融合的指导意见》，从八个方面提出科技与文化深入融合的具体意见和措施。科技创新，特别是人工智能、云计算、大数据等新一代技术，对包括网络文艺在内的各类文化产品的创造、生产、传播、消费等产生深刻影响，科技已成为文化发展的重要引擎。

一　网络文艺智能化创新的技术语境

在海量互联网连接基础上，人工智能、大数据和云计算等技术能够进一步降低成本、提升新应用和服务场景，更有效满足市场个性化需求，扩大经济高质量增长空间，通过以人工智能为代表的"计算变革"与以 5G 通信技术为代表的"连接变革"驱动，有望带动互联网文艺产品、产业的创新增长。①

（一）新基建

2018 年 12 月，新型基础设施建设在中央经济工作会议中首次被提出，2019 年 3 月至 2020 年 12 月，在《政府工作报告》、两次中央经济工作会议、中央全面深化改革委员会第十二次会议、党的十九届五中全会中，国家多次对"新基建"发展进行部署。2020 年 4 月，国家发改委对"新基建"概念做出明确阐释，"新型基础设施是以新发展理念为引领，以技术创新为

---

① 腾讯研究院：《2020 腾讯人工智能白皮书》，2020 年 7 月。

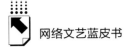
驱动，以信息网络为基础，面向高质量发展需要，提供数字转型、智能升级、融合创新等服务的基础设施体系"。新基建是以"连接"和"计算"等为代表的 5G、人工智能等技术创新带来的核心基础设施的更新换代。

"十三五"期间，我国新基建全面启动，工业互联网建设稳步推进，数据中心建设全面铺开，天空网络设施加快建设。新基建将加速我国产业链完成数字化转型和智能化升级，对媒介及其相关行业发展提供内生动力，同时依托新技术实现外部赋能。新基建对传媒行业有提质增效的作用。

（二）5G

5G 即第五代移动通信技术。它相比 3G、4G 具有大宽带、高速率、低时延、大容量、广连接等特性。自 2019 年 5G 商用以来，我国已建成全球最大的 5G 网络，基站超过 71.8 万个，5G 终端连接数突破 2 亿。[①] 2020 年 1 月，我国 26 个省份将 5G 列为发展重点。同年 4 月，中共中央政治局常务委员会召开会议要求加快 5G、人工智能等新型基础设施建设。新冠肺炎疫情之后，5G 成为经济复苏和发展的重要生产力。在央地政策共同促进下，5G 加速数字化进程，开启万物互联、万物智能新纪元，加速推进人工智能。

通信技术及设备制造壁垒较高，5G 产业链完善，行业集中。应用层将是未来 5G 技术和产业创新的主角。国际电信联盟（ITU, International Technological University）提出 5G 三大场景：eMBB，即 3D 超高清视频等大流量增强移动宽带业务；mMTC，即大规模物联网业务；uRLLC，即无人驾驶、工业自动化等需要低时延、高可靠连接的业务。其中，文娱等多个具体场景应用颇受关注。

（三）人工智能

人工智能（Artificial Intelligence，简称 AI）是研究、开发用于模拟、

---

① 中国互联网络信息中心：第 47 次《中国互联网络发展状况统计报告》，http://www.cac.gov.cn/2021 − 02/03/c_ 1613923423079314. htm。

延伸和扩展人的智能的理论、方法、技术及应用系统的一门新的技术科学。随着信息技术、大数据和深度神经网络等技术的稳步推进，人工智能对人类智能的模拟以惊人的速度在发展。近年来，全球主要国家都在加大对人工智能的关注和投入。我国在政策层面对人工智能的支持经历了四个阶段的升级：一是 2015 年至 2016 年初期政策时期，国家集中制定相关标准。二是 2017 年至 2018 年，"人工智能"作为国家战略，两次被写入全国政府工作报告。其中，2018 年 10 月，中共中央政治局就人工智能发展现状和趋势举行第九次集体学习，同年 11 月，工业和信息化部办公厅印发《新一代人工智能产业创新重点任务揭榜工作方案》。三是 2019 年人工智能第三次出现在政府工作报告中，被升级扩展为"智能＋"，重点为制造业转型升级赋能。国家及各部委对促进人工智能与实体经济深度融合、建设人工智能创新试验区等问题提出指导意见。四是 2020 年人工智能被纳入"新基建"政策，成为基础设施的主要支撑技术之一，也作为传统设施转型升级的融合创新工具。

人工智能技术包含三个层面：基础层以硬件为核心，通过人工智能芯片、传感器和云服务等硬件为人工智能的运算提供算力；在技术层，算法是 AI 发展的核心，它依托基础层的运算平台和数据资源，进行海量识别训练和机器学习建模，开发面向不同领域的应用技术；应用层为 ToB（面向企业）＋ToC（面向个人），在应用层，人工智能可以和文化娱乐各个具体场景进行深度融合，实现不同场景的落地应用。

2020 年，我国人工智能底层芯片、传感器、计算机视觉、语音识别、自然语言处理、机器学习等通用技术能力持续提升，同时物联智能视觉、复杂场景下智能语言处理技术等也取得突破。新一代人工智能技术与媒体、艺术生产的深入融合和应用落地，推动经济社会各领域从数字化、网络化向智能化加速跃升。

（四）大数据

在 5G 技术驱动下，人、信息、物、机器设备均以数字化形式连接。用户在万物互联、人机互动、多元场景、高频交互等媒介生态中，在媒体硬件上时刻生成"非结构化"原始数据（浏览偏好、访问、点击率等），并呈现指数级增长。数据计算技术已成为通用的技术体系和技术范式，依托于大数据，信息数据被有效收集和存储，利用人工智能算法和技术对数据进行分析，再落地于应用场景（见图1）。"十三五"期间，我国数据中心建设全面铺开，大数据产业保持高速增长，2019年产业规模超过8100亿元，同比增长32%。[1] 大数据技术是智能媒体的基础。

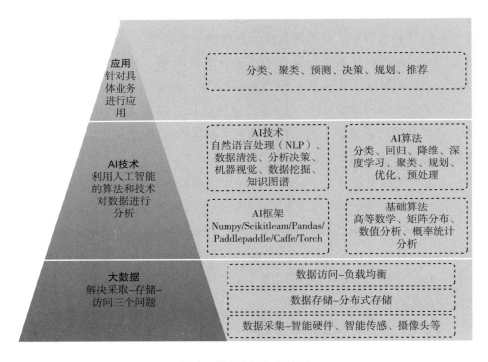

图1 数据人工智能应用

资料来源：中国人工智能学会。

---

[1] 中国互联网络信息中心：第47次《中国互联网络发展状况统计报告》，http://www.cac. gov.cn/2021-02/03/c_1613923423079314.htm。

（五）云计算、物联网、传感器、区块链等新技术

云计算是对数据量级不断增加后的计算技术提出的要求，通过强计算力的算法在云端完成内容数据与用户数据的精准匹配。物联网是对大数据技术的补偿，而物联网的基础是传感器技术，二者的结合打通了平台与平台之间的数据壁垒，实现跨越场景的数据收集。区块链具有去中心化、不可篡改、全程留痕、集体维护等特征，它可通过对每条信息的全程记录、传播的公开透明，建立人与媒体的信任关系，能够很好解决社会化媒体阶段出现的虚假信息等问题。

上述新技术中，核心支撑层将算力与数据统一汇聚，以结构化的形式呈现并保证数据的安全可靠，是文化艺术与科技融合发展的基石；智能处理层依托人工智能技术，通过机器学习算法应用在自然语言处理、语音图像识别等多个领域并构建系统性的关联网络，洞察出数据之间的内在关联，是文化艺术与科技融合发展的支撑网络；应用前端层依托前端显示的前沿技术将结果多维立体化地呈现出来，是文化艺术与科技融合发展的表现形态。[①]

二　"AI＋文娱"战略布局下，网络文艺呈现"泛智能化"生态特征

（一）智能技术逐步落地，技术重塑网络文艺生态、赋能内容创新、提升行业运转效率

1. 智能分发助推短视频突围泛娱乐

2020 年是我国短视频行业爆发式增长的一年，截至 2020 年 12 月，短视频用户 8.73 亿，较 2020 年 3 月增长 1 亿，占网民整体的 88.3%，并以 12.9% 的增长量位居互联网应用第一。[②] 短视频行业的主要用户、时长被抖

[①] 参见欧阳峰、姜昊、汤新坤《〈5G 高新视频—云游戏技术白皮书（2020）〉解读》，《广播与电视技术》2020 年第 11 期。

[②] 中国互联网络信息中心：第 47 次《中国互联网络发展状况统计报告》，http://www.cac.gov.cn/2021－02/03/c_ 1613923423079314. htm。

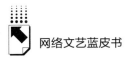

音、快手两大产品占据，二者以绝对优势，形成短视频行业"两超多强"竞争格局。2020 年，抖音首次以 64.6% 占比，带领短视频行业，超过综合视频，突围泛娱乐。抖音、快手成为现象级 App，与短视频的形式因素有关，更重要的是二者应用算法分发内容的能力都很强。

算法推荐的目标是精准匹配用户个体需求。通过拟合用户对内容满意度/匹配度的函数，设定目标，输入用户行为画像（点击、点赞、评论、分享、关注等）、内容（抽象总结为关键词）、环境等维度的变量，经模型计算后，预估特定场景下对个体用户内容推荐的合适度，分析并决策内容分发。

打开抖音 App，用户无须选择，界面默认的主页是"推荐"，"同城""关注"页面也会直接播放算法推荐的视频或直播。抖音采用单列信息流模式，上下滑动切换，通过沉浸式"刷"屏，强化推荐功能。快手界面与其有所差别，但也是按照算法推荐逻辑设计。抖音和快手的内容分发流程成熟，有很大的相似性，在分发算法上也有明显区别。其一，上传至抖音和快手平台的用户内容，经机器和人工双重审核后，被分配进初始流量池，在判断是否继续推荐进入更高流量池时，抖音平台根据用户行为反馈（完播率＞点赞量＞评论量＞转发量）判断内容是否受欢迎；快手平台则主要以达人和粉丝之间的互动，即"评论率"为标准。其二，经多重筛选后，抖音平台会把少量观看体验好的精品内容放入热门流量池；快手平台则通过"基尼系数调控"，控制曝光量高的内容，避免内容流量的贫富差距过大。个性化内容分发正是技术演变的产物（见图 2、图 3）。

算法分发追求定位精准、目标明晰。抖音单列、中心化算法分发，重内容、媒体、广告，核心是 VV（Video View，意为视频播放量），抢占用户时间价值，以制造、筛选、消费头部内容为目的；快手双列、去中心化算法分发，重社区、关系、电商，核心是互动，抢占时间以及用户情感价值。2020年上半年，抖音上拥有千万级粉丝量的 KOL（Key Opinion Leader，简称 KOL，营销学概念，意为关键意见领袖）数量超过 700 位，快手仅 154 个，前 1000 位的账号累计粉丝量（不去重）为：抖音 62 亿，快手 43 亿，二者

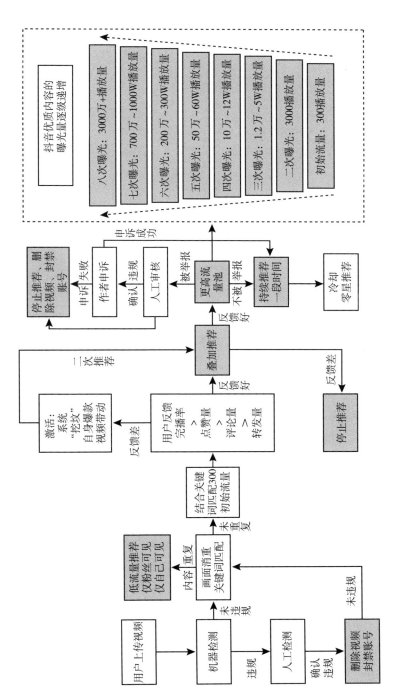

图 2 抖音内容分发流程

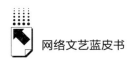

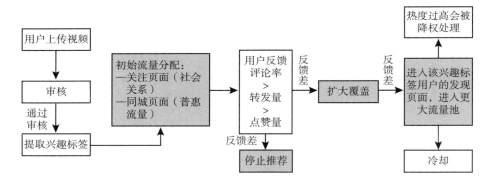

图3　快手内容分发流程

比值为1.44。[①] 抖音头部内容点赞量更高，达千万级别；快手的粉丝与达人情感联系、信任度更强，单位粉丝价值更高，结果符合算法初始目标。

抖音、快手经长期算法训练积累，已具备巨大的历史内容库，在泛娱乐领域形成短期内难以超越的优势。根据QM（QuestMobile）数据，抖音系、快手系短视频产品的时长占月活前600应用中所有短视频时长分别达50%、35%以上，且仍然在不断增长中。[②] 目前，短视频正在从娱乐内容延伸为5G时代的底层应用。

在技术进步背景下，媒介的便捷性和算法的先进性是抖音和快手近两年成为成长最快的互联网产品的核心原因之一。目前，基于算法的内容分发模式已被普遍应用于各大互联网文艺内容平台。

2. 智能技术全面赋能内容创新

智能推荐系统利用大数据、机器深度学习等技术结合场景，让海量内容得到精准个性化分发，满足了用户的信息需求和体验需求。同时，互联网各平台也利用AI计算，根据用户的需求，定制生产用户感兴趣、能够增强用

---

① 《产品与算法：抖音、快手的生态成因——短视频系列报告之二》，https://mp. weixin. qq. com/s/s9zbd90SacICVQEJgQkwLA，2020年10月。

② 《短视频行业研究框架：从内容生产、分发、消费，看各平台异同与空间》，https://mp. weixin. qq. com/s/c_ UfZK6zM9HsFv4QYUXqvA，2021年1月。

户黏性的内容。

（1）应用大数据、算法技术，分析文学作品、剧本，挖掘有价值的 IP，筛选演员、节目嘉宾，或为影视剧定制配乐，精准对接市场和观众需求。优酷使用自建泛内容大数据智能预测平台的数据选角，推荐演员雷佳音出演网剧《长安十二时辰》中的角色张小敬。大数据 AI 也应用于网文 IP 影视转化的预测和创作。2019 年 9 月阅文集团携手微软开启 AI 赋能网络文学"IP 唤醒计划"。"微软小冰"对阅文旗下 100 部小说原著和主人公 IP 整合学习后，重建小说描述的虚拟世界观和知识体系，赋予全新人设和可交互"生命"，在阅文集团旗下红袖读书 App 上线。AI 沉浸式阅读、AI 评论互动、AI 朗读等或成为 IP 智能开发的下一步目标。

（2）开发智能化内容制作辅助工具，降低内容生产门槛，提升 UGC（User Generated Content 的缩写，指用户生产内容）内容平台的生产积极性和活跃度。短视频平台通常会挖掘有趣、炫酷的内容话题以及创作模板，让头部明星、红人先进行创作，再吸引更多普通用户加入创作。比如，提供背景音乐、滤镜甚至动作的智能模板，用户不需要去构思内容，只要跟随模板，就可以创作出完成度很高的视频内容，降低生产有趣内容的创作门槛。产品通过版本更迭不断升级制作程序，技术赋能，助力用户参与内容生产。互联网大厂几乎均对剪辑工具有所布局，抖音"剪映"、快手"快影"功能强大，运营细致，微信也推出"秒剪"，哔哩哔哩有"必剪"等。此外，AI 翻译技术高效助力网络文学规模化"出海"，区块链技术则针对性解决网文抄袭问题。

（3）人工智能文艺创作。AI 绘画、AI 写诗引发关注和争论，尽管现有技术还远未达到高级人工智能发展阶段，但 AI 对网络文艺内容生成的探索一直在推进。2020 年 12 月，网易云音乐的首支 AI 全链路音乐作品《醒来》正式发布。歌词通过 AI 语音模型的训练生成，作曲根据数据分析形成，编曲采用雷火音频部的智能编曲引擎，演唱是网易伏羲建立的歌唱合成库，可生成各种音色和风格，AI 承包了这支音乐作品创作的整个流程。

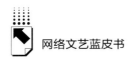

3. 智能开发全链路品牌营销体系

（1）以用户数据、内容资源为基础自主开发 AI 营销体系。爱奇艺、腾讯、优酷、抖音、快手等平台坐拥数量巨大、多维度用户数据和内容资源，倾向于自主研发 AI 技术营销体系及 AI 广告营销产品。爱奇艺 2019 年推出 AI 广告营销产品"触点"和"创可贴"，2020 年提出"OSTB"营销方法论，① 开发多种 AI 技术为内容营销赋能，通过"绿镜"、流量预测系统、智能剪辑系统、智能 AI 舆情监测系统等多个技术产品，让营销信息更智能地与内容和用户结合在一起。其中，智能 AI 舆情监测系统是基于多模态算法支撑的营销系统，通过对视频中物或真人服饰、发型、声纹和虹膜等生物特征的识别，"监测民意"，弹幕造梗，这些都是爱奇艺品牌营销的重要抓手。字节跳动利用 AI 技术深度分析、理解内容，精细化构建用户标签，建构"人、环境、内容"相匹配的全智能营销体系。网络电影的站内外营销也趋于算法驱动的精准曝光。

（2）头部媒体资源提供商开放数据平台，打破信息孤岛，实现最大程度的大数据利用与挖掘，为 AI 广告营销服务商提供优质的平台流量与内容资源。比如，2019 年百度发布"N. E. T. X 百度全链 AI 营销"。无论哪种形式，互联网内容生产平台都在不断加大 AI 营销研发。

（二）平台对技术的研发、创新与规模化应用提升平台工业化水平，实现技术全面赋能网络文艺发展

在综合视频平台中，爱奇艺稳居第一梯队，头部优势明显，在 2021 年 1 月以 65036.1 万活跃用户位居综合视频用户规模第一（见图 4）。② 爱奇艺的发展与平台对智能技术落地、开发智能辅助产品和系统、提升生产效率和

---

① "OSTB"即以科技赋能原创内容，以平台生态为营销内核驱动力，以社会化的内容营销做有价值观的传播，O 即 Original 原创的，S 即 Sociable 社交化的、可传递的，T 即 Technology 科技的，B 即 Belief 信仰、价值观。

② 易观分析：《中国网络视频市场年度报告 2021》，https://mp. weixin. qq. com/s/Nv - FmVAkG42q bgEeP7Jyzg，2021 年 4 月。

工业化水平有直接关系。在互联网影视娱乐工业化进程加速背景下，平台的功能和意义越发关键，平台系统研发也有助于技术的规模化应用。利用全面升级的平台智能制作能力，爱奇艺搭建起一套 AI 辅助的一体化智能制作系统，赋能网络文艺产品制作。

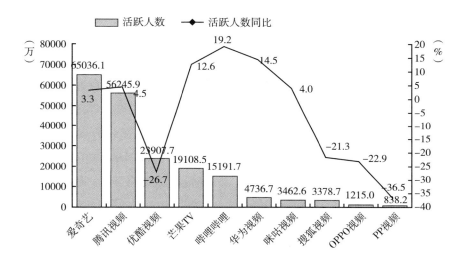

图 4　2021 年 1 月综合视频领域活跃用户规模排名前 10 位的 App

1. AI 购买、评估系统

（1）AI 辅助购买。爱奇艺通过 AI 分析市场受欢迎内容的特点，辅助内容购买，或在自制内容时辅助上游要素的购买。只要将网络 IP 套入其研发的"IP 价值评估系统"，AI 就可以基于大数据和算法做出相应评估。爱奇艺自制剧《黄金瞳》就是由 AI 算法辅助选出。拍摄前，爱奇艺通过评估系统，利用 AI 技术对鉴宝相关的 IP 作品，从题材、原著粉、类型等进行多方位的价值信息提取，深入评估 IP 潜在价值。网剧《无证之罪》也依托了这套评估系统。

（2）AI 筛选优质内容 IP 进行投制。进入内容制作流程后，有"艺汇"系统为选角提供决策支撑。播出期间借助大数据和流量预测系统进行剧集的灵活排播，甚至为平台全年的内容排播重点提供策略指导。这些细节的助力

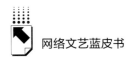
和赋能，让爱奇艺原创内容在用户市场走得更通畅。

2. AI 智能生产工具

爱奇艺平台的内容生产包括网络综艺节目、网络剧等传统长视频制作，同时也生产短视频等 PGC（Professional Generated Content 的缩写，指专业生产内容）、UGC 内容。平台开发智能辅助系统和工具，应用于视频节目录制、素材管理、后期制作等各个环节，有效缩短内容制作时间，提升效率。

（1）在综艺节目制作中，爱奇艺研发的拍戏宝、Ysera、爱创媒资系统帮助提升场记统筹、素材管理、后期剪辑等环节效率，将创意人员从重复烦琐的简单性工作中解放出来。拍戏宝是片场管理协作工具，将记录、导出等场记环节系统化，减轻了烦琐的记录、导出、整理、统一格式等重复性工作，比传统方式的工作效率提高 3~5 倍。DIT（Digital Imaging Technician 的缩写）一站式流程管理及智能制作工具 Ysera，系统化整合 DIT 管理、转码、合版能力，仅需制作人员上传素材，系统将自动完成高效转码和 AI 合版，使制作团队将精力更多投入到节目创作中。在剪辑过程中，爱创媒资系统将素材整理效率提升 10 倍左右。此外，爱创媒资系统还增加了智能广告追踪系统，通过识别画面内容，快速追踪到视频中广告出现的时间和位置，确保节目满足广告主的广告需求，相较于人工效率提升了 3 倍，该系统曾斩获中国计算机学会（CCF）的 2018 年 CCF 科学技术奖科技进步杰出奖。

（2）用 AI 创作 UGC 作品。爱奇艺"一键成片"功能，可以用 AI 分析一部明星出演的影片，10 秒内创作一段这个明星的视频。爱奇艺随刻创作 App 利用 AI 已对站内长视频进行内容理解，标注标签，供创作者使用，App 微视频智能推荐音乐，TTS 配音或用 ASR 添加字幕。AIWorks 是互动视频制作系统，可借助模板自动生成短视频，帮助 PGC、UGC 进行二次创作。

（3）借助 AI 技术修复老电影、制作动漫。爱奇艺也做了一个名为 ZoomAI 的视频增强系统，帮助修复经典剧集。作为 AI 功能包，能完成去噪、前景提亮、超分辨率、插帧等视频优化算法，智能修复老胶片电影可减少 80% 的工作量。此外，还可以通过 AI 帮助动漫创作，提升效率。

3. AI 智能分发系统

爱奇艺基于在智能制作方面的长期积累，创新搭建起 AI 辅助的一体化智能制作解决方案，革新内容生产方式，AI 发挥的作用无孔不入，而基础是理解用户和理解内容。爱奇艺用户都有画像，AI 系统综合考虑用户的观看、驻留行为，实现个性化智能推荐，这种推荐是基于公司整个生态的智能分发，经匹配后可以将短视频、小说、游戏、知识付费等各种形式的内容推荐给用户，并分发针对不同用户兴趣点的个性海报。

4. AI 智能营销工具

（1）技术与营销的深度结合，也为原创内容的发酵助力颇多。在《北灵少年志之大主宰》的热播过程中，就体现着爱奇艺 AI 指导内容营销的强大能力。在剧集升温期，爱奇艺通过大数据洞察用户偏好，利用 AIWorks 自动为剧中角色生成短视频，精准触达用户需求。此类的效果还体现在对舆情的监控和爆点话题的制造上。爱奇艺智能 AI 舆情监测系统、AI 雷达可以有效预判、迅速捕捉用户的兴趣焦点，为内容营销预估话题爆点，指导营销方向。从《唐人街探案》《爱情公寓5》到《怪你过分美丽》《隐秘的角落》，爱奇艺技术赋能营销，频频助推原创内容热度爆发。

（2）个性化、互动性用户服务程序，实现营销多样智能创新。爱奇艺借由"奇观""只看 TA"、互动视频等组成个性化服务，让用户深入爱奇艺原创内容互动、体验，充分释放内容价值。通过对用户需求的精准洞察，利用人脸识别、表情识别、场景识别等 AI 技术，推出"只看 TA"功能，进而满足用户只看自己喜爱的明星的诉求。大批网友留言表示此功能"你懂我""太贴心""这波操作太优秀"。

整体来看，技术与平台的深度实践融合，使平台自身不仅跨越了早期资本导向的困境发展阶段，也正在超越以自制为核心的差异化竞争阶段，向娱乐生态体系阶段发展，形成以视频业务为基础，包括文学、漫画、轻小说、直播、游戏、商城等多元娱乐服务，产品从单一的视频线扩展到娱乐生态矩阵，满足用户多元需求。

三 技术落地，5G 有望驱动互联网文艺 创造与娱乐消费革新

2020 年被视为 5G 拓展之年。5G 基础设施逐渐完善，技术不断成熟。文娱作为 eMBB 场景下最主要的运用领域，有望成为 5G 商用过程中最先迎来发展的领域（见图 5）。① 对此，互联网公司开展消费级应用布局：爱奇艺推出"全产品矩阵"策略，加速推进 VR 应用，强化"VR +"多种内容生态方式；腾讯推出腾讯先游、START、腾讯即玩三大云游戏平台，着重布局云游戏；网易与华为达成合作，上线网易云游戏平台；虎牙开发基于 5G 的 4K/8K 直播和 AR/VR 直播项目。互联网公司普遍认同 5G 将给游戏、直播、视频等内容产业带来革命性影响，并积极进行前瞻性布局。电信运营商也推出 5G + 4K 高清视频、5G + VR/AR、5G 云游戏等特色服务，为用户提供优化娱乐体验。②

（一）序幕拉开，5G 按下大视频时代"快进键"

在 5G、超高清、虚拟现实等新兴技术催生下，传统视听内容的生产传播，已难以满足新时代人民群众对美好视听的新需求。2019 年 2 月，工业和信息化部、国家广播电视总局、中央广播电视总台联合印发《超高清视频产业发展行动计划（2019 ~ 2020 年）》，5G 大视频应运而生。

大视频，不是指视频的大小或多少，而是指无处不在的数字化生产和无时不在的视频共享形态。它既包括传统电视视频、IPTV（交互式网络电视）、OTT（互联网电视）、以户外视频为代表的大屏平台，也包括网络视频、手机视频、视频直播、VR、AR 为代表的短视频平台等。这些无所不在

---

① 李俊杰、唐建军：《5G 承载的挑战与技术方案探讨》，《中兴通讯技术》2018 年第 1 期，第 50 页。

② 中国信息通信研究院：《中国 5G 发展和经济社会影响白皮书（2020 年）》，https://baijiahao.baidu.com/s? id = 1686473342359734515&wfr = spider&for = pc，2020 年 12 月。

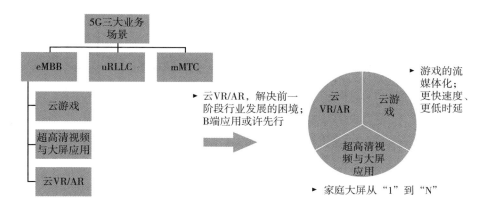

图5　5G三大场景及文娱具体应用

的"屏"，构成了全天候大视频传播生态。5G大视频是指5G技术条件下更高技术格式、更新应用场景、更美视听体验的视频。"高"是指视频融合4K/8K、3D、VR/AR/MR、高帧率（HFR）、高动态范围（HDR）、广色域（WCG）等高技术格式；"新"是指具有新奇的影像语言和视觉体验的创新应用场景。大视频以科技之"高"与应用之"新"，打造审美体验吸引用户消费。目前5G大视频业务应用有四大类，4K/8K超高清视频应用、沉浸视频、互动视频和AR/VR，已不同程度应用于网络文艺创新发展。

1. 超高清视频，以新一轮技术升级用户视听艺术体验

超高清不只是在高清基础上单一提升物理分辨率，还需要配套帧率、色深、色域和高动态范围（HDR），使画面更丰富流畅，容纳更多细节，展示更逼真的画面，是继数字化、高清化后的新一轮技术革命。在综艺《舞蹈风暴　第二季》中，芒果TV通过4K"时空凝结"系统帮助观众欣赏和感知舞蹈艺术之美。4K"时空凝结"系统由芒果TV技术调度中心和华为研发立体可变轨迹，设备内置六大场景和多种特效，以智能快速定焦技术、蝶式升降拍摄方案，借助端云协同的视频3.0＋平台，助力节目组实现"立体风暴时刻"。用户可通过芒果TV客户端或华为视频客户端体验360度自由视角观看，也可通过华为VR Glass终端体验8K/VR版本，获得在舞台中央近距离360度VR虚拟现场体验。2020年哔哩哔

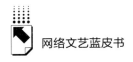
哩解锁4K高分辨率超清视频和360度全景视频功能，同年5月全面开放4K超清画质，同时支持最高120FPS帧率，为用户提供更清晰、更沉浸的视听体验。哔哩哔哩联合UP主"影视飓风""特效小哥"推出站内首支"4K＋120帧＋HDR10"最高画质影片《文字大战》，展示哔哩哔哩视频播放能力，让用户直接体验高新技术效果。5G的网络特征，降低高清视频制作成本，提高流程创作的效率和内容制作的质量，给观众带来全新观看体验。

2. 沉浸式视频是5G大视频发展趋势之一

沉浸式视频是指采用裸眼观看的方式以获得身临其境的感受，呈现画面覆盖人眼至少120度（水平）×70度（垂直）视场角的视频系统和具备三维声的音频系统。沉浸式视频通过音频、视频和特效系统，使观众在同一时间能够获得周围多个方位的视听信息，体验单一平面视频无法实现的高度沉浸感。爱奇艺自制沉浸式VR互动电影《杀死大明星》，首次在第77届威尼斯国际电影节获"最佳VR故事片"奖。

3. 5G技术保障下的互动视频，为视频网站注入新内容

互动视频指时间域互动、空间域互动、事件型互动，具有分支剧情选择、视角切换、画面互动等交互能力，能够为用户带来强参与感、强沉浸度的互动观看体验。2019年是中国互动视频元年。2020年1月19日爱奇艺播出《爱情公寓5》时，在第13集设置了16处可供观众选择的互动节点，互动形式使该剧成为以最短时间打破爱奇艺热度峰值纪录的爆款。此外，爱奇艺《他的微笑》（2019）、优酷《大唐女法医》（2020）、腾讯视频《拳拳四重奏》（2020）等开启互动视频探索。尽管5G并非互动视频普及的必然条件，但5G的大带宽、低时延、广连接特性确实为互动视频发展应用创造了条件，互动视频成为5G时代视频的重要分支。

4. 5G超大宽带、超低时延、超高速率解决VR应用的技术瓶颈，不断解锁新的业务场景，创造网络文艺内容和传播的新形态

VR通过模拟环境感知用户的状态和行为，替换或加强感知系统的感官反馈信息，从而使用户获得沉浸在模拟环境、虚拟环境中的感觉。

爱奇艺自制全感大空间 VR 游戏《末日营救 2071》落地上海，搭载沉浸式全感娱乐解决方案，构建覆盖触觉、嗅觉、听觉、风感、震动、热感、重力等感官在内的游戏体验，尝试革新线下 VR 娱乐。相比其他游戏，VR 游戏沉浸感和代入感更强，更具交互性。VR 的业务主要包括两类，一类是 360 度全景视频类，比如，用户生产内容（UGC）的 360 度视频直播，专业生产内容（PGC）的 360 度赛事、音乐会、电影等，此类业务通过多个摄像头采集、拼接手段，把平面的视频还原为全景，以流媒体形式在头显播放。另一类是 CG（计算机动画）类 VR。2020 年，芒果 TV 与中国移动咪咕携手，以"5G 多屏同看"模式升级 2019～2020 年湖南卫视跨年演唱会直播。通过设置 5G 互动直播间，以"5G + VR"的全景 360 度展示、"5G + AI"虚拟艺人同框主持、"5G + AR"跨年扫码惊喜互动等技术应用，实现"5G +"赋能高清互动直播。VR 直播业务的主要流程如图 6 显示。

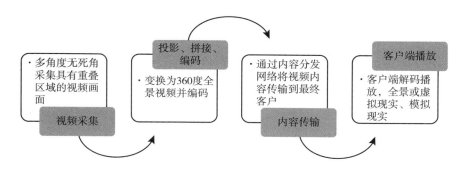

图 6　VR 直播业务主要流程

资料来源：中兴通讯。

（二）弥补短板，5G 有望助力云游戏开启发展前景

2020 年被称作云游戏元年，全球云游戏用户总消费 6.3 亿美元，[①] 我国

---

① Newzoo、腾讯研究院：《中国云游戏市场趋势报告（2021）》，https://www.sohu.com/a/458725266_ 455313。

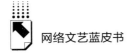
云游戏市场规模 5.35 亿，① 2019 年云游戏用户规模约为 1.33 亿人，2020 年用户规模增长至 2.47 亿人。② 流畅的云游戏体验是 5G 重要的应用场景之一。根据 HIS Markit 预计，2023 年全球云游戏市场规模将达 25 亿美元，伽马数据预测，2022 年中国云游戏市场规模将超 40 亿元。摆脱硬件限制，玩家随时随地享受游戏带来的快乐，是云游戏技术被预估具有巨大商业价值的关键，而 5G 等关键技术是实现云游戏巨大潜力的基础。

云游戏是以云计算为基础的游戏方式。用户通过终端设备发出操作指令，云端服务器收到指令在云端渲染后，持续将指令反馈、游戏的音视频内容编码压缩，并通过网络传送到客户游戏终端，经由高速的网络传、运算、编解码能力，达成用户实时同步的游戏体验。游戏运行在云端服务器完成，云端有进行强大图形计算与数据处理的能力，游戏数据全部存储在云端。因此，游戏玩家不必为 PC 或主机的高端处理器、显卡进行巨额投资，只需有基本的流媒体视频播放能力。云游戏技术需求高，其发展前景基于技术建构：第一，5G 网络高宽带、低时延，接入速度从 4G 的 30 ~ 50 秒提高至 5G 的 1 毫秒，助力游戏移动场景落地，满足随时即玩需求，保障并改善用户体验；第二，云游戏依托云计算，解决连接问题以及在云端完成游戏运行与画面渲染；第三，云游戏不能缓冲下载，要达到良好的游戏体验，需通过边缘计算技术，支持厂商在靠近用户网络边缘测得边缘数据中心，布置边缘服务器，在本地进行高实时性数据处理计算，不必将所有数据上传云端，网络传输速率因此大大增加。③

技术发展催热云游戏。2000 年云游戏概念出现，2009 年由 Onlive 公司正式提出，2019 年云游戏市场起步。2019 年，腾讯云在 ChinaJoy "全球游

① 《360 智慧商业发布〈中国游戏行业观察报告〉》，https://mp. weixin. qq. com/s？＿＿biz＝MzI1Nzk5Mzk2Mw＝＝&mid＝2247496583&idx＝2&sn＝d5f2b4e0c5fbf97977ca11b0b67466ea&source＝41#wechat＿ redirect，2020 年 8 月。
② 中国音数协游戏工委（GPC）、中国游戏产业研究院：《2020 年中国游戏产业报告》，https://www. chinaxwcb. com/info/568247，2020 年 12 月。
③ 通信行业深度报告：《"5G＋云"助力云游戏爆发，充分必要条件相互促进》，http://m. baogao8. com/p－110165. html，2020 年 8 月。

戏产业峰会"上发布"腾讯云·云游戏解决方案",并联合 WeGame 提供了《天涯明月刀》《中国式家长》等云游戏模式试玩。配合云游戏的推出,腾讯云使用"腾讯明眸极速高清"智能动态编码技术,保证高清画质;同时推出"Tencent-RTC"技术让开发商无须定制 SDK 就可以实现 PC、手机、平板等多端接入。此外,华为云、顺网科技也展示了云游戏科技。华为云在大会演示了网易旗下端游大作《逆水寒》的云电脑体验效果,用户仅通过一台华为手机就能够享受 75GB 的大型端游。

2020 年以来,中国云游戏市场发展的基本现状表现为三个方面:第一,移动设备成为云游戏在中国的第一入口。2020 年中国游戏市场收入 2786.87 亿元,其中移动游戏市场 2096.76 亿元。云游戏服务瞄准中国 6.241 亿移动游戏玩家。[1] 第二,各平台仍在积极探索挖掘云游戏的新应用场景。云游戏还处于起步和探索阶段,短期内难以完全取代现有游戏平台。在对新的应用场景的探索中,可玩广告和游戏试玩最受中国游戏开发商欢迎,而整合云游戏和直播则成为直播平台虎牙、斗鱼等开发云游戏服务的战略目标之一。第三,仍在寻找高质量游戏内容。2020 年以来,新冠肺炎疫情导致居家场景增多,移动平台的游戏玩家越来越希望在移动平台获得沉浸式和竞技类感体验,云游戏具有能将 3A 级 PC 和主机巨作引入移动平台的潜力。不过游戏市场主要被原生移动游戏主导,比如,将高保真移动游戏带到低端智能手机上。云游戏的全面启动,还需要更多高质量的内容吸引玩家。目前国内云游戏发展还需要克服诸多挑战,如网络连接质量、5G 网络的普及度、长期可行的应用场景、优质游戏内容以及能被市场广泛接受的商业模式等。[2]

内容开发已成为用户选择和保留游戏服务的主要驱动力,而 GPU 服务器、虚拟化技术、音视频编码加速、5G 和边缘节点计算等核心技术齐头并

---

[1] 中国音数协游戏工委(GPC)、中国游戏产业研究院:《2020 年中国游戏产业报告》,https://www.chinaxwcb.com/info/568247,2020 年 12 月。

[2] Newzoo、腾讯研究院《中国云游戏市场趋势报告(2021)》,https://mp.weixin.qq.com/s/s2Xl2aJTD1ns - PWrMz5cbg,2021 年 4 月。

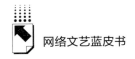

进发展，才能发挥云游戏潜力。目前一些高质量游戏内容已取得一定的市场成功，比如，腾讯旗下国风武侠手游《天涯明月刀》、网元圣唐的单机 RPG《古剑奇谭三》、米哈游的开放世界 RPG《原神》和巨人网络的 ARPG 手游《帕斯卡契约》等。2020 年 7 月，完美世界游戏研发的《新神魔大陆》实现了免下载、跨终端、高品质渲染等云游戏特性。整体来看，国内云游戏行业还处于初始发展阶段，但是头部科技及游戏公司的入局、庞大的用户基数及 5G 的快速发展，有望助力推动云游戏的前景发展。

（三）5G 赋能多种互联网文娱形式创新发展

5G 高速发展，其大带宽、低时延等技术特征为大视频传输提供保障，边缘计算为大视频处理提供算力支撑，网络切片为视频直播提供专有通道保障，互动视频 CDN（Content Delivery Network，内容分发网络）为视频内容分发提供交互体验支撑。

5G 技术条件下，网络音乐不断探索高品质音乐的在线化听法。2020 年 9 月，中国音像与数字出版协会发布《基于 5G 数字音乐超高清音质技术要求》，促进数字音乐千亿产业创新发展。咪咕音乐推出多种 5G 听法，打造全场景沉浸式音乐体验。2021 年 4 月，华为 VR 音乐出品了三部郎朗音乐会作品，华为自研 3D 空间音乐效果还原现实中的声音方位，20 个对象音频、3D 音频渲染，完整还原现场的声音细节。

5G 普及技术条件下，虚拟主播/偶像成为网络文艺发展的新动向。视频网站哔哩哔哩的 2DLive、3D 动画渲染、全息投影、动作捕捉等技术成熟，降低了虚拟主播的制作成本，能提供更生动的形象，并通过直播与用户互动。2019 年 2 月，哔哩哔哩虚拟歌手洛天依与郎朗跨界合作线下演唱会；2019 年哔哩哔哩跨年晚会上，虚拟歌手洛天依与国乐大师方锦龙合作演唱了《茉莉花》。2020 年 11 月爱奇艺虚拟人物才艺竞演节目《跨次元新星》是首个虚拟歌姬全息表演，创新性地为《跨次元新星》中的人气虚拟选手举办现场个人表演秀，以技术打破虚拟偶像的互动次元壁，为用户提供线下互动体验虚拟 IP 的娱乐新场景。

5G 推动新一轮重大技术革新，将用户对移动网络的使用体验推向更高层次，网络文艺内容生产与传播呈现不断创新的发展态势。

四 网络文艺技术赋能的发展趋势

2020 年以来，文化娱乐产业受到新冠肺炎疫情影响，不过疫情催生的"宅家"经济也为网络文艺的发展和创作提供了新思路，在人工智能已成为产业重塑最强有力推手的背景下，"AI＋文娱""5G＋文娱"战略模式建构出令人期待的网络文艺发展前景，深刻影响着网络文艺生态，展露出巨大的市场潜力。

第一，数智赋能、技术赋能是网络文艺发展的必然趋势。互联网基因使网络文艺在诞生之初就与传统文艺形式不同，技术在网络文艺的创作、传播过程中始终在场，并发挥重要作用。人们将 5G 比作"信息高速公路"，是未来全连接、全场景、全要素、全社会的智能底座，是经济社会"提速降费"的创新元素，有极强的带动效应；将人工智能比作"云端大脑"，依托于"高速公路"的主体场景。网络文艺与许多 AI、5G、大数据等技术落地的应用场景一样，在"云端大脑"和"智能底座"的依托和驱动下加速发展，实现技术落地与商业增长，不断创新技术与艺术的深度融合。从内容生产、分发、营销的每一个环节，到平台与技术融合的产业化、规模化发展，再到用户具体而真切的使用体验，新一代技术正在全面赋能，并直指未来发展方向。

第二，技术驱动艺术创新，重构社会生存方式与人类情感方式。近年，智能技术所驱动的网络短视频"野蛮生长"，5G 高清、沉浸互动式大视频时代开启，按下了网络文艺视频化发展的"快进键"。抖音快手成为现象级App，抖音所属字节跳动，用 AI 产品思路"降维打击"互联网巨头，在夹缝中逆袭为世界级企业。AI 驱动字节跳动在新增流量红利极为有限的情况下，不仅从拥有不对称流量优势的互联网巨头中异军突起，而且打破之前互联网公司进军海外市场瓶颈，成为中国目前"出海"最为成功的互联网产

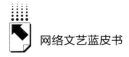

品公司。在企业、平台深入的智能化实践推动下，短视频成为增长最快的网络文艺应用。对于用户而言，日趋视频化的生活场景提供的不仅是文艺内容和信息的生产传播，无处不在的多屏日常也建构了人工智能时代生活、生存的视频化。视频重构了人们的日常空间，人们在直播中买进卖出，同样也能在海量的碎片化视频空间中满足对诗与远方的"抵达"；人们在视频中在场或缺席，彼此发生既远又近的连接，完成既真实又虚幻的表演，视频化成为一种新的生活方式。在技术与文化艺术深度融合的当下与未来，人类生存方式与情感方式也将发生深刻变化。

第三，"以人为本"是技术赋能的出发点，也是互联网文化艺术发展的根本要求。一方面，智能化生产、分发算法为用户"画像"，精准匹配个性化文艺内容，以智能技术辅助用户或平台提高生产效率，把人类从简单重复的劳动中解放出来，把更多时间留给创意、普惠流量和技术，尤其以提升用户体验为目的的优化技术。另一方面，人工智能对于人类智能的部分模拟与延伸，使人成为万物互联的媒介节点，并被结构化为数据，面对信息茧房、系统困局等问题，原有的文化理念、价值观念、艺术审美也面临挑战和问题。不过，无论人工智能的科学实验，还是智能技术的操作实践，当人类拥抱新科技的时候，坚持"以人为本"，才能引导"技术向善"。将人工智能与人类智慧相结合，以科技延伸人的有限，以人把握科技的方向，才能有效规避技术中心主义，更好发挥网络文艺在社会、经济、生活中的重要作用。

B.11
新技术应用与"泛"网络文艺发展

付李琢*

摘　要：　2020年以来，以文艺性短视频、网络直播与网络音频为代表
的"泛"网络文艺进一步迅猛发展，成为网络文艺中富有生
命力与创造性的新增长点。"泛"网络文艺总体规模持续增
长，创作生产繁荣发展，行业格局稳中有变，产业链条加速
完善，已成为人们喜闻乐见的新文艺形式。"泛"网络文艺
进一步加速主流化进程，深化与其他领域、其他文艺形式的
互通、融合，催生出微短剧、慢直播、音频综艺等新形态，
行业整体良性发展，为人们提供了丰富多样的精神食粮。

关键词：　"泛"网络文艺　文艺性短视频　网络直播　网络音频

2020年以来，以短视频、网络直播与网络音频为代表的"泛"网络文
艺在新技术的广泛应用与有力支持下，成为网络文艺中富有生命力与创造性
的新增长点。从"泛"网络文艺的总体规模、行业格局、创作生产、用户
特性等方面出发，我们可对其总体发展状况和发展态势进行分析、梳理，并
总结、把握其发展的新动态、新特征与新趋向。

一　新技术应用与"泛"网络文艺概述

网络文艺的典型形态包括网络文学、网络剧、网络综艺、网络电影、网

---

* 付李琢，中国传媒大学讲师、博士，主要研究方向为戏剧与影视学、艺术学理论、网络文艺
与文化等。

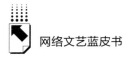

络纪录片、网络音乐、网络动漫、网络游戏等，在新的媒介生态、艺术生态和产业生态中，它们集中体现了新兴网络文艺的生产规律和审美特性。除此之外，网络文艺还包括文艺性短视频、网络直播、网络音频，以及在线美术馆、VR/AR/MR 虚拟艺术、AI 艺术等多样形态。这些借助新技术、新媒介力量蓬勃发展的艺术形态和文化艺术产品含有丰富的文艺因子但又非"典型"网络文艺，或具有丰富潜能却还处于发展的初级阶段。随着其用户规模日益增长、内容生产日益丰富、网民参与度越来越高、市场规模持续扩大、影响力不断提升，我们不妨将其纳入"泛"网络文艺的范围来分析、考察。

新技术是"泛"网络文艺发生与发展的催化剂。无论是 5G 技术、虚拟现实、物联网这些硬件革新的关键技术，还是大数据算法、人工智能这些颠覆性的系统方法，都为新文艺形态的催生和壮大带来了无限机遇。鉴于"泛"网络文艺内在的"技术、互联网、艺术"三位一体的架构，以及它们在此架构中展现的活跃性、大众性和典型性，本文将对"泛"网泛文艺尤其是文艺性短视频、网络直播、网络音频这三种形态的发展状况进行分析、考察。

1. 短视频

"短视频"指时长较短的网络视频，一般从几秒钟到几分钟不等。有别于以网络剧、网络综艺、网络电影、网络纪录片等为代表的长视频，短视频一般采用竖屏制式，内容更贴近人们的日常生活，更适合手机移动端的推广和传播。基于这些特点，它具有较强的传播能力与鲜明的社交属性，且创作门槛低，观看场景便捷，更符合移动互联网时代人们碎片化的消费习惯。"短视频平台"是以提供各类短视频内容为主要业务的网络应用，比如，抖音短视频、快手短视频、微视等，它们通常采用特定算法为用户智能推荐短视频内容，依赖大数据算法满足用户的观看趣味与审美期待。

2020 年以来，短视频继续迅猛发展，在用户渗透率、使用时长等方面逐渐赶超长视频、网络游戏等传统网络娱乐类应用，成为撬动流量最多的网络娱乐类型。短视频的内容包罗万象，它不但记录人们日常生活的方方面面，还与咨询、娱乐、电商、本地服务等相融合，成为网生内容中的靓丽风景。不仅如此，在生活节奏加快、场景不断细分的当下，短视频成为人们获取信息的重要渠道，以至作为信息传播方式，短视频逐渐成为其他网络应用的基础功能。

2. 网络直播

"网络直播"是指通过互联网即时传播音视频内容的网络服务形式。广义上讲，任何通过互联网实时传播的内容都可称为网络直播，但现实中我们所称的网络直播主要包括电商直播、体育直播、真人秀直播、游戏直播、演唱会直播几大类型。根据提供内容的不同，"网络直播平台"可分为游戏直播平台、真人秀直播平台和综合直播平台。网络直播具有较强的"社交化"特征，网络直播用户与主播之间往往有较强的情感连接。

2020年以来，电商直播异军突起，成为中国互联网发展史上的大事件。同时，在新冠肺炎疫情的激发、催化下，网络直播逐渐泛化，与众多场景相结合，成为互联网基层设施，"直播＋"成为重要的发展趋势。

3. 网络音频

"网络音频"是指可以收听网络电台等音频类节目的移动互联网应用类型。区别于网络音乐，网络音频专指非音乐类的音频内容，比如，有声书、播客、音频直播等。音频以其听觉艺术的特殊审美特性，与主流的视觉性内容相区分，带来了差异化的市场优势。"网络音频平台"是指专门提供在线音频内容的平台，比如，喜马拉雅、蜻蜓FM等。当然，传统网络音乐平台也在加紧布局网络音频，与专门网络音频平台展开竞争。

2020年以来，网络音频以其在用户黏性方面的独特优势，吸引了互联网行业的目光，在传统网络娱乐应用市场逐渐饱和的情况下，众多企业纷纷布局网络音频。网络音频平台也在寻求破局，探索新的文艺类型与生产模式，拓展新的增长点。

除了短视频、网络直播、网络音频外，2020年以来，互动视频、虚拟艺术、AI艺术、新媒介文艺等"泛"网络文艺形态均有长足的发展，它们共同丰富了网络文艺总体的风貌，也是网络文艺样式推陈出新、不断发展壮大的具体呈现。

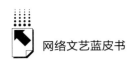
二 "泛"网络文艺发展状况

2020年以来，"泛"网络文艺继续蓬勃发展，各类型均有不俗表现。在新冠肺炎疫情影响下，用户有更多的时间使用网络娱乐类应用，网络短视频、网络直播、网络音频等"泛"网络文艺发展迅速，覆盖面、影响力急剧扩大。

（一）短视频发展状况

从2011年快手成立算起，短视频已走过了十年的发展历程。随着移动互联网的发展与智能手机的普及，短视频行业也从无到有、从弱到强，短视频用户习惯逐渐养成，市场关注度逐步攀升。2020年以来，在技术发展、市场成熟、疫情催化等多方面因素的共同影响下，短视频再次迎来了飞速发展期，其应用的平均时长首次超过了长视频，成为用户网络视听类应用的首选。

1. 总体规模：持续增长，占据视听领域首位

从用户规模来看，根据中国互联网络信息中心（CNNIC）的统计数据，截至2020年12月，我国网络视频总体用户规模达到9.27亿，占网民整体的93.7%，其中，短视频稳定增长，用户规模达8.73亿，较2020年3月增长了1.00亿，占网民整体的88.3%。[①]

与之相应，短视频市场规模也在不断扩大，中国网络视听节目服务协会发布的《2021中国网络视听发展研究报告》显示，2020年，泛网络视听领域（包括短视频、综合视频、网络直播、网络音频）市场规模达到了6009.1亿元，其中，短视频领域市场规模占比最大，达2051.3亿元，同比增长了57.5%。[②]

---

① 中国互联网络信息中心：第47次《中国互联网络发展状况统计报告》，http://www.cac.gov.cn/2021-02/03/c_1613923423079314.htm.
② 中国网络视听节目服务协会：《2021中国网络视听发展研究报告》，https://www.sohu.com/a/470607018_121123762，2021年6月。

在吸引新用户方面，短视频也有亮眼表现。2020 年 6～12 月，我国新增网民 4915 万，其中，短视频对网民的吸引力表现突出，20.4% 的人第一次上网时使用的就是短视频应用，仅次于即时通信，排位第二。①

2. 行业格局：双雄并峙，抖音、快手趋同发展

从产业发展的角度看，短视频业内形成了抖音、快手"双巨头"的市场格局。抖音日活跃用户已突破 6 亿，快手日活跃用户超过 3 亿，占据了短视频的绝大部分市场份额。2021 年初，快手在港股上市，成为"短视频第一股"，开盘首日即上涨 193.913%。除抖音短视频、快手短视频之外，微视、西瓜视频、快手极速版、抖音极速版等占据了短视频平台的第二梯队。

自 2013 年快手转型短视频、2017 年抖音异军突起以来，快手、抖音一直是短视频领域的两强选手。两者曾经在产品定位上有着显著差异，快手主打下沉市场，"老铁""社会摇"之风浓厚，而抖音定位于一、二线城市人群，内容运营偏新潮。② 快手主打内容社区和社交平台，用户与创作者之间的关系更贴近；抖音贯彻内容至上，通过算法提供精准的流量分发，以中心化的方式分发更多用户喜爱的内容。2020 年以来，快手、抖音逐渐开始相互靠近和学习，在某种程度上走上了趋同发展的道路。比如，快手在原来"双列"自选模式的基础上增加了精选内容的"单列"模式，利用算法推荐用户喜爱内容，在产品形态上已与"内容流"的抖音相差不大；抖音则向社交领域发力，将"朋友"板块放在显眼位置，也通过各种活动增强用户的互动性。快手、抖音的用户已高度重合，两个平台的头部账号也深度重合。

2020 年，短视频行业迎来了一位新竞争者——依托于微信的"视频号"。背靠微信这一流量入口，视频号迅速抢夺用户、扩展市场。根据中国互联网络信息中心统计，视频号上线半年后日活跃用户即突破两亿。③ 视频

① 中国网络视听节目服务协会：《2021 中国网络视听发展研究报告》，https://www.sohu.com/a/470607018_ 121123762，2021 年 6 月。

② Mob 研究院：《2020 中国短视频行业洞察报告》，http://www.199it.com/archives/1147583.html，2020 年 8 月。

③ 中国互联网络信息中心：第 47 次《中国互联网络发展状况统计报告》，http://www.cac.gov.cn/2021 -02/03/c_ 1613923423079314.htm。

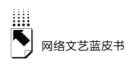
号有天然的社交基因，与算法推荐的短视频平台有显著差异，它拓展了短视频用户的边界，让很多非抖音、非快手的用户也开始使用短视频。

随着短视频影响力的急速提高，其他各类平台也在大力发展短视频业务。比如，在长视频平台中，爱奇艺推出"随刻"，宣布打造"以视频为内容载体"的兴趣社区；社区平台知乎则发布了"海盐计划"，鼓励知乎答主创作更多视频内容，向视频创作转型。可见，在短视频快速发展的风口，各类应用都意图借助短视频吸引用户，使得短视频作为互联网"基础功能"的特点越发明显。

3. 创作生产：全民创作，赢利模式更为多元

2020 年以来，随着拍摄、传播更为便捷，短视频逐渐成网民日常生活的表达工具。《2021 中国网络视听发展研究报告》显示，2020 年，有46.1% 的用户上传过短视频，较 2019 年增长 28.6%。从上传的短视频的类型看，关于日常生活的短视频最为常见，42.3% 的用户上传过相应内容；其次为"旅游/风景"类，上传比例为 31.6%。另外，"搞笑""美食""音乐"等内容的用户上传占比都在 20% 以上。[1]

从内容创作的维度看，抖音、快手两大短视频平台有各自的特点。卡思数据报告分析了抖音、快手的 KOL 画像，发现抖音女性创作者、女性粉丝更多，而快手男性创作者和男性粉丝更多。从创作者地域分布上看，抖音一、二线城市创作者集中，占比 74.92%；快手创作者相对下沉，三、四线城市占比 49.02%。[2] 在短视频创作者中，除了用户生产内容类型的自发创作外，由用户生产内容转变为专业用户生产内容的创作者、职业化的专业生产内容机构也占据着一定的比例。以抖音为例，在 2020 年粉丝数量最多的账号中，新闻、媒体等账号共计 7 个，明星艺人账号共计 10 个，网生账号（包括用户生产内容与专业用户生产内容）共有 33 个；粉丝数量最多的账

① 中国网络视听节目服务协会：《2021 中国网络视听发展研究报告》，https://www. sohu. com/a/470607018_ 121123762，2021 年 6 月。

② 火星文化、卡思数据：《2020 短视频内容营销趋势白皮书》，http://www. 199it. com/archives/1032029. html，2020 年 6 月。

号为 1.23 亿粉丝的人民日报，网生账号中粉丝数量最多的为 5304.8 万的毒舌电影，均为专业用户生产内容创作者。

在流量加持下，短视频内容为创作者带来了巨大的盈利空间。2020年，随着电商带货的崛起，短视频内容创作赢利模式也更为丰富，除了头部账号的广告收入外，腰部、尾部账号也有了变现的新通路。以抖音为例，近一年内有超过 2200 万名抖音创作者共实现了 417 亿元的收入，[①] 广告推广、直播带货成为创作者获得收益的主要渠道，为内容生态的繁荣奠定了基础。

4. 用户特性：算法加持，使用时长持续增长

在算法加持下，短视频对于用户时间的占有能力达到了一个新高度。2019 年末，短视频人均单日使用时长首次超过长视频，坐上了视听类网络应用的头把交椅；2021 年，短视频人均单日使用时长达 120 分钟，超过了即时通信、综合资讯、在线阅读等网民主要使用的应用类型。从用户结构来看，80 后、90 后使用率较高，其中，20~29 岁的网民中有 92.3% 的用户使用短视频，30~39 岁的网民中有 93% 的用户使用短视频。短视频用户的学历相对较高，大专学历以上的网民中，有 91.6% 是短视频用户。[②]

短视频也有较好的用户黏性。《2021 中国网络视听发展研究报告》显示，在网络视听应用中，短视频的用户忠实度最高，有超过一半的用户每天都会使用短视频应用。可见，短视频已从一种娱乐方式转变为许多人日常生活中必不可少的一部分，成为人们获取信息、消遣、社交、购物等的重要渠道。

（二）网络直播发展状况

从 2005 年左右兴起的 PC 端直播开始，网络直播经历了"千播大战"的爆发式增长。2016 年以后，市场逐渐趋于饱和，发展逐渐趋于稳定。其

---

① 抖音：《2020 抖音数据报告》，http://www.199it.com/archives/1184841.html，2021 年 1 月。
② 中国网络视听节目服务协会：《2021 中国网络视听发展研究报告》，https://www.sohu.com/a/470607018_121123762，2021 年 6 月。

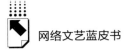
间，网络直播的主阵地由 PC 端转向移动端，直播内容也由单一的真人秀直播向游戏、体育、教育、社交等多领域渗透。2020 年以来，电商直播异军突起，不但强劲助力电商模式创新，还让网络直播更广泛地为人所知。

1. 总体规模：平稳增长，电商直播异军突起

中国互联网络信息中心数据显示，2020 年，网络直播的用户规模与使用率平稳增长。截至 2020 年 12 月，我国网络直播用户规模达 6.17 亿，较 2020 年 3 月增长 5703 万，占网民整体的 62.4%。其中，电商直播快速增长，用户规模为 3.88 亿，较 2020 年 3 月增长 1.23 亿，占网民整体的 39.2%；游戏直播的用户规模为 1.91 亿，较 2020 年 3 月减少 6835 万，占网民整体的 19.3%；真人秀直播的用户规模为 2.39 亿，较 2020 年 3 月增长 3168 万，占网民整体的 24.2%；演唱会直播的用户规模为 1.90 亿，较 2020 年 3 月增长 3977 万，占网民整体的 19.2%；体育直播的用户规模为 1.38 亿，较 2020 年 3 月减少 7488 万，占网民整体的 13.9%。① 从市场规模看，2020 年，网络直播市场规模达到 1134.4 亿元，同比增长 34.5%，已与网络综合视频的市场规模不相上下。②

2. 行业格局：新人入局，老牌平台增长乏力

2020 年以来，网络直播行业格局基本稳定。游戏直播、真人秀直播等垂直领域头部企业基本固定，进入存量竞争阶段。更多的互联网企业进入直播领域，其中，以抖音、快手为代表的短视频巨头凭借其强大的流量优势，改写了直播行业的生态。

在游戏直播领域，随着 2019 年熊猫直播的退出，斗鱼直播、虎牙直播形成稳定的双巨头格局，两者占据了游戏直播领域 60% 以上的市场份额。2020 年，在两家平台的共同投资者腾讯的推动下，斗鱼与虎牙宣布启动合并计划，斗鱼成为虎牙的全资子公司，同时，腾讯旗下的企鹅直播也并入其

---

① 中国互联网络信息中心：第 47 次《中国互联网络发展状况统计报告》，http://www. cac. gov. cn/ 2021 – 02/03/c_ 1613923423079314. htm。

② 中国网络视听节目服务协会：《2021 中国网络视听发展研究报告》，https://www. sohu. com/a/470607018_ 121123762，2021 年 6 月。

中。但随着 2020 年 11 月国家市场监督管理总局发布《关于平台经济领域的反垄断指南》征求意见稿，并对斗鱼、虎牙合并案件进行依法审查，此一"合并"也暂时中止。

在真人秀直播领域，YY 直播、映客直播、花椒直播占据市场领先地位。三者均为"千播大战"中存活下来的老牌产品，其中，YY 直播是最早开拓游戏直播、真人秀直播的先行者，映客最早在港股上市，花椒则背靠 360，但近年来三者均进入了增长放缓阶段。造成这种情况的原因有多方面，其中最主要的是真人秀直播赢利模式过于单一，直播打赏占据了绝大份额。以映客为例，其 2020 年财报数据显示，映客全年整体营收49.5 亿元，直播收益高达 48.37 亿元。近两年，几家直播平台试图努力破局，比如，以泛娱乐和社交为突破点，映客直播收购积目、对缘等社交应用 App；花椒直播探索直播综艺、连麦相亲等新内容；YY 直播则被百度高价收购，成为百度布局直播领域的重要战略动作。YY 直播的原公司欢聚时代则专注于海外市场，推出 Bigo 等系列产品，抢占海外网络直播市场。

除了这些老牌直播企业，还有更多的网络公司跨界进入，成为直播领域不容忽视的重要力量。短视频巨头快手和抖音均深入涉足直播领域，凭借短视频带来的巨大流量优势，以电商直播为核心，在游戏直播、真人秀直播等领域全面布局。比如，快手早在 2018 年就开始布局直播电商，依托其原生的头部主播，成为和淘宝直播一较短长的行业领军者；游戏直播也迅速发展，快手游戏直播月活已超 2.2 亿。抖音则抓住疫情期间的发展机遇，大力发展电商直播，引入商家在其平台开展电商直播，同时也加大真人秀、游戏、音乐会等领域的布局。此外，微信在视频号中加入直播功能，打造短视频与直播全面布局的生态闭环；哔哩哔哩在 2019 年末大举进军直播行业，挖角"斗鱼一姐"冯提莫，全面布局，打造二次元氛围强烈的直播风格，同时，还深耕游戏直播领域，拿下英雄联盟独家直播版权；陌陌则依托其社交平台，重点发力真人秀直播，旗下探探在 2020 年上线直播功能，取得了不错业绩。

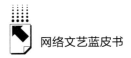
3. 创作生产：产业完善，主播成新职业形态

目前，网络直播已基本形成了平台、公会、主播较为完善的产业链条。《2020 年中国网络表演（直播）行业发展报告》显示，截至 2020 年末，具有网络表演（直播）经营资质的经营性互联网经营单位有 5966 家，其中，2020 年获得网络表演（直播）经营资质的经营性互联网经营单位有 3362 家；在赢利模式方面，游戏直播、真人秀直播平台的核心营收来源于直播打赏，占比超过 90%；以商品交易为主的电商直播的核心营收来源于佣金分成，并与用户形成双向互惠的关系。

2020 年以来，网络主播已逐渐成一种新职业，日常生活中的"吃、住、行、游、购、娱"等均与直播密切融合，形成了新的消费场景，而网络主播群体也通过直播实现个人收入。在主播群体方面，《2020 年中国网络表演（直播）行业发展报告》显示，截至 2020 年末，我国网络表演（直播）行业主播账号累计超 1.3 亿，其中，日均新增主播峰值为 4.3 万人。从年龄分布来看，24～30 岁年龄段的主播最多，占比近 40%；从地域分布来看，主播主要集中在三线及以上城市；从收入来看，大多数主播月收入 3000～5000 元。[1] 此外，围绕主播而形成的创业团队衍生出运营管理、直播服务、视频服务、直播电商、辅助后勤等五大类 20 余种职业，以及策划、助播、场控、品控、客户服务等多种新兴就业形态。而这些就业形态无法在平台直观显示，由此可见，实际直播带动的就业规模更为庞大。

4. 用户特性：男性主导，使用时间稳中有升

在使用时长方面，根据《2021 中国网络视听发展研究报告》可知，网络直播的人均单日使用时长稳定在 60 分钟左右，虽然远不及短视频，但与前两年相比也保持了稳定的提升。《2020 年中国网络表演（直播）行业发展报告》显示，直播用户人均观看时长分布中，观看 1～2 小时的用户占比较高，达 33.4%；观看 0.5～1 小时的用户占比为 26.7%。由此可见，网络直

---

[1] 中国演出行业协会网络表演（直播）分会：《2020 年中国网络表演（直播）行业发展报告》，https://zhuanlan.zhihu.com/p/374093432。

播在吸引用户使用方面表现持续稳定。

从使用频率来看,《2021 中国网络视听发展研究报告》数据显示,网络直播的用户忠实度一般,只有 27.2% 的用户每天都会使用网络直播,近 60% 的用户只是偶尔使用网络直播,在各类网络视听应用中排名最后。这从一个方面也说明了网络直播的特点:忠实的用户使用时间较长,并伴有直播打赏等消费行为,有一定程度的粉丝特性;其他用户则只是偶尔使用网络直播应用,使用时长较短。

在用户结构上,根据 Mob 数据,真人秀直播、游戏直播都以男性用户为主,不过也存在差别。其中,真人秀直播用户年龄集中在 25～34 岁,以企业白领为主,付费能力强;游戏直播用户年龄集中在 25 岁以下,以在读学生比例最高。①

(三)网络音频发展状况

从 2011 年蜻蜓 FM 上线算起,网络音频已走过了十年的历程。2020 年以来,受新冠肺炎疫情影响,网络音频内容的使用时长增幅较大。网络音频以其独特的审美特性、较强的受众情感连接,促进用户使用黏度的提升,带来有别于一般网络娱乐应用的差异化优势。因此,网络音频也成为各大互联网平台发力抢占的一大市场,并促进行业呈现出发展新风貌。

1. 总体规模:稳中有升,使用时长明显增加

《2021 中国网络视听发展研究报告》显示,2020 年,网络音频用户规模达 2.82 亿。2020 年以来,在疫情催化下,网络音频的使用时长与用户黏性明显增加。根据 QuestMobile 的数据,截至 2021 年 2 月,在除社交外的娱乐行业中,网络音频行业总使用时长份额占 0.9%,同比基本持平。在声音类娱乐细分行业中,在线音乐行业、网络 K 歌的用户总使用时长有明显下滑,而网络音频行业用户总使用时长有所提升。

---

① Mob 研究院:《2020 中国直播行业风云洞察》,https://www.mob.com/mobdata/report/95,2020 年 3 月。

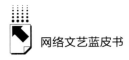
从用户黏性角度来看，2020 年人均月使用时长 473 分钟，同比提升 48.3%。与其他娱乐方式比较，网络音频人均月使用时长在各网络娱乐方式中处于中游位置。虽然相比短视频、游戏等，其人均月使用时长更低，但在声音类娱乐细分行业中网络音频明显高于在线音乐和网络 K 歌。

2. 行业格局：一超多强，资本加速跨界布局

经过多年的发展，网络音频行业已形成了相对稳定的行业格局。据《2021 中国网络视听发展研究报告》可知，喜马拉雅以 67.1% 的市场份额稳居行业第一梯队，蜻蜓 FM、荔枝位居第二梯队，总市场份额占比为 18.6%，相比去年同期略有下降。可见，网络音频行业的市场集中度进一步加深，喜马拉雅一家独大，蜻蜓 FM 和荔枝紧随其后。2020 年 1 月，荔枝正式登陆纳斯达克股票交易所上市，成为中国网络音频市场中第一家上市的公司；2021 年 5 月，喜马拉雅提交 IPO 招股说明书，于纽约证券交易所上市。

从内容生产来看，三家头部音频平台的模式有所不同：喜马拉雅多元化、综合化全面布局，采用专业生产内容（PGC）、专业用户生产内容（PUGC）、用户生产内容（UGC）"三合一"模式，覆盖有声书、音频娱乐内容、播客、音频直播、广播剧、专业知识等各个领域；蜻蜓 FM 偏于专业生产内容，以聚合国内外 3000 多家电台为起点，邀请传统电台主持人、意见领袖和自媒体人入驻平台；荔枝则另辟蹊径，自我定位为中国最大的 UGC 在线音频平台和最大的音频娱乐互动平台，主打网络音频直播。

除了老牌网络音频平台外，互联网资本纷纷跨界入局长音频领域。比如，腾讯音乐发力长音频领域，2021 年将酷我畅听与懒人听书整合为长音频应用"懒人畅听"，并依托腾讯丰富的 IP 资源，发力有声书及其他各类长音频生产；2020 年，字节跳动推出"番茄畅听"，主打小说市场，在真人主播录音之外，还运用人工智能技术合成声音演绎小说；哔哩哔哩通过收购音频平台猫耳 FM 入局音频领域，并在主站设置音频分区；网易云音乐上线新板块"声之剧场"，主打广播剧与有声书；快手上线播客类应用"皮艇"，进军长音频市场。

在头部企业内容和场景生态日益完善的趋势下，音频行业市场竞争格局

越来越明确。随着腾讯、字节跳动等企业入局，音频类节目在内容深度挖掘、创新发展上有更进一步的突破。

3. 创作生产：类型多样，生产赢利模式成熟

从内容属性来划分，网络音频主要包括传统音频节目、播客、音频直播三大类型。其中，传统音频节目包括有声书、相声、知识课程、广播剧等，其内容以 PGC 版权内容为主，参与的平台主要有喜马拉雅、荔枝、蜻蜓FM、番茄畅听、懒人畅听等；播客是指基于互联网利用 RSS 等技术发布的、可供下载的聚合音频文件，它在 2020 年发展迅速，其内容以 PUGC 为主，播客主可自传音频内容、开设频道，手机播客应用、综合音频平台、第三方平台是播客内容的主要平台；语音社交与直播是实时发生的偏社交或直播类娱乐，作为代表性平台，荔枝的直播收入在其 2020 年总收入中占比达 98.6%。

经过多年的发展，中国网络音频行业运作越发成熟，多种商业模式的建构逐步深化。从当前实际来看，网络音频行业已形成了以会员订阅、单点付费、广告营销、直播打赏为主的赢利模式，并成为行业不断创新发展的坚定基石。①

4. 用户特性：黏度较高，使用场景更为丰富

从用户来看，在网络音频用户中，80 后、90 后使用频率较高，其中，20～29 岁的网民中有 34.6% 的用户使用网络音频，30～39 岁的网民中有 35% 的用户使用网络音频。网络音频用户的学历相对较高，有 41.6% 的本科及以上学历网民是网络音频用户。

从使用时长来看，网络音频深度用户在网络视听类应用用户中占比最高，使用时长在 3 小时以上的用户占比达 14.2%。网络音频用户也有较好的黏性，《2021 中国网络视听发展研究报告》显示，在网络视听应用中，网络音频应用的用户忠实度仅次于短视频，有 38.2% 的用户每天都会使用网

---

① 艾瑞咨询：《2020 年中国网络音频行业研究报告》，http://report.iresearch.cn/report_pdf.aspx?id=3576，2020 年 5 月。

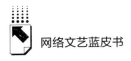
络音频应用。可见，虽然在总体规模上不及视频类应用，但网络音频因其独有性和较高的用户黏度而收获可观的深度用户。

网络音频独特的媒介属性能够解放用户的使用场景，吸引用户通过收听音频的方式满足其多样化、个性化的娱乐需求。据《2021 中国网络视听发展研究报告》可知，超过六成用户在睡前会收听音频节目，干家务、午休、运动健身等是另外使用比较多的场景。此外，音频还能与其他众多场景生态打通，比如，与智能音箱、汽车厂商、智能家居、可穿戴设备等物联网模式达成生态合作，既拓展了内容分发渠道，又不断扩大了音频用户的覆盖面。

三 "泛"网络文艺发展述评

2020 年以来，短视频、网络直播、网络音频等"泛"网络文艺形态进一步迅猛发展，新模式、新样态、新作品层出不穷，展现了丰富多彩的生活图景，反映了时代精神，表达了人们的情感，成为网络文艺发展的新景观。

（一）短视频

1. 记录时代风貌，生活化、垂直化、融合化凸显

无论是抖音的口号"记录美好生活"，还是快手的口号"拥抱每一种生活"，都在强调短视频记录生活的功能。从微观视角看，短视频记录的只是一些碎片化的内容，但从宏观视角看，短视频记录的却是一个时代的整体风貌。在某种意义上说，与纪录片相比，短视频的记录是一种拼图式的记录，或者说，它聚合了普通个体对生活瞬间的碎片化记录，进而以其丰富多样的合力折射出一个时代的整体风貌。

在内容创作上，2020 年以来，短视频呈现出生活化、垂直化、融合化的显著特点。通过观察各大短视频平台上的内容，我们不难发现：生活化的内容呈现，与其他垂直领域的结合，以及与各类文艺形态的融合是内容创作的主流，也是短视频内容的共同特征。以抖音为例，《2020 抖音 KOL 生态研究》显示，在短视频内容生产者方面，抖音 2020 年度涨粉最快的 30 个账

号中,生活类"剧情搞笑"占比最多,达11席,影视娱乐、美食、医疗健康、汽车、音乐等垂直类账号共占11席,其他账号则以媒体官方号为主。①

(1) 生活化:日常生活的故事演绎

在2020年的短视频剧情内容创作中,其题材更为生活化,具体表现为:源于生活的、真实的、共情的内容在增加,而套路化、搬演式的内容逐渐减少,或者说,内容更具真实而非演绎,体现出"日常纪实"的风格特色。从传播效果看,越是贴近生活、反映生活的内容,越容易激发共鸣。比如,抖音内容创作账号"疯产姐妹",其短视频作品多采用记录式的拍摄手法,围绕闺蜜之间"相爱相杀"的搞笑日常展开,吸引了大量用户的关注,获点赞总量超5亿;内容创作账号"我是田姥姥",以东北一位老龄农村妇女田姥姥为主人公,呈现日常生活中的种种搞笑趣事,其极具个性的语调和笑声令人印象深刻,也收获了超过5亿的点赞量。从这些火爆的短视频中,我们可以看到,短视频记录现实的功能逐渐从"事、物"转变到了"人物",真实、自然、鲜明的人物成为短视频创作、传播的核心,取代了那些套路式的、段子式的内容,而观众则被富有个性、贴近生活的人物形象所吸引,并成为创作者的迷友。不仅如此,"生活化"的内容不仅在剧情类视频中成为主流,它还拓展、延伸到垂直领域,并使生活剧情融入垂直内容成为短视频内容的一大趋势。比如,在汽车类的垂直领域,2020年流行一类4S店"带看帮购"内容,达人带着不同的购车者看车、讲价,衍生出不同的故事,情节往往一波三折;在美食领域,内容呈现的不只是简单的美食制作过程,而是结合更多的生活画面,把亲情、家庭、田园乡村等元素加入其中,并与现实生活产生更多的情感结合点。

当然,必须指出的是,短视频创作的生活并不是纯粹简单的日常生活再现。如果对热门视频加以分析,不难发现其中存在的固定模式和套路,以及演绎的、剧本化的内容。比如,"我是田姥姥"中的内容一般都有"外孙整

---

① 卡思数据:《2020抖音KOL生态研究》,http://www.199it.com/archives/1211703.html,2021年2月。

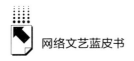

蛊—姥姥被整—姥姥反应"的模式，虽然最终呈现的内容是日常化、生活化的，但很难说所有内容都是未加演绎的真实生活状态。当然，从用户点赞来看，完全原汁原味的生活素材并不吸引观众。一方面表明，人们还是更愿意观看具有情节、富有特色的内容；但另一方面，脱离现实的虚构作品显然不是短视频创作的主流，日常生活中的故事化演绎才是短视频创作的核心。

（2）垂直化：垂直领域的扩张细分

近年来，"垂直化"已成内容创作的主流态势。比如，在快手中，其内容向多元化发展，美食、游戏、宠物、时尚等领域的垂直类账号增速加快；在抖音中，汽车、情感、美食、美妆、医疗等细分领域内容创作账号和粉丝量增长迅速。尤其是 2020 年，"医生"职业创作者上传的视频在抖音获得了超过 390 亿次的播放和超过 9 亿次的点赞。另外，来自各领域的"种草"、测评类账号快速增长，知识资讯、文化艺术类账号也增幅较大。

随着短视频流量不断扩张、内容细分趋势愈加明显，内容的垂直化向更深层次发展。以美食垂直领域为例，在各类美食内容创作账号中，除了聚焦某类美食制作，或做美食探店、挑战，还有主打美食溯源、小清新治愈美食制作分享以及用美食为载体来记录情侣生活的。这不仅为用户提供了更丰富的内容，还加深了美食领域垂直细分的程度。

（3）融合化：文艺形态的交融互通

随着媒介融合与发展进程的加快，网络文艺内部各类型之间也在不断拓界、融合。比如，作为 2020 年网络音乐的一大关键词，"抖音神曲"是短视频与网络音乐的深度融合。实践表明，在某种程度上，短视频平台已成为"神曲"的孵化场，歌曲随视频一起被用户发布、分享、再生产、再分享，借助这一高效的传播机制，歌曲以最快的速度传遍大江南北。因此，短视频平台也主动拓展业务，发展音乐人及音乐资源板块，像抖音的"抖音音乐人计划"，推出了《少年》《我和你》《旧梦一场》等现象级网络音乐作品。其中，网络平台使草根创作者有了更多的机会，也有力地推动了原创音乐力量的产业性转换与市场性发展。再比如，动漫也加速了与短视频的融合。一方面，短视频动画已成为短视频内容的一部分，比如，《一禅小和尚　第二季》等作品创意突出，为平台吸引了不少用户；另一方面，短视频平台成为漫画、动画作品宣发、推广的渠道，对扩大作品的影响力具有重要意义，比如，腾讯动漫与微视以每年开发 20 部以上的漫改微剧为目标达成合作，联合出品的国内首部真人漫改竖屏短剧《通灵妃》总播放量近 10 亿。

2. 打造泛娱乐生态，平台加速主流化"破圈"

2020 年以来，抖音、快手等逐渐摆脱草根、亚文化标签，加速向电影、剧集、综艺等娱乐领域进军，打造泛娱乐生态，同时，还吸引越来越多的明星入驻其中，加速短视频向主流"破圈"。不仅如此，短视频平台与其他主流媒体的合作、融合向更深层次挺进，促使短视频逐渐成为网络视听媒介的重要形式。

（1）吸引明星加盟，助力平台破圈

2020 年以来，抖音、快手都着力吸引主流明星加盟。据《2020 抖音娱乐白皮书》可知，抖音平台累计已有超过 3000 位明星入驻，较 2019 年新增超 1000 位，其明星直播品牌 DOU Live 共开展 370 余场直播。① 而快手先是成功邀请周杰伦入驻，首场直播吸引了超过 6800 万的观看量，随后又签下陈坤、杨幂、黄子韬、迪丽热巴等明星作为平台代言人，进一步扭转其在用户眼中"土味"的印象。明星与短视频平台的合作也不仅仅停留在"露脸""站台"上，而是更深程度地融入其中，成为短视频内容的创作者。比如，小品演员郭冬临开通了短视频账号"暖男先生"，以剧情的形式创作了一系列短视频内容，获得了较高点击量。短视频平台成功让明星群体融入了平台生态，将其转化为优质的内容创作者和良好生态的促进者。此外，2020 年以来，疫情加速了"云娱乐"的常态化，在短视频平台流量优势与活动成功案例的吸引下，明星也积极主动地加盟短视频平台，并将短视频作为宣传营销、吸引关注乃至转型电商的重要阵地。

（2）发力影视营销，加强主流合作

在电影方面，短视频平台作为当下互联网的流量中心，成为各类电影宣

---

① 抖音娱乐：《2020 年抖音娱乐白皮书》，https://www.sohu.com/a/448366552_99955982。

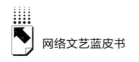

发的重地。几年前，抖音已积累了丰富的电影宣发经验，2020年以来则更进一步。据《2020抖音娱乐白皮书》可知，在票房过亿的影片中，抖音参与宣发合作的票房累计达到174.99亿，占过亿影片总票房的99.4%；而票房前20的华语电影全部开设了官方抖音账号。比如，在年度爆款电影《我和我的家乡》全链条营销中，抖音在国庆期间动员短视频用户记录美好家乡，策划李雪琴喊话马丽等特色区域热点，最终电影站内相关话题、主话题播放量超过43亿。此外，抖音还推出了"抖音双周电影报告"，通过整合数据，面向从业者提供参考。同时，快手也加大了对电影营销的介入，上海国际电影节成为官方独家短视频合作平台，邀请黄渤做客快手直播间宣传《风平浪静》，推动影片出圈；协助暑期档大片《八佰》进行线上短视频宣发，开展了云首映活动，促进电影话题发酵。

在剧集、综艺方面，短视频营销也表现出更深层次的融合新变。以抖音为例，《2020抖音娱乐白皮书》显示，2020年，抖音剧集内容收获点赞超过93亿，市场上超过90%的剧集都选择了与抖音合作；2020年，投稿综艺内容用户共8.4万人，其中，万粉用户约9000+位，综艺内容点赞量较上年提升130.58%，评论量较上年提升293.65%，转发量较上年提升258.68%。平台结合《三十而已》《隐秘的角落》《大秦赋》等热播剧的主演入驻和参与直播，引导用户讨论最新剧情及话题人物，并自发创作UGC内容，推动制造热点。其中，《三十而已》借力抖音营销实现"破圈"，发起以此歌曲为背景乐的"三十而已心动舞挑战""三十而已有话说"活动，剧集片段在平台广泛传播；《隐秘的角落》主演与抖音达人联动，"一起去爬山"从抖音站内火遍全网。综艺《乘风破浪的姐姐》也通过在抖音上发动热门挑战赛达到良好的营销效果。

此外，短视频平台与主流电视媒体的合作也越发密切。2020年，快手与央视春晚合作开展"视频+点赞"玩法，让快手一举突破了"下沉"圈层，获得了更广泛的知名度。2021年，快手又联手山东卫视，对2021山东春晚节目进行了全新编排，通过多链路直播信号实现了大小屏同步播出和实时互动，晚会的直播观看人数超过6967万，站内互动次数超过8824万。抖音也与电视媒体开展密切合作，2020 年，抖音继续与浙江卫视合作推出第三届《抖音美好奇妙夜 2020 浙江卫视秋季盛典》，2021 年二者又合作推出综艺节目《为歌而赞》；2021 年初，抖音拿下央视春晚红包独家合作方，通过设置集灯笼、带爸妈拍全家福、云上相聚等活动，利用央视春晚的巨大影响力，着力推广抖音的社交与电商功能与服务。

（3）打造特色内容，形成"IPGC"模式

作为短视频平台独有的特色活动，"挑战赛"在泛娱乐内容的传播方面表现突出。挑战赛是短视频平台与出品方打造的特色话题，通过深度应用内容社交体系中的裂变机制，不仅可以带动大量用户参加，还能提高影视作品营销的调性，带动剧集播放量。以抖音为例，《乘风破浪的姐姐》发动"姐姐舞"挑战，节目明星、嘉宾率先登场发起，各大网生 KOL（Key Opinion Leader）、普通观众纷纷参与，形成大众狂欢的营销趋势，极大带动了节目的播放量。

短视频的泛娱乐生态形成了独特的"IPGC"（IP + UGC + PGC + OGC 的缩写）模式，有力推动了内容的传播。IPGC 以 IP 为核心，以内容为基础，整合平台多样玩法，实现节目的破圈传播。IP 内容的梗段槽点、BGM、海报等元素与短视频平台的互动玩法相结合，会产生有趣的"化学反应"。IP 内容中的互动热梗会演变成话题挑战赛，原声音乐的高潮段落也非常容易在短视频平台衍生出短版本或用户翻唱版，而内容中标志性的符号元素也常常被作为道具贴纸使用。短视频平台强大的互动属性及玩法能够充分抓取 IP 的亮点，从而实现破圈传播。不仅如此，当这些有趣的互动玩法得到站内资源助推及明星、创作者、营销号的迅速跟进后，影响力也会二次扩散，并在短视频平台强大的分发机制下，源源不断地推送、涌现出更多的 UGC、PGC 或 OGC 类型视频。

3. 微短剧、微综艺崛起，新文艺样式不断涌现

伴随短视频市场的快速发展，原生态、同质化相对严重的 UGC、PGC 视频再也不能满足用户的需求，他们希望看到叙事相对完整、制作足够精良的短视频。在此背景下，微短剧、微综艺应运而生。

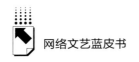

（1）微短剧：平台扶持，专业创作机构涌现。2018年，各大视频网站曾大力布局竖屏网剧。比如，爱奇艺推出了品牌竖屏剧《生活对我下手了》，但由于赢利困难，视频网站的短剧尝试最终浅尝辄止。近两年来，以快手、抖音、微视为代表的短视频平台从资金与资源上加速布局、大力扶持微短剧，并成为推动微短剧的主力。截至2021年6月，抖音上短剧话题共有视频2.3万个，播放量达27亿。腾讯微视2020年初出品了微剧《通灵妃》，上线一周多播放量就破亿，两季播放量已达10亿。快手也于2020年7月宣布在短剧版权上加大投入，截至2020年12月，快手小剧场收入的短剧超2万部，播放量破亿的剧集超2500部。

微视是最早推出微短剧代表作的平台，2020年12月，为扶持微短剧，微视推出"火星计划"，并与阅文集团、腾讯动漫等进行IP合作。快手以政策扶持的方式，吸引专业团队入局，包括无忧传媒等头部MCN机构和开心麻花、哇唧唧哇等影视公司。同时，快手率先推出了一套完整商业化方案，为微短剧创作者提供高额分账金额。抖音则在首届创作者大会上推出了创作者成长计划，之后还启动了微综艺、微短剧和短纪录片内容扶持计划，通过"强制作策略＋多类型探索"双线并进的模式，强化"娱乐影视合作团队＋剧情垂直类运营团队"的优势，推进微短剧题材类型生产，打造"抖音微短剧"行业认知。

相比长视频，微短剧以高密度剧情点为主导，往往一两分钟就能实现故事反转，或讲述故事完整，同时，微短剧具有投资小、制作周期短、上线快等特点，这让微短剧能紧跟网络潮流，尽量满足观看者需求。此外，微短剧的超短周期还降低了广告对接周期与成本，对广告主不乏吸引力。

2020年12月8日，国家广播电视总局办公厅印发《关于网络影视剧中微短剧内容审核有关问题的通知》，其中就"微短剧"的定义、审核标准、审查细节、备案误区等做出说明和规范。在政策引导下，微短剧进入良性发展的快车道。

（2）微综艺：台网联动，平台自制打造精品。2019年6月，抖音出品了首档短视频微综艺《每个我》，节目聚焦网络达人，用"纪录＋采访"的形式还原他们的生活状态。之后，平台寻求联合制作节目，微综艺类型更为丰富。比如，快手与湖南经视联手推出了大小屏联动的直播节目《看见快生活》，与辽宁卫视、北斗融媒合作打造了真人秀节目《厉害了！老铁》。抖音则与中国青年报等联合出品了真人秀节目《硬核少年冰雪季》，与Sound & Color 联合推出了音乐旅行微综艺《Stage 舞台第三季·国境线》，这几档节目延续了"明星 + 素人 + 记录生活"的模式，制作更专业、更精良，播出后取得了不错反响。

经过多次探索和经验总结，短视频平台也开始与主流综艺制作机构合作，探索台网联动、多屏融通的节目生产与传播模式。抖音联合浙江卫视推出了跨屏互动音乐综艺《为歌而赞》，卫视与抖音同步播出，并结合两屏优势独创"大屏首唱、小屏二创"的台网联动形式，观众可以通过电视大屏观看节目，手机小屏为歌曲点赞和二次创作，参与到节目的互动中。快手则上线了脱口秀节目《耐撕大会》，节目有李诞、王建国、杨笠、呼兰等脱口秀演员加盟，此外还有快手的原生顶流主播参与。

总体来看，布局微综艺已然成为短视频平台的必然路线。就发展而言，短视频平台需要通过精准化、精品化的内容来提升对用户的吸引力，实现引流、破圈等目标，而微综艺恰是一个很好的切口。但目前来看，微综艺的影响力仍然较小，缺少代表作。如何整合多方资源，加强融合，打造代表性作品将是平台下一步的发力重点。

4. 版权规范健全，加强知识产权保护

纵观网络文艺诸类型的发展史，版权问题是其发展路上绕不开的绊脚石。这对当下火热的短视频产业发展也不例外，乃至成为互联网知识产权侵权的多发、高发地带。《2020 中国网络短视频版权监测报告》显示，仅 2019 年至 2020 年 10 月，就累计监测疑似侵权链接 1602. 69 万条，独家原创作者被侵权率高达92. 9%，热门电视剧、综艺节目、院线电影成为被侵权的"重灾区"。①

---

① 12426 版权监测中心：《2020 中国网络短视频版权监测报告》，https：//www. sohu. com/a/435421088_ 120054912，2020 年 11 月。

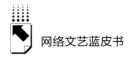

在短视频的内容中，一个重要类型就是"影视娱乐"，而影视娱乐类内容中绝大多数是解说视频，即，将电影、电视剧剪辑、切条，并配以解说和背景乐，用3~8分钟、三段短视频的时间快速讲完一部电影或电视剧。比如，代表性的头部账号有"毒舌电影""布衣探案"等。这类影视解说视频以其碎片化的叙事契合短视频时代的接受习惯，节约了用户的观影时间成本，吸引了大量的用户观看。但这类内容绝大多数没有得到版权方授权，属于典型的侵权行为。2021年，5家视频平台、53家影视公司与15家影视行业协会发布了联合声明，表示针对网上对影视作品内容未经授权进行的剪辑、切条、搬运、传播等行为，将进行法律维权行动。接着，腾讯视频、爱奇艺、优酷等视频平台联合500多位艺人，共同发布了倡议书，再次呼吁短视频平台推进版权内容合规管理，并清理未经授权的内容。

除了长视频、短视频之间的版权纠纷，短视频内部也存在大量侵权行为。最具代表性的行为就是视频"搬运"，即抄袭、搬运原创作者的短视频以牟取利益。由于短视频具有难以回溯的特性，这类侵权行为一直是各类平台的痛点。2020年，各大短视频平台加大了对抄袭"搬运"侵权行为的打击力度，以保护原创作者知识产权，营造更好创作空间。比如，快手推出《快手原创保护计划》，发力保护原创，打压抄袭搬运，原创作者入驻后可通过申诉把搬运者的粉丝转移到原创账号之中，一年时间里，平台根据已核实的原创作者申诉，帮助这些创作者找回了7446万粉丝。抖音在打击抄袭、搬运等侵权行为的公告中表明，会对搬运者做封禁投稿及公开处罚、警告的处理，对存在严重著作权侵权行为的还会予以永久封禁账号的处理；如果作者加入了抖音的原创者联盟，抖音还会主动帮助作者监测第三方平台违规搬运行为。微视通过综合评估内容原创度、内容质量与内容制作成本，对搬运作者进行严厉打击，对低成本、无看点的内容创作者进行收益压缩。微信视频号在自己的原创计划里明确表示会帮助原创作者打击搬运内容，2020年，视频号已处理超过3.3万条侵犯知识产权的短视频。可以说，随着平台内外各项管理规定、措施、办法等不断落地，我们相信，短视频知识产权问题将得到有效改观。

（二）网络直播

1. 电商直播异军突起，拓展网络直播影响

2020年以来，网络直播行业最引人瞩目的当属电商直播。2020年的新冠肺炎疫情给人们的生产生活带来巨大冲击，但为电商直播的发展提供了机遇。中国互联网络信息中心数据显示，截至2020年12月，直播电商用户规模达到3.88亿，较2020年3月增长1.23亿，占网民整体的39.2%;[①] 据商务部统计，仅2020年上半年，全国电商直播超1000万场，活跃主播超40万，日均直播近150万场，观看次数高达500亿。[②]

电商直播是以直播为渠道来达成营销目的的形式，是数字化时代背景下直播与电商双向融合的产物。电商直播归根到底仍是以电商为核心，而直播则是商家探索拉新转化、流量变现的新路径之一。经过近两年的高速发展，直播电商行业基本被两类平台占领：一是传统电商平台，以"电商＋直播"的形式拓展营销渠道，比如淘宝、京东；二是娱乐社交平台，力图以电商赋能直播流量变现，以"直播＋电商"的形式提升直播的变现能力，比如快手、抖音等。

电商主播可以分为三类：一是头部主播，占据了各平台绝大部分市场份额，比如，淘宝直播的薇娅、李佳琦，快手直播的散打哥、辛巴等。在电商直播崛起的大背景下，头部主播也频频出圈，参与各类晚会与综艺节目，成为新型明星。但也有主播对产品质量缺乏把关，因售卖假货而受到严惩。二是明星主播，2020年，众多明星试水直播带货，有的明星与头部主播合作，有的自开直播间带货。但经过近一年的实践，明星直播热度退减，大部分明星带货停留在浅尝辄止的程度，只有刘涛、林依轮等部分明星继续坚持，同时，专业明星带货MCN（Multi-Channel Network，多频道网络）机构开始出

---

① 中国互联网络信息中心：第47次《中国互联网络发展状况统计报告》，http://www. cac. gov. cn/2021－02/03/c_ 1613923423079314. htm。

② 《商务部：一季度电商直播超400万场》，http://tradeinservices. mofcom. gov. cn/article/yanjiu/hangyezk/202004/103372. html，2020年4月。

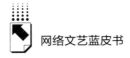
现，成为明星与直播电商的纽带。三是企业家直播和企业自播，比如格力的董明珠，年度直播 13 场，总带货超过 476 亿。除以上三类外，虚拟主播、三农主播和"银发主播"等小众主播也开始兴起，为用户提供了更多元的选择。

2020 年以来，电商直播得到了政府的重视和支持，中央及地方政府有关部门纷纷出台政策，比如，2020 年 2 月，商务部办公厅发布《关于进一步做好疫情防控期间农产品产销对接工作的通知》，鼓励电商企业为直播带货等渠道提供流量支持。各地方政府也积极发挥电商直播"牵线搭桥"的作用，通过成立电商直播协会、建设电商直播基地、培育电商直播人才、打造直播电商产业带等方式，促进"电商直播＋"产业发展，助力传统产业振兴。此外，在特殊情况下，一些著名主持人也集体"转型"主播，比如，朱广权直播销售湖北特产，助力恢复湖北经济；央视四大主持人康辉、撒贝宁、朱广权、尼格买提同框直播带货，观看人数超 1000 万，成交额高达 5.286 亿元。

2. "万物皆可播"，"＋直播""直播＋"泛化

2020 年以来，网络直播逐渐从单一的功能应用转变为所有网络应用的基本功能，网络直播的"泛化"成为重要的发展趋势。

（1）"＋直播"：网络平台加速布局直播。从平台层面看，除了专门的网络直播平台外，各类平台都在拓展直播功能，"＋直播"成为各类应用的共同特征。比如，抖音、快手等和直播打通，并将直播作为重要的赢利方式；淘宝、京东、拼多多等电商平台则进一步完善直播功能；微信也基于视频号开通直播功能，开辟新的市场空间。此外，各大新闻门户，哔哩哔哩、知乎、小红书、百度贴吧等社区，腾讯视频、优酷、爱奇艺等视频平台，QQ 音乐、网易云音乐等音乐平台，携程、去哪儿等旅行平台，甚至支付宝、招商银行等金融平台，都上线了直播功能。时至今日，直播功能几乎成为各类网络应用的必选项。

实际上，网络直播的泛化有其必然性。首先，随着技术的进步，5G 时代网络带宽继续提升，直播成本进一步降低，只要一部手机就可以随时进行

网络直播,技术门槛几乎不存在。其次,网络直播有助于平台拓展内容生态,吸引更多用户。比如,一向以图文为主要内容形态的知乎推出知乎直播,分为知识、职场、心理情感和教育四个板块,与社区的知识氛围一脉相承,除了打赏功能,还有"一对一咨询",主打知识咨询与付费。最后,网络直播的付费转化率较高。网络直播已成为应用中稳定的变现方式,对于平台扩展赢利方式有着重要意义,比如,社交平台陌陌已把网络直播作为主要业务内容,通过直播业务获得良好的营收。

(2)"直播+":网络直播辐射垂直领域。2020年,突发的新冠肺炎疫情进一步拓展了网络直播的辐射范围,像"直播+旅游""直播+运动""直播+综艺"等"直播+"场景扑面而来。随着人们日常宅家对线上内容出现多元需求,直播平台纷纷转型升级,在传统真人秀、电商直播的基础上,对内容进行扩充和调整,构建内容生态,"万物皆可播"从口号变成现实。很多领域和直播有了融合,各垂直领域还迅速出现了众多直播达人。

"直播+"的兴起有多方面的原因。概括说来,一是网络直播覆盖了音乐、娱乐、社交、教育、文旅、美食等多个方面,由此衍生出"云综艺""云课堂""云旅游""云饭局""云蹦迪""云音乐节"等多种直播形态,可以满足用户的多样需求。以抖音直播为例,其打造的"DOU Live"音乐直播品牌发起"沙发音乐会"线上活动,邀请邓紫棋等音乐人线上献唱;"欢乐DOU包袱"系列直播邀请了德云社、开心麻花、笑果脱口秀、嘻哈包袱铺四家国内喜剧厂牌推出线上"喜剧场";"线上健身房"邀请奥运冠军张继科等达人,为用户增加居家健身的动力;"DOU来我的云饭局"开启线上多人云聚餐。二是直播成为不少行业特别是依赖线下业务的行业的自救措施。除较普遍的室内直播和店铺直播外,商场、工厂、货源地、产业带等场所的直播有所增加。比如,车企开始积极与直播平台合作,推出"云看车""云卖车"等服务。抖音推出的"宅家云逛街"计划,既帮助线下商家走进直播间,又能满足用户的线上购物诉求。可以说,直播正在和更多场景产生交互,逐渐演变为人们生活中的在线基础设施。

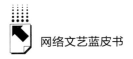

3. "慢直播"别样精彩，直播类型多样化发展

随着网络直播的发展，不同类型、风格的直播也开始出现，其中，引人注目的当属"慢直播"。所谓"慢直播"，是指"借助直播设备对实景进行超长时间的实时记录并原生态呈现的一种直播形态"。单画面、慢节奏、长时间的"空镜头"直播，往往没有主播的在场，不带任何镜头编辑与音乐渲染。可以说，节奏缓慢、原汁原味是"慢直播"的特色。比如，2020年初的新冠肺炎疫情期间，火神山、雷神山医院施工，吸引了千万网友前来"云监工"。除户外景观的直播外，直播学习、直播睡觉、直播萌宠（比如，四川熊猫基地的大熊猫直播）都是典型的慢直播形式。

疫情期间，由于线下活动受限、生活节奏放缓及娱乐活动的匮乏，用户线上娱乐时间变长，注意力"过度饱和"，直播节奏较慢的"慢直播"渐受关注。相比"快直播"，慢直播的画面变化缓慢，有时甚至一动不动。观众即便盯着手机屏幕看上一小时，也不会获取什么有用的信息流。但相比"快直播"，慢直播往往会使用户产生较为强烈的代入感、参与感和现场感。在直播带货、游戏、秀场快节奏直播当道的时下，慢直播为用户提供了另一种选择。

随着慢直播的发展，部分官方媒体也参与其中。比如，"四川观察"将镜头设置在成都339电视塔、环球中心上，俯瞰城市、地标全貌，最高峰时有将近350万人观看；《羊城晚报》将镜头画面固定在广州珠江琶醍的一角，实时直播珠江，最高峰显示观看者有6.7万人。除官方媒体外，还有一些企业、商家做起了慢直播。比如，加油站利用监控摄像头全天候直播经营情况，包括进出油站的车辆、人员；快递网点不间断直播快件分拣的实况；餐厅、酒楼全程直播后厨画面，用户可以在线清晰看到每道菜从制作到上桌的全过程。

哔哩哔哩的学习直播是另一类慢直播。比如，在哔哩哔哩直播考研学习的UP主"积极向上的骷髅"正在准备考研四战，从不露脸的他每天直播学习超过12个小时，人气值高时竟有20万~30万人同时在线。除了UP主陪伴的学习气氛组外，还有小动物组、二次元内容组等多种形式。这类直播让观众产生一种陪伴感，乃至在虚拟中产生真实情感，并通过直播维系这种情感。

4. 治理直播行业乱象，打造清朗网络空间

伴随相关政策制度的不断完善，网络直播行业进入平稳发展期。但针对部分网络直播平台内容不规范等问题，相关整治措施、行业规范等陆续出台，推动了行业的健康、有序发展。

简要说来，一是不良内容管理进一步加强。2020 年 5 月，最高人民法院出台规定，限制民事行为能力人未经其监护人同意参与网络付费游戏或通过网络直播平台"打赏"等方式支出与其年龄、智力不相适应的款项，监护人请求网络服务提供者返还该款项的，人民法院应予以支持；2020 年 6 月，国家互联网信息办公室、全国"扫黄打非"工作小组办公室会同相关部门启动了为期半年的网络直播行业专项整治和规范行动，对 31 家主要网络直播平台的内容生态进行全面巡查，有效遏制了行业乱象。同年 8 月，网络直播行业专项整治和规范管理工作进行再部署，着力于提升直播平台文化品位，引导用户理性打赏，规范主播带货行为，促进网络直播行业高质量发展。二是网络直播行业规范密集出台。2020 年 6 月，中国广告协会发布《网络直播营销行为规范》这一首部针对直播电商行业的全国性规定；同年 11 月，国家广播电视总局发布《关于加强网络秀场直播和电商直播管理的通知》，国家互联网信息办公室会同有关部门起草《互联网直播营销信息内容服务管理规定（征求意见稿）》，并向社会公开征求意见。另外，近年来风靡各网络平台的大胃王吃播，也因误导消费、虚假营销、严重浪费的问题引起了广泛讨论。2020 年 8 月 13 日，中国演出行业协会网络表演（直播）分会发文《厉行节约 杜绝浪费 理性吃播》，加强对直播内容的管理，尤其禁止在直播中出现假吃、催吐等行为，以及其他铺张浪费的直播行为。可以说，一系列政策法规为清朗网络空间提供了政策保障。与此同时，在直播电商方面，政府部门也加大了扶持力度，以促进行业良好发展。比如，广州市出台《广州市直播电商发展行动方案（2020—2022年）》，预计到 2022 年，推进实施"个十百千万"工程，即构建一批直

电商产业集聚区、扶持 10 家具有示范带动作用的头部直播机构、培育 100 家有影响力的 MCN 机构、孵化 1000 个网红品牌、培训 10000 名带货达人，将广州打造成为全国著名的直播电商之都。

（三）网络音频

1. 类型多元化，播客节目大爆发

2020 年是中文播客爆发的一年。在传统网络音频内容增长乏力的情况下，各大音频平台纷纷发力布局播客，试图以播客推动内容发展。2020 年 3 月，国内第一款独立播客应用"小宇宙"上线。喜马拉雅、荔枝、网易云音乐、腾讯音乐、快手等平台争相在播客领域发力，相继上线了与播客相关的栏目或产品。比如，喜马拉雅上线"播客频道"，加大播客方面的投入，推出"喜马播客榜""时刻文稿"功能；荔枝推出了独立播客应用"荔枝播客"，打造独家自制播客内容；QQ 音乐上线播客模块，并与小宇宙达成深度运营合作；网易云音乐升级播客入口，增加利于社交的播客云圈；快手也推出了独立播客应用"皮艇"。

播客数量在 2020 年爆发式增长。据 Listen Notes 统计，中文播客的数量在 2020 年 5 月已超过 1 万个，2020 年新增中文播客节目近 1 万档，相比 2018 年新增 1465 档、2019 年的 1931 档有长足进步。

目前，中文播客多以两人或多人的清谈类、访谈类节目为主。有的涉及文化、知识类内容，也有的只是氛围轻松的闲聊，不过都具有强烈的陪伴属性。一档播客节目时长多为 1~2 小时，能够针对一项议题深入探讨。《2020 中文播客听众与消费调研》显示，清谈类、访谈类节目是国内听众收听最多的节目类型。此外，播客涵盖的垂直类细分领域也愈加丰富。①

与有声书、广播剧、知识付费音频等相比，播客内容的用户集中在16~25 岁高学历群体，一线城市和新一线城市占比近60%，用户消费能力强，

---

① PodFest China：《2020 中文播客听众与消费调研》，http://www.199it.com/archives/1090 438.html，2020 年 7 月。

与喜马拉雅、荔枝等传统音频平台的主力用户有明显差异。同时，播客用户黏性较高，在收听频次上，超五成的受访者有每天收听播客的习惯。同是音频平台，小宇宙的1日、7日活跃留存分别为78.14%、16.40%，远超过喜马拉雅的29.13%、13.83%和荔枝的39.23%、12.73%。①

播客平台以内容的价值导向维系听众对其的认可度，同时，长时间声音陪伴也让听众对主播更添加一份独特的情感联系，以此获得高强度的用户黏性，建立与用户更强的联结。而对播客本身而言，接连大平台是否会激发播客这一内容形式的商业活力，仍需时间考验。

2. 新玩家入场，多平台优化布局

2020年以来，随着腾讯音乐等主流在线音乐平台的入局，网络音频产业模式进一步优化，产业分布更具规模。

腾讯旗下腾讯音乐娱乐集团在2019年就开始发力长音频领域，QQ音乐开辟出"听书"板块，引入《庆余年》《盗墓笔记》等原著IP有声小说。2020年，腾讯音乐娱乐集团正式发布长音频战略，一是推出长音频产品"酷我畅听"，启动了在网文、影视、动漫等多个领域的布局，包括发力有声书，联合腾讯内阅文的网络文学资源，与纵横中文、17K等平台达成合作；二是布局广播剧，上线《白夜追凶》《盗墓笔记》《剑来》《雪中悍刀行》等大IP改编的广播剧，向男性市场倾斜；三是与快看漫画、有妖气等国漫平台建立深度合作。2020年12月，腾讯音乐娱乐集团旗下QQ音乐与播客App小宇宙合作，上线"播客"独立模块，进一步丰富了音频内容的供给数量和种类。据腾讯音乐娱乐集团披露，截至2020年底，其长音频业务月活跃用户数已破1亿。2021年，TME收购有声书平台"懒人听书"，将酷我畅听与懒人听书合并为新产品"懒人畅听"，再度升级音频内容库。实践表明，长音频有效提升了平台的用户黏性与使用时长，为TME构建起更强有力的增长动能。

---

① 播客公社：《2021播客听众调研报告》，https://wenku.baidu.com/view/e0b79ef50522192e453610661ed9ad51f11d5423.html，2021年3月。

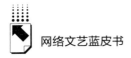

网易云音乐 2020 年 9 月份上线新板块"声之剧场",主打"能听能看的有声书与广播剧",同时,签约晋江、长佩文学旗下部分 IP,输出了《江东双璧》《死亡万花筒》等女性向内容。同年 11 月推出的新版本客户端将"电台"更名为"播客",入口升级至主页面下方的导航栏。

随着腾讯、网易云等互联网大厂的入局,音频类节目在内容、创新性上展现新风貌,音频行业市场竞争格局越来越明朗。可以说,音频领域正迎来百花齐放的时期,并带动整个行业呈现蓬勃发展的生机与活力。

3. 全场景深化,平台发力物联网

随着 5G、IOT 物联网的快速发展,网络音频的全场景生态持续深化,智能硬件终端全场景覆盖,进一步拓展、丰富了音频内容的搭载场景,音频产品种类、功能也更加多样。在 PC 端和手机端时代,音频内容面临需要与其他娱乐方式共同竞争用户时间的难题,其特性并没有完全得到发挥,但随着 IOT 技术的进步,TWS 耳机、智能音箱、车载音频、智能家居等语音识别性能、交互性能、信号稳定性得到明显提升,网络音频发展也迎来了新的增长点。

据艾媒咨询报告,2020 年人们收听网络音频的最主要场景是睡前和上下班通勤期间,分别占比 42.2%、36.8%,其次是散步和做家务时。① 这体现出网络音频特有的陪伴性和"解放"用户视觉、触觉的特点。在智能设备普及和物联网全场景下,音频内容使用场景具有差异化优势,陪伴属性得到进一步加强。

音频行业在智能音箱、车联网领域发力,扩大内容分发渠道。比如,喜马拉雅推出小雅系列 AI 音箱,内容包含喜马拉雅平台内所有音频栏目,给家里打造"有声图书馆"。智能音箱有效扩展了用户收听场景,延长了收听时长。以喜马拉雅为例,用户使用小雅音箱后,通过使用前后各 30 天在喜

---

① 艾媒咨询:《2019 – 2020 年中国在线音频专题研究报告》,https://www.iimedia.cn/c400/67192.html,2020 年 3 月。

马拉雅 App 和音频端的单人人均播放时长计算，购买音箱后的用户在平台的人均播放时长多增加了 26 分钟，在使用音箱端场景额外增加了 143 分钟。①

在车联网领域，网络音频平台与车企厂商合作，在汽车领域扩展布局，使更多汽车平台接入平台内容，让音频与汽车出行不断融合。喜马拉雅、腾讯音乐、荔枝等网络音频平台加强与汽车企业间的合作，2020 年，喜马拉雅接入车辆前装、后装音频设备新增覆盖量达到 750 万，累计覆盖量达 3031 万。②

4. 内容精细化，音频综艺初探索

音频平台在不断打造头部优质内容的同时，还持续深耕垂直领域，拓展内容细分品类，从而建构更稳固的平台内容生态护城河。比如，腾讯音乐上线音频综艺《十二扇窗》。蜻蜓 FM 则接连推出了《傅菁：四分之一人生》《静见》《冯唐讲书》《风马牛书房》四档音频综艺其中，《傅菁：四分之一人生》《静见》两档音频综艺节目定位年轻女性群体，传递女性的价值观，呈现新的风格特色和创新发展特征：《傅菁：四分之一人生》以艺人傅菁为诉说者，采用沉浸体验式音频效果，营造陪伴的真实感；《静见》则从电视节目主持人李静的视角出发，讲述镜头后面的故事，解读各类社会热点问题，传递时代女性的人生观、价值观。《冯唐讲书》《风马牛书房》则聚焦文化，一个以书会友，一个与友论书，通过书中的学问为用户带来看待生活的不同视角。

音频综艺并不是简单地将综艺音频化，而是从音频属性出发，围绕目标用户的审美需求打造而成。音频综艺三五分钟的时长更贴近碎片化的内容消费习惯，也会通过一些互动环节来增加综艺感和可听性。相比知识付费节目强调的知识性、获得感，以及播客类节目聚焦社会性和大众议题，音频综艺

---

① 易观分析：《2020 年在线音频平台生态流量洞察》，https://www.analysys.cn/article/detail/20019982，2020 年 11 月。

② 易观分析：《2020 年在线音频平台生态流量洞察》，https://www.analysys.cn/article/detail/20019982，2020 年 11 月。

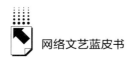

更多是注重情感性与娱乐性，为用户提供愉悦的声音交流。

音频综艺是网络音频平台创新优质内容的一种尝试。音频综艺的泛娱乐属性能够与知识付费、有声书的功能相补充，拓宽内容的细分领域。当然，尽管音频综艺还未出现根植于自身场景的爆款，但其契合音频场景的优势能给用户带来更优质的体验，从这个角度看，它将会给音频行业带来一种新的发展可能和前景。

主体责任篇

Subject Responsibility

B.12
新文艺组织、新文艺群体发展状况

鲍　楠[*]

摘　要： 伴随文化体制改革、新兴文艺业态等的深入发展，新文艺
组织、新文艺群体逐渐成长壮大，体现出规模庞大、影响
力强、贴近市场、持续创新等特征。2020年以来，面对社会
发展进程中的诸多大事、要事，文艺"两新"与时代进步同
声相应、同气相求，在思想状态、工作状态上更加认同主
流价值，承担更多社会责任和文化使命，并进一步充分借
助、利用、释放网络的倍增器力量，有力、有效促进创作生
产的繁荣发展。同时，针对文艺"两新"的发展状况，主管
部门、地方政府和行业组织等主动延长手臂、积极扩大工
作面，在增强归属感和凝聚力、营造良好生态、加强引领
指导、提升服务质量等方面做了大量卓有成效的团结、引

---

[*] 鲍楠，国家广播电视总局监管中心视听一处编辑，长期从事网络视听节目监管和研究工作，
入选2020年度全国广播电视和网络视听青年创新人才（理论研究界别）。

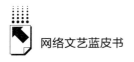

导、服务工作，推动文艺"两新"成为繁荣社会主义文艺的
有生力量。

关键词：　新文艺组织　新文艺群体　社会主义文艺

一　新文艺组织、新文艺群体整体概览

新文艺组织、新文艺群体（以下简称文艺"两新"）按人们一般的认知
和理解，是指从事文学、影视、音乐、舞蹈、美术、戏剧、动漫、游戏、新
媒体艺术等相关工作，但不属于国家行政或事业编制序列的社会组织和群
体。在社会主义市场经济条件下，伴随文化体制改革的深入、数字技术和媒
介特别是互联网的快速发展，以及随之而来的网络文艺大发展，文艺"两
新"逐渐发展壮大，成为我国文艺发展中的重要力量，并形成了一些鲜明
的特征。

（一）规模庞大

文艺"两新"发展变化快、分散性强、流动性大，因而对其具体、准
确的数量，目前尚缺乏全面、权威的统计。尽管如此，仍有一些相对精确的
散点式数据可供参考。就新文艺组织来说，在网络视听方面，持有《信息
网络传播视听节目许可证》的民营机构近 200 家；[①] 在网络文学方面，全国
在地市级以上管理部门注册的文学网站有 550 多家。就新文艺群体而言，在
网络直播方面，截至 2020 年底网络主播账号累计超过 1.3 亿；[②] 在网络文学

---

① 国家广播电视总局媒体融合发展司：《〈信息网络传播视听节目许可证〉持证机构目录》，
　　http：//www. nrta. gov. cn/art/2021/5/1/art_ 3569_ 56268. html . 2021 – 05 – 01。
② 中国演出行业协会：《2020 年中国网络表演（直播）行业发展报告》，http：//www.
　　capa. com. cn/news/showDetail/170763. 2021 – 05 – 18。

方面，截至 2019 年驻站作者数量即达 1936 万;[1] 在网络视听方面，截至 2021 年第一季度哔哩哔哩月活跃 UP 主超 200 万。[2]

（二）影响力强

文艺"两新"在各文艺门类都体现出较强的影响力，特别是在新兴的网络文艺和市场化程度较高的文艺门类，担任着重要的角色，发挥着生力军的作用。首先，网络文艺各典型形态，以及文艺类短视频、网络直播等形式本身就是在新文艺组织的直接推动下发展壮大起来的，新文艺组织也构成了这些文艺领域从业主体的基本盘。其次，在有些网络文艺门类，虽然有大量体制内机构参与，但新文艺组织作为"网络原住民"显示出更为蓬勃的活力。比如，在网络视听领域，新文艺组织在数量上并不占优势，但爱奇艺、优酷、腾讯视频、哔哩哔哩等民营机构在传播力、影响力等方面具有明显的领先优势。值得一提的是，新兴的网络文艺具有鲜明的大众化特征，其社会影响力日益增强，这使得文艺"两新"的重要性和社会影响力也随之突显。

（三）贴近市场

新文艺群体在市场中生存，具有很强的市场意识、市场嗅觉，在创作经营中会将经济效益作为重要考量。这一特点在受众群体广泛、市场竞争激烈的文艺类型中体现得更为突出。首先，从事网络文艺的新文艺群体，为了更好适应市场，将"用户思维""产品思维"等互联网思维引入网络文艺中，这种思维一定程度上塑造了网络文艺的创作逻辑、传播逻辑、运营逻辑。这既使网络文艺贴近受众需求，又使其容易出现功利化、迎合式创作的倾向。其次，因为在市场中生存，新文艺组织的规模、经营状况，新文艺群体的知

---

① 中国音像与数字出版协会：《2019 年度中国网络文学发展报告》，https：//xw. qq. com/cmsid/20200909A0JAC300？f = newdc. 2020 – 09 – 04。

② 《哔哩哔哩 2021 年第 1 季度业绩报告》，https：//ir. bilibili. com/zh – . hans/financial – information/quarterly – results. 2021 – 05 – 13。

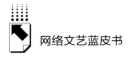
名度、生存境遇等存在较大差异。在新文艺组织中，由于所处产业链环节、自身经营能力的差别，规模大者，如头部互联网文化企业的员工可达数千甚至上万人；规模小者，如大量个人工作室等小微企业，员工往往只有个位数。全国在地市级以上管理部门注册的文学网站有550多家，但阅文、掌阅、书旗、米读、连尚文学等机构的市场份额达85%。① 在新文艺群体中，既有社会认可度较高、市场号召力较大的网红、大咖，也有大量"北漂""横漂"等普通文艺工作者。就生存境遇来说，在影视业从业者中，部分演员的高片酬受到社会关注和批评，但知名演员张颂文在采访中曾公开表示，99.5%的演员拍戏几个月只拿几千块钱。② 此外，受市场环境影响，新文艺群体的流动性较大，很多人是兼职从事文艺工作，也有很多人是临时从事文艺工作。

（四）持续创新

文艺"两新"富有创新意识和创新基因，善于捕捉受众需求、环境变化，从中寻找方向，孵化新的文艺业态、创作风格。比如，网络文艺的各个门类，特别是近年来兴起的短视频等"泛"网络文艺业态，其本身就是新文艺组织在对技术条件、媒介环境、用户需求充分调研的基础上，以创新意识发明的产物。2020年以来的互动视频、微短剧等文艺形态，也都是这样的创新尝试。同时，还有一些文艺"两新"将文艺创作与制造、农业、旅游、教育、科技、体育等有机结合起来，推动形成"文艺+旅游""文艺+非遗""文艺+康养"等衍生形态，成为文艺新业态的新动能、文化产业发展的新契机。

除上述特征外，关于文艺"两新"的基本面貌还有几点值得说明。一是从事不同文艺门类的新文艺群体规模差别明显。网络文艺从业者群体具

① 《2019年中国数字阅读市场研究报告》，比达咨询，https：//baijiahao. baidu. com/s？id = 1654965730040446053&wfr = spider&for = pc. 2020 – 01 – 06。

② 《张颂文称演员行业很糟糕收入低》，https：//new. qq. com/topic ＿ detail. html？id = 90QS91Q8H0301RMM000. 2021 – 04 – 28。

有规模化的特点，因而吸引了大量新文艺工作者参与其中，数量级远远超过传统文艺领域。二是在不同艺术门类当中，新文艺群体占比差别明显。这一点与不同文艺类型特质和市场化程度有关。比如，文学、影视、动漫、游戏等领域，新文艺群体占比较高。三是新文艺群体地域分布特色鲜明。整体上看，新文艺群体大多集中在北京、上海、广东、浙江等经济、文化产业比较发达的地区。同时，由于各地文化特色和文化产业发展的差异，也存在特定文艺门类的新文艺群体相对集中于特定地区的现象，比如杭州的网络作家群体、横店的影视制作者群体、长沙马栏山的视频从业群体等。

二 2020年以来新文艺组织、新文艺群体发展状态

2020 年以来，面对社会发展进程中的诸多大事、要事，文艺"两新"与时代进步同声相应、同气相求。在此背景下，文艺"两新"的思想状态、工作状态等也呈现诸多新的风貌。

（一）更加认同主流价值

2019～2021 年，庆祝新中国成立 70 周年、全面建成小康社会、庆祝中国共产党成立 100 周年等重大事件让全社会共同回望党和国家取得的历史性成就，脱贫攻坚战、抗击新冠肺炎疫情斗争等充分展现了我国的制度优势和人民力量，全社会的自信心和自豪感、凝聚力和向心力极大增强。与之相应，在各方面的团结、引导、凝聚下，文艺"两新"对主流价值更加认同，其积极作为也为全社会凝心聚力发挥了重要作用。

越来越多的新文艺工作者，特别是具有广泛社会影响力的明星、网红通过各级各类协会组织积极向党组织靠拢，积极参与庆祝建党百年等重大主题活动和文艺节目。在《庆祝中国共产党成立 100 周年电视剧展播启动特别节目》中，多位知名演员、歌手、导演等共同朗诵《我是共产党员》，并在节目中公布自己的党龄，表达自己作为共产党员的责任感和自豪感。在庆祝

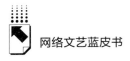
中国共产党成立100周年文艺演出《伟大征程》中，共有100多位知名新文艺工作者参与制作，网民反响强烈。在脱贫攻坚、抗击新冠肺炎疫情斗争、庆祝建党百年等主题宣传中，文艺"两新"创作了大量作品、参加了大量活动，其中许多是主动参与、义务参与、自行补贴资金等资源参与的，且取得了良好社会反响。由多家民营企业投资、多位新文艺工作者参演的《我和我的祖国》《我和我的家乡》等作品生动反映新中国成立70周年、全面建成小康社会等主题，实现了思想性、艺术性和社会反映、市场认可的统一；爱奇艺、腾讯视频、优酷等积极参与庆祝建党百年主题电视剧的投资、制作、展播，《觉醒年代》《理想照耀中国》等精品剧目接连面世、好评如潮；快手、抖音等平台推出建党100周年系列直播答题等活动，创新形式带领网民尤其是青少年群体学习党史；中国作家协会网络文学中心与上海市作家协会共同举办"红旗颂——庆祝建党百年·百家网站·百部精品"征集活动，得到文学网站和广大网络作家热情参与，于2021年6月精选出优秀作品100部向党的生日献礼；2020年10月，中国文联举办了"大道康庄"文艺扶贫原创歌曲演唱会，新文艺群体参与其中；2021年1月，由中国视协双新委员会委员单位正午阳光出品的脱贫攻坚题材电视剧《山海情》播出，引发社会强烈反响。

（二）承担更多社会责任和文化使命

近两年来，随着行业管理、行业自律，以及各方面的团结、引导、凝聚力量的增强，各领域的文艺"两新"更加自觉主动地承担社会责任和文化使命。择要说来，有以下几方面。

一是讲品位、讲格调、讲责任。近年来，随着网络剧、网络综艺、网络直播、短视频等文艺形态迅速发展，一大批具有社会影响的新文艺组织和规模巨大的新文艺群体随之诞生。这些新文艺形态在发展早期，都经历过野蛮生长的阶段，从业主体往往更关注自身的生存发展、重视经济效益，对内容导向的把控不够到位，一定程度上出现了低俗、庸俗、媚俗等问题。近两年来，在政策引导、行业自律等多方面的推动下，这些新兴业态的从业机构和人员，对自身肩头的社会责任有了更深刻的认识，并采取有力措施，取得了良好效果。各主要短视频平台大规模补充审核人员，并将大数据、人工智能等技术运用到内容审核中，极大提升了内容安全防控能力。再如，前些年被批评热衷拍摄"神神鬼鬼"的网络电影，近两年涌现了《春来怒江》《中国飞侠》《浴血无名川》等一批正能量充沛、艺术性较高、影响力较大的优秀作品。

二是创作优秀作品，弘扬核心价值观。近两年来，越来越多的文艺"两新"响应政策号召，更加注重作品的社会效益，提高作品的思想高度、艺术水准、文化内涵，积极从中华优秀传统文化、革命文化、社会主义先进文化中汲取营养，从新时代火热现实中选取素材，推出了一批优秀作品。网络文学领域涌现了《浩荡》《光荣之路》《大国重工》《大国航空》《复兴之路》等作品；网络视听领域涌现了《我是余欢水》《"2020最美的夜"bilibili晚会》《风味人间第二季》《相信未来在线义演》《好久不见，武汉》等作品。特别是，新冠肺炎疫情发生后，中国文联和各全国文艺家协会团结、凝聚广大文艺工作者积极投身抗击疫情主题文艺创作，新文艺群体第一时间响应，在戏剧、电影、音乐、美术、曲艺、舞蹈、民间文艺、摄影、书法、杂技、电视、文艺评论等领域，掀起了反映和支持坚决打赢疫情防控阻击战的文艺热潮，形成了特殊时期的"抗疫文艺"，汇聚了"以艺战疫"的强大力量。

三是与祖国同心同向，围绕"国之大者"积极贡献力量。在脱贫攻坚这项系统工程中，文艺"两新"不仅积极创作相关主题作品，更发挥自身优势，助力产业扶贫。比如，快手、抖音等新文艺组织，充分发挥自身传播覆盖力、平台整合力和品牌影响力，用好流量资源，通过"短视频+扶贫""直播+扶贫""节目+扶贫"等多种方法，搭建产销对接平台，推动消费扶贫，宣传推介贫困地区文化旅游和特色产品等，提升品牌认知度，扶贫举措影响力大、持续时间长、社会效果良好。据快手2020年10月数据，此前一年，有664万来自贫困地区的用户从快手获得收入。[1] 在疫情防控这场人

---

[1] 《我的美丽家乡——2020快手扶贫报告》，https://mp.weixin.qq.com/s/fviKO_gMyM3nKUPCYE8NRQ。

民战争中，文艺"两新"积极通过线上渠道，为"宅家"工作生活的亿万家庭提供信息、缓解焦虑。比如，爱奇艺、腾讯视频、优酷、哔哩哔哩、抖音、快手等商业视听网站类新文艺组织，认真当好战疫信息、战疫节目的发布墙、媒资库、扩音器，成为网民和各级各类机构获取中央决策部署、实时疫情信息、疫情防控进展、科学防疫知识、感人抗疫故事的重要渠道。同时，这些平台还提供限时免费点播服务，充分发挥线上播映、内容海量的传播优势，为广大网民提供随时随地、感人暖心的支持陪伴。

（三）充分借助、利用网络的力量

2020年，突如其来的新冠肺炎疫情造成文艺创作特别是大型节目生产创作受阻，线下文艺娱乐场所停业，大量文艺"两新"的原有工作状态被打破。以影视业为例，《经济日报》2020年4月15日报道，截至当天，2020年已有5328家影视公司注销或吊销，是2019年全年的1.78倍。①拓普数据的调研发现，2020年有34%的影视业从业者离职，另有40%的从业者曾经考虑离职，在离职人员中，89%认为自己的离职与疫情有关。② 疫情在给线下文艺生产和传播活动带来巨大影响的同时，也使亿万家庭"宅家"的文艺需求大幅增加，网络文学、网络视听等均迎来活跃用户数的大幅激增，部分网站还曾因访问量骤增导致暂时宕机。据工信部2020年4月数据，疫情期间我国互联网流量较上一年底增长50%。另据市场研究机构统计，2020年春节期间，在线视频行业日均活跃用户数达3.1亿③，日均使用时长达98分钟，创下历史新高④。疫情期间，大量线下文艺创作、展示转为线上，同时也有其他原本并不从事文艺创作的

---

① 梁剑箫：《多措并举化解影视产业风险》，《经济日报》2020年4月15日。
② 拓普数据：《2020年后疫情时期影视企业及从业者现状调研报告》，https：//mp. weixin. qq. com/s/HyFTUqlJKKE8ND1D8JAaqw. 2020 – 12 – 21。
③ 艺恩咨询：《2020年Q1在线视频内容市场研究报告》，https：//baijiahao. baidu. com/s? id = 1661942008928639103&wfr = spider&for = pc. 2020 – 03 – 23。
④ QuestMobile：《中国移动互联网"战疫"专题报告》，https：//baijiahao. baidu. com/s? id = 1658325219353129237&wfr = spider&for = pc. 2020 – 02 – 12。

人员参与到线上文艺创作中，从而共同构成了阶段性的新文艺群体向线上迁移的现象。比如，2020 年一季度阅文集团新增作者 33 万，环比增长 129%。①随着疫情防控常态化和复工复产，行业正常的创作生产秩序逐渐得到恢复。

三 主管部门、地方政府和行业组织积极开展团结、引导、服务工作

2020 年以来，网信、文旅、广电、文联等有关部门，各地方政府部门特别是文艺"两新"聚集地区的政府部门，以及各级各类行业组织结合各自职责定位，采取多种方式，加强对文艺"两新"的管理引导服务。

（一）团结文艺"两新"，增强归属感、凝聚力

全国文联系统充分发挥桥梁纽带作用，不断增强文艺"两新"的归属感和凝聚力。一是扩大组织覆盖，文艺"两新"参加各类协会组织的数量不断增加。截至 2020 年底，中国文联所属各全国文艺家协会中的新文艺群体会员总数约为 2.8 万人，占比近 23%。2020 年各全国文艺家协会新增新文艺群体会员 1873 人，占比 33%。②同时，各全国文艺家协会代表大会、理事会、主席团中新文艺群体的比例稳中有升。二是完善服务载体，文艺"两新"专门机构设置和日常组织管理更加完善。继中国音协、中国曲协、中国剧协、中国影协、中国视协成立文艺"两新"专门机构，2021 年 6 月，中国评协成立了新文艺群体评论工作者委员会。2020 年浙江省文联成立浙江文艺两新发展促进会，2021 年四川省文联成立内设机构"新文艺组织工作处"等。

---

① 赖名芳：《阅文集团发布网络文学生产、消费大数据 一季度新生产 52 万余部网文作品》，https://www.chinaxwcb.com/info/562501.2020-04-21。

② 蒲波：《文艺"两新"工作如何"新"起来？——全国文联文艺"两新"工作座谈会侧记》，《中国艺术报》2021 年 5 月 21 日。

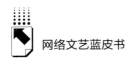

（二）加大治理力度，营造良好生态

良好的行业生态，是文艺"两新"谋求长期健康发展、为繁荣社会主义文艺贡献力量的保证。近两年，有关管理部门综合施策，整治突出问题，行业生态得到显著优化。一是明确政策要求、强化制度保证。2020年3月，《网络信息内容生态治理规定》正式施行，针对内容生产者、内容服务平台提出了明确要求，并指出了网络信息内容生产者禁止触碰的十条红线、应当防范和抵制的八类不良信息。2021年2月9日，中华人民共和国国家网络信息办公室、全国"扫黄打非"办等七部门联合发布《关于加强网络直播规范管理工作的指导意见》，要求对主播账号实行分级分类管理，规范网络主播行为，防范非理性、激情打赏，遏制商业营销乱象。二是出台有力举措，整治突出问题。2021年9月，针对流量至上、"饭圈"乱象、违法失德等文娱领域出现的问题，中共中央宣传部印发《关于开展文娱领域综合治理工作的通知》。中华人民共和国国家网络信息办公室连续开展"清朗"专项行动，整治"色情低俗"、"饭圈"乱象等突出问题，遏制网络乱象滋生蔓延。国家广播电视总局及相关行业协会针对社会广泛关注的"天价片酬"、偷漏税等问题，要求每部作品总片酬不得超过制作总成本的40%，主要演员片酬不得超过总片酬的70%，优化了成本配置比例，保障了更广大的影视业新文艺群体的切身利益。同时，国家广播电视总局对广播电视节目和网络视听节目实行"同一标准、一体管理"，有效提升网络视听服务机构、网络节目创作者的主体责任意识。三是加强行业自律，打造良好风气。2020年2月，国家广电总局指导中国网络视听节目服务协会出台《网络综艺节目内容审核标准细则》，引导广大网络综艺节目制作传播主体加强内容把关。2021年6月1日，新版《中华人民共和国未成年人保护法》正式施行之日，中国演出行业协会网络表演（直播）分会发出倡议，引导广大从业主体努力营造风清气正、天朗气清的网络直播生态，弘扬社会主义核心价值观和时代主旋律，进一步保护未成年人的健康成长。2021年8月24日，中国文联召开"修身守正 立心铸魂——中国文联文艺工作者职业道德和行风建设工作座谈会"，对"饭圈"文化、"唯流量论"等不良现象和文艺界及娱乐行业接连出现的一些违法失德现象进行讨论，并发出倡议。

（三）加强引领指导，提升服务质量

近两年来，有关部门、行业组织通过思想引领、创作指导、教育培训等积极引导文艺"两新"听党话、跟党走，自觉践行社会主义核心价值观。国家广播电视总局坚持政府指导与市场参与相结合，围绕疫情防控、脱贫攻坚、庆祝建党百年等重大主题，做到统筹协调、全程指导，加强资源配置、宣传推介，推出了《山海情》等一批精品力作。中国文联发起"学党史 传精神 跟党走"中国文艺志愿者在行动主题活动，带领广大文艺志愿者特别是新文艺群体，在创作中加强党史学习，做到学史明理、学史增信、学史崇德、学史力行。全国文联系统将教育培训作为文艺"两新"工作的重要抓手，已经形成多层次、多门类、多主题、多形式、常态化的培训体系。面向文艺"两新"的教育培训更加突出思想道德教育、政治理论教育。中国曲协采取"名家带新秀"方式，由曲艺名家带领曲艺"两新"深入基层一线，开展讲课授艺、示范演出、艺术交流，将传帮带、体验采风、送温暖等相结合。中国视协联合主要视听网站和影视制作机构发起中国电视新文艺群体英才培养项目"攀登计划"，将制作实践与培训教学有机结合，培养优秀青年导演、编剧、制片人等。

2020年新冠肺炎疫情发生后，文旅部、国家广播电视总局、国家电影局等部门出台《关于统筹疫情防控和推动广播电视行业平稳发展有关政策措施的通知》《剧院等演出场所恢复开放疫情防控措施指南》《关于在疫情防控常态化条件下有序推进电影院恢复开放的通知》等，指导各地通过提供资金补助、组织线上培训、优化审批流程、开展复工指导等方式，切实减少疫情造成的负面影响，推动有序复工复产，实际上也从不同方面保障了以文艺"两新"为主体的从业机构、人员的切身利益。各地方政府也开展了大量工作，浙江省东阳市针对横店影视城拍摄停摆的情况，通过发放1000万元消费券，减免逾期利息、罚息和违约金等十条"暖心"举措，帮助剧

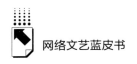

组减轻损失、缓解压力。近年来，文联系统在项目扶持方面大力向新文艺群体倾斜。2016年至2020年，中国文联在青年文艺创作项目扶持中，扶持新文艺群体项目的占比由18%提高到近60%。同时，各级各类文联组织充分发挥桥梁纽带作用，在人才认定、职称评定、服务维权等直接关系新文艺群体切身利益的关键点上着力，取得了积极成果。

四 文艺"两新"发展中存在的问题与建议

（一）文艺"两新"发展中存在的问题

当前，文艺"两新"在文艺事业中发挥了积极作用，有关方面围绕文艺"两新"开展的工作也取得了显著成效，但同时也存在一些问题和不足。

1. 组织覆盖需进一步扩展

从党建覆盖角度看，新文艺组织找不到党建工作主管部门、新文艺群体党员找不到党组织的情况比较普遍。一些党员身份的从业者进入新文艺组织后，由于找不到党组织，成为"口袋党员"，长期无法参加党组织活动，一些追求政治进步的文艺从业人员，则找不到入党申请渠道，思想政治引领缺少规范性、常态化的制度和载体。从社会组织覆盖角度看，仍有大量新文艺群体游离于文联等团体和组织之外，处在"漂"的状态。大量文艺"两新"对文联组织的知晓率还不够高，其他各级各类社会组织、行业组织也存在类似现象。这使得行业规范、行业管理、行业自律等不能及时、有效传递给文艺"两新"，而文艺"两新"的诉求也缺乏适当渠道反映。

2. 服务保障需进一步增强

新文艺群体在生活条件、创作环境、职业发展等方面缺乏政策支持和服务保障，在公共服务方面未能获得与本地居民同等的待遇，在社会养老保险、医疗保险、子女上学、税收减免等方面面临较大压力，在评职评奖评优，乃至购房申请、出国签证等方面，由于没有单位证明、收入证明和纳税证明等而遭遇困难。一些新文艺组织的经营场所、活动空间受场租、年限等因素影响较大，难以获得长远稳定的预期，不能潜下心来搞创作；部分现行税收政策与文化产品生产经营现实需求不相适应。一些文艺"两新"所从事的领域缺乏行业标准和行业规范，新文艺群体的专业资格、从业能力、社会信用等尚未得到全面科学评价，业内鱼龙混杂等。由于缺乏配套政策支持和服务保障，一些文艺"两新"感到发展前景模糊，对艺术理想追求后劲不足。

3. 部分机构人员艺德、品位、责任感需进一步提升

从艺先立德。文艺是培根铸魂的工作，文艺工作者理应以良好品德、高尚情操为社会作出表率。但是，近年来仍有一些从业人员，特别是有较高知名度的"明星"未能自尊自重、自珍自爱，行为有违社会公德，甚至触碰法律底线、民族大义，有的甚至演变为法律案件和公共事件，严重败坏行业风气、引发舆论强烈批评。一些网络文艺从业者的言行和品位格调不高，比如，网络直播领域仍然存在部分表演内容低俗媚俗、直播打赏纠纷频发等问题，网络主播的整体社会形象依然有待提升。还有一些从业者，没有端正从艺态度，对于创作敷衍了事，或片面以"大数据"指导创作，迎合特定观众群体趣味，把更多精力放在制造话题、炒作流量之上。还有一些从业机构和人员社会责任感不够强，为追求自身商业利益，刻意诱导未成年人应援集资、打榜投票等，造成"饭圈"乱象，为社会所诟病。

4. 知识产权保护需进一步加强

长期以来，一些从业机构和人员"走捷径""钻空子"，通过侵权盗版牟取利益。近两年，伴随新技术新业态的发展，一些从业者利用这些新手段，使侵权盗版这个老问题有所反弹。比如，短视频等业态的发展，催生了一批专门经营"影视拆条""影视二创"的账号，其中许多视频是在未获得相关影视作品授权的情况下"创作"的。这一现象已经对影视作品的创作生产带来了较为显著的负面影响。2021 年 4 月，中国电视艺术交流协会等73 家机构和 500 余位影视从业人员发出联合倡议，呼吁短视频平台推进版权内容合规管理。在网络文学领域，随着人工智能技术的发展，一些工作

室、写手利用相关技术抄袭、洗稿他人的网络小说，其侵权盗版行为已经从人工操作发展为"半自动化"操作等。

（二）文艺"两新"发展的建议

总体说来，作为新生事物，文艺"两新"既展现出蓬勃发展、积极向上的良好风貌，也需要有关方面继续正视问题、加强引导、优化服务，促使文艺"两新"在又好又快发展中进一步发挥其不可替代的重要作用。现阶段，围绕文艺"两新"，建议从以下方面加强有关工作。

1. 加强党建引领、团结引导

加强组织建设，切实将党对新文艺群体工作的领导落地落细落实。建立健全新文艺群体党建工作机制，逐步实现新文艺群体党建工作全覆盖。发挥文联等各类团体组织的作用，延伸工作手臂，创新工作方式，力求在思想引领、平台搭建、联络服务、行风建设等方面"出新招、解难题、见实效"。结合不同艺术门类、不同层级的新文艺群体开展专题培训，把政治理论培训和业务培训、职业道德教育有机结合，提高新文艺群体的政治素质、业务能力和职业素养。

2. 加强服务保障、扶持评优

推动制定符合新文艺群体实际需要的保障政策，解决其发展所面临的从业资格认定、职称评定、创业融资、对外交流、合法权益维护等实际问题，提供有力有效的政策信息服务、发展方向指导、项目资金扶持、交流展示推介、专业技能培训等行业服务。推进文艺行业从业标准制定，全面科学评价新文艺群体的专业资格、从业能力、社会信用，制定行业标准和行业规范，推动文艺"两新"规范健康发展。加大对优秀新文艺群体的正面宣传力度，对先进典型进行挖掘、推介和表彰，激励更多新文艺群体优秀人才涌现出来，以精品奉献社会，用明德引领风尚，以榜样的引领示范效应营造健康清朗的行业生态。

3. 加强综合治理、行业自律

围绕文艺"两新"出现的阶段性突出问题，加强综合治理和行业自律。针对一段时间以来"部分演艺人员违法失德"、"饭圈"乱象、"泛娱乐化"

等问题，以更有力的举措，重拳整顿行业乱象，斩断其背后的利益链条；表明鲜明态度，明确触碰和试探红线需要付出巨大代价；建立有效约束机制，防范类似问题再度滋生蔓延。针对网络文艺领域侵权盗版反弹现象，加大查处打击力度，提高违法违规成本，推动从业机构联合行动、共同抵制，为网络文艺的规范发展和文艺"两新"的健康成长创造更好的环境。

B.13
网络文艺的社会责任考察

王青亦　刘佳佳*

摘　要： 随着网络文艺进一步快速发展，广大网络文艺工作者、平台、企业等的社会责任意识显著增强，以优秀作品传递正能量、引领新风尚，为网络文艺履行社会责任奠定了坚实基础；聚焦新时代主题主线，凝聚奋进力量，借助互联网特点和优势，充分发挥了文艺的审美价值、社会功能；通过加强技术创新、培育新业态和新模式，推动行业优化升级，有力、有效促进了经济社会的发展；多措并举、多方共建，营造日益风清气正的网络空间。进入新发展阶段，网络文艺要进一步强化社会责任担当，切实把社会效益放在首位，促进社会效益和经济效益相统一。

关键词： 网络文艺　社会责任　社会效益　网络治理

　　文艺是民族精神的火炬，是时代前进的号角，最能代表一个民族的风貌，最能引领一个时代的风气。作为当代中国文艺的生力军，新兴的网络文艺在人们的审美、娱乐活动和精神文化生活中具有重要的影响，发挥着重要的作用；作为审美的意识形态，新兴的网络文艺肩负着培育和弘扬社会主义

* 王青亦，中国传媒大学文化产业管理学院副教授，主要研究领域为文艺美学、艺术产业管理等；刘佳佳，中国传媒大学传媒艺术学专业博士研究生，主要研究领域为传媒艺术学、网络文艺与文化。

核心价值观、促进社会主义文化强国建设的重要使命。因此，随着网络文艺的社会影响力越来越大，其社会责任和使命担当也越来越大。

一 网络文艺蓬勃发展，社会责任重要性进一步凸显

时至今日，随着艺术实践的蓬勃发展，网络文艺以不同的形态、方式渗透到人们日常生活的各个方面。2020 年以来，无论是网络文学、网络剧、网络综艺，还是网络音乐、网络动漫、网络游戏、文艺性短视频等均涌现一批叫好又叫座的作品，有效满足了人们多样化、个性化的审美、娱乐需求。这些优秀作品不仅在国内成为"爆款"，还在海外传播中好评如潮；不仅产生了可观的经济效益，还取得了良好的社会效益。网络文艺的社会影响力持续增强，也意味着其社会责任越来越大。因此，作为当前最流行、最受关注的新兴文艺形式，网络文艺必须自觉承担起自身的社会责任，并将其作为实现自身健康、有序发展不可或缺的审美之维。

在大众传播学的意义上，施拉姆认为，大众传播媒介承担着政治功能、经济功能和社会功能，其中，社会功能包括"社会控制、规范传递、娱乐等"。① 媒介是社会公器，具有承载信息、引导舆论、监视环境、传承文化等多种功能。互联网的媒介特性和艺术品的文化属性铸就了网络文艺承担社会责任的必然性，同时也在广大网络文艺工作者的意识中强化了自觉肩负社会责任的必要性。

第一，在丰富多样的实践中，网络文艺独特的媒介特性为网络文艺工作者、平台、企业等的社会责任担当带来了新挑战。一方面，借助新技术、新媒体，网络文艺极大拓展了受众的文化消费时空，刷新了受众的文化消费体验；另一方面，网络文艺的技术性、虚拟性、商业性、芜杂性等又加大了管理、引导的难度。与传统文艺相比，网络文艺的传播面更广、时效性更强、参与度更高、受众更广泛且日益多元，对经济、政治、社会、文化等的影响

---

① 参见郭庆光《传播学教程》，中国人民大学出版社，2016，第 102 页。

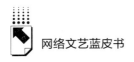

力度日益扩大……这都增加了网络文艺履行社会责任的广度和深度，同时也增强了自觉树立社会责任意识的重要性和必要性。

第二，随着互联网的快速发展，网络文艺与人们审美、娱乐生活的联系愈加密切。截至 2020 年 12 月，我国网民规模达 9.89 亿，互联网普及率达 70.4%；手机网民规模达 9.86 亿，网民使用手机上网的比例达 99.7%。网民"数量"的庞大增强了对网络文艺的需求，但用户文化程度参差不齐，加之互联网的包容性、灵活性，以及网络文艺在创作、传播、接受等环节发生了巨大的变化，使作为当下最流行大众文化之一的网络文艺必须具备强烈的社会责任意识，才能实现其自身的健康发展和推动大众文化的健康发展。

第三，文艺和互联网的广泛融合，降低了艺术创作的门槛。一方面，新兴网络文艺的大众性在某种程度上消解了传统文艺的"光晕"和"神性"；另一方面，创作主体的多样化激发、催生出多样的文艺样态，比如文艺性短视频、网络直播和竖屏剧、互动剧等。网生内容的丰富性与网络空间的复杂性相叠加，使网络文艺只有坚守其社会责任，才可以引导网络文艺的"精品化"生产，促使网络空间向健康化、清朗化迈进。

第四，全媒体时代的到来导致媒体格局、舆论生态、传播方式发生深刻变化。一方面，媒介融合为网络文艺创作者、传播者提供了更多的创作平台和传播渠道，并有效激发文艺工作者的创造力；另一方面，媒介融合织出了一张巨大"关系网"，在这张"关系网"中，接收者可以超越文化背景和社会位置，随时进行交流和发声，导致网络空间难以管理、引导。在这种意义上，履行、落实社会责任是网络文艺获得社会支持的必要前提，也是提升其自身影响力和传播价值的必由之路。

第五，建立健全良好的网络生态是一个长期而复杂的过程。随着网络文艺的监管标准越来越明确，越发强烈的社会责任意识成为广大网络文艺工作者、平台、企业等的共识，并自觉适应形势发展，抓好网络文艺创作生产，旗帜鲜明地激浊扬清，在与时俱进中传递正能量，在开拓进取中弘扬主旋律，在守正创新中树立新风尚，进而在行稳致远中发挥网络文艺的重要作用。

二 2020年以来网络文艺履行社会责任的基本情况

2020年以来，总体上看，网络文艺进一步快速、规范发展，广大网络文艺工作者、平台、企业等的社会责任意识显著增强，主体责任进一步压实，行业自律不断加强，广大网民积极主动参与网络治理，呈现发展的新特点、新亮点。

（一）以优秀作品传递正能量、引领新风尚

从根本上说，"精品化"生产是网络文艺实现自身发展的不二途径，也是网络文艺履行社会责任的重要职责和表现。简言之，落实网络文艺的社会责任，要以优秀作品为着力点，统筹创作、传播、接受、产业发展等各个环节和层面，坚持"正能量是总要求"，发挥网络文艺的审美、娱乐、认识等功能，满足人们日益增长的精神生活需求，以优秀作品彰显时代精神、引领道德风尚。

2020年以来，在政策支持、市场引导和行业创新的推动下，"精品化"创作生产已成为共识，优秀作品不断涌现，网络文艺的社会责任担当能力显著增强。比如，在网络视听文艺领域，《乘风破浪的姐姐》《登场了！敦煌》《希望的田野》等网络综艺，以女性群体、文化传承、电商助农、社群交流为主打，自觉融入价值引领，在关照现实和价值传递上有了更深刻的认知；《我是余欢水》《沉默的真相》《我才不要和你做朋友呢》《以家人之名》等网络剧、《树上有个好地方》《中国飞侠》《老大不小》《春来怒江》《铁锅炖大鹅》《扶兄弟一把》等网络电影，贴近现实生活、反映时代发展。网络文艺作品正努力"着眼我国社会主要矛盾的发展变化，着眼新阶段新实践新需求，强化质量意识，提升内容品质，以精品力作刻画时代变革、展示国家力量、弘扬民族精神、呈现中国文化，更好满足人民群众美好生活新期待"[1]。

---

① 聂辰席：《牢记初心使命　传承红色基因　推动网络视听奋进新征程　实现新跨越》，《广播电视信息》2021年第7期，第12页。

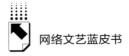

实践表明，加强精品生产、促进质量提升是网络文艺更好履行社会责任的有力抓手。近两年来，作为影响"人"的精神产品，网络文艺创作生产坚持"二为"方向，努力把培育和弘扬社会主义核心价值观贯穿始终，努力做到接地气、聚人气、扬正气，弘扬中国精神、传播中国价值、凝聚中国力量，同时，积极把引领群众和服务群众有机结合起来，力争既满足人们多样化、个性化的精神文化需求，又加强引导、克服浮躁，自觉讲品位、讲格调、讲责任，抵制低俗、庸俗、媚俗，努力祛除抽象的说教、肤浅的言情、玄虚的架空、滥用的娱乐、负面的炒作，进一步营造向上、向善、向好网络文化生态。

（二）聚焦新时代主题主线，凝聚奋进力量

网络文艺受众广、传播快、作用强、影响大。习近平总书记指出："互联网是一个社会信息大平台，亿万网民在上面获得信息、交流信息，这会对他们的求知途径、思维方式、价值观念产生重要影响，特别是会对他们对国家、对社会、对工作、对人生的看法产生重要影响。"[①] 2020 年以来，在脱贫攻坚战、抗击新冠肺炎疫情、庆祝中国共产党成立 100 周年等重大活动中，网络文艺积极发挥互联网的特点和审美优势，有效发挥了凝聚人心、汇聚力量、催人奋进的文艺功能。简要说来，一是围绕脱贫攻坚、抗击新冠肺炎疫情等大事、要事，多方位、多层次、多形式展现新时代决胜全面小康、决战脱贫攻坚的伟大创举，展现团结奋斗、共克时艰的生活场景和催人奋进、昂扬向上的精神风貌。网络文学、网络剧、网络电影、网络综艺、网络纪录片、网络动漫、网络游戏、网络演出、网络直播、文艺性短视频等一大批作品用心、用情、用功讲述动人故事，广泛汇聚真善美、正能量，充分展现了中国共产党领导和社会主义制度的鲜明优势，充分展现中国人民和中华民族自强不息的精神风貌，引发了人们强烈的情感共鸣，取得了良好的效

---

① 习近平：《在网络安全和信息化工作座谈会上的讲话》，《人民日报》2016 年 4 月 26 日，第 2 版。

果。二是聚焦庆祝中国共产党成立 100 周年"党的盛典、人民的节日"主题主线，多形态参与、多形式展现、全年度贯穿，充分展现中国共产党领导中国人民不懈奋斗的伟大历程、伟大成就、伟大经验。面对党和国家史诗般的伟大实践，需要网络文艺用感情充沛、功力深厚的作品去描绘、去刻画。比如，在网络视听文艺领域，2021 年 3 月 30 日上线的百集微纪录片《百炼成钢：中国共产党的 100 年》，两个月后，播放量就超过 20 亿次，还成为一些地方和部门开展党史学习教育的教材。凡此种种既展现了新兴网络文艺的优势和力量，也体现了网络文艺的使命担当。

（三）行业优化升级，促进经济社会发展

在快速发展的进程中，网络文艺已成为文化艺术信息消费的重要对象，相应地，网络文艺服务也成为其社会责任担当的重要内容。2020 年以来，网络文艺行业充分认识肩负的社会责任，通过加强技术创新、培育新业态和新模式，积极推动行业优化升级，在回报社会、服务经济社会发展上体现新作为、展现新气象。

首先，在技术创新方面，网络文艺将科技作为发展的重要动力源，并顺应科技趋势，不断向科技创新的广度和深度进军。其中，按照需求导向、问题导向和场景引领，大数据、云计算、区块链、人工智能、虚拟现实/增强现实（VR/AR）、5G 通信等领域的原始创新、集成创新和应用创新不断推进，互动视频、沉浸式视频等创新项目和案例不断孵化，有效促进了创新链、产业链、价值链的深度融合，为行业转型升级提供了新动能。比如，随着媒体深度融合发展，网络视听和广播电视之间、视听节目制作与传播各环节之间的信息孤岛进一步打破，推进了两方面的资源利用与优势发挥，促进了内容生产、传播分发、技术应用、平台终端、运行管理等各个环节的共享互通，有效推动了行业迭代升级，形成了竞合发展、共创共赢的良好局面。再比如，随着 5G 应用、发展进入快车道，5G 条件下的网络文艺发展新模式、新路径有力推动了共建、共享、共用，加快了新一代全媒体融合传播体系的建构步伐，进一步催化融合质变。

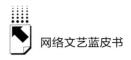
其次，在新业态、新模式方面，作为新兴数字经济的重要组成部分，网络文艺展现出蓬勃发展的可喜局面。2020年以来，网络文艺行业抓住战略性新兴产业发展带来的机遇，并强化新业态的引擎功能、新模式的动力作用，在丰富和拓展网络视听服务，拉动消费、扩大内需、促进就业，构建新发展格局等方面作出了新贡献。简要说来，在艺术创作上，针对更多应用场景和个性化需求，突出专业化、精细化、对象化，推进形态、模式创新发展，为广大用户提供更多种类、更具特色、更高质量、更好体验的服务；在产业发展上，积极探索多元化商业模式，通过跨行业优势互补、跨平台资源利用，充分挖掘、开发数字娱乐、数字经济潜能，扩大市场空间，引领新型消费发展；在促进就业上，随着网络文艺用户规模和营收的持续增长，其上下游各类相关企业和平台吸纳了大量的人员就业。

此外，随着网络文艺作用和影响的持续提升，其服务经济社会发展的能力也进一步增强。除了以上所说部分，还有其他丰富的内容，比如，主动对接国家重大战略部署，积极投身乡村振兴实践，创新行业帮扶路径，巩固、拓展脱贫攻坚成果；依托优质内容，发挥企业创新主体地位，推动创作、传播、服务等一体化产业生态全链的构建，进一步优化、升级产业结构，引导、促进文化新消费发展等。

（四）多措并举、多方共建，营造风清气正的网络空间

2020年以来，在生产者、平台、企业、主管部门、行业协会、网民等多方力量的共同努力下，网络空间营造、网络文化建设呈现新的风貌。择要说来，一是法律体系不断健全，法律层级显著提升，并在平台治理、内容管理、数据安全、民事权利保护、未成年人网络保护、版权保护开发和利用等方面体现法律规范和管理成效。比如，第三次修正的《中华人民共和国著作权法》于2021年6月1日起正式施行，为网络文艺版权保护提供了新的法律依据。二是综合治理体系日益规范化、科学化，相关内容审核通则、平台管理规范、内容审核标准细则等的出台为平台、制作机构提供具体指导。比如，2021年3月1日，《网络信息内容生态治理规定》正式施行。该规定

以网络信息内容为主要治理对象，以建立健全网络综合治理体系、营造清朗网络空间、建设良好网络生态为目标，突出多元主体参与网络生态治理的主观能动性，重点规范网络信息内容生产者、网络信息内容服务平台、网络信息内容服务使用者和网络行业组织在网络生态治理中的权利与义务，是我国网络信息内容生态治理法治领域具有全球首创意义的一项里程碑。再比如，针对过度追求娱乐、媚俗的现象，2020 年 8 月 19 日，《关于十九届中央第五轮巡视整改进展情况的通报》把网络视听节目作为重点整改的关键环节，强调要"严格节目管理，防止过度娱乐化。举一反三，加强综合研判，把好节目导向关、内容关、人员关、片酬关、宣传关"①。2021 年 5 月 10 日，北京市广播电视局印发《关于进一步加强网络综艺节目管理工作的通知》，指出要"坚决抵制粉丝的追星炒星行为，抵制虚假作秀、激化矛盾、享乐拜金、无聊游戏等不良行为，坚守社会的道德底线与审美底线"②。三是为整治网络文艺乱象，相关部门联合开展专项行动，有力遏制了不良风气的蔓延。比如，2021 年 9 月初，中央宣传部印发《关于开展文娱领域综合治理工作的通知》，针对流量至上、畸形审美、"饭圈"乱象、违法失德等文娱领域突出问题部署综合治理工作，提出将通过一段时间的集中治理和建立长效工作机制，规范市场秩序，遏制行业不良倾向，廓清文娱领域风气。"剑网 2020"专项行动把网络版权作为重点，并提出"严厉打击网络游戏私服、外挂等侵权盗版行为；加大对音乐版权保护力度，推动完善网络音乐版权授权体系；严厉整治知识分享领域存在的抄袭改编、复制数据库等侵权行为，强化对大型知识分享平台的版权监管力度；继续巩固网络文学、动漫、网盘、应用市场、网络广告联盟等领域取得的工作成果，推动各地结合自身特色工作因地制宜扩大专项行动战果"③。四是网络企业发挥主动性、能动性，

---

① 中共国家广播电视总局党组：《关于十九届中央第五轮巡视整改进展情况的通报》，http://www. nrta. gov. cn/art/2021/4/22/art_ 112_ 55928. html，2021 年 4 月 22 日。

② 北京市广播电视局：《北京市广播电视局进一步加强网络综艺节目创作播出管理》，http://gdj. beijing. gov. cn/zwxx/gzbg1/202105/t20210510_ 2385916. html，2021 年 5 月 10 日。

③ 国家版权局：《关于开展打击网络侵权盗版"剑网 2020"专项行动的通知》，http://www. ncac. gov. cn/chinacopyright/contents/12228/348566. shtml，2020 年 6 月 17 日。

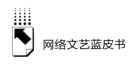
推进行风建设和职业道德建设。比如，2020 年 5 月 7 日，腾讯视频、爱奇艺、优酷联合 9 家影视公司发布《关于开展团结一心共克时艰行业自救行动的倡议书》，倡导"德艺双馨"，反对奢靡虚荣攀比之风，并对演职人员薪酬、番位等现象进行强制性整改。2021 年 4 月 9 日，15 家影视行业协会和爱奇异、优酷、腾讯视频等 5 家视频平台以及 53 家影视公司联合发布《关于保护影视版权的联合声明》，呼吁短视频平台和公众账号生产运营者尊重原创、保护版权，未经授权不得对相关影视作品实施剪辑、切条、搬运、传播等侵权行为。2021 年 4 月 23 日，中国电影艺术交流协会等 17 家影视行业协会和爱奇异、优酷、腾讯视频、芒果 TV 等 5 家视频平台以及 524 位明星艺人再次发布联署《倡议书》，呼吁国家对短视频平台推进版权内容合规管理，清理未经授权的切条、搬运、速看和合辑等影视作品内容。这种行业自救体现了人们对健康清朗网络传播环境的期待，也对行风建设和职业道德建设具有良好的促进作用。

此外，在风清气正网络空间的营造中，作为落实网络文艺社会责任不可或缺的环节，内容审核人才队伍建设、基于"算法"的技术创新和应用、开展"剜烂苹果"工作的文艺批评等也发挥了积极、有效的作用，对网络文艺的健康发展和社会责任的落实起到了重要的保驾护航作用。

三　集中整治，重点发力，促进网络空间更加清朗

2020 年以来，面对网络文艺在制作、传播、接受等方面出现的新问题，相关政府部门出台了新的监管执法措施、文艺团体发布了新的行业自律规范，相应问题艺人、文化企业也停止了演出活动，并做出整改调整。

（一）清理整顿明星失德失范、"粉丝"经济、"饭圈"文化

近年来，在商业资本、科技巨头的大力加持下，在文化工业、娱乐产业的推波助澜中，"粉丝"经济、"饭圈"文化发展迅速，"流量"追星热潮也相伴出现。伴随互联网企业的快速入局，互联网思维开始对文化娱乐行业

产生巨大影响。"流量"追星随之成为当下"饭圈"文化的显著特征之一。

在"流量"追星的各种方式中，"打榜"是一种较为普遍的应援模式——简单说来，就是"粉头"（"粉丝"团体头目）通过微博等社交媒体平台，频繁号召"粉丝"为自己喜爱的明星投票，让他们支持的偶像位居各类排行榜前列，持续获得媒体关注、不断增加在线流量。互联网商业生态中，流量数据一定程度上意味着偶像艺人的商业价值，也关联着相应的经济收益。因此不难看出，"打榜"追星是依据资本逻辑运行、不断逐利的商业活动。"唯流量论"的根本目的是相应企业、娱乐平台、经纪公司和演艺人员利益最大化。同时由于许多"粉丝"处于未成年阶段，尚没有购买能力，花钱"打榜"造成他们"负债消费""借贷追星"，对青少年身心健康成长造成了恶劣的影响。

"粉丝"经济、"打榜"现象的盛行，不仅将文艺作品的经济利益置于社会效益之上，同时对青少年的消费观念、道德言行进行了错误引导。除此之外，它还引发畸形"饭圈"文化的病态发展。2021年上半年的选秀类网络综艺《青春有你 第三季》中，出现了"粉丝"为自己喜爱的偶像"打榜"而大量倒奶的事件，致使相应快消饮品的极大浪费。事件发生后，该档综艺的节目组和赞助商纷纷对"打榜"倒奶事件致歉，表示要吸取相应教训、履行社会责任，保证今后的创作价值观导向正确。[1] 2021年7月至8月，吴某凡因涉嫌强奸罪被警方依法刑事拘留并批捕之后，一些"粉丝"在网络社交媒体平台上发表不理智的追星言论。针对该事件，2021年8月2日、8月17日，中国影协、中国音协、中国视协陆续发声，强调遵规守法是每个公民的底线标准，文艺工作者在坚守法律底线的同时，还应将艺德规范视为不可逾越的红线。[2]而针对2021年7月至8月部分明星艺人偷税逃税、失德失范等问题，相关主管部门陆续出台监管措施。针对流量

① 《爱奇艺、蒙牛相继道歉!〈青春有你3〉所有助力通道关闭》，http://www.xinhuanet.com/legal/2021-05/07/c_1127417468.htm。
② 《中国影协、中国音协、中国视协就吴亦凡事件发声》，https://mp.weixn.qq.com/s/BlvnSQAG5Y1S9VrnWlj1lg。

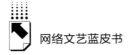

至上、"饭圈"乱象、违法失德等文娱领域出现的问题，中央宣传部印发《关于开展文娱领域综合治理工作的通知》，要求规范市场秩序，压实平台责任，严格内容监管，进一步强化行业管理。①2021 年 8 月 24 日，中国文联召开"修身守正立心铸魂——中国文联文艺工作者职业道德和行风建设工作座谈会"，针对"饭圈"文化、"唯流量论"等不良现象和文艺界及娱乐行业接连出现的一些违法失德现象进行座谈，表达了对坚决处置违法失德问题、治理不良"粉丝"文化乱象等涉及行风建设、行业引领等方面工作的共识和态度。②除此之外，文化和旅游部③、国家广播电视总局④、中国作协⑤也纷纷出台管理办法和相关通知、意见，要求加强经纪机构、文艺节目及其人员管理，强化文艺工作者职业道德建设。

（二）控制不正当竞争，避免诱导消费

2020 年年底召开的中央经济工作会议提出 2021 年经济工作的八项重点任务，其中一项是"强化反垄断和防止资本无序扩张"。⑥ 2020 年 12 月，国家市场监督管理总局公布阅文集团收购新丽传媒控股有限公司股权等三起未依法申报违法实施集中案的行政处罚决定书。⑦ 2021 年，国家市场监督管理

---

① 《中央宣传部印发通知，部署文娱领域综合治理工作》，http：//www. news. cn/politics/2021 - 09/02/c_ 1127821939. htm。
② 《"修身守正立心铸魂——中国文联文艺工作者职业道德和行风建设工作座谈会"在京召开》，http：//www. cflac. org. cn/wywzt/2021/xsszlxzh/xw/202109/t20210903_ 558842. html。
③ 《文化和旅游部发文加强经纪机构管理约束表演者行为》，https：//mp. weixin. qq. com/s/Wq1XaMMJkPzgHt2JRHz_ Cw。
④ 《国家广播电视总局办公厅关于进一步加强文艺节目及其人员管理的通知》，https：//mp. weixin. qq. com/s/Yf5KMvDryDLNLaB4CnXvvQ。
⑤ 《中国作家协会关于进一步加强文学工作者职业道德建设的意见》，https：//mp. weixin. qq. com/s/FG8Wpu2hISoHcN1naKz9oQ。
⑥ 《防止资本无序扩张》，http：//www. xinhuanet. com/fortune/2020 - 12/27/c_ 1126911793. htm。
⑦ 《市场监管总局反垄断局主要负责人就阿里巴巴投资收购银泰商业、腾讯控股企业阅文收购新丽传媒、丰巢网络收购中邮智递三起未依法申报案件处罚情况答记者问》，http：//www. samr. gov. cn/xw/zj/202012/t20201214_ 324336. html。

总局依法对腾讯控股有限公司作出责令解除网络音乐独家版权等处罚。① 而鉴于视频平台 VIP 会员服务和超前点播机制引发社会热议，不少消费者对平台满含套路的操作表示质疑和不满，中国消费者协会表示，视频平台不应向 VIP 老会员收取超前点播费。②

近年来，网络平台利用自身垄断地位，以及"粉丝"非理性的消费心理，大力实施"薅羊毛"式的市场营销策略。如网络音乐平台让"粉丝"重复购买某一偶像艺人的音乐作品，以体现他们对自家偶像的支持力度。在某种程度上，这是另一种形式的"打榜"，它通过迎合"粉丝"的追星心态，造成不必要的重复消费，这种行为违反了正常的商业契约精神和公平的市场竞争准则。在监管日趋严格的趋势下，各大网络平台也开始控制不正当竞争，避免诱导消费，进而履行自身的社会责任。2021 年 8 月 31 日，腾讯控股与腾讯音乐娱乐集团发布了《关于放弃音乐版权独家授权权利的声明》，该声明表示腾讯通过邮件方式正式向相关上游版权方发送《音乐版权授权合作协议解除通知函》及《音乐版权授权合作协议解除催告函》，最大限度寻求与相关上游版权方尽快解除独家协议。③ 2021 年 10 月 4 日中午，爱奇艺官方率先发布消息称，即日起，爱奇艺正式取消剧集超前点播，同时取消会员可见的内容宣传贴片。随后，腾讯视频、优酷也表示，将在取消剧集超前点播服务的基础上，停止超前点播内容更新。④

（三）针对算法陷阱，开展监督监管

过去几年间，以抖音、快手为代表的短视频平台快速发展，用户数量迅

---

① 《市场监管总局依法对腾讯控股有限公司作出责令解除网络音乐独家版权等处罚》，http：//www. xinhuanet. com/2021 – 07/24/c_ 1127689721. htm。
② 《中消协：视频平台不应向 VIP 老会员收取超前点播费》，http：//www. news. cn/fortune/2021 – 09/09/c_ 1127844107. htm。
③ 《腾讯宣布放弃音乐版权独家授权权利》，http：//finance. people. com. cn/n1/2021/0901/c1004 – 32214210. html。
④ 《再见，超前点播！网友：终于可以快乐追剧了!》，https：//m. gmw. cn/2021 – 10/05/content_ 1302628886. htm。

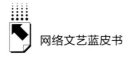

速增长。中国互联网络信息中心（CNNIC）发布的第47次《中国互联网络发展状况统计报告》显示，网络短视频用户规模已从2020年3月的7.73亿人上升到2020年12月的8.73亿人。① 短视频之所以会在不到一年的时间里新增如此多的用户，一个重要原因便是科技公司的算法推荐技术的广泛应用。

伴随大数据、人工智能等先进科技的快速发展，大型互联网公司当下已可利用算法技术，根据用户偏好为其推荐相应的产品和服务，以满足他们的消费需求。一方面，这对推广消费活动、实现经济增长起到了积极的作用。然而另一方面，算法生成的推荐机制也会让消费者沉迷于某种产品或服务不能自拔，进而造成"信息茧房"现象的出现。在短视频领域，一些文艺性短视频内容低俗、品位庸俗、形式简陋、制作粗糙，推荐算法的广泛应用使广大观众尤其是未成年人，在正确的人生观、世界观、价值观尚未形成之际，便沉迷于这些感官刺激的短视频作品，对其人生成长造成了严重的不良影响。

相关政府部门持续对短视频领域进行监督监管，相应企业也积极配合、进行整改。2021年1月8日，全国"扫黄打非"办通报，"抖音"平台因存在传播淫秽色情低俗信息行为，被处以顶格罚款的行政处罚。② 在监管措施下达的同时，抖音开始进行"软色情"信息专项整治行动，组建专项小组，深入检查清理"软色情"相关违规信息，积极推进网络生态治理。③ 2021年7月开始，抖音安全中心开展"2021青少年保护暑期专项治理行动"，严厉打击平台上涉及青少年的不良内容，同时持续丰富平台上有益青少年成长的优质内容，护航青少年健康成长。④ 而在算法推荐领域，中央宣传部、文

① 中国互联网络信息中心：第47次《中国互联网络发展状况统计报告》，http://cnnic. cn/ hlwfzyj/hlwxzbg/hlwtjbg/202102/P020210203334633480104. pdf。

② 《新华热评："抖音"被处罚释放的明确信号》，http://www. xinhuanet. com/politics/2021 – 01/08/c_ 1126960364. htm。

③ 《抖音关于"软色情"专项整治公告》，https://mp. weixin. qq. com/s/85yCEa4q8nNEPtOBVDtXtA。

④ 《抖音"2021青少年保护暑期专项治理行动"公告》，https://www. toutiao. com/i6994662593075921 439/？ tt_ from = weixin_ moments&utm_ campaign = client_ share&wxshare_ count = 2&timestamp = 1628574634&app = news_ article&utm_ source = weixin_ moments&utm_ medium = toutiao_ ios&use_ new_ style = 1&req_ id = 20210810135034010212075103SD09D52B&share_ token = EE82453C – E0E1 – 4C6D – AB8F – 8F20F729E82A&group_ id = 6994662593075921439。

化和旅游部、国家广播电视总局、中国文联和中国作协五部门联合印发了《关于加强新时代文艺评论工作的指导意见》，其中提到开展网络算法推荐综合治理，不给错误内容提供传播渠道。①

（四）防止未成年人沉迷，强化行业自律

近年来，我国网络游戏领域发展迅速。在投资、制作、发行、销售、"出海"等各方面，网游行业日益欣欣向荣，并逐渐成为文化娱乐产业中不可或缺的重要行业之一。然而，该领域经济规模的持续扩大，在给相应企业带来丰厚利润的同时，也引发了人们的普遍担忧。这是因为网络游戏对未成年人来说诱惑力极大，长期上网打游戏会让孩子沉迷上瘾。

因此，针对游戏危害的呼声一直见诸媒体。早在 1994 年 2 月 17 日，《人民日报》的评论文章首次用"电子可卡因"来比喻电子游戏；2000 年 5 月 9 日，《光明日报》的一篇报道第一次把电子游戏比作"电子海洛因"。②2021 年，有主流媒体称网络游戏为"精神鸦片"。③ 从以上报道中不难看出，未成年人的（网络）游戏行为受到社会密切关注，沉迷（网络）游戏和过度消费不利于他们健康成长。④

针对以上问题，相关政府部门已展开行动，积极推动互联网企业扩大防沉迷系统的覆盖范围，探索"人脸识别"技术的应用。⑤ 国家新闻出版署下发《关于进一步严格管理切实防止未成年人沉迷网络游戏的通知》，其中要求，严格限制向未成年人提供网络游戏服务的时间，所有网络游戏企业仅可

---

① 《中央宣传部等五部门联合印发〈关于加强新时代文艺评论工作的指导意见〉》，https://www.mct.gov.cn/whzx/whyw/202108/t20210803_926865.htm。
② 《第一篇把游戏比喻成"毒品"的国内新闻报道》，http://www.yidianzixun.com/n/0JHa6Eha/。
③ 《央媒批网络游戏为"精神鸦片"，游戏股全线重挫》，https://www.guancha.cn/economy/2021_08_03_601430.shtml。
④ 《2020 年全国未成年人互联网使用情况研究报告》，http://www.cnnic.net.cn/hlwfzyj/hlwxzbg/qsnbg/202107/P020210720571098696248.pdf。
⑤ 《2020 年全国未成年人互联网使用情况研究报告》，http://www.cnnic.net.cn/hlwfzyj/hlwxzbg/qsnbg/202107/P020210720571098696248.pdf。

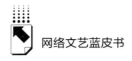
在周五、周六、周日和法定节假日每日 20 时至 21 时向未成年人提供 1 小时服务，其他时间均不得以任何形式向未成年人提供网络游戏服务；严格落实网络游戏用户账号实名注册和登录要求，不得以任何形式向未实名注册和登录的用户提供游戏服务；各级出版管理部门要加强对防止未成年人沉迷网络游戏有关措施落实情况的监督检查，对未严格落实的网络游戏企业，依法依规严肃处理。① 2021 年 9 月 8 日，中央宣传部、国家新闻出版署有关负责人会同中央网信办、文化和旅游部等部门，对腾讯、网易等重点网络游戏企业和游戏账号租售平台、游戏直播平台进行约谈。② 约谈要求各网络游戏企业、游戏账号租售平台、游戏直播平台提高政治站位、强化责任担当，深刻认识严格管理、防止未成年人沉迷网络游戏的重要性紧迫性，切实保护未成年人身心健康。③ 针对新的监管措施，网络游戏公司也纷纷开展整改。腾讯表示，其畅销网络游戏《王者荣耀》将对未成年用户限制游戏时长、控制游戏消费，全面关闭 iOS 游客体验模式，未成年用户仅可在周五、周六、周日和法定节假日的 20 时至 21 时进行游戏，未满 12 周岁的用户无法进行游戏充值。④ 在被相关部门约谈后，腾讯表示，将认真学习约谈精神，在相关主管部门的指导下，从严落实未成年人防沉迷的相关规范和要求，强化内容安全与合规。⑤ 网易则表示，计划严格执行监管部门对未成年人防沉迷的相关规定和要求，推动游戏生态持续向好。⑥

① 《国家新闻出版署下发 < 关于进一步严格管理切实防止未成年人沉迷网络游戏的通知 >》，http：//www. news. cn/culture/20210831/4fbe4cec5a5c46e3b1429548b31452a2/c. html。
② 《中央宣传部、国家新闻出版署有关负责人约谈腾讯、网易等游戏企业和平台》，http：//m. news. cn/2021 –09/08/c_ 1127841712. htm。
③ 《中央宣传部、国家新闻出版署有关负责人约谈腾讯、网易等游戏企业和平台》，http：//m. news. cn/2021 –09/08/c_ 1127841712. htm
④ 《防止未成年沉迷！腾讯网易原神多款游戏上线限制措施》，https：//www. sohu. com/a/486902413_ 359616。
⑤ 《腾讯、网易被约谈后股价大跌》，http：//www. ftchinese. com/premium/001093891？ full = y #ccode = iosaction。
⑥ 《腾讯、网易被约谈后股价大跌》，http：//www. ftchinese. com/premium/001093891？ full = y #ccode = iosaction。

（五）提升文艺评论质量，促进清朗网络文艺空间构建

伴随互联网科技和新媒体技术的不断发展，文艺评论的形式也变得多种多样。从最初的纸质文字评论发展到网络留言评论、弹幕评论、网络（短）视频评论、网络音频评论，等等。日益扩大的评论主体、评论内容、评论传播方式令文艺评论的思想性、传播面、影响力不断增大。对文艺创作者来说，理性深刻的文艺评论作品对其创作、生产起到引导、引领的作用；而就文艺观赏者而言，丰富多元的文艺评论内容则对其欣赏、鉴赏起到提升、促进的导向作用。

由此可见，良好的文艺评论对于文艺创作、生产、传播、接受全过程来说具有重大意义，其社会效益正得到极大彰显。然而，近年来，许多文艺评论尤其是网络文艺评论未能从作品创作本身出发，从美学角度探讨文艺作品的优劣差别，而是从资本逻辑的视角切入、从商业利益的范畴关照文艺作品的利润收益。这类以消费市场为导向的文艺评论活动的出现，不利于良好文艺评论生态的建立、清朗文艺创作环境的形成以及多元文艺欣赏主体的建构。

针对文艺评论领域面临的新问题，中央宣传部、文化和旅游部、国家广播电视总局、中国文联和中国作协五部门联合印发的《关于加强新时代文艺评论工作的指导意见》要求健全文艺评论标准，把人民作为文艺审美的鉴赏家和评判者，把政治性、艺术性、社会反映、市场认可统一起来，把社会效益、社会价值放在首位，不唯流量是从，不能用简单的商业标准取代艺术标准。[1] 要严肃客观评价作品，坚持从作品出发，提高文艺评论的专业性和说服力，把更多有筋骨、有道德、有温度的优秀作品推介给读者和观众。[2]

---

[1] 《中央宣传部等五部门联合印发〈关于加强新时代文艺评论工作的指导意见〉》，https://www.mct.gov.cn/whzx/whyw/202108/t20210803_926865.htm。

[2] 《中央宣传部等五部门联合印发〈关于加强新时代文艺评论工作的指导意见〉》，https://www.mct.gov.cn/whzx/whyw/202108/t20210803_926865.htm。

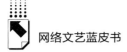
　　网络文艺领域出现的以上问题，也使相关主体切实意识到履行社会责任的重要性，正在通过不断创作积极健康、正面主流的网络文艺作品，建设公平完善、遵纪守法的网络文艺平台，营造文明清朗、崇德向上的网络文艺空间，做到对受众负责、对消费者负责，引导受众尤其是青年受众形成正确的人生观、世界观、价值观。只有履行好相关社会责任，相应个人、平台、市场、行业才能规范运转，进而获得良好的利润收益，实现主体的社会效益和经济价值。

国际视野篇

International Perspective

B.14
网络文艺"出海"与海外传播

刘 青*

摘 要： 2020年以来，网络文艺在不断提升质量、扩大国内影响的同时，其"出海"与海外传播也稳步推进。其中，网络文学、网络动漫、网络游戏、网络剧、网络综艺、网络纪录片、文艺性短视频等形态均有突出的、良好的表现。在持续向好的发展进程中，网络文艺"出海"活动呈现传播主体日趋多元、传播范围日益扩大、传播内容和形式日渐丰富、传播效果日益增强等显著特点。在新的历史条件下，网络文艺"出海"与海外传播将进一步立足中国文化，优化国际表达；着力提升艺术质量，增强自主创新能力；加大合作探索力度，提升实际落地传播效果，生动展现真实、立体、全面的中国形象。

---

* 刘青，文艺网（北京）传媒有限公司编辑，教育学硕士，主要研究领域为文化产业研究、电影批评与评论。

关键词： 网络文艺　海外传播　国际表达　文艺交流互鉴

2020 年以来，网络文艺在调整中发展、在传承中创新，创作生产进一步繁荣，社会地位和影响力不断提升。与此同时，在交往全球化、社会信息化、文化多样化深入发展的时代环境和审美语境中，作为"发展"的重要一翼，网络文艺"出海"总体上稳步推进，在数量与质量提升、内容和形式创新，以及版权合作开发、商业模式探索、海外平台建设等方面发展势头良好，传播规模不断扩大，从内容到模式再到平台的全面"出海"格局和完整产业链逐步成型，传播力和影响力进一步增强，且呈现一些规律性特征和显著的发展趋向，这些特点和趋势既有力促进了网络文艺创作生产的繁荣，还大力加快了中华文化"走出去"的步伐，加强了对外文化交流和多层次文明对话的力度。

一　网络文艺"出海"与海外传播概况

随着互联网科技和新媒体技术的快速发展，全球范围内的文化艺术交流互鉴进一步加强。作为伴随互联网发展而发展、繁荣而繁荣的新兴文艺形式，网络文艺一方面因其创新活力而与传统文艺形成了交互、渗透、融合的发展关系；另一方面，基于共同的技术、媒介基础和共享的数字文化范式，我国网络文艺创作生产与国外同类艺术实践处于大致相似的起跑线上，我国尽管起步晚，但发展快，且在丰富的实践和创新性发展中呈现鲜明的中国特色。因此，在某种意义上可以说，新兴的网络文艺凭借其特性和优势成为中国文艺"出海"与海外传播的新一极，甚至在其中还扮演着新生力军的角色，拓展了发展的新空间、呈现发展的新风貌。近两年来，我国网络文艺"出海"与海外传播持续向好，尤其是，网络文学、网络动漫、网络游戏、网络剧、网络综艺、网络纪录片、文艺性短视频等形态有突出的、良好的表现，借此可大致观察网络文艺"出海"与海外传播的总体状况。

（一）网络文学的"出海"与海外传播

作为最早"出海"的网络文艺形式之一，近20年来，我国网络文学海外传播大致经历了以下几个阶段：一是1.0阶段，以2004年起点中文网开始在国际上出售中国网络文学版权为起点，我国优秀网文作品启动海外出版授权；二是2.0阶段，海外网文迷友开始建立翻译网站（2014~2016年，英文翻译网站WuxiaWorld、GravityTales等快速发展），中国大型网络文学企业正式布局"出海"平台，2017年，起点国际（Webnovel，阅文集团2017年推出的海外英文网站和阅读平台）开启"平台式"海外传播；三是3.0阶段，海外原创网络文学作品上线，网文IP开发更为多元化、成熟化，产业链逐渐专业化、系统化，其中，2018年，起点国际启动海外原创功能，外国网文作者加入网络文学创作队伍，同一年，AI（人工智能）翻译也被引入网文产业之中。[①] 当下，网络文学的"出海"与海外传播正处于3.0阶段，其发展具有以下一些显著特点。

第一，在创作队伍方面，近年来，越来越多的海外作者加入网络文学的创作行列。网文海外原创作者数量已超过10万名。[②] 2020年海外网络文学作者的分布情况见表1。[③]

表1　2020年海外网络文学作者分布情况

类别	具体情况
地区	东南亚、北美海外作者数量最多
性别	女性略多于男性
年龄	25岁以下的青年人是创作的中坚力量
海外女性网文作者钟爱的创作类型	言情、奇幻和魔幻现实
海外男性网文作者钟爱的创作领域	奇幻和魔幻现实，其次是科幻、言情和电子游戏类

---

① 艾瑞咨询：《2020年中国网络文学出海研究报告》，http://report. iresearch. cn/report/202008/3644. shtml。

② 《2020年中国网络文学海外传播（二）》，http://www. chinawriter. com. cn/n1/2021/0618/ c404027 – 32133834. html。

③ 《网络文学海外火了？外国小伙为写网文放弃继承家族企业》，http://mp. weixin. qq. com/ s/Jn3M0egHLpW3qABmBc4ldw。

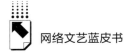
在这支创作队伍中，有作者将不同文化进行融合，他们在阅读大量中国网文作品的基础上，开始了跨文化写作方面的创新，比如英国青年杰克·舍温（笔名 JKSManga）创作的网络文学作品《我的吸血鬼系统》（*My Vampire System*）将西方的奇幻元素与中国网文中的核心元素"系统"相结合，形成一种中西合璧的文化效果，在全球获得超千万次的点击量，获得良好反响。①

第二，网络文学 IP 开发愈加成熟和多元。近年来，由网文改编的剧集在海外，尤其是在东亚、东南亚及海外华人地区和国家获得了良好口碑。比如，《琅琊榜》（根据同名网文作品《琅琊榜》改编）、《庆余年》（根据网文作品《庆余年》改编）、《扶摇》（根据网文作品《扶摇皇后》改编）在亚洲剧集评论网站 MyDramaList 上分别获得 9.1 分、9.1 分和 8.4 分的高分（截至北京时间 2021 年 6 月 8 日上午 10 点 55 分）。而纵观 2020～2021 年网络文学 IP 改编的影视剧作品，《隐秘的角落》（根据网文作品《坏小孩》改编）、《沉默的真相》（根据网文作品《长夜难明》改编）、《琉璃》（根据网文作品《琉璃美人煞》改编）在 MyDramaList 上分获 8.5 分、8.2 分和 8.8 分的高分（截至北京时间 2021 年 6 月 8 日上午 10 点 58 分），这些在国内收获积极反响的网文改编剧集在海外也得到了不错的评价。

第三，在海外平台传播方面，网络文学行业日益呈现多样化的发展局面。这其中包括海外网络文学平台/App，比如，起点国际、TapRead（纵横文化的网络文学英文站点）等，还有海外本地化分发渠道，以及 WuxiaWorld 等专门的迷友翻译网站。②

第四，在"出海"模式方面，目前主要有 3 种模式：翻译"出海"、直接"出海"和改编"出海"（具体参见表 2）。③

---

① 《中国网文开启"世界群聊"》，http://www.baijingapp.com/article/31339。
② 艾瑞咨询：《2020 年中国网络文学出海研究报告》，http://report.iresearch.cn/report/202008/3644.shtml。
③ 艾瑞咨询：《2020 年中国网络文学出海研究报告》，http://report.iresearch.cn/report/202008/3644.shtml。

表2 网络文学"出海"模式

"出海"类型	运行模式
翻译"出海"	把网文作品翻译成其他语言"出海"(最为主流)
直接"出海"	把网文作品在海外出版发售
改编"出海"	把网文作品作为IP,进行影视剧、游戏、动漫作品改编后"出海"

这三种"出海"模式中,最为主流的是翻译"出海"。[①] 2018 年,翻译领域引入了 AI 翻译,极大提升了翻译速度和译制效率,但目前网络文学"出海"翻译还是使用人工和智能 AI 相结合的方式开展,这是由于 AI 可以快速完成大量内容的翻译,但在准确度上仍有欠缺,尤其是在专有名词、长难句的翻译上存在不足,且缺乏打动人心的文采美感,这就需要人工介入分析上下文语境,以保证翻译的水准和质量。

第五,时至今日,网络文学"出海"与海外传播已开发出多种商业模式,它们有的来自传统的赢利模式,还有一些来源于国内成功的市场实践。具体商业模式参见表3。[②]

表3 网络文学"出海"的商业模式

模式类型	具体表现
常用商业模式	版权售卖
	投放广告
	众筹章节
	打赏捐款
将国内成熟的模式移植到海外	通过广告解锁付费章节(面对泛阅读用户)
	会员包月制、按月付费(针对付费意愿较高的用户)

---

① 艾瑞咨询:《2020 年中国网络文学出海研究报告》,http://report.iresearch.cn/report/202008/3644.shtml。

② 艾瑞咨询:《2020 年中国网络文学出海研究报告》,http://report.iresearch.cn/report/202008/3644.shtml。

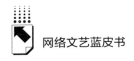

从表3中可见，网络文学"出海"的商业模式日趋多样，到目前为止已开拓出针对不同市场、不同用户的商业模式，为进入种类繁多、日益细化的细分市场，更好地进行网络文学传播、实现良好的利润收益奠定了坚实基础。

总的来看，近些年来，网络文学海外作者数量日益增多，衍生作品海外传播能力不断增强，"出海"模式愈发成熟，赢利方式更加多元，产业结构渐趋完善，网络文学"出海"成绩斐然。不可否认的是，尽管取得了这些成绩，网络文学海外传播仍面临不少困难和阻碍，比如，海外政策方面的不确定因素、文化差异造成的敏感题材内容无法传播以及版权保护、维权行为的艰难开展……①这些都需要我们相关政府部门、行业协会、企业组织、学术机构迅速开展有关领域的调研，配备专业研究、沟通、合作队伍，引入国际政治、法律、商业等方面的专门人才，为进一步开展网络文学海外传播提供优质的专业服务和有力的技术保障。

（二）网络动漫的"出海"与海外传播

近年来，在优秀作品不断问世、平台建设逐步加强的背景下，伴随国内市场的日益成熟，网络动漫在拓展海外市场与跨国合作方面取得了长足进步，而这也令培育国内、国外两个市场成为行业发展的共识。2020年以来，网络动漫"出海"呈现以下一些显著特点。

首先，网络漫画企业继续加大力度新建"出海"平台，展开规模化海外传播。继前几年MangaToon、WebComics等漫画传播平台在海外收获良好反响后，2021年年初，快看漫画通过自建渠道，也进一步布局"出海"活动。该平台旨在获得几大网络漫画热门市场的用户群体，同时通过小语种的拓展，进一步扩大平台的影响力和覆盖面。②

其次，在作品"出海"方面，网络动画海外传播的情况可圈可点。2020年年初，由啊哈娱乐与小疯映画出品的《伍六七》在奈飞（Netflix）

---

① 艾瑞咨询：《2020年中国网络文学出海研究报告》，http://report.iresearch.cn/report/202008/3644.shtml。

② 《中国漫画出海记　快看布局全球化》，http://www.eeo.com.cn/2021/0111/455689.shtml。

平台上发行,登陆全球190余个国家和地区;2020年5月,这部动画的第二季也在奈飞上线。据悉,该作品在国外多个市场都获得了良好反响。[①] 此外,2020年8月,由腾讯视频、众策文化出品的国产奇幻动画《观海策》第一季登陆日本亚马逊 Prime Video。[②] 2021年年初,奈飞获得动画电影《新神榜:哪吒重生》的海外独家流媒体版权,并在全球范围内播放该部作品。[③]

最后,在作品制作方式上,我国网络动漫出品、制作机构普遍重视同国外企业开展合作。在合作中,通过国际化的叙事方式找到不同文化的共情之处,并使动漫作品更为生动、活泼,富有情感和趣味,也更具广泛传播的受众基础。与此同时,我国动漫制作在合作中也一步步向工业化、流程化转型,其制作模式、手法、技术和艺术水准逐渐与国际接轨。

当然,我们还需看到,与动漫发达国家美国、日本,甚至韩国相比,我国网络动漫整体制作水平还有待进一步提升,制作流程有待优化。此外,相关动漫 IP 作品、人物形象的产品开拓还存在不足,对于动漫外的其他衍生市场关注相对有限。如何直面问题,着力提升作品质量水平、加大衍生品开发力度是未来网络动漫"出海"与海外传播能否取得成功的关键。

(三)网络游戏的"出海"与海外传播

2020年,受新冠肺炎疫情影响,人们居家学习、工作、生活、娱乐的时间大幅增长,"宅家经济"在推动国内网络游戏产业快速增长的同时,也促进了网络游戏的"出海"与海外传播。在海外收入方面,2020年我国游戏海外收入第一次突破千亿元人民币大关,达到154.5亿美元,比2019年增长38.55亿美元,同比增长33.25%,其中,中国自主研发的移动游戏海

---

① 《中国动画〈伍六七〉第二季登陆 Netflix,六年创业团队出海新征程》,https://www.bilibili.com/read/cv6306788/。

② 《8月5日登陆日本!〈观海策〉文化出海展中国魅力!》,https://www.bilibili.com/read/cv7044789/。

③ New Gods, Nezha Reborn, https://www.netflix.com/title/81418302.

外市场前 100 位的类型收入占比中，前三位分别是策略类游戏、射击类游戏、角色扮演类游戏（见表 4）。①

表 4　2020 年中国自主研发的移动游戏海外市场前三位类型收入占比

排名	游戏类型	占比（%）
1	策略类游戏	37.18
2	射击类游戏	17.97
3	角色扮演类游戏	11.35

而中国自主研发的移动游戏在海外各个国家和地区的收入分布中，2020年位居前三位的分别是美国、日本和韩国（见表 5）。②

表 5　中国自主研发的移动游戏在海外各个国家和地区收入前三位占比

排名	国别	占比（%）
1	美国	27.55
2	日本	23.91
3	韩国	8.81

在作品题材和内容形式方面，融合中华优秀传统文化的作品也表现亮眼。2020 年 9 月 28 日，网络游戏《原神》全球上线，取得了巨大成功。《原神》的成功不仅与其精心打磨、兼顾众长的游戏特性、玩法紧密相关，也与《原神》独特的文化品格密不可分，其中展现的中华传统文化"符号"，诸如古筝离弦、苏州园林、徽派建筑、远山残月、秋风红叶……这种种意象让跨文化的玩家体悟到中华文化的风韵所在，感受到源远流长中蕴含的独特魅力。相映成趣的是，作为一则游戏视频，改编、取材自中国古典小说、国内第一大 IP《西游记》的《黑神话：悟空》（*Black Myth: Wukong*）一经上线，便在海内外引发巨大反响。在 13 分钟的演示视频中，

---

① 资料来源：中国音数协游戏工委（GPC）、中国游戏产业研究院：《2020 年中国游戏产业报告》，https://www.chinaxwcb.com/info/568247。

② 资料来源：中国音数协游戏工委（GPC）、中国游戏产业研究院：《2020 年中国游戏产业报告》，https://www.chinaxwcb.com/info/568247。

渺无人烟的荒漠、残垣断壁的古寺、婆娑摇曳的竹林、孤山飞雪的枯亭，加之其间刀光剑影、金鼓齐鸣，种种游戏场景让国内外玩家大呼过瘾。据统计，截至北京时间 2021 年 4 月 12 日 18 点，这段视频在海外视频网站 YouTube 上被观看过近 850 万次。

综上所述，作为"出海"时间最早、规模最大的网络文艺形式之一，2020 年以来，网络游戏在海外市场取得了不错的市场效益，同时也展示了中华文化的软实力。除此之外，在投资、制作、发行、营销各个环节，我国网络游戏也积累了大量成功经验，海外影响力持续扩大。当然，值得特别注意的是，近两三年来，面对中美贸易纠纷、科技摩擦持续加剧，在现实局势日益不明朗的情况下，与技术赋能密切相关的网络游戏行业或许会受大环境的影响，出现一定的增长波动。因此，整个网络游戏行业需要未雨绸缪，在游戏平台建设、技术实力拓展、海外市场开发方面需更进一步，提前预判风险，以实现产业的平稳发展。

（四）网络剧的"出海"与海外传播

2020 年以来，我国网络剧制作水平进一步提升，并朝细分化、类型化、剧场化方向发展，取得了不错的海外传播效果，不少网络剧集获得外国专业媒体机构的推崇和广大用户的喜爱。比如，爱奇艺在悬疑类型方面的探索取得突破，其中，《隐秘的角落》因其在叙事技巧、摄影风格、表演水准等方面的国际水平而入选美国知名娱乐杂志《综艺》（*Variety*）评选的 2020 年度最佳国际剧集；[①]《沉默的真相》与《隐秘的角落》一道受到海外剧迷的强烈追捧，在亚洲剧集评论网站 MyDramaList 上，截至北京时间 2021 年 6 月 8 日 12 点，这两部剧集分别收获 8.2 分、8.5 分的高分。在海外播放、版权合作方面，网络剧的"出海"也取得可喜进展。比如，《隐秘的角落》登陆日本付费电视台 WOWOW；爱奇艺"迷雾剧场"的《十日游戏》《在劫难

---

① Year in Review, The Best International TV Series of 2020, https://variety.com/lists/best - international - tv - series - 2020/the - bad - kids - iqiyi - china/.

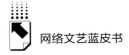
逃》《沉默的真相》等也都授权新加坡 Singtel TV 播出。①

以上网络剧集的成功"出海",表明以优爱腾芒（优酷、爱奇艺、腾讯视频、芒果 TV）为代表的中国网络剧制片方已具备产出高水平的原创剧集的能力。在剧作类型探索、内容创新开发、海外剧集发行、版权合作拓展等方面，这些国内互联网影视行业的领军者已逐渐获得国际市场的认可。当然，我们也不能忽视当前中国网络剧整体水平仍然偏低的情况，优秀海外传播剧集多集中在文化与中国相近的东亚、东南亚地区。如何更好地提高作品质量，开发更为成熟的海外商业模式，进一步打开欧美及其他区域市场，以获得更大的全球市场份额，是当下中国网络剧从业者需要不断思考的事情。

（五）网络综艺的"出海"与海外传播

在我国综艺节目兴起之时，观众所见的多数爆款综艺大多带有海外综艺的影子，在其中或是引进、或是借鉴、或是参考。而随着近几年相关政策出台、监管趋严，中国综艺节目逐渐走上一条自主研发的探索之路。

近年来，模仿热潮逐渐消退、原创力量日渐崛起，国产综艺创新创作的道路越走越宽，"出海"成绩日益亮眼。比如，在版权合作方面，江苏卫视的歌舞类节目《全能星战》"出海"以色列 Armoza，央视的文博类节目《国家宝藏》"出海"荷兰恩德莫尚、湖南卫视的声音竞演类节目《声临其境》"出海"英国 The Story Lab……在这样的大背景下，网络综艺"出海"也同样成绩出色，比如，芒果 TV 的选秀类节目《乘风破浪的姐姐》"出海"新加坡电信商星和电信，并在 YouTube 上获得了良好的播放效果。②

2020 年以来，网络综艺海外传播呈现许多新的特点。首先，许多"出海"成功的综艺节目，在海外传播前都经历过国内市场的实践检验和完善。

---

① Chinese Drama Series "The Bad Kids" Licensed to Japan's Wowow，https：//variety. com/2020/tv/asia/chinese‒drama‒series‒the‒bad‒kids‒licensed‒to‒japan‒wowow‒1234801048/.
② 《从〈乘风破浪的姐姐〉看原创综艺走出去》，人民网，http：//fashion. people. com. cn/n1/2020/0803/c1014‒31807873. html。

在区域经济、文化一体化的局面下，获得国内受众支持的网综作品，在国外也取得了不错的传播成绩。其次，"出海"节目类型丰富多样，尤其是，在垂直细分内容的趋势下，除了传统的文化类节目外，原创节目的模式创新和改良，逐步涉及更多节目类型，诸如竞技类、竞演类、体验类、演技类、舞蹈类、机甲类等都受到了国际市场的青睐。最后，网络综艺呈现共通的情感需要与审美偏好。比如，伴随社会转型和发展变迁，近年来，多个东亚国家和地区都推出了热门女性题材文艺作品，而《乘风破浪的姐姐》正是在这股"她"力量的带动下，直触跨国审美偏好的"共情"点，满足了不同地区女性观众的情感需求。此外，近两年来，网络综艺"出海"的新气象还表现在综艺节目的投入逐年提高，制作流程日益互联网化、规范化和精致化，从内容模式到类型开发"出海"格局逐步形成。

总的来说，随着自主创新能力的显著增强，网络综艺海外传播已实现了从模式"引进"到模式"输出"的跨越，并在内容制作、类型开发、商业模式、传播格局等多方面带来一系列新的变化。这种"跨越"和"变化"将对网络综艺的升级换代产生积极的影响，为更好地开展海外传播、文化交流奠定基础。

（六）网络纪录片的"出海"与海外传播

近两年来，网络纪录片生产数量快速增长，质量水平不断提升，国内传播势头良好。与此同时，其"出海"活动也呈现新气象。除了前几年纪录片领域盛行的版权合作以外，网络纪录片海外传播还展现一些新特点，择要说来，有以下几个方面。

一是通过联合出品与发行，搭建"出海"通道。大体上说，联合运作的优势在于形成互补、强强联合。其中，海外机构在境外播出落地方面具有优势，国内机构则在互联网发行方面有许多经验，可以通过与国外相关企业、组织合作，利用各自强项进行"出海"活动。目前，中外联合出品和发行正逐渐兴起，方兴未艾，这为我国网络纪录片作品的高质量创作与传播奠定了基础。

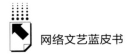
二是相互合作促进精品化产出、传播中国文化价值。鉴于当前我国纪录片专业化程度有待提升，加深双边合作、加大资金投入、创作精品影片，有利于提升作品的专业度和品牌的影响力。合作使网络纪录片的内容形式、制作水准日益国际化，可以更为有效地传播中华文化，在跨文化传播中让海外受众易于、乐于接受中国文化负载的价值观。比如，国内流行的美食纪录片《风味原产地》系列制作精良，连续三年被奈飞购买版权，并在全球多地进行传播。① 精品化的制作不仅创造了中国纪录片版权海外交易的新高，还极大激励、带动了网络纪录片的"出海"活动，很好地传播了中华文化。

三是立足本土文化，展现真实完整的中国形象。近年来，国产纪录片通过版权输出、平台建设、国际合作等多种方式，在传播中国文化、展现中国形象方面迈出了新的步伐。2020年以来，在"视听中国"播映工程等政策、措施的推动下，越来越多的网络纪录片积极"走出去"。据统计，2020年上线的网络纪录片中有22部作品通过境外电视台、国际影展、海外网络媒体等多渠道实现海外传播，相较2019年的7部有超过两倍的增幅，其中，疫情防控、自然地理等题材表现尤为亮眼。② 这些作品很好地讲述了中国故事，在多元化、跨文化的语境中树立起有关中国的立体全面的新形象。

（七）文艺性短视频的"出海"与海外传播

新冠肺炎疫情期间，由于全球居民"宅家"时间不断增长，"御宅"经济、注意力经济成为科技公司、文化企业、明星艺人、素人博主关注的焦点，大量文艺性短视频被制作出来，其传播范围在前几年日趋扩大的基础上进一步拓宽。在短视频平台"出海"方面，过去一年间，字节跳动的海外短视频平台TikTok在全球实现了突破性增长。App Annie的报告显示，2020

---

① 《〈风味原产地〉第三季登陆奈飞，专治"水土不服"》，https://www. thepaper. cn/newsDetail_ forward_ 10167241。
② 国家广播电视总局监管中心《2020网络原创节目发展分析报告》，中国广播影视出版社，2021，第293页。

年，TikTok 的月均用户使用时长同比增长了 325%，首次超过 Facebook，尽管疫情期间几乎所有的移动 App 都实现了增长，但没有一款应用达到了 TikTok 的增幅。[①]

在传播内容方面，李子柒的文艺性短视频（中华优秀传统文化的 Vlog）则具有典型性。截至 2021 年 4 月 2 日 14 点，李子柒在海外 YouTube 频道的订阅总数已超过 1490 万，其"粉丝"遍布世界各地。对许多西方受众来说，李子柒有关中国传统文化（饮食、风俗、节气等）短视频的成功，归因于一种"他者"异文化带来的浪漫想象。与西方社会业已存在的工业文明不同，李子柒短视频中的光影画面、视听语言呈现一种中华传统美学的独特风采，其中，烟雨朦胧点缀、青山绿水环绕的田园风光，如同《桃花源记》等中国古代山水田园派文学作品里描写的世外桃源，仿佛水墨流彩一样散发出迷人的仙境色彩；宁静致远相随、鸟语花香相伴的乡间生活则展现与钢筋水泥、车水马龙的城市时空截然不同的生活品质；盘坐于溪流之边、禅修于自然之中，中国古代理想的天人合一、物我同在的感悟伴随内心的体验油然而生……这些意象表征和意境表达恰似一泓清泉，在浸润海外观者心灵的同时，也让他们怀念起那渐渐远去的前现代"乡愁"。

可以说，李子柒短视频的出现让中华优秀传统文化得到了很好的海外传播，也取得了良好的"出海"效果。不仅如此，在某种意义上，李子柒的成功还为中国网络文艺的"出海"与海外传播提供了丰富的启示和借鉴。尤其是，与高铁、5G、发达的城市文明所表征的当代意象相比，其丰富的艺术形象带有一种与众不同的文化意味：一方面，短视频中所传递的中华优秀传统文化强调和谐共生的价值理念，这会让中国与世界的联系更为紧密；另一方面，对于经历过现代化历程的其他国家和地区而言，以城市文明为核心的生态系统让身处其间的民众并不陌生，而中华文明中的传统意象和意蕴会使其感受到不尽相同的审美体验和文化认知，或者说，这种与土地自然、

---

① TikTok Overtakes Facebook for Screen Time, https://tech. co/news/tiktok – overtakes – facebook – screen – time.

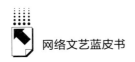
人伦观念相联系的亲密情感让人们体悟到安逸美好、怡然自得的生活气息，其身心压力得到了缓解、内心焦虑获得了释放。而这些恰是中国网络文艺"出海"与海外传播中弥足珍贵的部分。

二 网络文艺"出海"与海外传播的新面貌、新特点

就文艺"出海"与海外传播的一般性质和特点来说，首先，在现实的需求上，面对改革开放以来当代中国经济、政治、文化等的发展和社会主义现代化建设取得的巨大成就，国际社会对我国的关注度越来越高，他们想了解中国，想知道中国人的世界观、人生观、价值观，想知道中国人对自然、对世界、对历史、对未来的看法，想知道中国人的喜怒哀乐，想知道中国的历史传承、风俗习惯、民族特性等。① 而文艺恰是最好的交流方式，在这方面具有不可替代的作用。其次，在文化艺术的交流互鉴方面，和世界文艺的互动对我国社会主义文艺发展具有促进作用。习近平总书记指出："我们社会主义文艺要繁荣发展起来，必须认真学习借鉴世界各国人民创造的优秀文艺。只有坚持洋为中用、开拓创新，做到中西合璧、融会贯通，我国文艺才能更好发展繁荣起来。"② 最后，在竞争与发展的意义上，当今世界是开放的世界，中国文艺不仅要有国内市场的竞争，还要积极参与国际市场的竞争，并通过市场竞争，着力提升文艺的质量和水平，以达到提高竞争力、增强生命力的目的。在这样的大背景下，作为中国文艺"出海"与海外传播的生力军，网络文艺展现了其新兴文艺形态的优势和新锐力量，同时，也在拓展发展新空间、呈现发展新风貌的过程中形成了一些显著特点。

1. 传播主体日趋多元

2020 年以来，随着网络文艺海外传播的深广发展，其传播主体更为多元。其中，有官方机构开展的传播活动（如 CGTN 传播中国文化的栏目），

---

① 习近平：《在文艺工作座谈会上的讲话》，《人民日报》2015 年 10 月 15 日，第 2 版。
② 习近平：《在文艺工作座谈会上的讲话》，《人民日报》2015 年 10 月 15 日，第 2 版。

有企业组织进行的"出海"行为（如起点国际开展的网络文学海外传播），有个人网红展示的传播内容，还有外国达人的创作传播，等等。在某种意义上说，传播主体的多元化带来了传播内容的多样化，既有效促进了网络文艺的海外发展，也有力推动了外国人对当代中国的了解和认知。

2. 传播范围日益扩大

在网络文艺海外传播的发展中，其范围经历了由小到大、由近而远日益扩大的过程。比如，网络剧在文化与我国相近的东亚、东南亚地区颇受欢迎；网络文学也已"出海"日韩、东南亚和北美地区；网络游戏更是在全球范围内展开传播，在世界多个国家和地区取得不俗成绩。海外传播范围的不断扩大让中华文化和当代中国的风貌得以向全球展示、传播，不仅让价值观相近的邻国更深入地理解中国文化的内涵、了解中国发展的现状，更让远在大洋彼岸、相隔万里之远的世界其他国家和地区对中国的认识日益加深。

3. 传播内容和形式日渐丰富

在传播主体多元发展、传播范围不断扩大的同时，通过创作具有中国特色、全球视野的作品，网络文艺"出海"在传播内容、形式上也日渐丰富。内容方面，不仅有题材多样的网络文学创作（这是由于网络文学本身创作队伍的扩大，大量海外创作者加入网络文学的原创队伍），也有更加强调内容独特、价值取向多元、展现传统美学和当代价值理念的网络剧、文艺性短视频作品。形式方面，近年来，网络文艺"出海"作品的 IP 联动逐渐增强，由网络文学、网络动漫 IP 改编的网络剧、网络游戏在海外传播效果良好。多样融合的海外传播形式，令网络文艺在多个互联网艺术门类中形成联动传播效果，显示出网络文艺多姿多彩的艺术活力。可以说，网络文艺内容、形式上的丰富多样让其"出海"范围进一步扩大，使底蕴深厚、与时俱进的中国文化得到了更好的传播和推广。

4. 传播效果日益增强

作为一个综合考量指标，传播效果涉及诸多方面。比如，在传播平台建设方面，字节跳动旗下国际版短视频应用——TikTok 上线以来，不计其数的文艺性短视频得以汇聚、呈现；海外直播平台——Bigo Live 也取得了良好

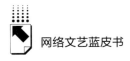

的"出海"成绩。① 2021 年年初,哔哩哔哩上线了哔哩哔哩泰国版,并正在努力拓展欧美市场。② 在商业模式拓展方面,许多企业将国内成熟的商业模式推广到国外(如网络文学领域的付费订阅机制),并依据海外市场的具体特点进行相应的营销推广;在版权输出上,版权合作日益多层次化,比如,网络文学领域的海外出版授权,网文 IP 的外国本地化改编,网络剧领域的跨境版权合作等,以上这些措施使商业模式拓展,版权合作开发日益"本地化""落地化",同时也令海外传播产生了更好的效果。可以说,随着网络文艺"出海"的日益频繁,"中国故事、国际表达"取得了丰硕成果,在促进网络文艺创作生产的繁荣、推动中华文化"走出去"、加强文化艺术交流互鉴等方面发挥了重要的作用。

三 网络文艺"出海"与海外传播的发展趋向

在概览了 2020 年以来我国网络文艺"出海"活动的总体状况,总结了近年来海外传播特点和规律之后,在此基础上,本节试图勾画出未来网络文艺"出海"与海外传播的发展趋势。具体说来,有以下几点。

(一)立足中国文化,优化国际表达

过去一段时间里,关于中国文艺与世界文艺的关系,主要是从交流互鉴的维度来看待和推进。在构建人类命运共同体的过程中,文艺交流互鉴的意义进一步彰显,同时也呈现新的面向和发展趋势,比如,文艺领域里的文化软实力建设、国际话语权提升正成为国际文化交流的重要组成部分。与之呼应的是,"中国故事、国际表达"在其中彰显了重要意义,同时也为跨国文化交流增添了新的表达形式和传播内容。对新兴的网络文艺"出海"活动来说,这些新变化具有深远的影响。

---

① 《欢聚集团:旗下 Bigo Live 上榜 2020 年全球最赚钱应用 Top 10》,https://36kr.com/newsflashes/1045463141154561。

② 《出海东南亚后,哔哩哔哩的下一站是欧美》,https://36kr.com/p/1053816304603524。

纵观文艺发展的历史，不难发现，文化艺术不仅蕴含多元性的特征，也具有独特性的特点。每种文化艺术的与众不同、独一无二，令其绽放于世界文明的百花园之中，展现千姿百态、百花齐放的多样色彩。只有立足于本国文化传统，才能屹立于世界民族之林。只有展现跨文化的共通审美因素，才能取得良好的海外传播效果。从近年中国网络文艺成功"出海"的案例来看，弘扬中华文化，优化国际表达的作品取得了巨大的成功。比如，网络纪录片领域，《风味原产地》在制作理念上与国际接轨，影片通过食物诠释了中国人的生活态度和饮食习惯，传达了崇尚自然、天人合一的中华传统文化理念；网络动画领域，《雾山五行》传递了中国传统水墨画的意蕴之美，并结合现代动画制作技巧和表现形式，虚实结合、重意轻形，在海外获得了极高的艺术评价。这些网络文艺创作在内容上立足中国文化、中华文明，在形式上放眼国际、提升格局，这种内容形式上的"中西合璧""一体两面"的创作范式，正是网络文艺海外传播行稳致远的重要原因。

与此同时，从近年来众多成功"出海"的网络文艺作品中可以看到，这些创作都关注了当代中国社会的发展、展现了时代进步的潮流，换言之，那些成功"出海"的作品因其接住了地气，才增加了底气、灌注了生气。事实上，文艺作品总是会对社会生活、文化现状进行审美反映和抒情表达。比如，从韩国火爆的综艺节目《同床异梦》《我家的熊孩子》中，我们可以观察到韩国社会人们生产生活的现状；从美国奈飞公司出品的《纸牌屋》《铁杉树丛》《女子监狱》等剧集中，我们也可以感受到当代美国人的思想观念、审美趣味、价值取向，等等。以上这些都表明，任何一个时代的文艺作品，尤其是经典文艺作品，都是那个时代社会生活和精神世界的写照，都具有那个时代的烙印和特征。① 也因此，网络文艺的"出海"活动和海外传播，不仅要在内容上增强文化自觉、文化自信，在形式上放眼国际、提升格

---

① 习近平：《在中国文联十大、中国作协九大开幕式上的讲话》，《人民日报》2016年12月1日，第2版。

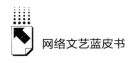

局，同时也要紧贴时代发展的大背景、大潮流，通过为时代画像、为时代立传，来传递中国精神和中国价值。

（二）着力提升艺术质量，增强自主创新能力

新时代的中外文艺交流互鉴不仅要求文化软实力、国际话语权逐步提升，同时也关乎文化市场的国际竞争、文艺产业的相互竞逐。"质量""品质"作为文艺创作生产的生命线，在文化软实力建设、国际话语权提升、产业竞争力加强等方面具有举足轻重的作用。网络文艺作为文艺活动的重要组成部分，其海外传播更要加强作品质量，这是因为网络文艺传播跨越时空，速度快、覆盖广，其"出海"活动不仅涉及市场开发，还关乎文化推广。事实表明，但凡成功的"出海"网络文艺作品，大多是在国内市场反响良好、深受国内用户欢迎的作品，而其中的最关键因素即"质量"。

网络文艺艺术质量的提升涉及许多方面，比如题材内容的新颖、艺术形式的创新、文化风格的独特、审美的共通性、价值观念的共鸣，等等，在这中间，最为基础、最为重要的便是自主创新能力的提升。比如，网络综艺领域，近年来，已从模式"引进""输入"到"出海""输出"方向转变，从内容层面的局部"输出"到类型开发的全面"出海"，其发展无处不体现着创新的力量和自主研发水平的提升，而这也深刻地印证了创新是优秀作品的灵魂和基础。前些年，当模式"引进"成风，以至模仿借鉴热潮高涨、创作同质现象严重之时，谈论"出海"显然是一种奢侈。近年来，当向海外传播的优秀网络综艺节目越来越多，人们自主创新的信念、能力越来越强，与之相应，制作也日益精细，进而带动作品国际市场认可度的显著提升。以上成功的现象都表明网络文艺需要创新，需要提高原创力，只有这样才会让作品内容缤纷多彩，创作形式引人入胜，最终取得不错的"出海"效果。

（三）加大合作探索力度，提升实际落地传播效果

网络文艺"出海"与海外传播是一项以优质作品为核心的系统性工程。这一工程的顺利推进，不仅需要个人、企业增强自身创作水平、制作实力，

同时也要求政府、行业多措并举，为网络文艺海外传播提供相应保障，在网络文艺实现"出海"的基础上，拓展商业模式，促进产业发展。

要加大相关"出海"政策的引导、支持力度，增强法律维权保护成效。面对网络文艺"出海"活动日益频繁、规模日趋扩大，相关政府部门、行业协会要进一步加强企业平台、制作机构等的协调联动，在文化传播交流、科技平台建设、文化贸易拓展、商业资源开发、维权法律合作等方面，加大政策引导、支持的力度，营造健康、有序、平稳、良好的发展环境与产业条件，为"出海"与海外传播的顺利开展提供保障。特别是，既要促使企业平台遵守"出海"国当地的法律法规，同时又要加大对海外传播的网络文艺版权保护，并与当地执法部门、合作企业进行沟通协调，快速、有效处理侵权事件，维护"出海"企业的合法权益。

为促进"出海"传播效果落地，相关企业还要因地制宜，积极探索具体化、多样化的商业发展模式。针对不同国家和地区文艺市场的具体特点，网络文艺"出海"与海外传播需要在考察相应国家和地区政治结构、法律条例、文化习俗、科技水平的基础之上，积极探索有效的商业模式，推出符合当地特点和市场需求的营销措施、付费手段、合作机制等。其中，"出海"企业可以把国内运行成熟的商业机制推广到目标市场之中，但更要因地制宜，通过大数据分析，对相应国家和地区的消费群体、用户偏好、细分市场、垂直市场等进行细致考察。同时，加强与当地相关政府部门、商业组织、企业机构的沟通和协调，更好地挖掘资源、整合优势，丰富"出海"渠道和传播手段，规避相应法律风险，以便形成规模经济效益，促进海外传播有效开展。

近年来，随着"出海"作品日渐丰富、"出海"规模日趋扩大、"出海"成绩日益亮眼，我国网络文艺在国际传播能力建设方面取得了巨大的成绩。在新的历史条件下，作为与技术赋能密切相关的新兴文艺形式，网络文艺在展现真实、立体、全面的中国形象方面会大有作为，取得更大的成绩。网络文艺通过互联网媒介连接了全球亿万人民，广维的传播特性让当代中国的形象走进千家万户，鲜明生动地反映着中华大地时代的进步、社会的发展、人民的幸福，表现着新时代中国人民的所思、所想、所念、所感。面

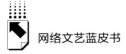

对新形势、新任务，在中华精神、中国故事的构建之中，网络文艺能充分、鲜明地展现中华文化及其背后的思想力量和精神价值，同时将中华优秀传统文化和当代中国时代风采相结合，找寻到不同文明之中共情共感的普遍价值，构建起纵横古今、跨越中外、遍布东西的桥梁纽带，沟通连接着不同文化的观者，令他们在欣赏丰富多元的中华文化的同时，也体验着世界大同、"人类命运共同体"的共通情感。

B.15
国外类似文艺实践与理论研究发展状况

彭文祥 *

摘　要： 在数字文化范式国际共享的当今时代，和我国网络文艺风生水起、如火如荼的创作生产一样，国外类似文艺实践也呈现丰富多样、蓬勃发展的态势。国外类似文艺实践与我国的网络文艺创作生产在表现形态、艺术形式、叙事特点、审美特性、风格特征、审美旨趣、价值功能等方面存在明显差异，并呈现鲜明的前卫性、先锋性、创新性、反思性和去中心化等特点，展现了数字新媒介文艺的新风貌、新潜能。与此同时，基于数字新媒介文艺丰富多样的实践，相关艺术理论和美学研究取得了丰厚的创新成果，具有可贵的启发意义和借鉴价值。

关键词： 网络文艺　数字新媒介文艺　文艺实践　文艺理论　创新发展

　　当前，伴随世界多极化、经济全球化、文化多样化、社会信息化深入发展，文化艺术领域的交流、合作、竞争持续推进。在这样的大背景、大格局、大趋势中，"中国语境"与"国际环境"（或"国际视野"）的紧密关联乃至视域融合是我国网络文艺创作生产和理论研究不可或缺的审美之维、不能忽视的理论视界。从具体实践看，作为新兴文艺形态，国内网络文艺与

---

* 彭文祥，中国传媒大学艺术学部副学部长，教授、博士生导师，主要研究领域为戏剧与影视学、艺术学理论、网络文艺与文化等。

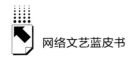

国外类似文艺均依托数字技术、互联网新媒介等的快速发展而蓬勃兴起，都具有发展时间短、速度快、影响力大等特点，且在丰富实践和创新发展中，它们既给传统文艺及其艺术生产方式带来了巨大的冲击和影响，又逐渐形成了自己鲜明的审美特性。相比之下，尽管在表现形态、艺术形式、叙事特点、审美特性、风格特征、审美旨趣、价值功能等方面存在明显差异，但基于数字新媒介的强大整合力和能产性，两者共享数字文化范式，并将语言系统扩展为媒介系统，将语言实践推进到媒介实践。这是两者目前共同的发展状态，也是两者对比、参照的基础。进一步从社会、文化意义的维度看，两者的比较在交流互鉴中已经涉及主体间性（Intersubjectivity）和交往理性（Communicative Reason）中深层的审美分享与价值共享，因而，除了创新发展的考量，两者的比较还是全球化发展的必然要求、话语权和文化软实力提升的内在需要。尽管面对国外多样的艺术实践、丰厚的研究成果，我们很难详尽梳理、阐述其发展状况，但简要地勾勒和分析并以之作为重要参照系，有益于推动现阶段我国网络文艺的发展，有益于我们置身世界文艺发展前沿，并以一种国际视野、全球眼光把握那些不断创新的力量所标识的发展路径与方向。

一　数字文化范式的兴起与国际共享

面对全球范围内随数字技术、互联网发展而蓬勃兴起的新兴文艺，比较的维度大致有二：一是新兴文艺与传统文艺的历时性比较；二是中外类似文艺实践的共时性参照。就比较方法来说，常见的有三：影响研究、平行研究、跨文化研究，① 但基于中外类似文艺实践的实际情形，弗朗索瓦·于连（Francois Juhen）着意于"阐释"的"差异性比较"具有更大的现实性与可

---

① 参见曹顺庆《比较文学中国学派基本理论特征及其方法论体系初探》，《中国比较文学》1995 年第 3 期，第 19 页。

行性。① 当然，就比较来说，首要的问题是明确比较的对象及其内涵与外延。

在《批评中的实验》一文中，艾略特说："在一种新型批评中迫切需要实验，这很大程度上就在于对所使用的术语进行逻辑和辩证的研究……我们始终在使用那些内涵与外延不太相配的术语：从理论上说它们必须相配。"② 显然，这种"相配"具有普适意义。自 2014 年习近平总书记在文艺工作座谈会上提出"网络文艺"这一概念以来，它在国内已广为人知，但国外的类似实践和命名有较大的多义性和模糊性。比如，它的英文翻译有 Network arts、Internet arts、Online arts、Web arts 等，在实践的相近性上，有数字艺术（或数码艺术）、网络艺术、互联网艺术、新媒介艺术等。尤其是，就网络文艺的典型形态——网络文学来说，国外相近的实践和表述有数字文学（Digital Literature）、电子文学（Electronic Literature）、超文本文学（Hypertext Literature）、网络文学（Net Literature）、互联网文学（Internet Literature）等，且在内涵、外延上存在显著差异。比如，按考斯基马（Raine Koskimaa）对"数字文学"的四种分类，与国内网络文学交集较大的应是第二类——"原创文学的数字出版"，而他所说的"网络文学"是指那些"只有在互联网上才能实现其特性的超文本文学"。③ 由此，从我国网络文艺的视点看，中外类似文艺实践存在较大差异：前者更多地凸显"网络"的赋能及其激发、放大作用，而后者则更多地强化整体的"数字"革命及其创新发展。究其原因，从具体实践看，基于文化艺术传统、技术应用、审美旨趣、价值观念等的不同，加之发展有早晚、快慢，中外类似文艺实践自然会呈现多样的面相和差异。更重要的是，在客观基础上，伴随数字化、网络化快速推进，艺术获得了发展的巨大能量，但同时也面临发展的多

---

① 参见秦海鹰《关于中西诗学的对话——弗朗索瓦·于连访谈录》，《中国比较文学》1996 年第 5 期，第 77～78 页。
② 参见〔美〕马泰·卡林内斯库《现代性的五副面孔》，商务印书馆，2002，第 8 页。
③ 〔芬〕莱恩·考斯基马：《数字文学：从文本到超文本及其超越》，单小曦等译，广西师范大学出版社，2011，第 24～27 页。

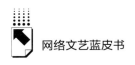
样可能性，特别是，围绕"互联网"并借助其革命性力量，中外类似文艺实践展现出创新发展的多种路径和发展趋向。

无疑，作为新兴文艺变革的重要节点，互联网是 20 世纪人类最伟大的发明之一。在中外类似文艺实践的比较中，两者存在明显的差异，但也存在着大同。从新兴文艺与传统文艺历时性比较的维度看，这种"大同"可简要概括为数字文化范式的共享。基于此，在具体操作中，我们可以将"数字新媒介文艺"（强化"数字"，突出计算机、网络等"新媒介"）作为中外类似文艺实践的最大公约数和中外比较视野中的研究对象。

作为一种思考框架，范式（paradigm）是"一个成熟的科学共同体在某段时间内所认可的研究方法、问题领域和解题标准的源头活水"。在库恩看来，它包括"符号概括、范式的形而上学部分、价值、各组范例"四个层面，"代表着一个特定共同体的成员所共有的信念、价值、技术等构成的整体"和"可以取代明确的规则以作为常规科学中其他谜题解答的基础"。[①]在哲学社会科学的领域，它则类似福柯的"知识型"（Episteme）或在讨论现代性问题时所说的"思考和感觉的方式"。[②]而所谓范式"嬗变"，意指在一些基本问题的研究中概念、形而上观念、价值或知识型、思考和感觉方式的变化。就数字文化范式及其嬗变来说，其关键在于，相对"原子"形态的传统媒介，数字新媒介以"比特"为基本构成单位，"比特没有颜色、尺寸和重量，能以光速传播"，它如同人体的 DNA，是"一种存在（Being）的状态"。[③]不仅如此，与凝固、静态的原子媒介相比，数字新媒介具有显著的动态性、生成性、可塑性，因而在现代存在论哲学的意义上，它使数字新媒介文艺形成了独特的存在方式和发展方向，还带来了数字文化范式对印

---

① 〔美〕托马斯·库恩：《科学革命的结构》，北京大学出版社，2012，第 88、157～159、164 页。
② 〔法〕米歇尔·福柯：《何谓启蒙?》，杜小真编《福柯集》，上海远东出版社，1998，第 534 页。
③ 〔美〕尼葛洛庞帝：《数字化生存》，胡咏、范海燕译，海南出版社，1997，第 24 页。

刷文化范式和电子文化范式的超越。

历史地看，数字文化范式的"超越"有计算机、互联网发展及其能量发挥的深刻历史因由和社会、文化背景。尤其是，半个多世纪前，即使脑洞大开，人们也难以想象：互联网的影响呈指数级增长，并水银泻地般渗透到人们生产、生活的各个领域和层面，其革命性伟力已成为巨大的塑造性乃至决定性力量。从媒介学的角度看，在语言、文字、印刷术、电讯四次媒介革命之后，互联网开辟了崭新的"第二媒介时代"；① 在存在论的意义上，人们处于"数字化生存"的状态，② 甚至处于"数据化存在"之中；③ 就社会现实来说，"网络社会"崛起，④ "数字媒介社会"成形；⑤ 在文化现实上，如果说，以广播电视为代表的电子文化是对以语言文字为代表的印刷文化的超越，那么，以互联网为代表的数字文化则带来了更剧烈、更深刻的范式转换与嬗变；从社会发展史看，"人类经历了农业革命、工业革命，正在经历信息革命"，相比之下，农业革命增强了人类的生存能力，工业革命拓展了人类的体力，"信息革命则增强了人类脑力，带来生产力又一次质的飞跃，对国际政治、经济、文化、社会、生态、军事等领域发展产生了深刻影响"⑥。从中可见，作为社会、文化变革的重要结果，数字新媒介文艺因"数字"而生、因"网络"而盛，迄今已成为全球范围内蓬勃发展的新兴文化艺术现象。

从媒介生态学（Media ecology）和文艺学相结合的维度看，丰富多样的数字新媒介文艺实践在催生诸多新文艺形态的同时，还给传统文艺带来了全面性的冲击和革命性的影响。这种冲击和影响在实践上突出表现为艺术创

① 〔美〕马克·波斯特：《第二媒介时代》，范静哗译，南京大学出版社，2000。
② 〔美〕尼葛洛庞帝：《数字化生存》，胡泳、范海燕译，海南出版社，1997。
③ 〔英〕维克托·迈尔 – 舍恩伯格、肯尼思·库克耶：《大数据时代——生活、工作与思维的大变革》，盛杨燕、周涛译，浙江人民出版社，2013。
④ 〔美〕曼纽尔·卡斯特：《网络社会的崛起》，夏铸九等译，社会科学文献出版社，2006。
⑤ 〔日〕水越伸：《数字媒介社会》，冉华、于小川译，武汉大学出版社，2009。
⑥ 习近平：《在网络安全和信息化工作座谈会上的讲话》，《人民日报》2016年4月26日，第2版。

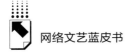

作、传播、接受和再生产中诸多要素、环节、流程的重塑乃至再造，在话语形态上集中体现为对传统文艺学业已形成的一整套认知方式、思维方式、思想观念、理论体系、学科框架，以及价值评价尺度、标准等的创新突破。实践和事实都表明，建基在比特之上的数字化、网络化、智能化发展，使得数字新媒介文艺创作生产展现出不同于以往的新景观、新气象。

在发展进程中，数字新媒介文艺积极借鉴、吸收传统文艺的滋养，并逐渐积淀、形成了自己鲜明的审美特性。其发生、发展始终与数字新技术、新媒介紧密相关，乃至存在一种伴生关系，而且，这种"伴生"不是表面化、简单化的影响，而是内嵌式的渗透和作用。诚如彼得·德鲁克所说："现在我们正经历着一场信息革命。这不是在技术上、机器设备上、软件上或速度上的一场革命，而是一场'概念'上的革命。以往50年信息技术的重点在'技术'上，目的在于提升信息传播范围、传播能力和传播效率，而新的信息革命的重点在'信息'上。"① 比如，就文本特性来说，超文本（Hypertext）体现或印证了后结构主义"开放式文本"的诸多观念，"在印刷文本中异乎寻常的事情在电子媒介中已变得稀松平常，不值一提，因为这些可以被展现出来"②。事实上，正是依托超链接、互联网、各类软件等新技术和新媒介，超文本小说、数字文学才能够冲破平面创作的窠臼，焕发新的生机与活力。对此，凯文·凯利指出："技术，尤其是有关知识的技术塑造了我们的思想。某种技术创造的可能性空间只允许某一类的思维却阻止其他的类别"，超文本激发了一种"电报式的、模块化的、非线性的、可延展的、合作性的"思考方式，以至于"我们组织自己写作空间的方式就是我们逐步组织思想的方式，随即也成为我们认为世界本身必须被组织起来的方式"③。进一步就"互联网思维"来说，在数字新媒介文艺创作生产中，它是一种对

① 〔美〕彼得·德鲁克：《21世纪的管理挑战》，朱雁斌译，机械工业出版社，2009，第108页。
② J. David Bolter, *Writing Space: Computers, Hypertext, and the Remediation of Print*, Mahwah: Lawrence Erlbaum Associates, 2001, p.190.
③ Kevin Kelly, *Out of Control: The New Biology of Machines, Social Systems, and the Economic*, New York: Basic Books, 1995, p.570.

用户、产品、市场、服务、产业价值链等进行重新审视的思考方式，并具体体现为用户思维、迭代思维、流量思维、社会化思维、大数据思维、平台思维、跨界思维等。

当然，在丰富的实践和创新发展中，数字新媒介文艺还形成了虚拟性、沉浸性、互动性等鲜明特性，并带来艺术活动中审美体验、艺术形式、叙事特点、风格特征、艺术要素、思想观念、价值评价标准等的深刻变革。对我国网络文艺的创新发展来说，基于数字文化范式的国际共享，这些变革意味着一种参照系，同时也标识着一种创新发展的潜力与可能或方向。

二 国外类似文艺实践发展状况

关于艺术与时代的关系，王国维说："凡一代有一代之文学：楚之骚，汉之赋，六代之骈语，唐之诗，宋之词，元之曲，皆所谓一代之文学，而后世莫能继焉者也。"[1] 正所谓"时运交移，质文代变""歌谣文理，与世推移"（刘勰《文心雕龙》）。类似地，安伯托·艾柯认为：每一种艺术形式都可以看作认识论的隐喻，"在每一个世纪，艺术形式构成的方式都反映了——以明喻或暗喻的方式对形象这一概念进行解读——当时的科学或者文化看待现实的方式"[2]。在这种意义上，我们可以说，数字新媒介文艺是互联网时代文艺的典型形态，它秉持互联网艺术思维并通过新型艺术生产方式来反映社会生活、表达人们的思想感情：一方面，借助现代媒介及其强大的渗透力、影响力，它以丰富多样的艺术形象，表现人们生活方式、生命态度、思想观念、价值理想等的现实情形，反映了当代人生活、情感的状态，并使人们共享对自我和世界的理解与同情；另一方面，它对当代社会的时代风尚、趣味爱好、审美文化等产生了广泛而深刻的影响……然而，数字新媒介文艺的这种"典型性"反映的是总体的特征和风貌，具体到艺术实践中，其面相却

---

[1] 王国维：《宋元戏曲史》，华东师范大学出版社，1995，第1页。
[2] 〔意〕安伯托·艾柯：《开放的作品》，刘儒庭译，新星出版社，2005，第18页。

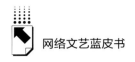

纷繁复杂，其内容则包罗万象。

在《互联网艺术》中，雷切尔·格林将互联网看作"当代公共空间里的一种混沌无序、多姿多彩和拥挤不堪的形式"，互联网艺术则"驻守在一个偌大的开放型地带——网络空间里"，其中，网站、软件、广播、摄影、动画等不胜枚举的艺术形式都与之相关。对此，格林展现了互联网艺术对当代艺术实践所作的贡献，并对其"在传统艺术史经典、准则、市场和对话的去芜存菁过程中所显现出来的各种矛盾冲突"作了较深入的探讨。① 在《新媒体艺术》中，迈克尔·拉什将互联网艺术作为重要组成部分，并广泛探讨了媒体和表演、录像艺术、录像装置艺术、数字艺术等诸多形式的特点。② 在《从技术艺术到虚拟艺术》中，波普尔以"1983 年"为界，将此前的计算机艺术归为"技术艺术"，此后的多种形态归为"虚拟艺术"，并描述了沉浸式、交互式艺术从其前身发展为数字、多媒体、网络艺术的过程：从技术上说，虚拟艺术包括了 20 世纪 80 年代后期发展起来的一切艺术要素；从美学上看，虚拟艺术是对某些当代议题的艺术阐释；在本体论上，虚拟艺术代表了与技术艺术的分离。③ 就门类艺术实践来说，相关论述丰富多样。比如，在电子文学方面，凯瑟琳·海茵丝（N. Katherine Hayles）把它分为超文本小说、网络小说、交互式小说、定位叙事、装置碎片、代码、生成艺术、Flash 诗歌等，并阐述了电子文学的外延与内涵、分期、类型和特点等基本问题；④ 在音乐方面，诺伊康的《信号、系统和声音合成：电脑音乐基础》⑤、迪安的《超级即兴演出：计算机交互音响即兴演出》⑥、库塞

① 〔英〕雷切尔·格林：《互联网艺术》，李亮之、徐薇薇译，上海人民美术出版社，2016，第 8 页。
② 〔美〕迈克尔·拉什：《新媒体艺术》，俞青译，上海人民美术出版社，2015，第 5 页。
③ 参见黄鸣奋《西方数码艺术理论史》，学林出版社，2011，第 633 页。
④ 〔美〕凯瑟琳·海茵丝：《电子文学的类型》，姬晓茜译，载广东省作家协会等编《网络文学评论》（第 2 辑），花城出版社，2012，第 176~196 页。
⑤ Martin Neukom, *Signale, systeme and Klangsynthese: Grundlagen der Computermusic*, Bern: P. Lang, 2003.
⑥ R. T. Dean, *Hyperimprovisation: Computer-interactive Sound Improvisation.* Middleton, Wis. : A - R Editions, 2003.

克的《音乐的未来：数码音乐革命宣言》①、米特拉的《数码音乐：制作音乐的计算机》② 等著述，对计算机与音乐创作的关系，以及数字音乐生产的特点进行了论述；在电影艺术方面，汉森的《赛璐珞时代的终结：数字时代电影的未来》对包括电影、电视剧、广告、音乐 MV、动画片、电脑上的全动态视频图像、网站等在内的多种新媒介文艺进行了阐述，③ 威利斯的《新数码电影：重新发明活动图像》对数字故事片、数字纪录片、数字动画、新视频装置和基于互联网的活动图像艺术、基于手机的个人数字移动端所创造的活动图像等进行了说明，④ 特奈恩的《重新发明影片：数码汇聚时代的电影》探讨了基于数字媒介的新电影文化的形成及制作、分配、接受等的情况，⑤ 龙贝斯的《数码时代的电影》在电影史料的基础上对相对"完美"的数字时代电影影像进行了分析；⑥ 在动画艺术方面，张明勇（Andrew Chong）的《数字动画》梳理了数字动画的发展阶段，并针对"人人数字动画"时期的到来，探讨了其发展的多种可能性。⑦

近十年来，国内不少学者对国外数字新媒介文艺的实践及其发展状况进行了卓有成效的梳理和概括。其中，黄鸣奋教授的《西方数码艺术理论史》具有代表性。在六卷本的著述中，他从"六大方面"（数码编程的艺术潜能、数码文本的艺术价值、数码媒体的艺术功能、数码文化的艺术影响、数码现实的艺术渊源、数码进化的艺术取向），分主机中心期（1950～1969年）、微机流行期（1970～1989年）、网络崛起期（1990～1999年）、泛网络时期（2000年至今）"四个时期"对国外数码艺术理论进行了细致的梳理，也对数码艺术实践发展状况作了较全面的梳理和阐述，其中包括电脑文

① David Kusek, *The Future of Music*：*Manifesto for the Digital Music Revolution*，Boston：Berklee Press，2005.

② Anand Mitra, *Digital Music*：*Computers That Make Music*，New York：Infobase Publishing，2010.

③ Hanson Matt, *The End of Celluloid*：*Film Futures in the Digital Age*，Brighton，UK：RotoVision，2004.

④ Willis Holly, *New Digital Cinema*：*Reinventing the Moving Image*，London：Wallflower Press，2005.

⑤ Tyron Chuck, *Reinventing Cinema*：*Movies in the Age of Digital Convergence*，New Brunswick，NJ：Rutgers University Press，2009.

⑥ Rombes Nicholas, *Cinema in the Digital Age*，New York：Wallflower，2009.

⑦ 〔英〕张明勇：《数字动画》，于风军、高桂珍译，大连理工大学出版社，2009。

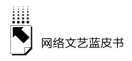

学、电脑美术、数码音乐、数码文学、数码设计、数码动画、跨媒体艺术、超媒体艺术、多媒体与数据艺术、新媒体艺术、远程通信艺术、网络通信艺术、互联网艺术等多种多样的艺术实践形态。[①] 21 世纪以来，随着数字化、网络化、智能化深入发展，诸如虚拟艺术、AI 艺术、游戏性数字文学、网络游戏艺术、自媒体艺术、新媒介艺术等新品类不断涌现，并带来了数字新媒介文艺实践的新景观、新气象。

从上述简要梳理中我们可以看到，国外数字新媒介文艺实践丰富多样，充分展现了新生事物蓬勃的发展生机与活力。从我国网络文艺创作生产的视点看，国外数字新媒介文艺实践有如下显著特点：一是起步早，其发展大致可分为"数字化"和"网络化"两个阶段，且后者是在前者基础上自然发展、升级发展的结果；二是数字化、网络化两个阶段的文艺实践交织生成、不可分离；三是数字新媒介文艺的形态多样，且基于互联网强大的集成功能，其艺术形式打破了传统的既定界限而将文字、图像、音响、音乐、动画、设计等多种表意符号有机结合在一起，呈现鲜明的文本复合性特点；四是具有浓厚的前卫性、先锋性、创新性色彩。这些特点在数字超文本创作中有突出的表现。在某种意义上，细说这些"表现"我们可以借此以窥数字新媒介文艺实践的风貌。

在《数字文学》中，考斯基马将"数字文学"分为四种形态：一是"印刷文学的数字化"，即，纸质印刷文学文本的数字化；二是"原创文学的数字出版"，这类文本不用或谨慎使用超文本技术，传统印刷文学的惯例基本得以延续，其变化则在于文本的发布采用了数字化的形式；三是"应用由数字格式带来的新技术的文学创作"，包括超文本小说、交互性诗歌等充分发挥数字媒介功能的文学创作；四是"网络文学"，即，运用那些只有在互联网上才能实现特性的超文本文学。[②] 在研究中，考斯基马关注的是后

---

① 黄鸣奋：《西方数码艺术理论史》，学林出版社，2011；包括《数码编程的艺术潜能》《数码文本的艺术价值》《数码媒体的艺术功能》《数码文化的艺术影响》《数码现实的艺术渊源》《数码进化的艺术取向》六卷。

② 〔芬〕莱恩·考斯基马：《数字文学》，单小曦等译，广西师范大学出版社，2011，第 24～27 页。

两种，并将"超文本"作为其讨论的核心概念和典型形态。简要说来，超文本的核心是超链接技术，其基本特性是交互性（Interactivity），其显著特点是通过在文本中嵌入超文本链接，并将或长或短的"文本片段"（文字、声音、图像等）连接在一起，进而组合成故事。在尼尔森（Ted Nelson）看来，超文本是"非序列性写作"，是"互相关联的语言比特"，它体现了语言表达和文本相互交叉并允许读者自由选择的一般性。① 在印刷文化范式中，这种文本也存在，但它多属于实验性写作。随着计算机、网络的发展，数字化、网络化系统能最大限度地将各种文本块链接在一起，并突破传统叙事中由因果关联维系的线性阅读，呈现多线性、交叉性和由此及彼的联想性等审美特征。

在发展进程中，超文本创作呈现不同的阶段。对此，海茵丝以"1995 年"为界，把数字文学分为第一代和第二代：前者"以超文本链接为区分性特征"，后者则"广泛使用导航图和界面隐喻，不再强调超链接本身"②。实际上，所谓第一代、第二代的区分更多地源于互联网的出现及其作用发挥而产生的变革。就代表性作品来说，第一代有乔伊斯（Michael Joyce）的《下午，一个故事》（Afternoon：A Story，1987）、莫尔斯洛普（Stuart Moulthrop）的《胜利花园》（Victory Garden，1993）、杰克逊（Shelley Jackson）的《拼缀女孩》（Patchwork Girl，1995）等，这些早期作品多使用文字文段间的超链接，很少使用声音、图像、动画等多媒介材料。到了第二代，互联网语境中的超文本创作呈现出多方面的升级换代，比如，卡弗利（M. D. Coverley）的《加利菲亚》（Califia，2001）将文学叙事建基在历史、神话、传奇、地图等大量文献资料之上，并形成了一种可称之为"文献叙事"的超文本小说模式；菲舍尔（Caitlin Fisher）的《女孩的悸动》（These Waves of Girls，2001）链接了大量声音、口语、照片、图像等文本材料，其名义上可称之为超文本文学，但实际上已呈现出文学与其他艺术形式多媒介文本相互交融的形态；莫尔斯

---

① 参见〔芬〕莱恩·考斯基马《数字文学》，单小曦等译，广西师范大学出版社，2011，第3页。

② N. Katherine Hayles, *Deeper into the Machine*：*Learning to Speak Digital*, Computers and Composition 19. 2002，pp. 371 – 386.

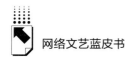
洛普的《里根图书馆》（Reagan Library，1999）则运用"随机文本生成"（random text generation）程序和多媒介技术，在作品中融入互动环景图（panorama）和随机选字、选页功能，并配以与记忆活动相关的题材，具有浓厚的实验性、创新性色彩。①

从大量实践看，数字超文本具有结构上的多线性、形态上的动态性或赛博文本性（Cybertextuality）、接受上的参与性或遍历性（Ergodicuality），以及交流上的互动性或交互性（Interactivity）等特点，在某种意义上，这使得偶然性、流动性、非决定性、多元性、非连续性等成为叙事的重要规则。从德勒兹数字媒介诗学的"块茎"（Rhizome）隐喻来看，建基在数字媒介之上的超文本还具有联系性、异质性、多元性、反意指裂变性、制图学与贴花性等鲜明特征。② 相比印刷文化范式中的创作，这带来了巨大的美学变革和深刻的文化、政治功能，比如，它解构了传统文学中固有的稳定性和确定性，造成了线性叙事、层级体系、作家中心权力关系等的解体，带来了新的审美体验并促进了新的美学原则的诞生。

当然，超文本也向作者和读者提出了新的挑战。其一，它向作者的编写和读者的阅读提出了更高的要求：对作者来说，除了文本的书写，他/她还须编写文本展现的规则，诚如保罗斯所说，成功的数字叙事需要作家"能够体察文学的细微差别和心理的微妙之处，能够设计建筑愿景，并且能够掌握清晰地表达复杂的分支故事所需要的编程技能"；③ 对读者而言，只有对程序有了一定的认知，方能揭示文本的意义。其二，虽然以库弗（Robert Coover）、博尔特（J. D. Bolter）、乔伊斯（M. Joyce）、兰道（George P. Landow）等作家、批评家对超文本小说的发展欢呼雀跃，甚至，库弗宣称："在工业化和商业民主上升时期就已经开始占据舞台中心的传统小说"

---

① 参见单小曦《媒介与文学——媒介文艺学引论》，商务印书馆，2015，第 163～164 页。
② 参见麦永雄《光滑空间与块茎思维：德勒兹的数字媒介诗学》，《文艺研究》2007 年第 12 期，第 78～80 页。
③ John Allen Paulos, *Once Upon a Number：The Hidden Mathematical Logic of Stories*, New York：Basic Books, 1998, p. 22.

不过是业已作古的"族长性、殖民性、经典性、独裁性、等级性和权威性等价值的病毒式载体而已",而超文本小说可以从文本片段的不同组合中获得更多的意义,就像"一个供人在一生的经验中自由往来的时间隧道一样,设置于作品内部的超链接将把叙述带入听凭兴趣驱使的意识流星座"①。然而,故事与互联网这个巨大的数据库和知识体相连接往往会导致叙事逻辑松散、漏洞百出,甚至莫名其妙,同时,读者在选择链接的过程中往往会进退两难,以至引发迷失感、挫败感。这在某种程度上可以部分地解释超文本前卫性、创新性强,却迟迟未能进入主流的原因。其三,超文本常常处于动态之中,这种不断增加的自由度带来了文本自身的不稳定性,进一步说来,它超越了文本制度化的传统模式和机制藩篱,但其"权威性、真实性、严肃性和艺术质量却难以保障"。②

总体说来,通过以上梳理和分析,我们可以看到,国外数字新媒介文艺实践不仅形式多样、内容丰富,还充分反映了新兴文艺实践创新发展的多样性、可能性。这与我国网络文学、网络剧、网络电影、网络综艺、网络纪录片、网络音乐、网络动漫、网络游戏等网络文艺典型形态的创作生产呈现出相似的发展格局和态势。但相比之下,国外数字新媒介文艺实践具有浓厚的前卫性、创新性色彩,这与国内网络文艺的大众性、"传统性"形成了鲜明的对比。而这在某种意义上也恰恰凸显了参考、借鉴的意义和价值。

三 国外类似文艺理论研究发展状况

随着数字新技术、新媒介的深入发展,与风生水起的艺术实践相呼应,国外相关文艺研究蓬勃开展,且涉及众多学科、深耕诸多领域,汇聚成了取用新材料、研求新问题的学术潮流。特别是,与传统文艺学相比,国外相关研究总结艺术实践经验、追随现实观念变迁、汲取相关学科成果,并突破了

---

① 〔美〕罗伯特·库弗:《书籍的终结》,陈定家译,《南阳师范学院学报》2007 年第 2 期,第 55 页。

② 李洁:《美国数字文学述评》,《国外社会科学》2017 年第 5 期,第 81 页。

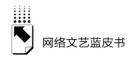

韦勒克、沃伦提出的"理论、批评、历史"三位一体经典架构和话语形态,① 拓展至理论、批评、历史、传播、产业等多维交织的方面,取得了丰硕的研究成果。当然,面对当代西方丰富多样的成果,全面、深入的梳理和分析无疑是难以完成的任务。对此,我们以互联网的兴起为分界线,简要梳理其间的创新理论,然后,着重运用"关键词"式研究方法对国外相关艺术理论的变革与发展作纵深的阐述和说明。

(一)互联网兴起之前的相关艺术理论研究状况

如上文所述,互联网的兴起与发展对艺术实践带来了巨大的影响,但"网络化"建基在"数字化"之上,因此,不仅在实践的领域两者不可分割,在理论的领域也不存在油水分离的情形。事实上,就理论来源而言,有自上而下的哲学理念的延伸或具体化,也有相关人文社会科学与自然科学理论的横向借鉴,但自下而上的实践经验总结是基础。就此而论,尽管互联网兴起前后的相关研究不能分离,但基于互联网兴起和发展带来了实践的飞跃,理论研究也就相应地呈现"数字化"和"网络化"两个时期不同的风貌。

在《西方数码艺术理论史》中,黄鸣奋教授透过西方数码艺术理论的技术、艺术、学术背景,从数码编程、数码文本、数码媒体、数码文化、数码现实、数码进化六个方面,对"主机中心期"和"微机流行期"国外丰富的数码艺术理论作了细致的概括和阐述。其中,影响较大的艺术理论和美学有:本斯(Max Bense)、莫勒斯(Abraham Moles)的信息美学,斯蒂尼(G. Stiny)、吉普斯(J. Gips)的算法美学,纳克(Frieder Nake)的数字艺术创作研究,阿斯科特(Roy Ascott)的远程信息艺术理论,卡克(Euardo Kac)的全息诗学和电信美学,尼尔森、博尔特、乔伊斯、兰道、库弗、莫尔斯洛普等人的数字超文本文艺研究,亚瑟斯(Espen Aaresth)的赛博文本与遍历文学研究,皮门特尔(Ken Pimentel)、特谢拉(Kevin Texeira)、比

---

① 〔美〕韦勒克、沃伦:《文学理论》,刘象愚等译,三联书店,1984,第30页。

迪亚（Burdea，G）、夸费特（Coiffet，P）、海姆（Michael Heim）等人的虚拟现实艺术性研究，莫里（Janet E. Murray）、内克瓦尔（Joseph Nechvatal）、瑞安（Marie-Laure Ryan）的沉浸诗学等。

（二）互联网兴起之后的相关艺术理论研究状况

伴随数字新媒介文艺实践的深入发展，互联网时代的相关艺术理论在以往研究的基础上取得了进一步的创新成果，不仅对创作生产作了及时的概括、总结，还有力、有效促进了实践的发展。在"网络崛起期"和"泛网络时期"，《西方数码艺术理论史》从数码编程、数码文本、数码媒体、数码文化、数码现实、数码进化六个方面，对国外相关艺术理论和美学进行了概括和说明。主要有如下几个方面：一是超文本和数字文学研究的新发展，比如，考斯基马、布林斯约德（Selmer Bringsjord）、费鲁奇（David A. Ferrucci）、巴尔佩（Jean-Pierre Balpe）、斯隆（Sloane Sarah）等的数字文学研究，海茵丝、罗伊（Fan Looy）的电子文学研究等；二是网络艺术理论建构，比如，萨伯尔（Graig Saper）的网络艺术研究，斯塔拉布拉斯（Julian Stallabrass）的互联网艺术、网络艺术美等；三是数字门类艺术理论研究，比如，曼诺维奇（Mnovch Lev）、瓦尼安（Ohanian Thomas A.）、海沃德（Hayward Philip）、帕拉基尼（Paracchini Fabio）等的数字电影研究，莱恩（Pauli Laine）、齐默尔曼（Detlev. Zimmermann）、纽科姆（Martin Neukom）、库塞克（David Kusek）等的数字音乐研究，劳雷尔（Laurel Brenda）、贝茨（Bates Joseph）、默里（Murray）的数码戏剧和海斯－罗斯（Hayes-Roth）的虚拟戏剧、施伦（Schrum S. A.）的互联网戏剧研究等；四是数字美学、新媒介美学的探索与建构，比如，库比特（Seam Cubitt）的数字美学，布鲁克曼（Andreas Broeckman）的机器美学，希曼（Bill Seaman）的重组诗学，曼诺维奇（Lev Manovich）的航行诗学、后媒介美学，汉森（Mark Hansen）的新媒介哲学等。

此外，特别值得一提的是，基于数字媒介的多学科聚焦，相关艺术理论研究还多与媒介研究、文化研究、传统文艺理论研究等相互交织、相互阐

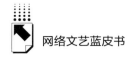

扬，富有启发意义和价值。比如，在媒介研究方面，有波斯特的《第二媒介时代》、利文森的《软边缘：信息革命的历史与未来》、梅罗维茨的《消失的地域：电子媒介对社会行为的影响》、斯特劳巴哈等的《今日媒介：信息时代的传播媒介》、佐藤卓己的《现代传媒史》、林文刚的《媒介环境学：思想沿革与多维视野》、穆尔的《赛博空间的奥德赛：走向虚拟本体论与人类学》、水越伸的《数字媒介社会》、莱文森的《新新媒介》、盖恩和比尔的《新媒介：关键概念》、斯蒂格勒的《技术与时间》、李斯特等的《新媒介批判导论》等；在文化研究方面，有布迪厄等的《实践与反思：反思社会学导引》、伯格的《通俗文化、媒介和日常生活中的叙事》、波兹曼的《技术垄断：文化向技术投降》、德勒兹等的《资本主义与精神分裂（卷2）：千高原》、阿斯科特的《未来就是现在：艺术，技术和意识》、波德利亚的《象征交换与死亡》、伯格的《理解媒介：媒介与文化研究的关键文本》、格罗斯伯格等的《媒介建构：流行文化中的大众媒介》、詹金斯的《融合文化：新媒体和旧媒体的冲突地带》《文本的盗猎者：电视粉丝与参与式文化》等；在传统文艺理论研究方面，有萨莫瓦约的《互文性研究》、瑞安的《故事的变身》《跨媒介叙事》、海勒的《我们何以成为后人类》等。[①]

（三）数字文化范式中文艺观念的创新发展

显然，鉴于国外丰富的理论成果，类似以上的研究者和著述清单还可以长长地开列。但限于篇幅，同时也为了加深对理论内涵的认识，我们不妨采用"关键词"的方式，尝试性地就国外相关艺术理论、美学的创新发展作简要的纵深论述。关于"关键词"式研究，威廉斯认为：所谓"关键词"，不仅是因为它具有重要意义，还因为它与其他相关词语及诠释构成了一种语境，同时，"在某些思想领域，它们是意味深长且具指示性的词。它们的某些用法与了解'文化''社会'的方法息息相关"[②]。特别是，鉴于理论研

---

① 这些著作均有中文译本。
② 〔英〕雷蒙·威廉斯：《关键词：文化与社会的词汇》，刘建基译，三联书店，2005，第7页。

究的特点和性质，类似本雅明"星丛"隐喻所表明的，"理念与物的关系就如同星丛与群星之间的关系"，理念是"聚阵结构，包含着作为这样一个结构之连接点的现象元素，由此现象既被分解又得到了拯救"①。基于此，我们拟围绕"艺术生产方式""审美体验""审美互动""审美旨趣"四个关键词来展开分析和阐述，并以之为"纽结"，尝试性地勾勒国外相关艺术理论及其发展的大体风貌。

1. 艺术生产方式："五要素"解释范型中的意涵演变与理论发展

在艺术活动中，"艺术生产方式"具有重要意义，在审美阐释上，甚至可以说，它是最具凝聚力和张力的概念。在学理上，如果说，在政治经济学的领域，生产方式是生产力和生产关系的统一，那么，在艺术活动的领域，艺术生产方式则可以看作是艺术生产力与艺术生产关系的统一。在理论规定上，詹姆逊（Fredric R. Jameson）曾就"文学生产方式"阐述了两点：其一，文学生产方式是把文学作品中不同因素统一起来，凝聚为一个有机整体的机制；② 其二，任何文学生产方式中都包含和残留着以往几种生产方式的痕迹和"系统变异体"，在一定的生产方式中，甚至可以包含着未来的因素，据此可以实现文学阅读中视点的游移。③ 可以说，这揭示了艺术生产方式的普遍特点。在当前新的媒介生态和艺术生态中，以互联网为代表的媒介革命形成了新的社会、文化语境，也相应地形成了新型的艺术生产方式，因此，就国外相关艺术理论、美学的创新发展来说，它可视为一种观测、分析的路径和揭示其具体内涵的显现方式。对此，我们借助艾布拉姆斯的"四要素"结构模式，并经合理论证、修订而搭建一个以"媒介"为中心的"五要素"结构模式（见图1），④ 进而通过此一解释范型对"媒介、世界、

---

① 〔德〕瓦尔特·本雅明：《德意志悲苦剧的起源》，李双志、苏伟译，北京师范大学出版社，2013，第11页。

② 〔美〕弗·詹姆逊：《快感：文化与政治》，王逢振译，中国社会科学出版社，1998，第79页。

③ 〔美〕弗·詹明信：《晚期资本主义的文化逻辑》，陈清侨等译，三联书店，1997，第188~189页。

④ 参见彭文祥《媒介：作为艺术研究解释范型中的"第五要素"》，《现代传播》2016年第6期，第73~75页。

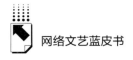

艺术家、作品、欣赏者"五个紧密关联要素的意涵演变及相关理论发展作简要分析和阐述。

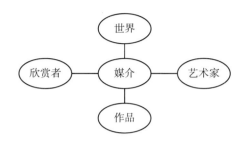

图 1　艺术生产方式"五要素"结构模式

（1）媒介：由"工具"而"本体"的意涵演变

从宏观的发展背景看，长期以来，媒介一直处于"工具"的地位。比如，作为媒介重要表现形态的"语言"就是如此。但 20 世纪以来，伴随语言论转向，"语言，连同它的问题、秘密和含义，已经成为 20 世纪知识生活的范型与专注的对象"[①]。对此，伽达默尔指出：世界不是语言的客观化对象，语言也不是对一种固定即存物的简单反映，"一切认识和陈述的对象都总是已被语言的世界视阈所包围"，而"能被理解的存在就是语言，"因此，"谁拥有语言，谁就'拥有'世界"[②]。当然，媒介由"工具"向"本体"位移的更直接动因在于其巨大作用和深刻影响的显现。

在关于"媒介即讯息""媒介即人的延伸"的敏锐洞察中，麦克卢汉指出：作为讯息的媒介对人的感官及心理具有深刻影响，其中，媒介的形态决定感官的感知方式，每一种新媒介所产生的全新环境对人的感知系统产生全面深刻、潜移默化的作用，以至媒介成为"一种'使事情所以然'的动因，而不是'使人知其然'的动因"[③]。这意味着，媒介构成了我们生存其间

---

① 〔英〕特雷·伊格尔顿：《二十世纪西方文学理论》，伍晓明译，陕西师范大学出版社，1987，第 121 页。

② 〔德〕伽达默尔：《真理与方法》，洪汉鼎译，上海译文出版社，2004，第 575、606、588 页。

③ 〔加〕埃里克·麦克卢汉等编《麦克卢汉精粹》，何道宽译，南京大学出版社，2000，第175 页。

的知觉环境，"世界"即是我们能感知到并在直观思维中显现出来的、作为意识体验而存在的现象世界。在"媒介即隐喻""媒介即认识论"中，波兹曼说："我们认识到的自然、智力、人类动机或思想，并不是它们的本来面目，而是它们在语言中的表现形式。"从绘画到象形符号、从字母到电视，"每一种媒介都为思考、表达思想和抒发情感的方式提供了新的定位从而创造出独特的话语符号"①。在"媒介决定论"中，伊尼斯强调：媒介对社会形态和社会心理都有着深远的影响，甚至"一种新媒介的长处，将导致一种新文明的产生"②。此外，类似的判断和分析还有伊尼斯的"媒介即文化"、马尔库塞的"媒介即意识形态"、威廉斯和席勒的"媒介即权力"，以及在"媒介即文化"的广泛命题中，20世纪中期以来，法兰克福学派的文化工业批判、伯明翰学派的文化研究、经济学的文化帝国主义批判、后现代主义的文化理论、媒介环境学的媒介与文化研究等，从多个角度、方面凸显了媒介发展带来的巨大变革。

在媒介生态学的意义上，媒介不只是工具，还构成了人的环境；人使用媒介，媒介也塑造人、建构文化。就数字新媒介而言，时至今日，与历史上其他主导性的媒介革命相比，以互联网为代表的数字媒介革命带来了史无前例的深刻后果，同时，也进一步凸显了媒介的本体地位。在社会发展上，卡斯特尔指出："作为一种社会历史趋势，信息时代占支配地位的功能和过程均是围绕网络逐渐构成的"，或者说，"网络构成了我们新的社会形态"。③在文化性质上，科比认为：现代性、后现代性正在被"数字现代主义"（Digimodernism）的文化逻辑所取代，"它不是对当前一切文化产品的整体性描述，而是指一个角斗场，在那里各种不同的文化力量……包括残余的和新兴的文化生产方式……必须寻找它们的出路"，为此，必须"为一个崭新

---

① 〔美〕尼尔·波兹曼：《娱乐至死》，章艳译，广西师范大学出版社，2005，第12、18页。
② 〔加〕哈罗德·伊尼斯：《传播的偏向》，何道宽译，中国人民大学出版社，2003，第28页。
③ 〔美〕曼纽尔·卡斯特尔：《网络社会的崛起》，夏铸九等译，社会科学文献出版社，2002，第36页。

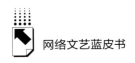

的文化规范系统提供某些设想"。① 就文艺发展来说，媒介本体地位的彰显不仅极大地改变着人们的思维方式、艺术观念和评价标准，还使媒介本身成为艺术活动中举足轻重的要素，并带来创作、传播、接受和再生产整个环节、流程的意义重塑和再造。由此说来，媒介身份、地位由工具向本体的位移是令人瞩目的现代性事件，并给文艺发展带来了丰富、深刻的审美现代性（Aesthetic Modernity）意义。

（2）世界：由"实在世界"而"混合世界"的意涵演变

关于审美话语的现代表意实践，斯科特·拉什（Scott Lash）从符号政治经济学视角所作的考察富有启发意义。他认为：现实主义、现代主义、后现代主义可视为不同历史阶段审美表意实践的理想类型，在质的规定性上，"现实主义既不质疑表征，亦不怀疑现实本身"，"现代主义认为，种种表征是成问题的，而后现代主义则认为现实本身才是成问题的"②。从中，我们可以概括三个关节点：一是现实（艺术再现或表现的对象或世界）；二是表征（作为能指的文化形式、艺术符号或表意范式等）；三是主体态度（艺术家、欣赏者对现实与表征两者关系或某一方面的美学立场和评价）。可以说，这三个关节点涵盖了艺术活动中的五个要素并将它们的内在关系和相互作用串联成了一个意义的网络。具体就"世界"的意涵演变来说，现实主义的"世界"总体上可视为一种模仿性或再现性的"实在世界"，现代主义的"世界"因注重表现主观性的内心世界而呈现为一种内在性的"精神世界"，后现代主义则由于能指的自律、符号的自我复制，那些没有本源、没有客体指涉的虚拟存在营造了一个巨大的"虚拟世界"。事实上，这种虚拟世界在数字新媒介文艺所创造的影像、符号或景观等中有鲜明的体现。

尽管这种将历史形态学与艺术风格学相结合的考察需要进一步论证、完善，但它有助于我们加深对"世界"意涵演变的理解。比如，在艾布拉姆斯那里，作为文学艺术存在的基础和"规范作品的首要制约力"，它是"由

---

① 〔英〕阿兰·科比：《数字现代主义导论》，陈后亮译，《国外理论动态》2011年第9期，第77~78页。

② 参见周宪《审美话语的现代表意实践》，《文艺理论研究》2003年第2期，第47~49页。

人物和行动、思想和情感、物质和事件或者生命感觉的本质所构成"①，或者说，它包括客观现实世界和人的主观精神世界两个方面。在波普尔看来，"世界"可分为三："第一世界是物理世界或物理状态的世界；第二世界是精神世界或精神状态的世界；第三世界是概念的世界，即客观意义上的观念的世界——它是可能的思想客体的世界：自在的理论及其逻辑关系、自在的论据、自在的问题境况等的世界。"② 然而，虚拟空间、赛博空间的出现极大丰富、拓展了我们的"世界"观。对此，海姆指出："网络（赛博）空间表示一种再现的或人工的世界，一个由我们的系统所产生的信息和我们反馈到系统中的信息所构成的世界。"③ 在穆尔看来，随着现代信息技术的发展和普及，事实与虚构之间的全部区分日益过时、失效，因为"虚构已变成了现实"，以至"我们在不久的将来会栖居在一个混杂的空间内，日益按照虚拟现实的标准生活，而且事实与虚构之间的分别将不再清晰可辨"④。显然，这种赛博空间、虚拟空间是不同于艾布拉姆斯、波普尔的新"世界"，并且，它还与自然地理空间、人的心理空间和传统文化空间等相互交织，进而形成了一种穆尔所说的"混杂的空间"（mixed spaces）。

互联网时代的"世界"观变迁给艺术实践带来了深刻变化。比如，穆尔说："文艺复兴时期的艺术家凭借虚构揭示了地理空间，而现代信息技术则让我们栖居在我们自己的虚构之中"，"发生于现代性中的空间解魅化在此辩证地转变成一种数码再魅化"，"我们不再利用虚构以逃避现实，而是创造一种异质的现实"⑤。针对本雅明的"复制"，拉什指出：采用数字技术的艺术家能够引入的新形式是"创作"，而不是"复制"；"虚拟现实"不

---

① 〔美〕M. H. 艾布拉姆斯：《镜与灯》，郦稚牛等译，北京大学出版社，2004，第3、4页。

② 〔英〕卡尔·波普尔：《客观知识》，舒炜光等译，上海译文出版社，1987，第164~165页。

③ 〔美〕迈克尔·海姆：《从界面到网络空间：虚拟实在的形而上学》，金吾伦、刘钢译，广西师范大学出版社，2000，第163页。

④ 〔荷〕约斯·德·穆尔：《赛博空间的奥德赛》，麦永雄译，广西师范大学出版社，2007，第29页。

⑤ 〔荷〕约斯·德·穆尔：《赛博空间的奥德赛》，麦永雄译，广西师范大学出版社，2007，第29页。

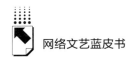
仅能够呈现和实物一样的仿真图像，而且这也是"它本身存在的现实"，由此，"我们正进入一个世界，那里不是有一种而是有两种存在：现实与虚拟。没有模拟，但有替代"①。在虚拟叙事理论中，瑞安指出："把'虚拟'概念引入叙事研究，与其说是从计算机领域'借用'一个观念，不如说是激活一种使当代文化的许多领域充满活力的思维方式"，"虚拟之物不是剔除真实之后的剩余，而是可能发展为实际存在事物的潜力"②。在"重组诗学"（recombinant poetics）中，希曼立足媒体要素在交互性生成中的"意义"重组，指出：在生成性虚拟环境中数字视频的探索为基于计算机的媒介提供了一系列令人激动的新潜能。③

当然，从价值论上看，各种数字设备和网络的运用使我们不再依赖于身体与世界、与他人进行交流，或者说，身体的直接交流让位于通过数字化的、虚拟的中介的交流，而这种"让位"在某种程度上同时也意味着身体的剥离和数字的"异化"。显然，对于这种"让位"和"异化"，人们须警醒其带来的负面影响。

（3）艺术家：由"创造者"而"生产者"的意涵演变

长期以来，在艺术创造中，艺术作品是由艺术家"创造"出来的，与之相应，艺术的"创造者"地位不证自明。然而，在马克思主义艺术生产论看来，尤其是，从数字新媒介文艺实践看，艺术家作为"创造者"的身份因艺术生产方式的变化而发生了变化。

关于"艺术生产"，马克思说："宗教、家庭、国家、法、道德、科学、艺术等，都不过是生产的一些特殊的形态，且受生产的普遍规律的支配。"④相比艺术反映论，把"艺术生产"作为更具根本性的概念，是马克思主义艺术生产论具有开创意义的思想。在西方马克思主义那里，本雅明、阿尔都

---

① 〔美〕迈克尔·拉什：《新媒体艺术》，俞青译，上海人民美术出版社，2015，第180~181页。

② 〔美〕玛丽－劳勒·莱恩：《电脑时代的叙事学：计算机、隐喻和叙事》，见〔美〕戴卫·赫尔曼主编《新叙事学》，马海良译，北京大学出版社，2002，第63页。

③ Bill Seaman, *OULIPO VS Recombinant Poetics*, Leonardo, The MIT Press：Volume34（2001）：423-428.

④ 马克思：《1844年经济学哲学手稿》，人民文学出版社，1995，第80页。

塞、马谢雷、伊格尔顿、詹姆逊等不少学者对此作了进一步的阐述。比如，本雅明把艺术创作看作同物质生产有共同规律的、特殊的生产活动和过程，它们同样由生产、产品、消费、生产者、消费者等要素构成，同样受到生产力与生产关系矛盾运动的制约。在他看来，艺术家是生产者，艺术作品是产品或商品。① 在《文学生产理论》中，马谢雷认为： "形形色色的创造（creation） '理论'都忽视了作品的制作（making）过程，它们对生产（production）不作任何解释"，但实际上，艺术不是人的创造物，任何创作都是一种生产，生产者也不是以创造为中心的主体，他只是一个场景或一个系统中的某种因素。② 伊格尔顿则在"意识形态论"和"艺术生产论"的交织中提出了"文学是意识形态的生产"，在他看来，文学艺术是一种制造业，作家、艺术家、生产者在资本主义社会都是雇佣劳动者。③

在数字新媒介文艺实践中，"艺术生产"的特性进一步凸显，艺术家作为"生产者"的身份清晰可见。比如，在影视艺术生产中，艺术家不再是个体新的创造者，而是包括导演、编剧，以及服、化、道、摄、录、美等在内的群体新生产者。即使是在个体性强的文学创作生产领域，艺术家"生产者"的特性同样突出。甚至，基于软件、网络等生产手段不再是传统意义上低技术含量的工具，它们在数字文学创作中已升格为人的助手，以致形成了"人—机"一体的新型作者。考斯基马所说的"赛博格作者"（Cyborg Author）即是这种"助手"，④ 而超文本、赛博文本、遍历文本即是人和"赛博格作者"共同生产的产物。

当然，突出艺术家的"生产者"身份并不意味着贬低其地位和作用，相反，在数字化的艺术生产和创新发展中，艺术家的地位举足轻重。但所谓"创造者"的身份"变化"乃至不合时宜，其重要原因除了艺术生产方式的

---

① 朱立元：《西方现代美学史》，上海文艺出版社，1993，第734页。
② Macherey, *A Theory of Literary Production*, Routledge & kegan paul, p. 68.
③ 〔英〕特里·伊格尔顿：《马克思主义与文学批评》，文宝译，人民文学出版社，1980，第79~81页。
④ 〔芬〕莱恩·考斯基马：《数字文学》，单小曦等译，广西师范大学出版社，2011，第6、7页。

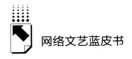

变化，还在于对"个体"意识和能力的过分强化，或者说，个体通过自我本质之源的界定，获得了某种权力并成为他自己的立法者。在这种意义上说，艺术家由"创造者"向"生产者"的转变是互联网时代新审美精神发展的必然要求。

（4）作品：由"可写文本"而"开放文本"的意涵演变

在接受美学中，一个革命性的命题是"文本≠作品"，其中，"文本"（text）只是构成"作品"（work）的一部分，另一部分则需要接受者的"具体化"。对此，伊瑟尔指出："作品本身显然既不能等同于文本，也不能同于具体化，而必定处于两者之间的某个地方。"① 这表明，不经阅读的文学艺术作品只是可能的存在，只有在接受活动中，它才能产生影响和作用，并成为现实的存在。

接受美学强调了"接受者"的重要性，同时，它还突出了艺术场中多种要素的依存关系和相互作用：一方面，"作品"内在地集生产者、文本、接受者于一体；另一方面，在艺术生产与接受的互动过程中，各要素的内涵、意义会发生变化。在罗兰·巴特看来，既然文本是多元、开放和不断游移的网络，那么，越能体现这些功能的作品，就越令人满意。对此，他提出了"可读文本"（Readerly text）与"可写文本"（Writerly text）的概念。② 其中，"可读文本"可视为相对于"文本"的作品，意指传统的典范作品；"可写文本"则是相对于"作品"的文本，是可以进一步扩散、改写的文本，其意义随着接受者的参与和再生产而不断游移和变化。尽管巴特提出"可读文本"与"可写文本"的要点不在作品或文本的"实体"，而在"区分"及其评价标准，但对文本意义动态生成的强调使"可写性"成为一种重要特性或品质。

在数字新媒介文艺创作生产中，"可写性"已不再是一种理论上的观照，而成为一种自觉的实践追求。这使得"作品"作为"开放文本"的意

---

① 〔德〕沃尔夫冈·伊瑟尔：《阅读行为》，金惠敏等译，湖南文艺出版社，1991，第206页。

② 〔法〕罗兰·巴特：《从作品到文本》，杨扬译，《文艺理论研究》1988年第10期，第87页。

义得以彰显。比如，超文本为读者提供了不同的路径，其语言表达和文本具有可以相互交叉并允许读者自由选择的一般性。对此，瑞安指出：称传统印刷文学中"读者在意义生成上与文本合作"是"交互性"的，不过是一种"隐喻性"的说法，超文本才是交互性的典范文本模式，"超文本提供一种指导性选择让人们去遵循"，"读者与其说是按照一种常规有序的命令去消费文本，还不如说自己决定着通过文本网的穿越路径"①。特别是，随着万维网的出现，简便的操作和网络的互联使多种形态的小说应运而生，比如，鲍德温（Matthew Baldwin）的《扎卡里·马什的生活日报》（The Live Journal of Zachary Marsh，2004）是运用博客的文学创作，维蒂希（Rob Wittig）的《蓝色公司》（Blue Company，2002）是通过电子邮件分发的系列叙事，《百万企鹅》（A Million Penguins，2007）是基于维基百科的集体性创意写作实验项目，帕沃斯（Richard Powers）的《文学手法》（Literary Devices，2011）是利用互联网海量的信息存储来进行创作的电子邮件互动小说。再比如，相比传统文艺的线性叙事、闭环结构和传受模式，互动视频艺术（互动剧、互动电影、互动综艺、互动动漫、互动广告等）采用参与式多线程叙事，让接受者通过行动体验叙事情景、参与叙事进程、创造叙事意义。其中，接受者不仅增强了主动性、能动性，还感受到多线性、沉浸性、代入感等新的审美体验。在某种意义上，这种交互叙事意味着"接受即创作的开始"，代表了某种多元化的想象力，如同博尔赫斯"曲径分岔的花园"——它把多种可能性留给观众、留给未来。总的来说，尽管这些文本形态各异、形式多样，但它们有一个共同的特点——开放性，恰如安伯托·艾柯所说的"开放的作品"——它处于运动之中，呼吁欣赏者去发现文本内部关系的不断演变，并同作者一起进行创作。②

此外，值得一提的是，开放文本的意义还体现为表意符号的"复合化"，即，文字、图片、音乐、音响、视频、动画、漫画等多种表意符号有

① 参见单小曦《媒介与文学——媒介文艺学引论》，商务印书馆，2015，第185页。
② 〔意〕安伯托·艾柯：《开放的作品》，刘儒庭译，新星出版社，2005，第26页。

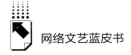

机复合与融合。相比之下，受载体的限制，印刷文本多是单一形式的平面化文本，现代影视艺术虽然也有文字、音乐、音响等的复合性，但在数字新媒介文艺中，多种表意符号和形式的复合步入新阶段、展现新特质，或如曼诺维奇所说，"既有的媒介全都可以转化成电脑可处理的数字资料。其结果是图形、动画、声音、形状、空间、文本全都变成了可以计算的东西"①。比如，在具体实践中，"各种形式的电子诗歌都探索和表现了我们生活的这个文化时刻的高度加工性和机械性"。它不仅增强了语言的表现力，让读者重新思考影像与文学的关系，还"培养了当今能够在批评、电子诗歌、诗歌－数字混合体中发现的对科技文化（technoculture）的悟性"。还有，被恩斯林（Astrid Ensslin）称为"游戏性数字文学"（ludic digital literature）和"文学性电脑游戏"（literary computer games）的文本，它们都将视觉、游戏设计和文学创作的技巧与物质性融为一体，且都需要接受者在"文字艺术""视觉诗歌""互动戏剧"的复合中来看待，并在"推翻线性话语的文字结构和将不同的诗学融入混杂传统"的数字叙事层面来理解。②

显然，开放文本的"开放性"对亚里士多德以来的诗学传统带来了巨大的冲击，但也呈现出一种新"秩序"，正如希利斯·米勒所说："无论是在叙事作品和生活中，还是在词语中，意义都取决于连贯性，取决于由一串同质成分组成的一根完整无缺的线条。由于人们对连贯性有着极强烈的需求，因此无论先后出现的东西多么杂乱无章，人们都会在其中找到某种秩序"。③

（5）欣赏者：由"受众"而"合作者"的意涵演变

在传统文艺的不同形态中，欣赏者有不同的称呼，比如，文学中的"读者"、音乐中的"听众"、影视艺术和戏剧戏曲等中的"观众"等，在接受美学和传播学中，他们统称为"受众"。而在数字新媒介文艺中，他们有了一个新的共名——合作者。相比"受众"，诚如其名所示，"合作者"

① 单小曦：《"网络文学"抑或"数字文学"?》，《上海师范大学学报》2011年第5期，第18页。
② 参见李洁《美国数字文学述评》，《国外社会科学》2017年第5期，第82页。
③ 〔美〕J.希利斯·米勒：《解读叙事》，申丹译，北京大学出版社，2002，第59页。

带有更多的积极性、主动性与能动性。

乔伊斯曾将超文本分为"探索性超文本"和"建构性超文本"两类。其中，前者为读者设计，并鼓励读者"控制信息的转换以适应其需求和兴趣"。与此同时，在阅读中，"文本所能呈现的多种可能，与读者进行意义创造和故事组合的复杂程度相关"①。这意味着读者可以独立生产文本的意义。据此，乔伊斯进一步提出了"读者即作者"或"作为作者的读者"（read-as-writer）的观点。尽管这一观点在具体实践中因拔高了读者的地位而显得名不副实，或如考基斯马所说，"读者在某种程度上拥有互动参与（生产）故事的可能性，但却不大可能占据一个'积极主动的作者'的角色"②，但读者参与的重要性却不可忽视，因为此时的读者已非传统意义上的"受众"，而成为一个积极、主动的"合作者"。在数字文学的"交互性"上，这一点表现得尤为明确。

"交互性"是数字文学的基本内涵，乃至是其他诸多特征形成的基础。历史地看，交互性并非计算机、网络出现之后才有的现象，事实上，它内含于文本本身，但以往那种面对面交互的维度被印刷书写的形式而关闭了。然而，在数字新媒介文艺中，得益于数字媒介的新功能，以往被遮蔽的特性被重新唤醒了。此外，从传播学的意义上看，相比之下，受众的内涵侧重的是"受"，意指面对传统文艺作品的被动受众。其之所以"被动"，重要原因之一在于传播者难以辨别受众是否接收到信息，以及信息接收的效应和反应如何。实际上，其中的疑问早已发生。比如，姚斯揭示了读者"期待视野"的重要意义，但面对千差万别的接受者及其不断变化的诉求，传播者如何对接受者的期待视野作出预测，并创作出符合其诉求的文本？对于这一要害问题，姚斯未作充分论述，由此也招致不少的批评。比如，格林指出："姚斯缺乏一个关于读者类型的定义：读者在社会学里处于什么位置？读者的文学基础知识如何？姚斯都没有谈到。既然要从接受者的角度出发去进行研究，

---

① Michael Joyce, *Of Two Minds*, *Hypertext Pedagogy and Poetics*, Ann Arbor: The University of Michigan Press, 1995, p. 41.

② 〔芬〕莱恩·考斯基马：《数字文学》，单小曦等译，广西师范大学出版社，2011，第104页。

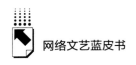

没有接受者的具体情况怎么行？"① 由此观之，在数字新媒介文艺中，随着欣赏者由"受众"向"合作者"转变，其意义得以充分展开和释放，其在整个创作生产过程中的地位也越来越举足轻重。

2. 审美体验："灵韵"淡化，"新奇"凸显

从当今世界社会、文化发展的宏观背景看，互联网发展、数字新媒介文艺发展和审美现代性发展存在着紧密的内在联系。这种"联系"体现在时间的叠合上，更表现在内容的交织和意义的渗透之中。这在审美体验的关联方式、感受方式、意义蕴含、表意形式等方面有突出的表现。

在艺术活动中，审美体验具有重要意义。就审美体验与艺术创作的关系来说，海德格尔说："诗是安居的源始形式"，是艺术家诗意生存的一种方式，真正的诗、言、思都是从生存化、在场化、意境化的缘构性境域生发出来的"声音"和"光亮"。② 伽达默尔指出："艺术来自体验，并且就是体验的表现"，"一部艺术作品就是对体验的移植"，"体验艺术也是指由审美体验所规定的艺术"。③ 在《机械复制时代的艺术作品》中，本雅明揭示了现代艺术与古典艺术的区别，并分析了"艺术在现代工业社会中命运""新崛起的电影艺术""艺术在现代工业社会中的一系列替变"，包括"由有韵味的艺术转变成机械复制艺术，由艺术的膜拜价值转向展示价值，由美的艺术转变成后审美艺术，由对艺术品的凝神专注式接受转向消费性接受"等。④ 相比之下，在丰富实践和创新发展中，数字新媒介文艺在审美体验方面呈现鲜明的"新奇"特征，并蕴涵着审美现代性的新内涵。

其一，在关联方式上，审美体验与现代性密切相关。舍勒认为：现代性的转变是一种"总体转变"，它既包括社会制度层面的结构性更新，也包括人的精神气质、生存体验层面的结构性转变，而且，后者的转型比前者的转

① 〔德〕G. 格林：《接受美学简介》，罗悌伦译，《文艺理论研究》1985 年第 2 期，第 109 页。
② 〔德〕海德格尔：《人，诗意地安居》，郜元宝译，广西师范大学出版社，2000，第 77、86 页。
③ 〔德〕伽达默尔：《真理与方法》，王才勇译，辽宁人民出版社，1987，第 100、101 页。
④ 〔德〕瓦尔特·本雅明：《机械复制时代的艺术作品》，王才勇译，浙江摄影出版社，1996，第 1 页。

型更为根本。① 伯曼指出：在现代化进程中，"存在着一种充满活力的体验方式——对空间和时间、自我和他者、生活的可能性和危险的体验——它为今天这个世界上的男男女女所共有"，而这种体验的实体就是"现代性"。② 事实上，在审美关系与现实关系的紧密关联中，数字新媒介文艺将现实生活中人们广泛而深刻的现代性体验凝聚、投射在形象表意系统之中，并对当代人的心智结构带来了深刻影响。

其二，在感受方式上，"网感"是人们尤其是青年群体对社会生活和自我的一种独特体验和话语表达。网感比较神秘，在看不见、摸不着的网络空间和形式多样、内容丰富的文艺世界里，它却十分重要。有网感的文艺形式和内容具有年轻化、娱乐性、流行性等显著特点，且广受年轻人的欢迎，以至推动青年亚文化演变为流行文化。与之相应，在感受、体验方式上，与印刷文化范式中的"静观"不同，也与电子文化范式中的"震惊"相异，数字文化范式中的"网感"因其融入、互动、沉浸的特性和强烈的交互性体验、逼真的在场感而带给人们耳目一新的审美体验。

其三，在意义蕴含上，随着"灵韵"（aura）的淡化，"新奇"日益显山露水。在传统艺术中，"灵韵"占有主导的地位，在本雅明那里，它是"一定距离外的独一无二的显现——无论它有多近"，就像"夏日午后，悠闲地观察地平线上的山峦起伏或一根洒下绿荫的树枝——这便是呼吸这些山和这一树枝的氛围"③。然而，在现代艺术中，正如数字新媒介文艺所展现的，传统审美话语中的崇高、优美、静穆、神圣、永恒、深度等被消解，而后现代式的平面化、碎片化、新奇感等则日益凸显，或如鲍德里亚所说：与传统艺术"隐喻性世界"的象征、寓言等相比，"拟象"逐渐取代"形象"、"屏幕"的寓意让位于"镜子"，"拟象化"抹平了隐喻性的深度和再

① 〔德〕马克斯·舍勒：《资本主义的未来》，罗悌伦等译，三联书店，1997，第7页。

② Marshall Berman, *All That Is Solid Melt Into Air: The Experience of Modernity*, New York: Penguin, 1982, p. 15.

③ 〔德〕瓦尔特·本雅明：《机械复制时代的艺术作品》，王才勇译，江苏人民出版社，2006，第265页。

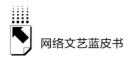

现现实的追求，以至于在虚拟的"屏幕世界"中，艺术的生产、接受被抛入了一个与现实无甚关联的世界，或一个拟象与"超真实"构成的世界。①

其四，在表意形式上，从"四体演进"的角度看，如果说，修辞四体（隐喻—提喻—转喻—反讽）是表意形式演化的一般途径，那么，相比传统艺术，数字新媒介文艺就呈现出"反讽"阶段的典型特征。比如，有学者指出：当代文化呈现为一种反讽文化，在当代西方网络文化中，这一点体现得更清楚：各种网络社群是反讽的，因为它是半虚拟的，人与人空间隔断，意见冲突却公开而激烈，"用如此方式交换意见，表意的主要方式就是争论：不是为了取得一致意见，而是在冲突中协调"②。当然，"反讽"意味着解构和颠覆，但同时也蕴涵着建构与新生。就数字新媒介文艺实践来说，面对现代性语境中诸多的偶然性、非连贯性，富有创造性的创作者的独特本领正在于借助敏锐的艺术感觉和整体的审美观照，并通过对现代生活中诸多片段、偶然或瞬间的情感、意象、场景、思想等的描述，来捕捉和表现现代人的生活方式、个体人格、生命意识和深层心理的变迁，来洞察和把握时代生活的精神脉络与基调，以至于片段牵挂着整体、瞬间系缚着时代、生活表层的偶然现象折射历史脉动的内在光辉。

当然，数字文化语境中的审美体验具有丰富的内涵，其中既有"美"的乌托邦，也有种种数字"风险"和新"异化"。对于前者，库比特指出："人们对于那些仿佛遥不可及、云里雾里、隐晦迷离的东西的乌托邦式的渴求无一不是源之于美"，"美学源于艺术，是一种乌托邦现实主义，拥有一种可以预料的'暂时尚无（not-yet-existence）之存在'，它从不在空无的可能性中戏耍，也不会偏离正道，它能够通灵般地预料到真实的潜在可能性"，因此，他高度关注的是"能够交流或者摆出了交流姿态的艺术，探寻非侵略性的、非命令性的、非权力性的、非屈服性的交流是否有可能"，并强调，"美学的这种乌托邦主义（不同于白日梦）有其物质基础，但它指向

---

① 〔法〕让·鲍德里亚：《仿真与拟象》，见汪民安等编《后现代性哲学话语》，浙江人民出版社，2000，第329、330页。
② 赵毅衡：《反讽：表意形式的演化与新生》，《文艺研究》2011年第1期，第26～27页。

未来。探索数字艺术的目的不是要证实'现有'而是要促进'尚无'的形成，此'尚无'是未来的根基，这根基就存在于现在"①。就数字"风险"和新"异化"来说，人们对诸多数字文化中的负面情形也抱有清醒的态度并进行了深入的反思。比如，面对"算法"日益对人们的经验、理解方式和文化实践等的渗透，斯拉伯斯对其逐渐抛弃文化的公共性而走向一种新型技术精英文化的"风险"进行了批判；② 随着大数据技术的进一步发展，安德烈赫维奇指出：应对"大数据鸿沟"加剧所带来的不平等关系和不透明歧视，是人类面临的考验。③ 关于数字资本主义与数字异化，数字技术不仅刷新了人类经济生活的各种定义、衡量尺度，还使人们对经济生活的时间、空间、强度等的感知发生了巨变，④ 但作为资本主义重要发展动力的数字技术没有动摇资本与劳动之间的不平等关系，⑤ 随着网络社会的崛起，由于数字鸿沟、数据监视，资产阶级与无产阶级之间的对立反而进一步加剧了。⑥

3. 审美互动：主体间性架构中的审美分享与价值共享

在媒介生态学的意义上，波斯特提出了"第二媒介时代"，富有启发性。为了强调网络新媒介对社会生活的重构和文化艺术的重组，波斯特把以印刷媒介为发端的大众媒介时代称为"第一媒介时代"，其主要特征是线性、有序、稳定、单向传播等，而以互联网为代表的"第二媒介时代"的突出特征则是非线性、介入、融合、双向互动等，其要义是"双向的去中心的交流"。⑦ 可以说，这种"双向的去中心的交流"准确揭示、诠释了互联网精神的特

---

① 〔新西兰〕肖恩·库比特：《数字美学》，周宪等译，商务印书馆，2007，第3、5页。
② 〔美〕特德·斯拉伯斯：《算法文化———一项雷蒙·威廉斯〈关键词〉式的语义研究》，蔡润芳译，《国外社会科学》2020年第6期，第35页。
③ 〔澳〕马克·安德烈赫维奇：《对大数据鸿沟几个相关问题的思考》，张岩松、蔡润芳译，《国外社会科学》2020年第4期，第44页。
④ 〔美〕提姆·鲁克：《应对数字鸿沟——计算机世界里的严峻现实》，梁枫译，《马克思主义与现实》2001年第6期，第27~28页。
⑤ 〔美〕丹·席勒：《数字资本主义》，杨立平译，江西人民出版社，2001，第71页。
⑥ 〔美〕曼纽尔·卡斯特：《网络社会的崛起》，夏铸九等译，社会科学文献出版社，2006，第16~18页。
⑦ 〔美〕马克·波斯特：《第二媒介时代》，范静哗译，南京大学出版社，2001，第22~26页。

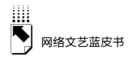
质。对此，有研究者在与电视思维的比较中指出："互联网思维是一种用户体验至上的思维；电视人却仍然停留在'受众思维'。可问题是，谁还是单向的信息'接受者'?! 谁还是围在一起看电视的那个群'众'呢?!"① 与之相应，在艺术和审美活动的领域，互联网艺术思维突出和强化的是参与、分享、互动、个性化。相较以往的线性、单向思维，互联网让人们充分表达自己变得更加便捷、有效，同时，在艺术信息交换中，人们参与的可能、分享的意愿、互动的需求和个性化的满足也变得更加强烈而实在。如果将互联网的这些特点视为一种优势，那么，我们可以看到，它们不仅使数字新媒介文艺获得了超越的强大动力和发展的广阔空间，还深刻地影响并铸就了数字新媒介文艺的互动特性。

从发展的维度看，数字新媒介文艺"互动特性"的形成有深厚的媒介变革背景和深刻的历史、美学变迁逻辑。简要说来，在媒介变革方面，比如，受纸媒载体的限制，平面语言文本中的信息交互或读者参与更多地体现在对既成文本中语义空白的"填空"上，而数字文学不仅有接受美学意义上的语义"填空"，它还可以嵌入互动设计，由此，读者既能对文本的语义进行解读，还可以选择、建构，甚至在文本"重写"中进行积极的意义生产。就历史、美学的变迁逻辑来说，"互动"并非互联网时代的特有产物。比如，马克思曾从政治经济学的角度指出，"没有生产就没有消费"，"没有消费也就没有生产"，"生产不仅为主体生产对象，而且也为对象生产主体"②。这一论述深刻揭示了艺术生产与艺术接受之间的辩证关系，可视为对生产者与接受者之间互动关系的表达。实际上，就像超文本性是人类语言、文本的固有性质一样，互动性也是文学艺术活动的普遍特性，并渗透到艺术生产和再生产的各个层面和环节，甚至具有一种"元话语"的意义。对此，20 世纪的象征符号美学、现象学文论、接受美学和读者反映批评、阐释学文论等有充分的论述。比如，卡西尔说："像言语过程一样，艺术过

---

① 罗伯特：《居然有 80% 的二三线卫视"零收视"! 电视台正在走向死亡》，《新剧观察》，https://m.sohu.com/a/202595839_242827/。

② 马克思：《马克思恩格斯选集》第 2 卷，人民出版社，1995，第 94、95 页。

程也是一个对话的和辩证的过程"，因此，接收者"不仅必须同情艺术家的感情，而且还须加入艺术家的创造性活动"①。在巴赫金的"对话理论"中，审美互动甚至被提升到本体论的高度，乃至"生活就其本质说是对话的"。②而在当今的数字文化范式中，数字新媒介文艺中的互动特性显著增强。对此，拉什指出："我们所处的时代，技术变化的迅速是明摆着的，而基于这种变化之上的艺术更是如此……许多先进的娱乐活动都有用户的积极参与和消费"，以至"'互动'已成为描述数字时代艺术形式的最具包容性的术语"③。在考斯基马看来，"交互性既是数字文学的最基本内涵，也是本质特征，还是其他诸多特征形成的基础"。④

进一步说来，就本质内涵而言，数字新媒介文艺的互动特性可概括为主体间性架构中的审美分享和价值共享。其中，作为关键词，主体间性、审美分享、价值共享三者紧密关联并在相互作用中凸显出"互动特性"作为数字新媒介文艺基本审美特性的重要性，也凸显出它区别于传统文艺的特殊性。简要说来，作为一个重要的哲学概念，"主体间性"为新兴文艺"互动"的发生、发展搭建了一种张力架构。马丁·布伯指出：存在是关系而非实体，而作为存在的关系本质上是一种"我—你"关系，而不是"我—他"关系，因为"我—他"关系是主客关系，是非本真的关系，而"我—你"关系是本源性的关系，是超越因果必然性的自由领域——"人通过'你'而成为'我'"⑤。在海德格尔看来，"世界向来已经总是我和他人共同分有的世界。此在的世界是共同世界"，"独在是共在的一种残缺的样式，独在的可能性就是共在的证明"⑥。而就审美分享和价值共享来说，它们可视为充盈在主体间性架构之中的深厚内容，特别是，依据哈贝马斯建基在交

① 〔德〕恩斯特·卡西尔：《人论》，甘阳译，上海译文出版社，1999，第34、206页。
② 〔俄〕巴赫金：《巴赫金全集》第5卷，白春仁、顾亚铃译，河北教育出版社，1998，第387页。
③ 〔美〕迈克尔·拉什：《新媒体艺术》，俞青译，上海人民美术出版社，2015，第183、211页。
④ 〔芬〕莱恩·考斯基马：《数字文学》，单小曦等译，广西师范大学出版社，2011，第8页。
⑤ 〔德〕马丁·布伯：《我与你》，陈维纲译，三联书店，1986，第44页。
⑥ 〔德〕马丁·海德格尔：《存在与时间》，陈嘉映、王庆节译，三联书店，1987，第146页。

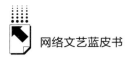

往理性之上的"规则观"：依托主体间性，就可以知道某人是不是在遵守一条规则；依托主体间性，就可能形成"规则意识"，并从中发展出"原则意识"、分化出"价值意识"；依托主体间性，就可以为规则的正当性提供辩护。① 进一步说来，这些论述不仅揭示了当代文化艺术重要的审美精神，还强调了数字新媒介文艺创作生产的发展方向。

4. 审美旨趣：数字现代主义的前卫性、创新性和反思性

相比我国的网络文艺，总体上看，国外类似文艺在风格、形式、结构、特性、功能等方面具有前卫性、创新性和反思性等鲜明特点。这与西方当代艺术的历史传统、技术与媒介发展、文化艺术传播、文化艺术特性和审美现代性功能等相互渗透、相互作用的因素存在内在的紧密关联。

在《数码诗学：映射与交互的诗歌潜能》一文中，丹麦学者奎瓦特鲁普（Lars Qvortrup）指出，当代数字艺术所受的影响主要来自两个方面：一是由杜尚的"现成物"所代表的 20 世纪前卫运动；二是计算机作为数码艺术媒体的特殊潜能（映射与交互）。不仅如此，他还指出：从亚里士多德到古典时期的前现代艺术将表达生活天赐秘密当成艺术的基本目标；文艺复兴以来，将艺术当成基于普遍人性之美的共享体验（而非秘密生活）的新观念开始生长；而 20 世纪以来，这种人类中心主义的范式又受到挑战，艺术不再以普遍神性或普遍人性为参照系，而是一种自我参照的系统。② 就国外数字新媒介文艺的审美旨趣来说，奎瓦特鲁普的论述蕴涵着丰富的信息。

从历史传统看，在《超文本与创造性写作》中，博尔特、乔伊斯指出：数字交互小说是当代实验性印刷文学的延续，属于 20 世纪现代主义、未来主义、达达主义、超现实主义、新浪漫派、字母派、具象诗等先锋传统。③ 事实上，自现代主义以来，从传统中求新意、从生活中求新奇成为当代西方

---

① 参见童世骏《没有"主体间性"就没有"规则"——论哈贝马斯的规则观》，《复旦学报》2002 年第 5 期，第 22～28 页。

② 参见黄鸣奋《西方数码艺术理论史》，学林出版社，2011，第 1614 页。

③ J. D. Bolter and M. Joyce, *Hypertext and Creative Writing*, Proceedings of Hypertext 87. New York：ACM Press，1987，p. 42.

艺术发展的基本主题。比如，卡林内斯库说："'现代'主要指的是'新'，更重要的是，它指的是'求新意志'——基于对传统的彻底批判来进行革新和提高的计划，以及以一种较过去更严格、更有效的方式来满足审美的雄心"，以至于出现了"一个重要的文化转变，即从一种由来已久的永恒性美学转变到一种瞬时性与内在性美学，前者是基于对不变的、超验的美的信念，后者的核心价值观念是变化和新奇"①。保罗·德曼指出："现代性存在于渴望一切东西的形式之中，存在于最终达到可以成为真正现代地步的希望之中，达到标志着一个新出发点的源泉。有意遗忘和同样也是一个新出发点相结合的相互作用，获得了现代性观念的全部力量。"② 康拉德则宣称："我是现代人，我宁愿作音乐家瓦格纳和雕塑家罗丹……为了求新……必须忍受痛苦。"③ 在某种程度上说，正是继承了如此强烈的创新传统，以至于在数字新媒介文艺创作生产的某些领域，创新的趣味类似于制作、欣赏新玩具，并于其间既表达新的审美感受和体验，又探讨审美表意的多样可能性，诚如考基斯马所言，"对超文本主义者来说，把写作/阅读理解为某种'好玩的'（playful）事情这一后结构主义观念占有中心地位"④。

在技术与媒介发展的维度，随着新技术、新媒介的快速发展，数字化已渗透、贯穿于艺术实践的全过程，特别是，随着数码取代了物质、作为信源映射的艺术取代了作为实体存在的艺术、交互取代了阐释，新技术和新媒介不仅激发了艺术创作的新灵感、丰富了艺术表现的新手段，还形成了新的艺术创作生产观念。比如，数字文学的发生、发展延伸了后现代主义实验作品的创作理念，更与计算机技术、数字化和互联网发展等紧密相关；新媒体艺术"遵循尼采和弗洛伊德把主题放在历史中心的复杂的心理路程"，过多地与"个人"纠缠在一起，并积极倡导"让艺术家置身于艺术事业的绝对中

① 〔美〕马泰·卡林内斯库：《现代性的五副面孔》，顾爱彬等译，商务印书馆，2002，第2、9页。
② 〔美〕保罗·德曼：《解构之图》，李自修等译，中国社会科学出版社，1998，第172页。
③ 参见〔美〕弗·R.卡尔：《现代与现代主义》，陈永国等译，吉林教育出版社，1995，第1~2页。
④ 〔芬〕莱恩·考斯基马：《数字文学》，单小曦等译，广西师范大学出版社，2011，第120页。

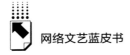
心", 同时, 也使 "20 世纪的先锋派最终成为在革命的世纪里从事革命——技术革命最持久的艺术派别"①。

在文化艺术的传播上, 波斯特指出, "第一媒介时代" 是播放型传播模式盛行的时期, 流行的是由少数文化精英和知识分子主导的自上而下、由一对多的单向传播, 相比之下, 以双向沟通和去中心化为本质特征的 "第二媒介时代" 则没有了传播中心, 几乎人人都可以参与散点的双向交流, 并且, 一种集制作者、销售者、消费者于一体的系统得以产生, 该系统将对交往传播关系进行全新的构型。而随着从少数人说、多数人听的 "第一媒介时代" 转向所有人说、所有人听的 "第二媒介时代", 主体由此获得了解放。② 莱文森则进一步指出: 互联网诞生之前的 "旧媒介" (报纸、广播、电视、电影等), "是空间和时间定位不变的媒介", 并受到自上而下的控制和把关; 面对以互联网为技术基础的第一代媒介——新媒介 (E-mail、网店、音乐播放器、图书报纸的网络版等), 人们的信息消费不受时间限制, 但权利和话语权更多地掌握在少数精英群体手中; 而 21 世纪的 "新新媒介" (博客、微博、微信、直播、短视频等), 它们呈现 "人人都是生产者和消费者" 的核心特征, 且 "这一新的能力改变了我们生活、工作和游戏的方式"。③

就文化艺术的特性来说, 延斯·达姆 (Jens Damm) 在《互联网与中国的社会分化》一文中认为, 关于互联网在中国的社会和政治影响, 西方和中国分析者们的观点有根本的不同: 西方的注意力在民主化和政治变化, 而中国的观点则是技术决定论, 主要关注新技术带来的经济发展和现代化的收益, 却忽视互联网已经成为反映社会的镜子。④ 尽管这一分析并不准确, 但在某种程度上反映了当代西方文化艺术的一些突出特征。比如, 兰道指出:

---

① 〔美〕迈克尔·拉什:《新媒体艺术》, 俞青译, 上海人民美术出版社, 2015, 第 7、8 页。

② 〔美〕马克·波斯特:《第二媒介时代》, 范静哗译, 南京大学出版社, 2000, 第 22~28 页。

③ 〔美〕保罗·莱文森:《新新媒介》, 何道宽译, 复旦大学出版社, 2014, 第 4、5 页。

④ 〔德〕延斯·达姆:《互联网与中国的社会分化》, 程仁桃译,《国外社会科学》2008 年第 3 期, 第 37~39 页。

数字超本文造成了一般印刷文学线性叙事、层级体系、作家中心权力关系的崩塌，并极大促进了作者和读者间的对话式、合作式生产。① 库弗分析了印刷媒介对文学活力的限制及其线性专制，甚至宣称"传统小说"是"族长性、殖民性、经典性、独裁性、等级性和权威性等价值的病毒式载体"，而偶然性、流动性、非决定性、多元性、非连续性的数字超文本写作就是最好的反抗形式。② 博尔特在《写作空间：计算机，超文本与写作史》中指出，印刷写作向数字写作的转换对写作主体心灵带来重要影响，并促进了主体性的建构。③ 在《从地图阅读：分叉路径小说中的转喻与隐喻》和《块茎与抵抗：超文本与新文化的梦想》中，莫尔斯洛普强调：超文本小说具有巨大的审美潜能，尤其是，超文本和超媒介使德勒兹倡导的块茎的、游牧的、平滑空间的文化模式在写作活动中得以实现，并呈现新的文化梦想。④ 可以说，数字超本文所呈现的这些特征典型地反映了当代西方文化艺术的特性。进一步说来，在德勒兹的数字媒介诗学中，他借助"块茎"的构造、形状和机能来喻指一种具有后现代文化特征的思维和文本形态。其中，作为参照物，他把西方传统的理性主义思维比喻为"根—树"模式：这种思维强调一个中心，其基本原则是逻辑一致性，尽管它有时也使用二分法，但实质上"二分法的二元逻辑只是被相连的循环之间的双义关系所替换了"。与之不同，"块茎"思维则不依赖于某一主根，"它既没有起始也没有结尾，而总是一个中间物，并由此生长，由此流溢出来"⑤。在当代西方审美文化语境中，德勒兹之所以被誉为"赛博空间的哲学家与预言家"，是因为他关于光滑空间、条纹空间的游牧美学思想和充满差异哲学意蕴的"块茎"论为理

---

① G. P. Landow, *Hypertext* 3.0: *critical theory and new media in an era of globalization*. Baltimore & London: The Johns Hopkins University Press. 2006. p. 6.

② 〔美〕罗伯特·库弗：《书籍的终结》，陈定家译，《南阳师范学院学报》2007 年第 2 期，第 54、55 页。

③ 参见黄鸣奋《超文本诗学》，厦门大学出版社，2000，第 511 页。

④ 参见黄鸣奋《新媒体与西方数码艺术理论》，学林出版社，2009，第 267、268 页。

⑤ Gilles Deleuze and Felix Guattari, *A Thousand Plateaus*, London Minneapolis: University of Minnesota Press, 1987, pp. 5, 21.

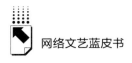

解数字媒介所建构的赛博空间和当代西方文化艺术提供了富有启迪的理论阐释。

当然，就国外数字新媒介文艺的审美旨趣来说，最重要的体现还在于审美现代性的功能，甚至可以说，它是以上几个方面的价值坐标和思想主轴。自现代以来，作为核心议题之一，它蕴涵着丰富、深刻的历史感，就其重要性而言，如果说，关于"现代性"的思考和论说构成了现代思想文化的"第一主题"，那么，以反思现代性为基本学理诉求的"现代学"则可以称作现代人文学术界的"第一哲学"。① 就其精神特质来说，在西方语境中，不少学者在功能和价值的维度一般将"现代性"分为"启蒙现代性"和"审美现代性"，② 其中，后者以反思、批判前者的姿态出现，或者说，审美的"反思性"通常以一种批判、否定和超越"启蒙现代性"的形式表现出来。这种"悖论"看似矛盾，实则和谐，诚如鲍曼所说："现代性的历史是社会存在与其文化间充满张力的历史。现代存在迫使其文化成为自己的对立面。这种不和谐正是现代性需要的和谐。"③ 对此，一大批思想家、哲学家、美学家、艺术家等有丰富、充分的论述。比如，韦伯指出："合理化"在促进西方社会现代化的同时，又使现代生活变成了工具理性统治的"铁笼"。④其中，"理性成了用来制造一切其他工具的一般的工具"⑤。"技术逻各斯被转化为持续下来的奴役的逻各斯。技术的解放力量——物的工具化——成为解放的桎梏，这就是人的工具化。"⑥ "进步的加速似乎与不自由的加剧联系在一起。整个工业文明世界，人对人的统治无论在规模上还是效率上，都日

---

① 武汉大学文学院文艺学专业"纯粹现代性"课题组：《现代何以成性？——关于纯粹现代性的研究报告》，《江汉论坛》2020年第2期，第79页。
② 在不同的语境中，"审美现代性"又被表述为"美学现代性""文化现代性""艺术现代性""浪漫现代性"等；"启蒙现代性"也被表述为"历史现代性""社会现代性""技术现代性""世俗现代性""资产阶级现代性"等。
③ 〔英〕齐格蒙·鲍曼：《对秩序的追求》，邵迎生译，《南京大学学报》1999年第3期，第40页。
④ 〔德〕马克斯·韦伯：《新教伦理与资本主义精神》，于晓等译，三联书店，1987，第143页。
⑤ 〔德〕霍克海默、阿多尔诺：《启蒙辩证法》，洪佩郁、蔺月译，重庆出版社，1990，第26页。
⑥ 〔法〕赫伯特·马尔库塞：《单面人》，左晓斯等译，湖南人民出版社，1988，第136页。

益加强。"① 如此一来，面对工具理性与价值理性、社会—经济系统与文化系统、企业家的经济冲动与艺术家的文化冲动等一系列的矛盾冲突和价值对立，哈贝马斯指出："美学现代性的精神和规则在波德莱尔作品中呈现出明显的轮廓，那时，现代性以各种各样的先锋派运动形式开展起来，" 从中"我们可以观察到破坏历史延续性的无政府主义者的意图，我们也能够依据新美学意识的颠倒力量对此作出说明……它沉醉于带有渎神行为的恐怖的幻觉之中"②。卡林内斯库则直截了当地指出：一种 "对资产阶级现代性的公开拒斥，以及它强烈的否定激情" 规定了审美现代性。③

20 世纪后半期以来，后现代主义登场，有人欢呼现代性终结、后现代君临大地，但几十年过去，人们发现现代性并未终结，或如哈贝马斯所说，现代性是 "一项尚未完成的事业" 或 "一项未竟的工程"，④ 那个早就统治着我们生活世界的现代性仍然蔓延、弥散于我们的生活之中，而后现代文化似乎只是晚期现代性文化的一个流派或一种风格而已。当然，后现代主义并非铁板一块。比如，有研究者认为，后现代主义有 "激进的或否定性的后现代主义""建设性的或修正的后现代主义""简单化的或庸俗的后现代主义" 三种主要形态。⑤ 但不管何种情形，总体上看，如果说，现代性是 "一项尚未完成的事业"，那么，审美的批判和反思就会不绝如缕；如果说，当代西方各式各样的现代主义、后现代主义艺术是审美批判性和反思性的集中体现者，那么，数字新媒介艺术就是这种审美特性的最新体现者。对此，阿兰·科比（Alan Kirby）认为，20 世纪 90 年代以来，随着网络信息技术的快速发展及其影响的日益扩大，数字现代主义正取代后现代主义而成为我们当下文化中的新的主导范式；"数字现代主义有多种定义方式：它是电脑化

---

① 〔法〕赫伯特·马尔库塞：《爱欲与文明》，黄勇、薛民译，上海译文出版社，1987，第18页。
② 〔德〕尤尔根·哈贝马斯：《论现代性》，严平译，见王岳川等编《后现代主义文化与美学》，北京大学出版社，1992，第11、12页。
③ 〔美〕马泰·卡林内斯库：《现代性的五副面孔》，顾爱彬等译，商务印书馆，2002，第48页。
④ 〔德〕于尔根·哈贝马斯：《现代性：一项尚未完成的事业》，行远译，《文艺研究》1994年第9期，第157页。
⑤ 王治河：《论后现代主义的三种形态》，《国外社会科学》1995年第1期，第41页。

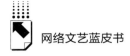

对文化形式的影响；它是由这一进程引发的一系列美学特征，并正从它们的新语境中获得独特风格；它是一次文化转变，一场通讯革命，或一种社会组织。然而，形容数字现代主义的最直接方式是：它是一种新形式的文本性。"① 这意味着，数字现代文化给我们带来全新的文本形式、文本内容以及文本价值，也带来全新的文化结构、文化行为和文化意义。而就其中的精神气质和审美旨趣来说，在数字现代主义的新文本性中，我们依然可以感受到波德莱尔关于"过渡、短暂、偶然"与"永恒、不变"交织、碰撞的回响——"宁可三日无面包，但决不可三日无诗"，以便借助艺术和审美使"灵魂之力的平衡建立起来"。②

通过以上分析，我们可以从中看到，基于丰富的创新实践，国外关于数字新媒介文艺的研究取得了丰富的理论成果。当然，除此之外，还有多个观察维度，比如，产业发展维度的审美性与消费性、文化图景维度的阐释文化与读图文化、现代性维度的资本逻辑和文化逻辑、价值论维度的艺术观念与艺术信仰等，不一而足。及至当前国外类似的文艺新实践和新理论，我们以上的梳理、阐述显然是挂一漏万，但大致可见一些突出的特征：一是数字文化语境中的文艺实践丰富多样；二是基于数字文化范式的文艺研究成果丰厚，且涉及众多学科，涵盖艺术生产的方方面面；三是无论是实践还是理论，均充分关注互联网强大的革命性力量，强化其在艺术创作生产中的能产性；四是历史、理论、批判、传播、产业等话语形态各有专论，但大多形成交织；五是积极回应互联网时代社会、文化、文艺的发展现实，体现了时代进步、社会进步的新潮流、新趋向。无疑，在交流、互鉴的意义上，国外类似实践和相关理论研究为我国网络文艺的创作生产提供了宝贵经验、为我国网络文艺研究提供了丰富的学术资源和重要的学术参照，但其间也存在一些问题和不足，特别是"中国实践"和"中国经验"的总体缺席。事实上，

---

① 〔英〕阿兰·科比：《数字现代主义导论》，陈后亮译，《国外理论动态》2011 年第 9 期，第 78 页。

② 〔法〕C. 波德莱尔：《波德莱尔美学论文选》，郭宏安译，人民文学出版社，1987，第 213、484 页。

在数字文化范式全球共享的今天，网络文艺的实践和发展具有多样的可能性，而科学的理论理应适用中外，因此，中国实践、中国经验的不在场难免会带来现象评判上的偏差和理论结论上的偏误。当然，这也从另一个侧面促使我们要在学习、借鉴的同时，着力强化国内研究的原创性、主体性：一方面，要增强理论自信，强化数字文化语境中的范式转换意识，提升国内网络文艺研究的整体性、层次性、综合性，推进"中国特色"的网络文艺理论原创；另一方面，要立足中国语境，在运用国外理论来分析和阐释网络文艺实践时，避免出现水土不服乃至"强制阐释"的现象。总的说来，面对传统与现代、中与外、新与旧、先进与落后等交织而成的二元语境，面对数字文化范式中的文艺新实践和新美学，网络文艺的创作生产和创新发展目前如同行进在汇流的中途，而其前行中的艺术辩证法则如同恩格斯所说："一切差异都在中间阶段融合，一切对立都经过中间环节而互相过渡"，"辩证法不知道什么绝对分明的和固定不变的界限，不知道什么无条件的普遍有效的'非此即彼'，它使固定的形而上学的差异互相过渡，除了'非此即彼'，又在适当的地方承认'亦此亦彼'，并且使对立互为中介"。①

---

① 恩格斯：《自然辩证法》，见《马克思恩格斯选集》第 3 卷，人民出版社，1972，第 535 页。

附　　录

Appendix

B.16

网络文艺发展大事记
（2019年8月～2021年9月）

袁　芳　卢诗瑶*

2019年8月9～11日　由北京市委宣传部、中国音像与数字出版协会等主办的第三届中国"网络文学＋"大会在北京举行。本次大会设置有主线活动、开闭幕式、行业活动和互动体验活动四大板块。主线活动为新中国成立70周年献礼，大会会场设立了70年时光长廊展区。大会还首次开设面向C端用户的"IP嘉年华"，以互动体验的方式展示网络文学同相关行业融合发展的最新成果。

2019年9月5日　由中国作协主办的第五届中国网络文学论坛暨首届四川网络文学周在四川成都开幕。会上介绍了"歌唱祖国——全国网络文学优秀作品联展"情况，共有346部作品参展，分为革命历史题材、现实

* 袁芳，中国传媒大学教师，2020级传媒艺术学专业博士研究生；卢诗瑶，中国传媒大学2020级传媒艺术学专业硕士研究生。

题材和其他题材三大类，其中，现实题材作品占比最重达67%。

2019年10月20日 第六届世界互联网大会在浙江乌镇开幕。国家主席习近平致贺信。习近平指出：发展好、运用好、治理好互联网，让互联网更好造福人类，是国际社会的共同责任；各国应顺应时代潮流，勇担发展责任，共迎风险挑战，共同推进网络空间全球治理，努力推动构建网络空间命运共同体。

2019年10月23日 由中国电影家协会、成都市人民政府、中国青年报社主办的首届中国网络电影周在四川成都开幕。为推动网络电影在新时代承担新责任，爱奇艺、腾讯视频、优酷三大网络视听平台向全行业发出联合倡议。

2019年10月25日 为规范网络游戏服务，引导网络游戏企业切实把社会效益放在首位，有效遏制未成年人沉迷网络游戏、过度消费等行为，国家新闻出版署印发《关于防止未成年人沉迷网络游戏的通知》。《通知》从六个方面提出了工作事项和具体安排。

2019年11月4日 以"网聚正能量追梦新时代"为主题的第四届"五个一百"网络正能量精品评选活动最终结果正式对外公布，评选出100名网络正能量榜样、100篇网络正能量文字作品、100部网络正能量动漫音视频作品、100幅网络正能量图片以及100项网络正能量专题活动。

2019年11月6～8日 由中国文联主办、中国文联网络文艺传播中心和云南省文联承办的全国文联"互联网＋文联"工作推进会在云南昆明召开。会议总结交流"互联网＋文联"建设经验，进一步推动全国文联"互联网＋文联"工作深入开展。

2019年12月23日 浙江省作家协会和浙江传媒学院签订战略合作协议，共建网络文学创作与研究基地和网络文学院。我国首家网络文学院——浙江网络文学院在浙江传媒学院正式成立，填补了国内网络文学学历教育的空白。

2019年12月26日 国家版权局、国家互联网信息办公室、工业和信息化部、公安部在京召开"剑网2019"专项行动通气会。2019年5月～11

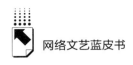

月，各级版权执法部门会同网信、通信、公安等部门，围绕当前互联网版权治理热点难点开展多个领域专项整治，删除侵权盗版链接 110 万条，收缴侵权盗版制品 1075 万件，查处网络侵权盗版案件 450 件，其中，查办刑事案件 160 件、涉案金额 5.24 亿元，不断规范网络版权秩序，为庆祝新中国成立 70 周年营造了良好网络版权环境。

2019 年 12 月 31 日　哔哩哔哩推出"哔哩哔哩晚会·二零一九最美的夜"新年晚会，打破了"卫视独大"的新年晚会举办定式，成为互联网平台的"首个晚会代表"。哔哩哔哩的介入给了用户更丰富的选择，也提供了更契合年轻人个性的娱乐方式。

2019 年 12 月　中国文联网络文艺传播中心研创的《中国网络文艺发展研究报告（2018～2019）》由社会科学文献出版社出版、发行。

2020 年 1 月 1 日　国家互联网信息办公室、文化和旅游部、国家广播电视总局联合发布的《网络音视频信息服务管理规定》正式施行。《规定》及时回应了当前网络音视频信息服务及相关技术发展面临的问题，全面规定了从事网络音视频信息服务应当遵守的管理要求，是我国针对网络音视频信息服务领域的专门管理规定。

2020 年 1 月 3 日　由中央网信办网络评论工作局指导，社会科学文献出版社、南京大学紫金传媒研究院（北京）联合发布《中国网络评论发展报告（2019）》"网络评论蓝皮书"。

2020 年 1 月 13 日　国家广播电视总局设立"重大题材网络影视剧项目库"。广电总局依托项目库加强顶层设计，制定创作规划，指导网络视听行业牢牢把握正确的政治方向、舆论导向和价值取向，倾力打造重大题材网络视听原创精品力作。

2020 年 1 月 16 日　中国传媒大学戏剧影视学院、中国电视艺术交流协会视听传播专业委员会联合主办的 2019 年度网络视听"新力量"榜单推选暨首届"明德治艺"影视艺术创新交流会在京举行。

2020 年 2 月 6 日　国家广播电视总局发布《关于进一步加强电视剧网络剧创作生产管理有关工作的通知》。《通知》提出要加强源头引导，完善拍摄制作备案公示管理；反对内容"注水"，规范集数长度；做好制作成本配置比例情况报备工作。

2020年2月16日起 中国文联、中国文艺志愿者协会、各全国文艺家协会、各省级文联联合各大网络平台，广泛开展"文艺进万家、健康你我他"网络文艺志愿服务行动，以"艺"抗疫、用爱相守，持续通过网络为广大人民群众送上精神食粮。

2020年2月21日 在国家广播电视总局网络视听节目管理司指导下，中国网络视听节目服务协会联合央视网、芒果TV、腾讯视频、优酷、爱奇艺、搜狐、哔哩哔哩、西瓜视频、快手、秒拍等视听节目网站制定并实施《网络综艺节目内容审核标准细则》。旨在提升网络综艺节目内容质量，遏制错误虚假有害内容传播蔓延，建设良好网络生态，营造清朗网络空间。《细则》围绕才艺表演、访谈脱口秀、真人秀、少儿亲子、文艺晚会等网络综艺节目类型，从主创人员选用、出镜人员言行举止，到造型舞美布设、文字语言使用、节目制作包装等不同维度，提出了94条具有较强实操性的标准。

2020年3月18日 在国务院联防联控机制发布会上，文化和旅游部产业发展司表示，疫情期间，以数字内容为核心的数字文旅产业形成了"异军突起""逆势上扬"两个鲜明特点。网络动漫、网络音乐、网络直播、短视频等业态的流量大增，用户规模、日均用户时长节节攀升，相关指标创历史新高。

2020年4月9日 《北京市推进全国文化中心建设中长期规划（2019~2035年）》正式发布，其中，以专条形式提出"推动网络文艺成为北京文化生活新天地"，并对网络文艺在全国文化中心建设中的重要作用、发展路径、目标要求等作出规划部署。

2020年4月10日 国家广播电视总局下发《关于组织参加第32届中国电视剧"飞天奖"评奖工作的通知》，首次将"在全国性重点视频网站首播的电视剧"纳入"评选范围"。

2020年5月1日 第四届全国现实题材网络文学征文大赛公布获奖名

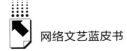
单，聚焦中国工业发展史的《何日请长缨》获特等奖，反映金融业发展的《投行之路》获一等奖，根据疫情期间真实事件改编的《国家战疫》、聚焦医护工作者的《生活挺甜》获特别奖。此次获奖的很多优秀作品都着眼于各行各业的普通人，描绘出一幅幅真实且细腻的社会画卷。该次比赛的参赛作品超过14800部，比上届增长25.4%，参与作者超过13700名，同比增长33%。参与者所在地覆盖了全国所有的省市自治区，来自各行各业。

2020年5月11日 腾讯研究院推出媒体融合语境下短视频应用研究报告，该报告显示，随着视频化的信息传播走向主流，短视频不断改变着传统的新闻报道与生产方式，重塑媒体格局和舆论生态，并逐渐成为媒体融合重要的推动力与竞技场。

2020年5月15日～6月8日 文化和旅游部举办2020年全国舞台艺术优秀剧目网络展演，打造国家级的"云端"艺术盛宴。本次展演是文化和旅游部首次以线上形式开展的全国性展演活动，旨在进一步拓宽全国文艺院团的传播推广渠道，发挥网络对促进文化艺术资源共享的重要作用，推进"互联网＋演艺"平台建设，探索新型文化服务和消费业态的健康发展路径。

2020年5月20日 由新华社联合搜狗公司推出的全球首位3D版AI合成主播"新小微"走进虚拟演播室。这是继全球首位AI合成主播、站立式AI合成主播、AI合成女主播、俄语AI合成主播之后，新华社智能化编辑部联合搜狗公司最新研发的智能化产品。

2020年6月1日 由国家互联网信息办公室、国家发改委等12个部门联合发布的《网络安全审查办法》正式实施。《办法》依据《中华人民共和国国家安全法》《中华人民共和国网络安全法》制定，旨在确保关键信息基础设施供应链安全，维护国家安全。

2020年6月5日 国家新闻出版署印发《关于进一步加强网络文学出版管理的通知》，要求规范网络文学行业秩序，加强网络文学出版管理，引导网络文学出版单位始终坚持正确出版导向，坚持把社会效益放在首位，坚持高质量发展，努力以精品奉献人民，推动网络文学繁荣健康发展。

2020 年 6 月 6 日 针对网民反映强烈的网络直播"打赏"严重冲击主流价值观等行业突出问题，国家网信办、全国"扫黄打非"办会同最高人民法院、工业和信息化部、公安部、文化和旅游部、市场监管总局、广播电视总局等 8 部门启动为期半年的网络直播行业专项整治和规范管理行动。

2020 年 9 月 26 日 中共中央办公厅、国务院办公厅印发《关于加快推进媒体深度融合发展的意见》。《意见》从重要意义、目标任务、工作原则三个方面明确了媒体深度融合发展的总体要求，要求尽快建成一批具有强大影响力和竞争力的新型主流媒体，逐步构建网上网下一体、内宣外宣联动的主流舆论格局，建立以内容建设为根本、先进技术为支撑、创新管理为保障的全媒体传播体系。

2020 年 9 月 27 日 以"变局中开新局：中国网络媒体的责任和使命"为主题的 2020 中国网络媒体论坛在上海开幕。本次论坛围绕加快推进媒体深度融合发展等重大主题开展研讨，对网络媒体抗击新冠肺炎疫情等重大报道进行盘点，深入探讨"在危机中育新机、于变局中开新局"背景下网络媒体的责任和使命。

2020 年 10 月 12 ～ 14 日 第三届数字中国建设峰会在福州召开。本届峰会以"创新驱动数字化转型，智能引领高质量发展"为主题，有力推动数字产业化、产业数字化。

2020 年 10 月 22 日 由中国文联文艺评论中心、中国文艺评论家协会、中国文联网络文艺传播中心主办的第二届网络文艺评论优选汇活动启动仪式暨"新时代网络文艺评论的凝聚力影响力"研讨会在北京举行。

2020 年 10 月 29 日 十九届五中全会审议通过《中共中央关于制定国民经济和社会发展第十四个五年规划和二〇三五年远景目标的建议》明确提出要"加强网络文明建设，发展积极健康的网络文化"。

2020 年 11 月 11 日 "第二届中国网络电影周"启动仪式在成都市大邑县安仁古镇举行。本届网络电影周以"未来之约"为主题，旨在促进传统电影与网络电影的创新融合，深度挖掘优秀网络电影人才，为中国电影事业发展注入新的活力。

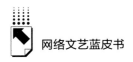

2020 年 11 月 23 日 世界互联网大会·互联网发展论坛在浙江乌镇开幕。国家主席习近平向论坛致贺信。习近平强调，中国愿同世界各国一道，把握信息革命历史机遇，培育创新发展新动能，开创数字合作新局面，打造网络安全新格局，构建网络空间命运共同体，携手创造人类更加美好的未来。

2020 年 12 月 10 日 由中国版权协会主办的 2020 年中国版权年会在珠海举行。大会首次公布了 2020 年度最具版权价值网络文学排行榜。

2021 年 1 月 中共中央党史和文献研究院编辑的《习近平关于网络强国论述摘编》一书，由中央文献出版社出版，在全国发行。《论述摘编》分 9 个专题，共计 285 段论述，摘自习近平同志 2013 年 3 月 4 日至 2020 年 11 月 23 日期间的讲话、报告、演讲、指示、批示、贺信等一百篇重要文献。

2021 年 2 月 6 ~ 18 日 2021 年牛年春节之际，由中国曲艺家协会、国际说唱艺术联盟主办，埃及中国文化交流协会、爱尔兰中国文化旅游协会（爱尔兰新岛传媒）等协办的"四海同乐庆新春"——首届中华曲艺网络春节联欢会，在埃及、爱尔兰、巴拿马、巴西、秘鲁、博茨瓦纳、波兰、法国、德国、意大利、卢森堡、美国、西班牙等国家上线。"四海同乐庆新春"——中华曲艺网络春节联欢会是中国曲艺家协会专为海外华人朋友打造的庆新春曲艺网络春节展演，今后将在每年春节期间以线上展播的方式与海外华人见面。

2021 年 3 月 1 日 《网络信息内容生态治理规定》正式施行。《规定》旨在营造良好网络生态，保障公民、法人和其他组织的合法权益，维护国家安全和公共利益。《规定》全文八章四十二条，坚持系统治理、依法治理、综合治理、源头治理，系统规定了网络信息内容生态治理的根本宗旨、责任主体、治理对象、基本目标、行为规范和法律责任，为依法治网、依法办网、依法上网提供了明确可操作的制度遵循。《规定》是我国网络信息内容生态治理法治领域具有全球首创意义的一项里程碑。

2021 年 3 月 13 日 十三届全国人大四次会议通过《中华人民共和国国民经济和社会发展第十四个五年规划和 2035 年远景目标纲要》。《规划纲要》在"社会主义文化繁荣发展工程"中将"网络文艺创作传播"列入"文艺精品创作"重大项目。

2021年4月8日 中国作协召开的2021年全国网络文学工作会议在武汉召开。研究如何加强网络文学引导，探索网络文学工作机制，做好网络文学作家的团结服务工作，助力网络作家创作出更多正能量的现实题材作品。

2021年5月31日 中共中央政治局就加强我国国际传播能力建设进行第三十次集体学习。中共中央总书记习近平在主持学习时强调：讲好中国故事，传播好中国声音，展示真实、立体、全面的中国，是加强我国国际传播能力建设的重要任务；要深刻认识新形势下加强和改进国际传播工作的重要性和必要性，下大气力加强国际传播能力建设，形成同我国综合国力和国际地位相匹配的国际话语权，为我国改革发展稳定营造有利外部舆论环境，为推动构建人类命运共同体作出积极贡献。

2021年6月1日 十三届全国人大常委会第二十二次会议表决通过的《未成年人保护法》（修订）正式施行，该法增设"网络保护"专章，对近年来社会各界高度关注的未成年人网络保护问题作出专门规定。

2021年6月3日 第九届中国网络视听大会在成都开幕。大会由中央网信办指导、国家广播电视总局和四川省人民政府共同主办，以"奋进视听新征程"为主题，共同探讨新形势下网络视听持续健康发展的方法路径。围绕庆祝中国共产党成立100周年，开展45场活动，包括论坛、展览、发布会、盛典、展映、大赛、产业推介、投融资路演、公益直播、文创市集等，还首次举办科技体验展，首次策划文创市集活动，首次推动大会进校园、进商圈、进园区，首次引入国际传播内容板块。

2021年6月8日 2021年上海国际电影电视节互联网影视峰会举行主旨论坛。论坛上，《中国视听新媒体发展报告（2021）》《2020网络原创节目发展分析报告》《中国网络视频精品研究报告（2021）》三份重磅报告正式发布。这三份权威报告打出的"组合拳"，以深度解读、趋势发布的方式，连续第四年夯实互联网影视峰会的"风向标"作用。

2021年6月17日 在由中国文艺评论家协会、中国文联文艺评论中

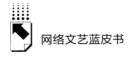
心、四川省文联主办的"文艺评论两新"锦江论坛上，中国文艺评论家协会新文艺群体评论工作者委员会成立。

2021年6月25日 由中央网信办主办，中央网信办网络传播局、中国互联网发展基金会、央视网承办的中国正能量2021"五个一百"网络精品征集评选展播活动正式启动。此次评选活动以"奋斗的人民 奋进的中国"为主题，聚焦庆祝中国共产党成立100周年、脱贫攻坚、抗疫成果、全面建成小康社会等，征集评选展播百名网络正能量榜样、百篇网络正能量文字、百幅网络正能量图片、百部网络正能量动漫音视频作品和百项网络正能量专题活动。

2021年6月 中共中央网络安全和信息化委员会办公室在全国范围内启动并开展为期2个月的"清朗·'饭圈'乱象整治"专项行动。此次专项行动针对网上"饭圈"突出问题，重点围绕明星榜单、热门话题、粉丝社群、互动评论等重点环节，全面清理"饭圈"粉丝互撕谩骂、拉踩引战、挑动对立、侮辱诽谤、造谣攻击、恶意营销等各类有害信息，重点打击5类"饭圈"乱象行为：一是诱导未成年人应援集资、高额消费、投票打榜等行为；二是"饭圈"粉丝互撕谩骂、拉踩引战、造谣攻击、人肉搜索、侵犯隐私等行为；三是鼓动"饭圈"粉丝攀比炫富、奢靡享乐等行为；四是以号召粉丝、雇用网络水军、"养号"形式刷量控评等行为；五是通过"蹭热点"、制造话题等形式干扰舆论，影响传播秩序行为。

2021年7月24日 国家市场监督管理总局依法对腾讯控股有限公司作出责令解除网络音乐独家版权等处罚。2021年1月，市场监管总局根据举报，对腾讯控股有限公司（以下简称腾讯）2016年7月收购中国音乐集团股权涉嫌违法实施经营者集中行为立案调查。根据《反垄断法》第48条、《经营者集中审查暂行规定》第57条规定，按照发展和规范并重的原则，市场监管总局依法作出行政处罚决定，责令腾讯及关联公司采取30日内解除独家音乐版权、停止高额预付金等版权费用支付方式、无正当理由不得要求上游版权方给予其优于竞争对手的条件等恢复市场竞争状态的措施。腾讯三年内每年向市场监管总局报告履行义务情况，市场监管总局将依法严格监督其执行情况。8月31日，腾讯控股与腾讯音乐娱乐集团发布了《关于放弃音乐版权独家授权权利的声明》。

2021年8月25日 中共中央网络安全和信息化委员会办公室发布《关于进一步加强"饭圈"乱象治理的通知》。通知要求：①取消所有涉明星艺人个人或组合的排行榜单，严禁新增或变相上线个人榜单及相关产品或功能；②优化调整排行规则，不得设置诱导粉丝打榜的相关功能等；③严管明星经纪公司，强化其对粉丝群体的引导责任；④规范粉丝群体账号；⑤严禁呈现互撕信息；⑥清理违规群组板块，阻断对粉丝群体产生不良诱导甚至鼓励滋事的渠道；⑦不得诱导粉丝消费；⑧强化节目设置管理；⑨严控未成年人参与，严禁未成年人打榜、应援消费等；⑩规范应援集资行为。

2021年8月30日 中华人民共和国文化和旅游部印发《网络表演经纪机构管理办法》，加强对经纪机构的管理，约束表演者行为，坚持正确的价值导向，治理娱乐圈乱象。《办法》明确规定网络表演经纪机构不得以虚假消费、带头打赏等方式诱导用户消费，不得以打赏排名、虚假宣传等方式炒作网络表演者收入。网络表演经纪机构应当加强对签约网络表演者的约束，不得以语言刺激、不合理特殊对待、承诺返利等方式诱导用户消费。

2021年8月30日 国家新闻出版署下发《关于进一步严格管理切实防止未成年人沉迷网络游戏的通知》。通知要求：严格限制向未成年人提供网络游戏服务的时间，所有网络游戏企业仅可在周五、周六、周日和法定节假日每日20时至21时向未成年人提供1小时服务，其他时间均不得以任何形式向未成年人提供网络游戏服务；严格落实网络游戏用户账号实名注册和登录要求，不得以任何形式向未实名注册和登录的用户提供游戏服务；各级出版管理部门要加强对防止未成年人沉迷网络游戏有关措施落实情况的监督检查，对未严格落实的网络游戏企业，依法依规严肃处理；要积极引导家庭、学校等社会各方面共管共治，依法履行未成年人监护责任，为未成年人健康成长营造良好环境。

2021年9月 针对流量至上、"饭圈"乱象、违法失德等文娱领域出现的问题，中共中央宣传部印发《关于开展文娱领域综合治理工作的通知》。

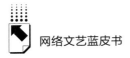

要求：①规范市场秩序，抵制天价片酬，严厉查处偷逃税行为；②压实平台责任，查处一批牟取不当利益的营销号，打击各种形式的流量造假行为；③严格内容监管，严禁选用未成年人参加选秀类节目；④进一步强化行业管理，加大对违法失德艺人的惩处，禁止劣迹艺人转移阵地复出；⑤加强教育培训，禁止义务教育阶段未成年人参加偶像团组和线下应援活动；⑥完善制度保障，研究制定粉丝社群管理、经纪公司管理、直播管理、演艺明星金融产品和游戏产品代言管理等监管规则；⑦加强舆论宣传，发挥文艺批评作用，引导正确审美；⑧强化组织领导，将文娱领域综合治理工作纳入意识形态工作责任制、列入重要议事日程。

2021 年 9 月 中共中央办公厅、国务院办公厅印发了《关于加强网络文明建设的意见》。《意见》包括总体要求、加强网络空间思想引领、加强网络空间文化培育、加强网络空间道德建设、加强网络空间行为规范、加强网络空间生态治理、加强网络空间文明创建、组织实施八个部分。

2021 年 9 月 26 日 国家主席习近平向 2021 年世界互联网大会乌镇峰会致贺信。习近平强调，中国愿同世界各国一道，共同担起为人类谋进步的历史责任，激发数字经济活力，增强数字政府效能，优化数字社会环境，构建数字合作格局，筑牢数字安全屏障，让数字文明造福各国人民，推动构建人类命运共同体。

Abstract

In the social and cultural context of contemporary China, with the development of technology, media, industry, the concepts, practices, types, and forms of arts have taken profound changes. Meanwhile, profound changes have taken place in artistic and aesthetic activities. As a significant sign and an important product of this 'transformation', network arts were born and prospered from the "network", It has played an active role in reflecting the time of our lives, satisfying the diverse and personalized arts, aesthetics need of the people as well as promoting the prosperous development of socialist culture. So far, network arts have become an important part of contemporary Chinese arts, and a new force in the development of socialist arts and socialist culture.

2020 – 2021 is the transition period between the 13th Five-Year Plan and the 14th Five-Year Plan, during which many important events have occurred. In the social and cultural background of the new era, the new historical, cultural, and artistic directions have provided the proper condition for network arts' creation and production, shaped the characteristic and guided the development direction of network arts.

With the flourishing artistic practice, network arts show the general principle of diversified innovation in inheritance and steady development in adjustment, through its diverse forms, distinctive features, and remarkable achievement. In summary, in terms of user scale and utilization rate, the typical forms of network arts have a huge number of users and strong energy, which are not only a powerful driving force for development, but also an active and dynamic factor that promotes China to become a major country of network arts production. In artistic creation, network arts are rich in themes and types, of which the number is numerous and steadily increasing. The creation of realism artistic works is outstanding, and a number of great pieces have emerged. The features of the 'young style' have become increasingly distinctive. At the same time, compared with traditional arts, the mode of artistic production in network arts has undergone further changes, the aesthetic characteristic has been further demonstrated, and its driving, dissemination and even leading role has been further enhanced. In terms of arts dissemination, video platforms have continued to make efforts to further increase innovation and exploration in various aspects. 'The linkage of Television and Network' has become normal, the "dual pattern" of domestic and overseas dissemination has been formed, which achieves good dissemination effects and development accomplishment. In terms of industrial development, all kinds of platforms and media and culture companies at all levels, as well as diverse social capital have paid close attention to network arts industry. IP adaptation and development of the whole industry chain are becoming more and more abundant and mature. The business models, profit pattern, management methods, etc., gradually improved in exploration, developed in reacting. Social benefits and economic returns, public sector in arts field and arts industry complement each other. In the application of new technologies, with the development of big data, cloud computing, artificial intelligence, blockchain, 5G communications, etc., technology empowers to bring new arts forms, patterns, innovative development and rebuilding of business formats in the Internet era. The level of digitalization, networking, and intelligence of network arts has been further improved. In terms of online culture environment, comprehensive governance has become more powerful and effective, creating a good atmosphere for the healthy and orderly development of network arts. At the same time, network arts consciously strengthen the awareness of social responsibility and make positive contributions to create clean cyberspace, cultivating and promoting positive online culture. In terms of new literary and artistic organizations and groups, with the increasing artistic creativity and social influence, various subjects and social forces have joined the development of network arts and gathered to become abundant human, intellectual, artistic and innovation resources. Besides, new literary and artistic organizations and groups consciously strengthened social responsibility, creating new ground of construction and development, strongly promoted the creation and production of network arts to show a new aspect as well as present a fresh look.

As a new thing, there are still some problems and shortcomings in the rapid development of network arts, However, on the whole, in the historical trend of times development and social progress, network arts gain a prosperous future and profound aesthetic modernity significance with abundant practice, in-depth potential and prosperous future. In particular, in the diachronic comparison with traditional arts, and the synchronic reference of similar foreign practices, network arts gradually forms its distinct artistic features and aesthetic characteristic from its existing form, artistic production method, text form, aesthetic experience, arts dissemination, industrial development, and the logic of digital modernity culture, etc. It is foreseeable that under the combined effect of multiple elements and their forces, through rich and diverse artistic practices, especially through high-quality creation and production that follows the principle of arts, market, and dissemination, Chinese network arts will further actively adapt to the development of the times' requirements, proactively comply with the new changes, new characteristic, and new trends of media, technological, and artistic development, achieve characteristic development and innovative development through the increasingly close mutual reference, mutual penetration, and mutual influence, and finally play a unique role in artistic and aesthetic activities within the process that Internet transfers from "maximum variable" to "maximum increment".

Keywords: Network Arts; Creation and Production; Technology Empowerment; Subject Responsibility; International Perspective

Contents

I   General Report

Abstract: Based on its abundant practical experience and achievements in the
past, network arts has been actively adapting to new situations, new tasks and new
requirements. Today it further follows the laws of arts, strengthens the laws of
broadcasting, adapts to the laws of industrial development, and reflects the new
development and new mission formed by the times development and social
progress. Furthermore, it presents many new characteristic and new styles in terms
of development foundation, spirit of the times, shouldering the responsibilities,
innovative integration, new technology application, public sector and industry,
new productivity development and cyberspace governance. In general, network
arts have improved in the adjustment and developed in the innovation.
Specifically, the arts and technology complement each other, public sector and
industry advance side by side, and network arts effectively fulfills the diverse and
personalized aesthetic needs of the people with a rich variety of artistic works, fully
demonstrates the vigorous of new things and the vitality of new arts forms. Among
them, creative production actively reflects the development of the times and social
changes, the scale of netizens increases further, themes and genres are rich and

diverse, genre-based production develops to a deep level, IP development is diversified and refined, the awareness of the quality first enhances increasingly. Apart from these, the industry keeps a fast development trend, new forms and new business patterns emerge continuously, and arts overseas dissemination continues to promote, which shows the general principle of steady and innovative development. In the ample practice and innovative development, depending on the routes of development indicated by those constantly renewed forces, network arts present many new development trends. It mainly includes high-quality production for promoting the quality of growth, the accelerating evolution of literature and arts forms from 'digital' to 'digital-intelligent'. Meanwhile, mobile, video, social and interactive forms is becoming increasingly obvious; the innovative integration of traditional arts and network arts are developing to a deeper level; the development of characteristic and innovation has been highlighted in Sino-foreign exchanges and mutual learning; the identity and status of culture and arts have gradually become the mainstream; the responsibility has been further strengthened in the construction of a strong country in culture; and the capacity construction of the international dissemination has been vigorously promoted in the exercise of advantages.

Keywords: Network Arts; Creation and Production; Development Characteristics; Artistic Innovation; Development Trend

Ⅱ Typical Forms

B.2 Development Status of Network Literature　　*Yu Jianxiang* / 029

Abstract: In the coexistence of challenges and opportunities, network literature has been explored and developed in depth. In terms of creation, stylization of network arts has further developed, and excellent works of realism themes frequently were created; under the guidance of 'content is the foremost', mainstreaming trend is distinct, and the excellent works accelerates the 'breaking the circle' and improvement of network literature. Government regulation and

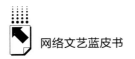

guidance are both implemented simultaneously and the industry ecology is gradually optimized. In the dissemination of network literature, the popularity of fans economy continues; network literature's overseas dissemination flourishes; and the industrial chain is restructured in an orderly manner. In terms of industrial development, leading network literature companies have increased their investment and cooperation modes. Big Internet companies use IP as their leverage to lever the hundreds of billions of dollars market in the 'pan'-entertainment and cultural sector. In the new situation of fierce competition and slowing growth, the upgrading trend of network literature industry is prominent. In the process of development, a series of phenomena indicate that network literature is the key point of transformation and upgrading, all parts are used to collaborate and innovate in the transformation of network literature, a new ecological picture of network literature is drawn.

Keywords: Network Literature; Realism Theme Works; Fan Economy; Network Literature Overseas Dissemination; Mainstreaming

B.3 Development Status of Network Drama *Li Shengli* / 047

Abstract: Since 2020, network dramas have continued to be active in creation, dissemination and industry. Value guidance, audio-visual experience, production standards, and scenario applications have further improved. A great number of excellent works have emerged, showing the general principle of steady progressing and new features of innovative development. In terms of creation, the quantity and quality of works have developed in a coordinated way. The themes and genres are rich and varied. The artistic quality has been further improved, and the network dramas and TV dramas have been blended and interpenetrated. In terms of dissemination, 'Theaterization' scheduling has become an important form. The short video platform's entry into the network drama dissemination has brought new changes. The average episode viewing counts and comprehensive index rankings prominently reflect the status of network dramas in terms of themes, genres, people's aesthetic tastes and favorites. In terms of industrial development, network dramas present new features in the aspect of users, content production, business models, and profit brought by platform. With the deepening & expanding of the practice, the creation and production of network dramas continue to rapidly develop. Among them, high-quality production and specialized production has become the foremost principle. The trend of linkage of Television and Network and network priority broadcasting is obvious. The importance of the high-quality content, user payment is further highlighted. The long video platform services and short video platform services are mutually penetrated and integratedly developed. These tendencies and trends indicate many possibilities for the innovative development of network drama.

Keywords: Network Drama; Type of Subject; Theatricalization; High-quality Production; Integrated Development

B.4   Development Status of Network Variety Show
Zheng Xiangrong, *Wang Haoyang* / 069

Abstract: Among the rich and diverse network content, network variety shows have become one of the most popular network content categories, especially among young people, due to their entertaining, brisk characteristic. Since 2020, network variety show has seen a significant improvement in the quality of programs. The highlighted head effect drives the 'high-quality' production, the content upgrade stimulates the new impetus, the platform competition and cooperation strengthen the differentiation and characteristic of the development. With the steady improvement of program quality, artistic style and cultural connotation, effective dissemination and acceptance have both expanded the influence of network variety shows and promoted social benefit and economic benefit. In terms of industrial development, based on the previous basis, network variety shows are presenting new features in terms of 'content matrix' construction, comprehensive marketing, business model innovation, and

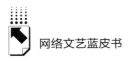
interaction of culture industry. In terms of development trends, the innovative impetus derived from a rich variety of practices has made network variety shows to further break new ground, which includes standardization enhancing quality, more abundant program forms and formats, artistic innovation to build a new ecology for development, as well as making full use of existing resources and planning additional resources to promote industrial development. As an important part of network arts, the network variety show has presented new progressing style in the new stage of development.

Keywords: Network Variety Show; Stabilize Quantity and Increase Quality; Platform Competition and Cooperation; Content Matrix; Standardization

B. 5 Development Status of Network Movie *Liu Hui* / 086

Abstract: In the general environment of 'stabilizing quantity and improving quality', network movies have further developed rapidly in aspects of creation, dissemination and industrial development. In terms of creation, the number of works has increased slightly, and the effect of 'stabilizing quantity and improving quality' is remarkable; the centralization of genres is in the high level, and the differentiated creation of major platforms is distinctive; basing on life and reflecting the times, the creation of realism theme works is flourishing; relative policies guide the transformation, and standardization promotes high-quality development. In terms of dissemination, broadcasting form presents new change, the valid viewing counts of films increases significantly, network movies become the main type of users' willingness to pay, and the network cinema chain started emerging with the number of network movies breaking 10 million RMB and the record high on the accounts setting of the box office. In terms of industrial development, the competition between leading platforms has been fierce, production costs have increased significantly, IP content development and operation are distinctive and effective, and various parts of the industry chain are operating interactively. In terms of development trends, 'stabilizing quantity and improving quality' has become the main theme of the network movie development, and 'high-quality' production has become the key factor; upholding their own features and achieving innovative development, the competition and cooperation in the field of long videos and short videos has intensified; traditional advantages are further brought into play, and new forces have broad prospects. The integration of network movie and theatrical movie is accelerating, which indicate the development trend of gathering new consensus and stabilizing new characteristic in the dialectical interaction.

Keywords: Network Movie; Stabilizing Quantity and Improving Quality; Paid Users; IP Operation; Integrated Development

B.6　Development Status of Network Documentaries

Zhang Mingchao / 113

Abstract: Since 2020, network documentaries have developed by leaps and bounds, with a surge in quantity and steady improvement in quality. In general, network documentaries with realism as their main features have shown vigorous vitality and good development prospects. In terms of creation, network documentaries are abundant and diverse in themes and genres, and a large number of excellent works reflect life and record the times with diverse expressions and vivid audio-visual language; in terms of artistic dissemination, the trend of independence and mainstreaming is obvious, and audience interest and mainstream guidance develop side by side, and a great number of works have entered into the vision of international mainstream media. In terms of industry development, big video websites have become the main platform for the production and dissemination of network documentaries, and there are various ways of cooperation in the creation and production. Under the comprehensive effect of technology, media, arts, policy, market, users and other factors, the creation and production of network documentaries have shown new development trends: first of all, the production of works with high-quality development as the theme. Moreover, the

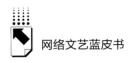
aesthetic with youthfulness to guide the style and value trend. Last but not least, brand promotion to accelerate the realization of the value of the platform and promote industrial development.

Keywords： Network Documentary； Chinese Main Stream Documentary； Humanity Documentary； Documentary Overseas Dissemination

B. 7　Development Status of Network Music　　　*Zhu Xingchen* / 131

Abstract： Since 2020, network music industry has further prospered. In terms of creation, laws and regulations promote the continuous improvement of network music copyright ecology, fans help 'breaking the circle' of minor music, diverse content linkage creates new interactive best-selling works, 'visualization' presents a fresh look. In terms of dissemination, the social responsibility of network music has been further strengthened, network variety shows have injected new impetus into network music dissemination, the rise of new music channels promote the development of diverse aesthetic styles, and music communities have presented the new aspect. In terms of industry development, the habit of user paying for content has been formed, the main role of the platform is significant, the adjustment of the industry structure has accelerated, online music performances are normalized, and the globalization layout has begun to take shape. In terms of development trends, the major platforms further strengthen the 'original' support, 'music plus short video' to promote the innovative development of network music, the Internet of things may become a new track for the progressing of network music. The implementation of the new law will certainly create a new ground for music copyright protection and better promote the rapid development of the network music industry.

Keywords： Network Music； Music Theatricalization； Music Copyright； The Original Music

Contents

B.8　Development Status of Network Animation & Comic

Pan Jian, Zhao Nicong / 148

Abstract: Compared with the past, as an organic component of network arts and an important category of contemporary animation & comic, network animation & comic has made obvious progress in terms of creation, dissemination and industrial development: the number of works is steadily increasing, the genre production is 'broad and concentrated', the creation of 'National Comic' has advanced, the features of 'Chinese Animation' are distinctive, and artistic quality is further improved, the number of 'Pan' -Two Dimensional users is at a record high, and response from these users is good, the influence at domestic and abroad is expanding, and the industrial production value is growing. What is even more valuable is that we have made a step forward in rebuilding the 'Chinese Animation School' or creating a 'New Chinese Animation School'. However, there are also some problems in the development, for example, under the influence of the general environment formed by many factors, the genre of works is too concentrated, the theme and style are relatively single, the aesthetic characteristic of network animation & comic has not been fully emerged, and the investment and financing of animation production is shrinking, etc., However, based on the realistic practice and focus on future development, as a vibrant and creative arts form, the relationship between 'animation' and 'comic' in the creation and production of network animation & comic is getting closer and closer. Besides, in the growing blend and interpenetration with film & television animation as well as paper comic, 'animation' and 'comic' are gradually becoming the mainstream style. The 'new Chinese animation school' will also go global through network animation, which shows its profound potential and diverse development possibilities.

Keywords: Network Animation & Comic; Chinese Animation; Drainage Mode; Two-dimensional Animation; New China Animation School

B . 9   Development Status of Online Game   *Liu Mengfei* / 164

Abstract: Since 2020, the development of online games has been in good state. In terms of creation, online games pay attention to the selection of themes, the industry threshold is gradually raised, new highly popular mobile games emerge frequently. In terms of dissemination, the changes in the age and gender structure of players have brought new impacts, production and dissemination have been further standardized, and games 'overseas dissemination' is impressive. In terms of industrial development, from the dimension of R&D and production, games developed independently by domestic developers are still the main force of the game industry; from the perspective of industrial structure, the production value of mobile games is still considerable; from the dimension of international comparison, China's game industry has become an important and indispensable part in the global game market. In terms of development trend, the concept of 'cloud game' has been gradually carried out, the form of convergence media has been highlighted, and game and game platform as creative tools and entrance to the Metaverse have released new potentials. The aesthetic characteristic of online games, such as 'interactivity', 'sociality' and 'social-historical', are further manifested.

Keywords: Online Games; Game Type; Games to Go Abroad; Self-developed Games

Ⅲ   Technology Empowerment

**B . 10   New Technological Developments and Digital
         Intelligence Empowerment**   *Zhao Lijin* / 182

Abstract: Artificial intelligence, 5G communication technology, big data, VR/AR and other new generation technologies have become the driving force for the development of network arts, and have formed a new technical context for the intelligent innovation in network arts. In the strategic layout of 'AI Plus Entertainment', intelligent technologies are gradually implemented to reshape the ecology of network arts, empower the content innovation and improve the operation efficiency of the industry; the platform's R&D, innovation and large-scale application of technologies enhance the industrialization level of the platform and comprehensively empower the development of network arts. With the commercial implementation of 5G technology, its large broadband, high speed, low latency, large capacity, wide connectivity and other characteristic promote the further development of large video, open up new prospects for the development of cloud games, and empower and promote the innovative development of a variety of Internet entertainment forms. From the perspective of development trends, with the in-depth and comprehensive empowerment of the technology and digital intelligence to network arts, it is necessary to adhere to the principles of 'people-centered' and 'technology for good' to better promote the prosperous development of network arts production in the face of technology-driven artistic innovation and reconfiguration of social survival and human emotions.

Keywords: Technology Development; Digital Intelligence Empowerment; AI + Culture and Entertainment; 5G + Culture and Entertainment; People-Centric

B.11　New Technology Applications and "Pan" – Network
　　　　Arts Development　　　　　　　　　　　　*Fu Lizhuo* / 205

Abstract: Since 2020, "pan" – network arts, represented by artistic short videos, live streaming and network audio, have further developed rapidly, which has become a vibrant and creative new growth point in network arts. The overall scale of 'pan' -network arts grows continuously, the creation and production are flourished, the industry pattern changes in a steady state, and the industrial chain has improved rapidly, which is becoming a new art form that people enjoy. 'pan' -network arts have further accelerated the mainstreaming process, deepened interoperability and integration with other fields and other arts forms, and given rise to new forms such as micro-short dramas, slow live streaming and audio variety show. The industry as a whole has developed positively, which provides people

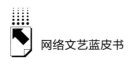
with a rich and diverse range of the pabulum.

Keywords："Pan" －Network Arts；Artistic Short Videos；Live Streaming；Network Audio，

Ⅳ　Subject Responsibility

B.12　Development Status of New Literary and Artistic
　　　　Organizations and Groups　　　*Bao Nan* / 237

Abstract：Along with the in-depth development of the cultural system reform and new literature and arts patterns，new literary and artistic organizations and groups have gradually grown and expanded，which reflects the features such as the large scale，strong influence，proximity to the market and continuous innovation．Confronted with many important and significant events in the social development since 2020，new literary and artistic organizations and groups have stood together with the times，identifies more with mainstream values in their state of mind and work，takes more social responsibilities and cultural missions，and further fully leverages，utilizes and releases the multiplier power of the Internet for powerfully and effectively promoting the prosperous development of creative production．At the same time，in response to the development of new literary and artistic organizations and groups，competent departments，local governments and industry organizations have taken the initiative to extend their arms and actively expand their work，and have done a great deal of fruitful work to unite，guide and serve them in terms of enhancing their sense of belonging and cohesion．It creates a good ecology，strengthens their leadership and guidance，and improves the quality of their services，so as to promote the arts and culture．New literary and artistic organizations and groups have become a living force for the prosperity of socialist arts．

Keywords：New Literary and Artistic Organizations；New Literary and Artistic Groups；Effective Strength of Socialist Arts

Abstract: With the further rapid development of network arts, the social responsibility awareness of the majority of network artists, platforms and enterprises has been significantly enhanced, which mainly contains four aspects: first, to deliver positive energy and lead a new trend with excellent works, laying a solid foundation for network arts to fulfill their social responsibility; second, to focus on the main theme of the new era, create mighty force to keep going, and give full play to aesthetic value of literature & arts and social function with the characteristic and advantages of Internet; third, by strengthening the technological innovation, cultivating the new business model and new pattern, promoting the optimization and upgrading of the industry, and strongly and effectively promoting economic and social development; fourth, by applying a combination of measures and building together, it shall not only promote the healthy development of network arts, but also play an important role in promoting the creation of a clean cyberspace. As we enter a new stage of development, network arts should further strengthen the social responsibility, effectively put social benefit in the first place, and promote the unification of social benefit and economic benefit.

Keywords: Network Arts; Social Responsibility; Social Benefits; Network Governance

V　International Perspective

Abstract: Since 2020, network arts have steadily advanced in terms of overseas dissemination while continuously improving their quality and expanding their domestic influence. Among them, network literature, network animation & comic, online games, network drama, network variety show, network documentaries, artistic short videos and other forms all have outstanding and good

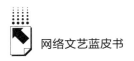
performance. In the development process of continuing improvement, network arts overseas dissemination activities have shown the significant features such as increasingly diversified dissemination subjects, expanding dissemination scope, increasingly ample dissemination content and forms, and enhancing dissemination effects. Under the new historical situation, network arts overseas dissemination will further base on Chinese culture, optimize international expression; make efforts to improve artistic quality and enhance independent innovation; Strengthen cooperation and promote practical effects of overseas dissemination, vividly present a true, multilevel and comprehensive image of China.

Keywords: Network Arts; Overseas Dissemination; International Expression; Literature and Arts Exchanges and Mutual Learning

B.15　Development Status of Analogous Literary and Artistic
Practical and Theoretical Research Abroad

Peng Wenxiang / 289

Abstract: In today's era when digital cultural paradigms are shared internationally, similar literary and artistic practice abroad also show a rich variety and flourishing development, just as China's network arts are flourishing and in full swing. Compared with the creation and production of China's network arts, similar literary and artistic practices abroad differ significantly in terms of expression, artistic forms, narrative characteristic, aesthetic characteristic, stylistic feature, aesthetic interests, and value functions, and present the distinctive avant-garde, pioneering, innovative, reflective, and decentered characteristic, which opens up new horizons for diversified and innovative development of arts, and shows the new style and potential of the digital new media arts. At the same time, based on the rich and diverse practices of the digital new media arts, relevant arts theories and aesthetic research have yielded fruitful and innovative results, which has valuable inspirations and reference values.

Keywords: Network Arts; New Digital Media Literature and Arts; Practice of Literary and Art; Literary and Art Theory; Innovative Development

VI Appendix

社会科学文献出版社

皮 书

智库报告的主要形式
同一主题智库报告的聚合

❖ 皮书定义 ❖

皮书是对中国与世界发展状况和热点问题进行年度监测，以专业的角度、专家的视野和实证研究方法，针对某一领域或区域现状与发展态势展开分析和预测，具备前沿性、原创性、实证性、连续性、时效性等特点的公开出版物，由一系列权威研究报告组成。

❖ 皮书作者 ❖

皮书系列报告作者以国内外一流研究机构、知名高校等重点智库的研究人员为主，多为相关领域一流专家学者，他们的观点代表了当下学界对中国与世界的现实和未来最高水平的解读与分析。截至2021年，皮书研创机构有近千家，报告作者累计超过7万人。

❖ 皮书荣誉 ❖

皮书系列已成为社会科学文献出版社的著名图书品牌和中国社会科学院的知名学术品牌。2016年皮书系列正式列入"十三五"国家重点出版规划项目；2013~2021年，重点皮书列入中国社会科学院承担的国家哲学社会科学创新工程项目。

权威报告·一手数据·特色资源

皮书数据库
ANNUAL REPORT(YEARBOOK)
DATABASE

分析解读当下中国发展变迁的高端智库平台

所获荣誉

- 2019年，入围国家新闻出版署数字出版精品遴选推荐计划项目
- 2016年，入选"'十三五'国家重点电子出版物出版规划骨干工程"
- 2015年，荣获"搜索中国正能量 点赞2015""创新中国科技创新奖"
- 2013年，荣获"中国出版政府奖·网络出版物奖"提名奖
- 连续多年荣获中国数字出版博览会"数字出版·优秀品牌"奖

成为会员

通过网址www.pishu.com.cn访问皮书数据库网站或下载皮书数据库APP，进行手机号码验证或邮箱验证即可成为皮书数据库会员。

会员福利

- 已注册用户购书后可免费获赠100元皮书数据库充值卡。刮开充值卡涂层获取充值密码，登录并进入"会员中心"—"在线充值"—"充值卡充值"，充值成功即可购买和查看数据库内容。
- 会员福利最终解释权归社会科学文献出版社所有。

数据库服务热线：400-008-6695
数据库服务QQ：2475522410
数据库服务邮箱：database@ssap.cn
图书销售热线：010-59367070/7028
图书服务QQ：1265056568
图书服务邮箱：duzhe@ssap.cn

社会科学文献出版社 皮书系列
SOCIAL SCIENCES ACADEMIC PRESS (CHINA)
卡号：582142668691
密码：

基本子库
SUB DATABASE

中国社会发展数据库（下设 12 个子库）

整合国内外中国社会发展研究成果，汇聚独家统计数据、深度分析报告，涉及社会、人口、政治、教育、法律等 12 个领域，为了解中国社会发展动态、跟踪社会核心热点、分析社会发展趋势提供一站式资源搜索和数据服务。

中国经济发展数据库（下设 12 个子库）

围绕国内外中国经济发展主题研究报告、学术资讯、基础数据等资料构建，内容涵盖宏观经济、农业经济、工业经济、产业经济等 12 个重点经济领域，为实时掌控经济运行态势、把握经济发展规律、洞察经济形势、进行经济决策提供参考和依据。

中国行业发展数据库（下设 17 个子库）

以中国国民经济行业分类为依据，覆盖金融业、旅游、医疗卫生、交通运输、能源矿产等 100 多个行业，跟踪分析国民经济相关行业市场运行状况和政策导向，汇集行业发展前沿资讯，为投资、从业及各种经济决策提供理论基础和实践指导。

中国区域发展数据库（下设 6 个子库）

对中国特定区域内的经济、社会、文化等领域现状与发展情况进行深度分析和预测，研究层级至县及县以下行政区，涉及省份、区域经济体、城市、农村等不同维度，为地方经济社会宏观态势研究、发展经验研究、案例分析提供数据服务。

中国文化传媒数据库（下设 18 个子库）

汇聚文化传媒领域专家观点、热点资讯，梳理国内外中国文化发展相关学术研究成果、一手统计数据，涵盖文化产业、新闻传播、电影娱乐、文学艺术、群众文化等 18 个重点研究领域。为文化传媒研究提供相关数据、研究报告和综合分析服务。

世界经济与国际关系数据库（下设 6 个子库）

立足"皮书系列"世界经济、国际关系相关学术资源，整合世界经济、国际政治、世界文化与科技、全球性问题、国际组织与国际法、区域研究 6 大领域研究成果，为世界经济与国际关系研究提供全方位数据分析，为决策和形势研判提供参考。

法律声明